MICHEL BRÛLÉ

4703, rue Saint-Denis
Montréal, Québec H2J 2L5
Téléphone : 514 680-8905
Télécopieur : 514 680-8906
www.michelbrule.com

Maquette de la couverture : Jimmy Gagné
Illustration de la couverture : Sybiline
Photo de l'auteur : Jimmy Hamelin
Révision et correction : Corinne Danheux et France Lafuste

Distribution : Prologue
1650, boul. Lionel-Bertrand
Boisbriand, Québec J7H 1N7
Téléphone : 450 434-0306 / 1 800 363-2864
Télécopieur : 450 434-2627 / 1 800 361-8088

Distribution en Europe : D. N.M. (Distribution du Nouveau Monde)
30, rue Gay-Lussac
F-75005 Paris, France
Téléphone : 01 43 54 50 24
Télécopieur : 01 43 54 39 15
www.librairieduquebec.fr

Les éditions Michel Brûlé bénéficient du soutien financier du gouvernement du Québec
– Programme de crédit d'impôt pour l'édition de livres – Gestion SODEC et sont inscrites
au Programme de subvention globale du Conseil des Arts du Canada. Nous reconnaissons
l'aide financière du gouvernement du Canada par l'entremise du Programme d'aide au
développement de l'industrie de l'édition (PADIÉ) pour nos activités d'édition.

Société
de développement
des entreprises
culturelles
Québec 🏵🏵
🏵🏵

CASSANDRE,
de Versailles à Charlesbourg

Du même auteur

René Forget

Cassandre, de Versailles à Charlesbourg

MICHEL BRÛLÉ

À mon père, Bertrand Forget,

Lequel est décédé le 3 août 2008 à l'âge de 94 ans, je dédie ce roman à sa mémoire. Je lui suis reconnaissant de m'avoir encouragé et assisté dans mes recherches généalogiques.

« Noble et Fort », comme l'ont été ses ancêtres Allard, il a su transmettre à sa descendance la grande fierté de porter le nom de Forget dit Latour.

Il me reste un pays à connaître
Il me reste un pays à donner
C'est ce pont que je construis
De ma nuit à ta nuit
Pour traverser la rivière
Froide de l'ennui
Voilà le pays à faire
Il me reste un pays à poursuivre
Il me reste un pays à donner

Gilles Vigneault

PROLOGUE

La trilogie d'Eugénie, composée des romans *Eugénie, Fille du Roy*, *Eugénie de Bourg-Royal* et *Cassandre, fille d'Eugénie*, est une fresque historique décrivant à la fois l'odyssée de la jeunesse française venue s'installer en Nouvelle-France ainsi que l'apport des filles du Roy et leur influence sur la société canadienne-française de la seconde moitié du XVIIe siècle.

René Forget nous projette littéralement à l'époque de la naissance de la Nouvelle-France en façonnant un personnage emblématique et fascinant, Eugénie.

Eugénie, Fille du Roy relate la rencontre, au cours de la traversée de 1666, d'Eugénie Languille, une jeune Tourangelle venue comme fille du Roy, et de François Allard, un jeune Normand recruté comme engagé.

Eugénie devra, en s'affirmant, contourner les manigances des dirigeants coloniaux et faire patienter son amoureux pour tracer sa propre destinée, alors que le pouvoir politique et religieux avait pour objectif d'accélérer le processus de peuplement de la Nouvelle-France par le mariage éclair des filles du Roy.

Eugénie de Bourg-Royal, deuxième tome et suite d'*Eugénie, Fille du Roy*, raconte la vie de couple d'Eugénie et de François, installé comme colon et artisan sculpteur à Bourg-Royal, devenu plus tard le Trait-Carré de Charlesbourg.

Eugénie réussira encore à s'affirmer en tant qu'épouse en devenant le pilier du couple et en tant que femme devant la gent masculine, notamment le clergé, à une époque – la fin du XVIIe siècle – où la femme est reléguée au second plan par le pouvoir religieux et politique. François, de son côté, est tiraillé entre son désir de prospérer comme propriétaire terrien et sa notoriété d'artisan sculpteur, fortement valorisée par sa femme. La vie conjugale d'Eugénie et de François, parsemée de soubresauts et d'incompréhensions encouragés par les mœurs du temps, parviendra toutefois à trouver le sentier du bonheur familial.

Cassandre, fille d'Eugénie est le troisième volet de cette série historique sur la vie palpitante d'une fille du Roy venue s'établir en Nouvelle-France en 1666.

Maintenant mariée, installée et mère de plusieurs enfants, Eugénie Allard, en pleine fleur de l'âge, est confrontée à ses responsabilités familiales et paroissiales. À travers la guerre franco-britannique, les intrigues religieuses, la menace iroquoise et les difficultés de la vie rurale, la famille Allard trouve la force de célébrer l'arrivée de la petite dernière, Marie-Renée, qui a hérité de l'audace et du talent caractéristiques de sa mère. La jeune fille, qui choisira « Cassandre » comme nom de scène, partira à la rencontre de son destin et de ses rêves à Paris.

CHAPITRE I
Les pensionnaires de Saint-Cyr

Lorsque le trio Mathilde, Cassandre et Thierry, dit Joli-Cœur, arriva à La Rochelle, il prit la route vers Poitiers et Tours en longeant l'Indre, affluent de la Loire qui mouillait la ville. Mathilde et Thierry crurent bon de montrer à Cassandre la ville de Tours et le couvent des Ursulines qui, jadis, avaient accueilli Eugénie. Cette dernière avait dit à sa fille qu'orpheline en bas âge et fille unique d'un riche tisserand, elle avait été confiée par une tante paternelle au couvent des Ursulines de Tours.

Thierry réussit à retrouver pour Cassandre la maison d'origine du grand-père Languille, à Artannes, là où sa mère était née et avait passé toute son enfance. Cassandre voulut visiter l'église d'Artannes dans laquelle Eugénie avait été baptisée, ainsi que les jolis moulins des alentours. Ils décidèrent de passer là leur première nuit en sol français, afin que l'adolescente pût s'imprégner du lieu d'origine de sa mère et des souvenirs d'enfance qu'Eugénie avait dû lui raconter.

Cette initiative plut à la jeune fille, qui s'empressa de demander à l'aubergiste de lui servir de la matelote d'anguille pour le dîner. Ce à quoi celle-ci répondit :

— On dirait que vous êtes du coin, ma petite demoiselle. Il faut être connaisseur pour apprécier ma matelote.

— Oh, moi, madame, je suis comédienne! C'est ma mère qui était du coin.

— Mais vous êtes plus en rondeur que ces Parisiennes qui n'ont que les os sur la peau et le teint blafard.

Cassandre grimaça tout en marmonnant quelques mots inintelligibles. À l'évidence, la remarque lui avait déplu. Toutefois, elle réussit à se contenir pour mieux apprécier ce qu'on allait lui servir.

À sa première bouchée, Cassandre se rappela le fumet du bouillon d'anguille, accommodé au vin et aux oignons que sa mère apprêtait avec les fines herbes, le persil, le thym et le laurier de son potager. La jeune fille en redemanda, au grand plaisir de l'aubergiste.

— Je vois que vous êtes une fine bouche, ma petite demoiselle.

Cette remarque lui plut à un point tel qu'elle voulut en demander une troisième fois. Mais Mathilde s'y opposa:

— Voyons, Cassandre, il ne faut pas exagérer. Où sont passées les belles manières que t'ont enseignées les Ursulines de Québec? Tu sais que c'est maintenant moi qui dois veiller à ton éducation!

— Je suis assez vieille pour le faire toute seule! répondit Cassandre avec insolence.

Thierry toisa sa pupille avec étonnement. Il n'en revenait pas de l'audace de la jeune fille.

— Tu devrais commencer à te comporter comme une demoiselle, pensionnaire de Saint-Cyr, Marie-Chaton! À seize ans, tout de même!

— Cassandre !

— Oh, excuse-moi, Cassandre !

— Pensionnaire de Saint-Cyr ?

— Tout juste. La Maison royale de Saint-Louis, à Saint-Cyr. Nous passerons tout près. C'est bien là que Mathilde et moi aimerions te voir étudier.

— Mais j'aimerais rester avec vous, rue du Bac, avec le grand monde.

— Bien entendu, le temps que nous obtenions l'autorisation de la marquise de Maintenon, l'épouse du Roy lui-même.

Mathilde ajouta :

— Tu sais, Cassandre, ce pensionnat accueille les aristocrates. De ce fait, c'est un privilège que d'y être admise. En plus, tu pourras y étudier le clavecin et le théâtre avec les meilleurs professeurs de Paris.

— Le théâtre ?

— N'oublie pas que ta mère a accepté que tu nous accompagnes pour que tu puisses réaliser ton rêve de devenir comédienne. C'est bien ce que tu désires être, n'est-ce pas ? reprit Mathilde.

— Je veux aussi chanter à l'opéra.

— C'est encore mieux, parce qu'à Saint-Cyr tu y recevras même des leçons de chant !

— Et avec les meilleurs professeurs que nous pourrons y trouver, ajouta Thierry.

— Oui mais j'en ai déjà eu à Québec, avec le chanoine Martin, au couvent des Ursulines !

Mathilde et Thierry se regardèrent, amusés. Ce dernier continua:

— Le cher chanoine n'a jamais été chantre autrement que dans une église! L'opéra est un art dramatique, ne l'oublie pas. La voix et le geste forment un tout. Tu comprendras après quelques leçons.

Dès qu'ils reprirent la route après l'escale, Cassandre, boudeuse, s'affala sur la banquette de la diligence. Ce comportement grossier irrita Mathilde.

— Il va falloir aussi que tu y apprennes à bien te tenir. Se comporter avec grâce est une priorité dans l'éducation de l'aristocratie, ne l'oublie pas. D'ailleurs, l'habillement ira très bien avec tes cheveux. Tu verras.

Cette remarque piqua la curiosité de Cassandre.

— Que voulez-vous dire par là, tante Mathilde? demanda l'adolescente.

— Les jeunes pensionnaires sont vêtues d'une robe de cour noire et longue. Elles portent aussi un corset, une jupe et un tablier noir noué par des rubans jaunes. Pour celles de ton âge, en tout cas. Ah oui, le bonnet est rond. Les filles portent des vêtements empesés et des gants.

— Mais je n'aime pas le linge empesé. Il m'empêche d'être à l'aise. J'aimerais mieux un autre pensionnat… comme celui de Port-Royal, là où les filles s'habillent à leur convenance.

— Où as-tu appris cela, Cassandre? demanda Thierry, intrigué.

— À Québec, au couvent.

Thierry fit la moue. Lui qui pensait que ce genre de nouvelles ne franchissait pas l'Atlantique…

– Et pourquoi pas au pensionnat d'Abbaye-aux-Bois, où tu pourrais avoir ta propre femme de chambre, hein ? Ça suffit, Cassandre. Tu iras à Saint-Cyr dès que tu le pourras. Ce serait le choix d'Eugénie, de toute façon ! reprit Mathilde avec autorité, ce qui sembla inhabituel pour Cassandre.

– N'oublie pas, Cassandre, tes cours de chant, de théâtre et de clavecin. Seul Saint-Cyr, si près de Versailles, peut te les dispenser. Que dirais-tu d'une représentation théâtrale devant la cour ou, mieux, devant le Roy ?

Thierry parla à Cassandre en la regardant droit dans les yeux. Il usait de son sourire enjôleur. L'effet fut immédiat.

– D'abord, j'aimerais que l'on passe devant ce pensionnat, juste pour me faire à l'idée.

– Alors, il faut que tu choisisses : devant Versailles ou devant Saint-Cyr ? Nous devons bientôt arriver à Paris. Mes affaires m'y attendent.

En guise de réponse, Cassandre se renfrogna.

Mathilde répondit pour elle.

– Longeons Versailles. Le pensionnat viendra bien assez vite pour elle.

Cassandre voulut visiter Azay-le-Rideau, là où était née la compagne de traversée de Marie de l'Incarnation, Charlotte Barré, devenue Supérieure du couvent des Ursulines sous le nom vocationnel de « mère de Saint-Ignace ». Ensuite, le trio prit la route d'Orléans en direction de Paris. Néanmoins, Cassandre exigea de passer non loin du château d'Amboise. Sa mère lui en avait décrit les charmes gothiques ainsi que ceux de la Renaissance, et c'était aussi dans cet endroit qu'était né et mort Charles VIII. Ce dernier avait permis. aux protestants le libre exercice de leur culte. Henri IV avait renforcé la position des calvinistes en 1598 par l'édit de Nantes, qui venait d'être révoqué par Louis XIV en 1685 et qui avait provoqué l'exode de dizaines de milliers de huguenots. Et maintenant, les camisards[1] en révolte tentaient de rallier l'Europe protestante contre Louis XIV et de récupérer les droits acquis sous Charles VIII et Henri IV.

Pendant le trajet en diligence, Cassandre et Mathilde se remémorèrent la cérémonie de mariage à la basilique Notre-Dame, dans l'intimité, après la messe du dimanche pour ne pas trop ébruiter la nouvelle. Le remariage de la veuve de l'ancien procureur général de la colonie avait quand même attiré son lot de curieux, en plus des membres et des amis de la famille, comme Eugénie, Anne et Thomas, et leurs enfants. Certains curieux qui se souvenaient d'avoir suivi le procès de Thierry Labarre et assisté, sur la place publique, à sa mise à la potence voulurent revoir le gracié dans sa métamorphose. Ils en furent quittes pour leur curiosité.

Le comte Joli-Cœur avait fière allure devant l'autel avec son profil racé, sa fine moustache, son pourpoint au col de dentelle ouvert sur un gilet de velours, ses manchettes de dentelle au poignet, ses gants brodés, ses hauts-de-chausses bouffants qui mettaient en valeur ses jambes chaussées de bottes à revers. Ses yeux pétillaient d'amour pour sa belle Mathilde, serrée dans son vertugadin de velours couleur jade et sa jupe de soie parfaitement assortis à ses yeux verts. Ses boucles de cheveux voulaient danser sur son front, mais elles étaient retenues par la voilette chapeautée de son diadème. Mathilde avait souhaité qu'Eugénie fût son témoin pour la cérémonie et la signature des registres. De son côté, Thierry avait demandé à Thomas Frérot d'être le sien. Ce dernier accepta avec plaisir.

Joli-Cœur avait proposé à Mathilde de couvrir l'église de fleurs, de soieries, de damas et de brocarts de Paris. Il aurait même voulu un buffet somptueux pour la réception, avec des musiciens, mais Mathilde avait plutôt préféré la discrétion à l'ostentation. Après le « oui » partagé et l'échange des anneaux, le comte Joli-Cœur fit le baisemain à sa nouvelle épouse et dégagea

---

1. Les camisards en révolte contestèrent cette révocation de 1702 à 1704.

lentement le visage de Mathilde, dissimulé par la voilette. Il lui appliqua alors un brûlant baiser sur le front. Cet instant de tendresse provoqua un frisson chez les dames de l'assistance.

Même si la réception des noces à la maison de Thomas avait été des plus réussies, avec ses tables fleuries, parsemées de mets délicats et savoureux, gibier, charcuterie, rôtis de veau et de porc et leur garniture, légumes du potager, fruits de la saison, pâtisseries aromatisées à l'érable et au chocolat, café, thé, cidre et bière locale, ainsi que rhum de la Jamaïque et vins de Bourgogne et de Médoc, ce baiser avait été le souvenir qui avait le plus frappé l'imagination de l'adolescente. Cassandre se voyait, elle aussi, épouser un noble français lettré aimant les arts, un poète lui parlant de sa muse ou un acteur de théâtre lui racontant ses rencontres avec le dramaturge Jean Racine, le créateur du personnage de Monime.

À la hauteur de Versailles et de Fontainebleau, Cassandre demanda que l'on fît un détour par Versailles afin de visiter la cour de Louis XIV. Joli-Cœur s'y était immédiatement opposé, prétextant la hâte qu'ils avaient, Mathilde et lui, de se rendre à leurs appartements de la rue du Bac. De là, il s'était engagé vis-à-vis de l'adolescente à lui servir de guide pour sa visite à Paris. Versailles viendrait en temps et heure. Il valait mieux, à son dire, faire son entrée à Versailles en conquérante et bien paraître devant le Roy.

Joli-Cœur, sur les recommandations de Mathilde, laissa Cassandre maugréer. Ils se disaient qu'avec son imagination bouillonnante, elle ne manquerait pas de s'intéresser à d'autres sujets. Cassandre demanda à Joli-Cœur de lui raconter certains épisodes de la vie amoureuse du Roy à la cour. Comme Mathilde s'y opposa, prétextant que les sujets du Roy n'avaient pas à s'immiscer dans sa vie privée, Cassandre répliqua qu'elle ne devait pas être si privée que cela puisque le Tout-Québec semblait être au courant. Thierry rassura Mathilde. Répondre aux questions de Cassandre l'amusait davantage que cela ne l'embêtait.

Cassandre commença à interroger Thierry au sujet de Madame de Maintenon, l'épouse du souverain. Joli-Cœur raconta à l'adolescente que madame de Montespan était la maîtresse du Roy quand ce dernier jeta son dévolu sur Françoise d'Aubigné, veuve du poète Scarron, beaucoup plus âgé qu'elle. Françoise d'Aubigné était là gouvernante des bâtards de Louis XIV. Madame de Montespan avait été répudiée par le Roy parce qu'on l'avait soupçonnée d'avoir fait empoisonner la duchesse de Fontange, avec qui elle partageait les faveurs du Roy. Une querelle de favorites, en somme, au bénéfice de Madame de Maintenon qui, par la suite, avait aussi éloigné la marquise de Pauillac de l'alcôve royale.

— Cela suffit pour aujourd'hui, Cassandre! La réputation de l'épouse de notre souverain est bien au-dessus de ces anecdotes scabreuses. Madame de Maintenon est la fondatrice et la protectrice du couvent de Saint-Cyr, là où tu iras étudier. D'ailleurs, tu as avantage à oublier ces ragots de cour. Te les entendre raconter serait un motif de renvoi du couvent, instantanément!

— Oui, mais paraît-il que monsieur Racine a voulu personnifier la marquise de Maintenon en composant sa pièce *Esther*!

— Cassandre, je viens de te le dire, ça suffit. Dorénavant, sois plus discrète! Si nous n'étions pas seuls dans la diligence, les passagers auraient pu t'entendre.

— Oui mais…

Cassandre s'apprêtait à continuer sa phrase quand elle aperçut les yeux bruns, pointus, de Thierry qui lui signifiaient de ne pas insister. Cassandre resta silencieuse pendant quelques instants.

L'injonction de Mathilde avait surpris Cassandre. Mais n'y tenant plus, elle se permit plutôt de la questionner à propos d'un événement qui s'était passé en Nouvelle-France et qui concernait le théâtre.

– Tante Mathilde, est-ce vrai que le *Tartuffe* de monsieur Molière joué par le comédien Mareuil a suscité les réactions violentes de l'archevêché?

Outrée, Mathilde répondit:

– Mais voyons, Cassandre! Ne parle pas de l'archevêché de cette façon-là. Si ton frère, l'abbé Jean-François, t'entendait!

La présentation prévue de la pièce *Tartuffe* à Québec, autorisée par Frontenac, avait provoqué l'ire de Monseigneur de Saint-Vallier, qui paya une forte somme au gouverneur pour renverser sa décision. Frontenac accepta et versa l'argent à l'hôpital Hôtel-Dieu. Le prélat de la Nouvelle-France priva le comédien Mareuil, qui voulait jouer la pièce de théâtre, des sacrements et le fit emprisonner.

Cassandre reprit sa moue boudeuse et se renfrogna sur son siège. Au ton de voix de Mathilde qui était monté d'un cran, elle jugea bon d'obtempérer et de se conduire comme une demoiselle responsable. Quand la diligence arriva à Paris, le cocher longea la Seine sur la rive gauche jusqu'à la rue du Bac. Cassandre put admirer la magnificence de l'architecture de la ville avec ses immeubles, ses châteaux, ses monuments et ses cathédrales. Les hôtels particuliers des nobles et des bourgeois richissimes qui y habitaient lui agrandirent les yeux d'admiration.

L'hôtel particulier du comte Joli-Cœur se situait à l'angle des rues de Lille et du Bac, ce qui lui permettait de fréquenter ses relations d'affaires dans le quartier de la diplomatie, en face du Palais du Louvre et des Tuileries, situés tous deux côte à côte, sur la rive droite de la Seine. L'on y accédait en empruntant le Pont Neuf, au bout de la rue du Bac. Joli-Cœur aimait aussi côtoyer la bourgeoisie qui se retrouvait au Jeu de Paume et la classe artistique personnifiée par les troupes de théâtre et les amuseurs publics dans les buvettes et les estaminets du quartier Saint-Germain-des-Prés. L'endroit où se trouvait son hôtel lui permettait d'habiter au carrefour des activités diplomatiques et des tendances culturelles provenant de l'Europe tout entière et qui animaient Paris. Joli-Cœur pouvait aussi surveiller ses entrepôts de fourrure qu'il avait installés près de l'enclos de l'abbaye de Saint-Germain-des-Prés.

Arrivé dans la cour intérieure de l'hôtel de Joli-Cœur, où une fontaine se déversait dans un bassinet d'eau, un palefrenier reconduisit l'attelage à l'écurie qui pouvait accueillir une dizaine de chevaux. Entre la cour et le jardin, de hautes fenêtres s'ouvraient de chaque côté du rez-de-chaussée. Un grand portique à colonnes jumelées, couronné de pots à feu, donnait sur un salon en rotonde richement meublé d'un mobilier couleur argent et écaille, où trônaient buires[2], cassolettes[3], candélabres, guéridons et torchères en argent. Ces artefacts, en plus des toiles de maîtres flamands, faisaient montre de l'immense fortune du comte. Le rez-de-chaussée comprenait six pièces et la façade côté jardin donnait sur un magnifique perron.

Cassandre n'en revint pas de la discipline des domestiques. Selon un protocole bien réglé et en faisant les courbettes de circonstance, serviteurs et laquais vinrent à la rencontre de leur maître en lui souhaitant la bienvenue. Joli-Cœur était ravi de pouvoir montrer à sa nouvelle épouse l'étendue de son pouvoir et de sa richesse. Quant à Cassandre, elle s'exclama devant le cérémonial qui régnait dans la maison :

– J'étais certaine, Thierry, que tu étais un vrai comte, de la noblesse !

Aussitôt, Mathilde la prit à part :

– En France, Thierry n'est connu que sous son titre de comte Joli-Cœur. Personne ne connaît ses origines ni même son prénom. Nous avons le grand privilège de mieux le connaître, puisqu'il vivait dans le même village que ton père. Mais nous devons conserver ce secret pour nous et ne jamais le divulguer à qui que ce soit. Même au Roy ! Nous le promets-tu ?

---

2. Vases en forme de cruche dont le col, allongé, est surmonté d'un couvercle.
3. Boîtes à parfums.

— Est-ce si important ?

— Vois-tu, Cassandre, à Québec, la plupart des gens que tu as connus et rencontrés, comme Guillaume-Bernard ou Thomas, par exemple, doivent leur situation ou leur bonne fortune à leur travail et à leurs mérites. À Versailles, dans l'entourage du Roy, les mérites proviennent de la naissance nobiliaire. À Paris, les bourgeois qui ont amassé de grandes fortunes se sont fait anoblir en achetant leur titre. Ils ne veulent surtout pas que l'on sache à Versailles qu'ils ne sont pas de la même noblesse, tu comprends ?

Cassandre écoutait sérieusement l'explication de Mathilde, qui continua :

— Alors, je t'ai décrit la situation de Thierry, que nous avons, ta mère et moi, connu sur le *Sainte-Foy*, alors qu'il s'était engagé, comme ton père, à s'établir en Nouvelle-France. Son talent et sa personnalité lui ont tracé une destinée différente. Devenu très riche, il gravite maintenant dans l'entourage royal que seuls son titre de noblesse et sa grande fortune lui permettent. Si l'on apprend que le comte Joli-Cœur est en réalité Thierry Labarre, le fils du boucher de Blacqueville, en Normandie, il y a fort à parier que son influence périclitera à Versailles et qu'il perdra ses privilèges à la cour.

— Pierre et Thomas Corneille viennent bien, eux aussi, de cette région et furent considérés comme deux génies du théâtre ! Pourquoi ne leur reproche-t-on pas leurs origines ?

— Parce que leur talent était unique, au même titre que celui de messieurs Racine et Molière. Tiens, prends ta situation. Ton grand talent te permettra, nous l'espérons, de te faire valoir sur la scène à Paris. Le fait que tu sois née en Nouvelle-France ne doit pas freiner ta carrière, car ce sont tes dispositions naturelles qui prévaudront.

— Je le souhaite de tout cœur, tante Mathilde.

— Mais pour t'ouvrir les portes du monde artistique, de bonnes relations ne pourront que te faire apprécier davantage.

— Je pense bien !

— Vois-tu, le comte Joli-Cœur pourra t'aider à t'ouvrir plus facilement ces portes dans la mesure où il demeure pour tous le comte Joli-Cœur.

— Je comprends. Dites-moi, allez-vous l'appeler comte Joli-Cœur... ou Thierry ?

Cassandre avait prononcé le prénom « Thierry » en le chuchotant à l'oreille de Mathilde. Cette dernière lui sourit et lui répondit, ravie :

— Depuis que nous nous connaissons, je l'appelle Joli-Cœur. Il ne me sera pas difficile de respecter le protocole que nous venons d'instaurer.

— Jamais... « comte » ?

— Coquine ! C'est lui qui devrait me nommer « comtesse ». Tiens, « sa princesse » serait encore mieux, répondit Mathilde en mettant son index sur sa bouche afin de simuler le secret.

Surprise par cette complicité, Cassandre éclata d'un fou rire, suivie par Mathilde. Joli-Cœur en prit légèrement ombrage en avançant :

— Mesdames, permettez-moi de vous présenter à mes chers serviteurs.

Les laquais en livrée se présentèrent les uns à la suite des autres et firent des courbettes extravagantes. Encore une fois, Cassandre ne put réprimer son fou rire. Joli-Cœur salua ses domestiques avec déférence et affection.

— Mes amis, cette dame élégante qui est à mon bras n'est nulle autre que la comtesse Joli-Cœur.

Sûr de son effet, le comte présenta ses principaux subalternes. D'abord, un colosse coiffé d'une toque blanche, tenue qui contrastait avec sa carrure impressionnante.

— Ce gaillard, Arsène, est mon sommelier particulier et son épouse, Irène, fait office de cuisinière. Ce sont eux qui s'occupent de la gestion de mes réceptions.

Le couple mal assorti, puisque plus de vingt ans les séparaient, regarda les deux Canadiennes avec suspicion. Leur indifférence agaça quelque peu le comte.

— Et cette charmante jeune fille est notre pupille. Elle se destine au plus haut savoir afin de séduire le public de Paris et de Versailles à l'opéra et au théâtre.

Irène et Arsène se regardèrent du coin de l'œil, ayant l'air de dire :

Des comédiennes ! Des sans-gêne. Il en est là, maintenant. Combien de temps ces courtisanes vont-elles durer dans le lit du comte avant qu'il ne s'en lasse !

Joli-Cœur en conclut rapidement qu'il aurait dû aviser ses majordomes de leur arrivée afin que l'accueil fût plus cordial et chaleureux.

Décidément, les Canadiens sont plus démonstratifs ! Elles auront bien l'occasion de faire connaissance.

— La fatigue du long trajet fait son effet. Il est temps, mesdames, d'aller prendre du repos. Dites aux gens de la cuisine que je veux un véritable banquet, ce soir, pour mes deux invitées. Et mandez Chatou afin qu'il nous rejoigne. Je veux qu'il fasse la connaissance de ces nobles dames. Demandez au cocher d'aller le quérir au Palais du Louvre.

Le vicomte de Chatou assistait Joli-Cœur dans ses fonctions de gentilhomme des menus plaisirs du Roy à Versailles. Joli-Cœur et lui s'étaient liés d'amitié rapidement, devinant bien qu'ils étaient l'un et l'autre de faux nobles. Toutefois, aucun n'en fit jamais mention. Joli-Cœur invitait Chatou à travailler pour lui comme majordome dans ses temps libres. Comme Joli-Cœur était son patron, Chatou se libérait dès que la situation l'exigeait ou que le comte l'ordonnait.

Le ton autoritaire du comte Joli-Cœur impressionna les deux femmes. Cassandre et Mathilde se rendirent compte qu'elles venaient d'entrer au royaume de Thierry. Les appartements du comte se répartissaient sur deux étages où chambres et anti-chambres du maître et de ses invités ainsi que celles de la domesticité comportaient toute une cheminée. Tentures, tapisseries et toiles de maître de la Renaissance garnissaient les murs et rivalisaient de richesse avec les dorures et les boiseries de l'art italien et les lustres vénitiens des plafonds.

La chambre de Mathilde et du comte, où trônait un magnifique lit à baldaquin, donnait sur la Seine. À la vue du décor enchanteur de la chambre, Mathilde, qui avait été habituée au confort plutôt austère de la résidence des Ailleboust, fut ébahie par tant de luxe.

— Que de magnificence m'as-tu réservée, mon cher comte Joli-Cœur !

— Quoi de plus normal que de pouvoir gâter sa femme adorée, l'amour de sa vie ?

— Dois-je croire, Joli-Cœur, qu'il n'y a jamais eu d'autres femmes dans ta vie ?

Mathilde n'avait pas été dupe de l'étrangeté du regard des domestiques. Ces détails n'échappent habituellement pas à l'intuition féminine.

Comme Thierry tardait à répondre, Mathilde se reprit :

– Outre Dickewamis, bien entendu!

Thierry profita de l'allusion à l'Iroquoise ursuline pour faire digression.

– De fait, je me questionne à propos de mon fils.

– Ange-Aimé?

– Je n'en ai qu'un.

– Désolée, je ne voulais pas médire.

– C'est pardonné, Mathilde. Je disais donc que je m'interroge sur la capacité d'Ange-Aimé de pouvoir suivre sa destinée en ayant une pleine confiance en ses moyens.

– En effet, à peine vient-il de connaître son père qu'il le voit retourner en France, alors que sa mère vit comme une recluse dans son monastère. En réalité, Ange-Aimé est orphelin de ses deux parents vivants.

Thierry regarda Mathilde avec affection. Décidément, elle n'avait pas changé depuis la traversée sur le *Sainte-Foy*, en 1666. Toujours aussi douce et compréhensive. Pour écourter une conversation qui laissait davantage place à la mélancolie qu'à la joie d'être revenu à Paris, Thierry poursuivit:

– Allons retrouver notre chère Cassandre dans ses appartements.

– Excellente idée, comte Joli-Cœur.

Cassandre était affalée sur le lit, en train d'admirer les fresques peintes au plafond de sa chambre. Cette chambre était surmontée d'un attique soulignant le toit d'ardoises. Dans cette pièce qui avait été la petite chapelle d'un prince pieux, diverses scènes de l'Évangile étaient représentées sur les murs.

Lorsqu'elle vit arriver le comte et la comtesse Joli-Cœur, Cassandre s'exclama :

— Je me sens ici comme une princesse dans son château. C'est ici que je veux vivre à partir de maintenant.

— Cela ne sera possible que lorsque tu auras terminé ton pensionnat à Saint-Cyr, c'est ce que nous avions convenu ! dit Mathilde.

— Et après Saint-Cyr, ce sera la gloire ! enchaîna Joli-Cœur.

— Pour la conquête de Paris ? se risqua Cassandre.

— Et surtout de Versailles, ne l'oublions pas. En attendant, je veux faire connaître mon épouse et ma pupille au grand monde. Paris va vous accueillir, mesdames !

— Hourrah ! Mais je n'ai rien à me mettre pour la soirée, s'inquiéta Cassandre.

— Voyons, tes malles sont pleines des plus beaux vêtements que tu as achetés avec Étiennette, répliqua Mathilde.

— Mais ces vêtements ont été achetés à Québec. D'ailleurs, avec l'humidité de la cale pendant la traversée et le transport de la diligence, ils sont sans doute défraîchis. Ils ne seront pas prêts pour la réception.

— Cassandre dit vrai, Mathilde. Je ne veux pas tarder pour la réception, vu que mon office doit reprendre sous peu chez le Roy, à Versailles. Je serai absent pour quelques semaines, alors. D'ici là, je veux profiter pleinement de votre présence.

— Tu seras absent pour longtemps ? s'alarma Mathilde.

— Quelques semaines, tout au plus. Et après, nous irons reconduire Cassandre au couvent.

Cette dernière fit une mine dépitée. Joli-Cœur continua :

— Toi aussi, ma tendre épouse, tu auras besoin, comme Cassandre, de nouvelles toilettes et de nouvelles parures à la mode de Paris. Il serait de bon aloi d'aller vous en acheter le plus vite possible, après avoir récupéré de ce long voyage. Je veux que vous soyez les plus belles.

— Alors, tante Mathilde, quand partons-nous magasiner ? s'empressa d'ajouter Cassandre, tout heureuse des largesses du comte.

— À Paris, les tailleurs, les couturières et les corsetières viennent à domicile, expliqua Joli-Cœur à Cassandre. Je vais faire en sorte qu'ils déploient leurs plus beaux tissus et qu'ils vous montrent les croquis de leurs nouvelles créations.

— Mais, Thierry, cela va te coûter une fortune ? s'inquiéta Mathilde.

— Il n'y a rien de trop beau ni de trop cher pour mettre en valeur la beauté féminine canadienne.

Mathilde et Cassandre, flattées d'un tel compliment, rougirent de vanité. Au petit matin, après une longue nuit de repos durant laquelle Cassandre rêva de sa présentation au Roy à la cour de Versailles et Mathilde dormit du sommeil de la femme amoureuse, blottie au creux de l'épaule de son comte, un petit-déjeuner au lit les attendait.

— J'espère que tu as passé une bonne nuit, Mathilde ?

— Comment penser le contraire, quand une épouse vit le plus beau conte de fées en compagnie de l'homme qu'elle aime par-dessus tout ?

— C'est moi qui suis privilégié d'avoir retrouvé l'amour de ma vie.

— La femme de ta vie qui a déjà cinq grands enfants ? Je ne suis plus la jouvencelle que tu as connue par le passé.

— Je te ferai remarquer que, la nuit dernière, je n'ai pas vu la différence.

Là-dessus, Joli-Cœur se pencha vers Mathilde, commença à lui caresser l'épaule en déplaçant délicatement la mèche de cheveux soyeux qui la recouvrait. Timide et surprise, en lui retirant la main, Mathilde s'exclama spontanément :

— Joli-Cœur, tu es un bel hardi ! La fatigue du voyage m'a creusé l'appétit. Voyons voir ce que me réserve ce couvert.

Légèrement irrité par la retenue de Mathilde, Thierry approcha le plateau près d'elle, tout en lui répondant :

— Je vais en profiter pour réveiller notre couventine, si elle veut procéder aux séances d'habillage.

Mathilde put apprécier les œufs pochés comme on les servait aux bourgeois de Florence ainsi que le thé au jasmin, nouveauté à Paris.

Quand Joli-Cœur frappa avec délicatesse à la porte de Cassandre, qu'il l'ouvrit avant même que cette dernière lui eût répondu, la jeune fille se prélassait, bien au chaud sous sa couette. En apercevant Thierry, elle se leva délicatement sur son oreiller et s'étira avec grâce et volupté de manière à ce que son mouvement la découvrît sans donner l'impression qu'elle l'avait souhaité.

Cassandre avait dénoué les cordons du collet de sa chemise de nuit. Lâche et au décolleté pénétrant, le vêtement laissa apparaître, en plus de l'épaule entièrement découverte, un sein impertinent, qui n'échappa pas à la vue de Thierry.

— Bonjour comte Joli-Cœur. Est-ce qu'il fait beau dehors ?

Cassandre avait parlé du temps pour masquer sa nervosité en présence de Thierry. En Nouvelle-France, les colons s'informaient toujours du temps puisqu'il était souvent incertain.

Émoustillé d'abord par le corps chaud de Mathilde et maintenant par la vue de sa poitrine, Joli-Cœur s'avança vers le lit, troublé. Il détailla d'un œil exercé ce sein d'un blanc laiteux, orné d'un petit mamelon rosé.

L'artifice de l'innocence, se dit-il. *Non, non, Thierry, tu ne peux pas faire ça !*

De manière étudiée, Cassandre se rehaussa sur ses oreillers jusqu'à être à demi assise. Elle se trémoussa de façon à remonter sa chemise de nuit au-dessus des genoux. La couverture tomba à ses pieds. Thierry était maintenant très près d'elle. Elle pouvait sentir sa respiration haletante qu'il essayait de retenir en bombant le torse. Elle le fixa intensément, comme pour savourer son pouvoir de séduction. Cassandre se sentait troublée, hésitante, entre les interdits religieux qui avaient habité toute son éducation et son attirance pour cet homme adulte qui représentait la force, la puissance et l'élégance. Confuse, elle commença à remonter graduellement la couverture, se calant dans ses oreillers, le regard toujours intensément accroché à celui de Thierry. Son désir de séduction fit cependant place à la peur quand Thierry, maintenant près d'elle, prit la couverture et lui recouvrit l'épaule.

— Il est temps de prendre ton petit-déjeuner. Mathilde et moi t'attendrons dans le petit salon, quand tu seras prête.

— Merci, Monsieur le comte, répondit mielleusement Cassandre. J'irai vous rejoindre, dès que je serai habillée.

Le ton emprunté par l'adolescente ne laissa aucun doute à Joli-Cœur quant au potentiel de séduction de Cassandre. Il reconnut encore une fois la tentative de la jeune fille de se faire admirer par un homme d'âge mûr. Mais c'était la première fois qu'il la voyait dans toute sa féminité, de même qu'il s'aperçut de son audace et de son opportunisme.

Il est grandement temps que nous allions la reconduire au pensionnat, sinon, qui sait ce qui pourrait arriver! Et dire qu'elle n'a pas encore côtoyé les courtisans de Versailles!

Les couturières et les corsetières convoquées par Joli-Cœur étaient déjà au rendez-vous et attendaient patiemment les dames. À leur arrivée, elles firent la courbette et commencèrent à déballer leurs bagages. Cassandre fut étonnée des nombreux ornements de rubans, de dentelles et de prétintailles[4] qui accompagnaient les jupes, la modeste, ornée de flots de rubans, la friponne, qu'un amant impatient risquait de friper, et la secrète, dont seul un mari connaissait le secret. Ces trois jupes alourdissaient la taille. Le corsage au décolleté profond et dont les manches s'arrêtaient aux coudes dans un flot de dentelles, de nœuds et de rubans laissait entrevoir la naissance des seins. La minceur de la silhouette était obtenue par un corset très serré, maintenu par une longue tige d'acier formant une ligne droite verticale.

La chemise de dentelle laissant les avant-bras nus permettait à ceux-ci d'être recouverts de volants de dentelle noués par des rubans ou des boutonnières. Tantôt la femme revêtait une robe dont l'ampleur se caractérisait par un bas de robe en retroussis sur l'arrière ou qui se répandait en traîne taillée en tissu lourdement brodé, tantôt elle portait en plus le manteau en velours luxueusement décoré qui se terminait en courte traîne ou coupé dans un lourd satin aux manches bouffantes.

Cassandre choisit ses vêtements : rouge écarlate et bleu foncé pour l'un, jaune pâle et marron, la couleur préférée du Roy, pour l'autre, afin de démarquer les couleurs par leur contraste. Quant à Mathilde, elle préféra le rouge cerise, le rose et le bleu ciel, couleurs qui allaient davantage avec son teint.

Mathilde et Cassandre furent impressionnées par la hauteur des coiffures à la mode de Paris, dont la fontange, un haut bonnet fait de garnitures de dentelles étagées et maintenu sur un support en laiton.

---

4. Ornements d'une étoffe faite de laine frisée et de tissu permettant de l'élargir.

Marie-Angélique de Scoraille de Rousille, duchesse de Fontanges, jolie et jeune maîtresse du Roy Louis XIV, avait été décoiffée au cours d'une expédition de chasse. D'un geste rapide, mademoiselle de Fontanges détacha sa jarretière de dentelle et noua ses cheveux en les relevant au-dessus de sa tête. Le Roy fut enchanté à la vue de la coiffure et incita sa maîtresse à continuer de se coiffer de la sorte. Les dames de la cour voulurent toutes se coiffer « à la Fontanges ». De cette improvisation naquit une structure bardée de dentelles et de fils de fer s'élevant au-dessus de la tête à une hauteur démesurée.

Après la séance d'habillage, Joli-Cœur offrit un manchon de zibeline à Cassandre et un collier de diamants à Mathilde.

— Ce sont les joyaux préférés du Roy, ma chère. Je suis certain qu'ils produiront le plus merveilleux effet autour d'un cou aussi délicat.

Cette dernière ne put exprimer sa joie, tant la surprise était grande.

— Mais, Thierry, tu vas te ruiner pour moi.

— La seule fortune qui compte pour moi, désormais, c'est de t'avoir à mes côtés et pour le restant de mes jours.

Saisie, Mathilde essuya la larme qui venait de naître au coin de son œil avec un mouchoir de dentelle qu'elle portait sur elle en permanence, tandis que Cassandre éprouvait l'envie, elle aussi, d'être parée de bijoux et vêtue de toilettes somptueuses par un courtisan, un prince ou par le Roy lui-même. Secrètement, elle jalousait Mathilde d'être l'épouse de Thierry et de porter le titre de « comtesse Joli-Cœur ».

Je serai duchesse, ou la plus grande vedette de la scène parisienne, se dit-elle.

Thierry avisa Mathilde qu'il serait souhaitable d'accélérer l'entrée de Cassandre au pensionnat de Saint-Cyr, car il venait d'apprendre par Chatou que Madame de Maintenon voulait présenter ses pensionnaires au Roy et que la visite de Louis XIV figurait déjà au programme des divertissements.

— C'est une occasion unique pour Cassandre d'être présentée à Ses Majestés !

— Alors, ne perdons pas de temps. Je vais prévenir Cassandre. Après tout, elle est venue étudier les arts de la scène.

— Le lendemain de notre réception, nous la reconduirons.

Quand Mathilde aborda le sujet avec Cassandre, cette dernière fit la moue.

— Je me sens si bien à Paris, dans le palais du comte Joli-Cœur, tante Mathilde. Est-il nécessaire que j'aille m'emmurer dans ce pensionnat ?

— Eugénie t'a fait confiance parce qu'elle croit en ton avenir et en ta volonté de réussir. Ne va pas la décevoir, je t'en prie. Elle ne s'en remettrait jamais et à moi, elle ne me le pardonnerait pas !

— Oui, mais elle ne le saura pas. De plus, je n'aurai plus l'occasion de voir Thierry !

— Oui, mais nous irons te visiter…

Mathilde se rendit compte que le plaidoyer de Cassandre masquait une autre réalité.

Se peut-il que Cassandre soit amoureuse ? Si oui, j'espère que ce n'est pas de Thierry. Elle m'avait promis de ne plus l'appeler par son prénom et, pourtant, ça lui échappe. Serait-ce la raison pour laquelle elle nous a accompagnés en France, pour ne pas le perdre de vue ? Alors il est grandement temps qu'elle aille à Saint-Cyr, et le plus tôt serait le mieux.

Mathilde questionna Thierry, le soir, dans leur chambre.

— N'as-tu pas trouvé l'attitude de Cassandre bizarre ces jours-ci? J'ai l'impression qu'elle est amoureuse!

— Tu n'y penses pas. De qui? Elle vient à peine de mettre le pied au pays!

— À moins qu'elle ait connu l'élu de son cœur bien avant!

— Mais qui pourrait-il être? Elle n'a conversé qu'avec moi.

Devant le silence et la mimique révélatrice de sa femme, Thierry s'opposa:

— Non, non, pas ça! Jamais je ne me permettrais! Tu sais bien, Mathilde, que Cassandre n'a que faire d'un vieillard tel que moi. Aussitôt qu'elle rencontrera un freluquet de son âge à la cour, elle jettera son dévolu sur lui.

— Alors, ce sera tant mieux, et le plus rapidement possible. À propos, ce n'est pas très galant pour moi de me faire dire que j'ai épousé un vieillard!

— Alors, voulez-vous, charmante dame, que je vous prouve le contraire? N'oubliez surtout pas que nous sommes en lune de miel.

— Cette proposition indécente m'enchante, mon cher comte, pour autant que vous continuiez à faire votre bel hardi uniquement avec moi.

Sur ces mots, Mathilde souffla la chandelle. L'étreinte de Thierry lui démontra qu'elle n'avait pas à douter de l'ardeur de son amour pour elle. Elle se disait cependant qu'une telle vitalité pourrait plaire à plus d'une dame de la cour, peu importe son âge ou son rang.

Le lendemain, Mathilde demanda à Cassandre de commencer à rédiger une lettre à sa mère, car son entrée au pensionnat se ferait bientôt. Comme cette dernière maugréait, Mathilde lui dit :

— Si tu préfères attendre, tu auras plus de temps au pensionnat.

— Je préfère attendre. Au moins, j'aurai plus d'anecdotes à lui raconter.

— L'important, c'est de lui dire d'abord que tout se passe à merveille et que tu t'ennuies d'elle et de la famille.

— Mais ce n'est pas le cas. Tout ne se passe pas à merveille puisque je serai enfermée à Saint-Cyr. De plus, je ne m'ennuie pas encore.

— Et d'Étiennette, de ta marraine ?

— Je ne m'ennuie d'aucune. Moi, je n'épouserai pas un forgeron.

— Et qui voudrais-tu épouser ?

— Un noble, comme Thierry.

— Alors, il va falloir que tu mérites ton titre, jeune demoiselle aux plus hautes ambitions !

— Vous l'avez bien fait, tante Mathilde !

— Oui, mais mon père était de la noblesse.

— …

— Le seul moyen d'y arriver, Cassandre, c'est d'étudier sérieusement à Saint-Cyr. Auparavant, allons visiter Paris, cette ville si resplendissante de beauté.

Joli-Cœur décida que le vicomte de Chatou accompagnerait Cassandre au cours de leur visite de Paris, en insistant auprès de Mathilde.

Venant des environs de Saint-Germain-en-Laye, le château qui avait vu naître Louis XIV, le vicomte de Chatou avait réussi à se faire accepter dans la Maison du Roy parce qu'il approvisionnait la gentilhommerie de demoiselles de petite vertu dont certaines, plus futées, réussirent à se hisser au rang de la noblesse en devenant marquises, baronnes ou comtesses. En récompense de ces services rendus, Chatou se vit offrir le titre de « vicomte » au temps où Louis XIV tolérait encore quelque intrusion dans l'aristocratie.

Entre deux âges, le vicomte avait une allure efféminée. Grand, très mince, Chatou avait la lippe sensuelle et décadente qui donnait l'impression que rien ne l'arrêtait pour arriver à ses fins. Mais il avait surtout un sens inné de l'organisation. Il connaissait autant Versailles que Paris et fréquentait autant la bourgeoisie que la noblesse. Sa polyvalence était nécessaire à Joli-Cœur qui officiait à la cour et commerçait à la fois en Europe et en Amérique. Qui plus est, Chatou fréquentait les milieux du théâtre parisien. Joli-Cœur estimait qu'il pourrait introduire Cassandre dans le monde artistique.

Chatou s'habillait comme un courtisan, bien qu'il ne dédaignât pas, au concert, porter le large feutre orné d'une touffe de ruban, une veste et un justaucorps avec un nœud papillon à la place de la cravate, comme les bourgeois. Comme il le disait si bien :

– À Paris, il faut se vêtir comme les Parisiens.

Mais sa sollicitude envers la populace s'arrêtait au concert ou au cabaret. Il préférait de loin sa tenue d'apparat d'assistant gentilhomme des menus plaisirs de la Maison du Roy, avec Joli-Cœur.

Lorsqu'il se présenta à l'adresse de l'hôtel du comte Joli-Cœur, rue du Bac, il était vêtu, comme à la cour, d'un long gilet boutonné sur sa partie supérieure qui descendait sous son genou, avec broderie, passements, dentelle, et fermé par des brandebourgs[5]. Ce vêtement était recouvert du justaucorps serré à la taille, muni de manches assez longues et de basques[6] au niveau des hanches.

Au cou, Chatou avait noué une cravate de mousseline agrémentée de dentelle. En plus de son justaucorps, le vicomte était vêtu d'un lourd manteau en velours bleu foncé. Il portait des bas bleu pâle et était chaussé de souliers à talons hauts de la même couleur. Une fine moustache dessinait sa lèvre supérieure.

Cette tenue baroque contrastait avec l'énorme perruque qu'il portait haut sur la tête, divisée en trois touffes, dont deux sur les côtés. Le blond cendré de la perruque excessivement poudrée confirmait l'allure précieuse du personnage. Ses vêtements dégageaient une odeur de parfum très fort, ce qui était une bonne chose puisqu'à la cour de Versailles la chemise en dentelle qui servait de sous-vêtement n'était lavée, au mieux, qu'une fois par mois.

Quand Mathilde avait émis quelques réticences après avoir rencontré le courtisan, Joli-Cœur lui avait répondu :

– Ce n'est pas pour la vertu de Cassandre que je crains. Ce débauché de Chatou s'abreuve à d'autres fontaines !

Le vicomte fut enchanté de faire la connaissance de ces dames du Nouveau Monde. Il respecta le vrai titre de noblesse de la comtesse Joli-Cœur, comme il s'émerveilla de la beauté et de l'air un brin canaille de Cassandre.

– Ainsi, Mademoiselle, vous souhaitez devenir comédienne. Vous savez que j'ai connu personnellement la Champmeslé, qui était la maîtresse de messieurs Corneille, Racine et Molière.

---

5. Cordonnets ou galons qui relient des boutons jumeaux.
6. Poches à larges plis.

Avec Thérèse du Parc et la Des Œillets, la Champmeslé était l'autre actrice-vedette du théâtre parisien. Thérèse du Parc avait été également la maîtresse de Racine.

En 1667, Racine avait enlevé à Molière, dont la troupe jouait au théâtre du Palais Royal, sa meilleure actrice, Thérèse du Parc, pour lui offrir le rôle phare dans *Andromaque* avec la troupe de l'Hôtel de Bourgogne. Aussitôt devenue son amante, elle mourut en couche quelque temps plus tard, à l'âge de trente-cinq ans. Ses talents et sa beauté avaient enflammé Racine. Une fille était née des amours du poète tragique et de son interprète pour qui il avait écrit *Andromaque*. Son sens de la musique des vers et son rythme nuancé et subtil avaient conquis son public. Elle avait joué dans *La Critique de l'École des femmes*, *L'Impromptu de Versailles*, *Dom Juan* et *Le Misanthrope* de Molière, et l'on pouvait lire dans la gazette :

« La du Parc, cette belle actrice,
Avec son port d'impératrice,
Soit récitant, soit en dansant,
N'a rien qui ne soit ravissant. »

Un soir que Racine assistait à une représentation d'*Andromaque*, il remarqua une jeune actrice qui jouait le rôle d'Hermione en remplacement de la Des Œillets, après la mort de Thérèse du Parc. Impressionné par le grand talent de l'actrice, il créa pour cette jeune tragédienne, ladite « Champmeslé », la pièce *Bérénice*. Le talent particulier de cette comédienne incita le surintendant de la musique royale, Lully, à transposer musicalement ses inflexions de voix, rythmes et sons accompagnant le discours. Il créa ainsi la tragédie en musique, qui donna naissance à l'opéra français.

Née à Blacqueville, en Normandie, Marie Desmares avait débuté au théâtre à Rouen et épousé en 1666 Charles Chevillet, dit Champmeslé, acteur et auteur de comédies à succès. Racine se vit obligé de partager cette maîtresse avec beaucoup d'autres, notamment le comédien Tonnerre, Thomas Corneille et…

le mari de la Champmeslé lui-même, jusqu'à la sortie de la pièce *Phèdre*, en 1677, qui fut considérée comme un échec.

Les vaudevillistes raillèrent ainsi le mari :

« Champmeslé, cet heureux mortel,
Ne quittera jamais l'Hôtel ;
Sa femme a pris *Racine* là,
Alléluia. »

Et quand Racine fut éconduit :

« Au plus tendre amour elle fut destinée
Qui prit longtemps *Racine* dans son cœur ;
Mais, par un insigne malheur,
Le *Tonnerre* est venu qui l'a *déracinée*. »

La Champmeslé continua sa fulgurante carrière à la Comédie-Française, fondée en 1680 sur ordre du Roy, théâtre national sis dans une dépendance du Palais-Royal et fut considérée comme la plus grande tragédienne du XVIIᵉ siècle. En 1689, au moment de la première représentation d'*Esther*, à Saint-Cyr, la Champmeslé avait quarante-cinq ans et était à l'apogée de sa carrière. Elle avait consacré tout son talent à l'œuvre de Racine. Son étoile avait commencé à pâlir lorsqu'elle se mit à jouer les rôles d'héroïnes immaculées, alors qu'elle manœuvrait pour conserver tous ses amants dans son entourage, sans égard pour les rôles de Phèdre et de Bérénice.

Madame de Maintenon avait formellement interdit à Racine, sous peine de sévères remontrances, d'inciter la Champmeslé à interpréter le rôle d'Esther, cette reine juive vertueuse, à Saint-Cyr. Quelques mois plus tard, la Champmeslé triompha à la Comédie-Française en jouant dans *Phèdre*, de Racine, et dans *Le Médecin malgré lui*, de Molière, pour attester du génie théâtral de son ancien amant décédé en 1673. La Champmeslé joua aussi le rôle d'Athalie, la dernière œuvre de Racine présentée en 1691.

Racine reprit-il sa liaison avec la Champmeslé pour défier ainsi le couple souverain ? Devenu historiographe du Roy grâce à d'importantes protections en 1677, une tâche qu'il partagea avec

Boileau, Racine avait décidé de renoncer au théâtre jusqu'aux pièces *Esther,* en 1689, et *Athalie,* en 1691, commandées par Madame de Maintenon pour ses pensionnaires de Saint-Cyr. Entre-temps, Racine s'était marié et avait eu, avec Catherine de Romanet, sept enfants.

Tous deux épris de théâtre, la tragédienne et le dramaturge moururent en 1699. Quatre des cinq filles de Racine, demeurées à son chevet, s'étaient faites religieuses. Il fut enterré au monastère de Port-Royal, là où sa tante avait été abbesse.

— À la fois ou à la suite? Sachez, monsieur, que j'ai au moins autant de talent et sans aucun doute plus de vertu que cette actrice ou d'autres! répliqua Cassandre d'un ton cinglant.

Estomaqué par la repartie de son interlocutrice et sa réplique acerbe, Chatou se risqua:

— À qui ai-je l'honneur de tant de grâce, de beauté et de sens scénique?

— Je me nomme Cassandre.

— Comme Cassandre Salviati[7], l'être aimé du poète Ronsard? Vous lui ressemblez beaucoup!

— Je suis venue étudier l'art dramatique.

Et sur ces mots, le vicomte de Chatou enchaîna:

Que nous sert l'étudier,
Sinon de nous ennuyer?

Ceux qui, collés sur un livre,
N'ont jamais souci de vivre[8]*?*

7. Cassandre Salviati, l'aimée de Ronsard, fille d'un banquier italien, était une blonde aux yeux bleus.
8. Pierre de Ronsard, recueil *Les Odes*, « J'ai l'esprit tout ennuyé ».

D'abord impressionnée, Cassandre étudia son vis-à-vis pendant quelques instants. Puis, de nouveau sûre d'elle, elle se hasarda à lui dire :

— Vous savez qu'un jour pas si lointain, le Tout-Paris sera à mes pieds.

— Et pourquoi le serait-il, mademoiselle ?

— Parce que, monsieur le vicomte, il n'aura pas le choix. Les comédiens jouent sur une scène et les spectateurs sont bien en bas, au parterre.

L'humour de la Canadienne le prit au dépourvu quand il lui demanda l'endroit où elle résidait.

— Bourg-Royal.

— Tiens donc ! Ce vaste pays comporte une cour non moins vaste, je présume ?

— Bourg-Royal ressemble à Versailles, mais en plus petit.

— Avez-vous déjà une expérience théâtrale ?

— Oui, chez les Ursulines. *Mithridate,* de Jean Racine !

— Et c'est tout ?

— J'ai aussi été marionnettiste au Théâtre du père Marseille, à Charlesbourg.

— En Provence ! Quel joli coin rêvé. Vous connaissez le sud de la France ?

— Non, uniquement Isabel Estèbe, la fille du médecin de Charlesbourg.

Dérouté par une repartie aussi sarcastique, le courtisan continua son interrogatoire :

— Avec qui avez-vous appris le théâtre, la musique et le chant ?

— Avec le chanoine Martin.

— Et votre chanoine a son office à la cour de Bourg-Royal ?

— Non, plutôt à la basilique Notre-Dame.

— De Paris ? Avec Lully ?

— Non, de Québec, avec Jean-François.

— Jean-François… À vrai dire, je ne le connais pas, mais j'aimerais réparer ce tort. Pourriez-vous me le présenter ? Est-ce un noble ?

— Non, un abbé.

— Mais de quelle abbaye ? Il porte la soutanelle[9] à Paris et la douillette[10] ?

— Non, Jean-François est plus résistant et mieux vêtu que cela. L'abbé Jean-François Allard est mon frère.

— Et vous vous nommez Cassandre ?

— Oui, c'est mon nom de scène. Mon véritable nom est Marie-Renée Allard.

— Mais vous portez un nom célèbre au théâtre. Le sieur Allard dirige le plus important théâtre forain de Paris. Carolus Allard. Sans doute un parent. Il vient de la Normandie.

---

9. Redingote à collet haut et droit qui remplace la soutane au cours des visites en ville.
10. Vêtement d'hiver.

Thierry, qui discutait avec Mathilde, tendit une oreille quand il entendit prononcer le nom de la province française.

– De Normandie ? Mon père François venait de Blacqueville.

– Blacqueville ? Le pays de la Champmeslé et des dramaturges Pierre et Thomas Corneille, et aussi celui de Carolus Allard. Ce dernier a d'ailleurs lancé la carrière de cette actrice qui a fait courir le Tout-Paris et fait frémir Versailles…

Tout excité, Chatou ajouta :

– Il faut absolument que je vous introduise auprès du sieur Carolus Allard de Blacqueville. C'est un ami, un épicurien !

Chatou, dans son effervescence, avait haussé le ton. Thierry, qui ne voulait pas éventer sa véritable identité en présence de Carolus Allard, qu'il connaissait bien pour lui avoir déjà servi de la viande à l'étal de son père, s'interposa.

– Le vicomte est ici pour préparer notre réception. Il sera toujours temps pour lui de te présenter, Cassandre, lorsque tu reviendras de Saint-Cyr. En attendant, j'aimerais que tu lui fasses entendre ta jolie voix.

Après la prestation de Cassandre, le vicomte s'écria :

– Éblouissant ! Remarquable ! Mais, ma chère, vous allez faire soupirer le cœur du vieux Roy.

– C'est le cœur de Versailles et de Paris que je veux conquérir, vicomte !

– Cette petite sera une véritable diva, si elle sait dompter son tempérament.

La réception donnée pour la coterie et la bourgeoisie des hôtels particuliers de la rue du Bac, du quartier de Saint-Germain-des-Prés et de la Rive droite de la Seine permit à Joli-Cœur d'accueillir une soixantaine d'invités, nobles, militaires gradés et gens de lettres et des arts, issus des salons de la marquise de Lambert, rue Colbert, et de la duchesse du Maine, au palais de Sceaux. Entre autres Messieurs de Fontenelle, le neveu de Corneille, ainsi que certains membres de la diplomatie étrangère.

La préoccupation dominante de Louis XIV a toujours été jusqu'à sa mort, en 1715, d'établir ses enfants naturels. Il maria son fils illégitime au pied déformé, le duc du Maine, qu'il avait eu avec madame de Montespan, avec la petite-fille du Grand Condé, une princesse du sang, si petite qu'on la prenait pour une naine. Ambitieuse, elle fit en sorte que son mari fût considéré comme un fils légitime du Roi-Soleil. Pour la récompenser, le duc acheta à son épouse le magnifique domaine de Sceaux.

Le comte Joli-Cœur recevait également à sa table Andrei Matveev, le délégué du tsar de Russie, Pierre le Grand de Russie, venu pour discuter avec le Roy de la capture de deux vaisseaux russes par les corsaires de Dunkerke.

Le tsar de Russie avait demandé en 1697 à François Le Fort, son ambassadeur en France, de réorganiser l'armée et la marine russes sur le modèle européen et d'établir une première ambassade d'un tsar en Europe. Joli-Cœur fut mis à contribution par sa connaissance des réseaux commerciaux des grandes puissances européennes. Mais une révolte à Moscou força le tsar à interrompre son voyage. Le Fort mourut quelque temps après. Pierre le Grand avait boudé Joli-Cœur parce que ce dernier s'était amouraché d'une actrice du Théâtre du Bolchoï de Moscou, Katia Ostrovska, qui avait ridiculisé le régime tsariste, bien naïvement, en refusant un rôle où elle devenait la maîtresse d'Ivan le Terrible, le tsar qui unifia la Russie au XVIe siècle en terrifiant son peuple.

Toutefois, Pierre le Grand avait renoué ses liens avec le comte Joli-Cœur. Le tsar demanda à ce dernier, en remplacement de Le Fort, d'intervenir auprès de l'architecte Leblond pour qu'il dessine les plans de la ville de Saint-Pétersbourg sur la Neva, fondée en 1703 sur le modèle de Versailles, que le tsar admirait tant. Le monarque avait demandé au comte d'accueillir son délégué, André Matveev, et de l'aider à obtenir une audience de la plus haute importance avec le Roy.

Chatou avait suggéré à Joli-Cœur d'inviter quelques noms prestigieux du théâtre populaire, inspiré de la commedia dell'arte italienne[11], les auteurs de tréteaux[12] de la Foire, comme Regnard, le nouveau Molière qui venait de produire la pièce *Les Folies amoureuses*, et Dancourt, qui écrivait pour les forains. Toutefois, Carolus Allard et les représentants de sa troupe ne furent pas invités. Joli-Cœur misa sur la complicité du marquis de Sourches[13] pour cautionner la présence de personnages que le souverain aurait jugée indésirable, sans compromettre la promotion visée de premier gentilhomme des menus plaisirs du Roy.

Mathilde et Cassandre se rendirent compte que le costume féminin était la réplique de celui des hommes avec ses coiffures très hautes et ses nombreux ornements de rubans et de dentelle. La cravate de couleur rouge dominait chez les aristocrates qui voulaient afficher leur position sociale. Quant aux femmes, leur fontange mettait leur vie en péril, car l'une d'elles brûla la dentelle de son échafaudage au contact de la chandelle d'un lustre.

Pour la circonstance, Chatou réussit non sans peine à retenir les services d'un traiteur de Versailles. Sa cuisine fut soucieuse de présenter des plats longuement cuisinés. Les officiers de bouche furent remplacés par les cuisiniers, les saladiers et les marmitons de Joli-Cœur.

Le festin commença par le potage à la royale, fait de blancs de perdrix cuits dans un bouillon aromatisé et présenté sur des croûtes mitonnées dans du jus de veau. Les convives avaient aussi

---

11. Comédies non écrites, réduites à des canevas sur lesquels les acteurs improvisaient, au gré de leur imagination et de leur verve. Lazzi (gags), plaisanteries, grimaces, jeu total de mimiques et postures grotesques accompagnaient un texte simple et sans mystère.
12. Théâtre de saltimbanques.
13. Louis-François du Bouchet, marquis de Sourches, critique littéraire et mémorialiste reconnu, considéré comme le rapporteur officiel de Sa Majesté.

le choix d'un potage de laitue, d'œufs, de fines herbes et d'épices auxquelles on ajoutait un jus de champignon.

Comme entrée, du gigot de mouton cuit dans un bouillon fut servi agrémenté d'abats et de jambon aux clous de girofle et à la cannelle.

Les rôtis étaient composés de filets de cerf aux perdreaux truffés, de pièces de bœuf à la marjolaine surmontées de faisans et bourrées de clous de girofle, et de chapons aux huîtres. Ces rôtis furent accompagnés de chicorée, de betteraves, d'asperges, de choux-fleurs, d'aubergines, de concombres, d'artichauts et, surtout, de petits pois. Les fines herbes comme le fenouil et l'estragon faisaient partie du tout. Le maître-queux cuisina un pain de viande en fricassée au gingembre accompagné de petits pois.

Au dessert, le velouté de fraises vola la vedette. Les poires, les pêches, les mûres, les oranges du Portugal et les raisins de Touraine et de Champagne foisonnaient. Des fruits confits furent également présentés piqués de cure-dents au bois de rose.

Les invités purent apprécier un vin rouge de Bourgogne ainsi qu'un vin blanc de Champagne, en plus des orangeades, du chocolat, du thé de Chine et du Japon, et du café.

Après le festin, les invités furent conviés à danser le menuet au son d'un orchestre de chambre composé de violons, de violoncelles, de guitares, de flûtes et de hautbois. Au fond de l'immense salle à manger, un clavecin attendait que les mains expertes de Cassandre touchent le clavier.

La maquilleuse avait fardé le visage de Cassandre de rouge d'Espagne sur fond blanc. Mathilde avait recommandé à la jeune fille de porter quelques mouches[14] en forme de demi-lune.

– Tiens, l'enjouée sur la joue t'irait très bien à ton âge.

---

14. La mouche est un petit morceau de tissu qui se colle sur le visage.

— Non, je préfère la passionnée, au coin de l'œil.

— Mais, Cassandre, l'emplacement de la mouche n'est pas innocent, il a une signification connue de tous.

— Et que porterez-vous alors, tante Mathilde?

— Pour moi, ce sera la discrète, en haut de la pointe du menton.

— Alors, j'opte pour la coquette, sur la joue, près de la bouche.

Les coiffures furent aspergées d'eau de fleur, de muguet pour Cassandre et de jasmin pour Mathilde. La perruque rouge vif de Joli-Cœur fut imbibée d'eau de Cologne, tandis que celle de Chatou fut parfumée à l'eau de rose.

Cassandre avait demandé d'être assise pendant le repas près de la comtesse et du comte Joli-Cœur. Ce dernier, cependant, tint à placer près d'elle le marquis de Sourches.

— Mais il a quatre fois mon âge!

— Justement, avec son expérience, il saura se montrer attentif sans être déplacé. Il est un grand pourvoyeur d'informations artistiques, théâtrales et littéraires à la cour. Tu sais que le Roy est friand de théâtre[15].

Chatou invita Cassandre à inscrire dans son carnet de danse le nom des invités qui pourraient influencer sa carrière. Cassandre rencontra des acteurs de l'Hôtel de Bourgogne qui étaient sans égaux pour jouer la tragédie.

Durant l'une des danses, comme elle apprenait au directeur de la troupe italienne de théâtre, Mezzetin, qu'elle avait déjà, à

---

15. Louis XIV va tenir soixante-dix-neuf rôles théâtraux entre 1650 et 1670, même des rôles de femme. Il abandonnera à l'âge de trente-deux ans, lors de la deuxième interprétation des *Amants magnifiques,* de Lully, parce que les répétitions avaient miné sa santé, au dire de ses médecins.

Québec, personnifié Monime dans la pièce *Mithridate*, ce dernier lui avança tout à coup :

– Il ne fait aucun doute que vous êtes comme Monime, *signorita*, une figure ardente, pure, généreuse au-delà de toute expression. Votre lyrisme romantique ne peut qu'annoncer un drame sentimental, frisant le malheur et dont vous serez à la fois l'instigatrice et la victime. Vous personnifiez, Cassandre, à la fois le pathos brûlant et la forte volonté de réussir…

Le comédien continua :

– Vous devriez être des nôtres, Cassandre… En vous voyant, ma passion est aveugle, à tel point qu'elle frise l'hallucination. Permettez-moi d'emprunter à *Phèdre* cette folie adaptée à ce moment divin :

Ce n'est plus une ardeur dans mes veines cachée :
C'est Vénus tout entière à sa proie attachée.

En déclamant ces vers, Mezzetin tenta de glisser sa main dans le corsage de Cassandre en lui murmurant à l'oreille :

– Permettez-moi de tâter ce téton de Vénus et vous serez sur scène quand vous le voudrez. Vous remplacerez la mémoire de la Champmeslé[16], notre grande actrice, dans les rôles de Bérénice, d'Athalie et de Phèdre.

Cassandre se figea sur place devant le comportement inconvenant et obscène de Mezzetin. Elle eut une réaction violente, lui arrachant ni plus ni moins la main de son corsage, et lui dit de manière virulente :

– Que sont ces manières, monsieur !

– Ce sont les manières de Paris, mademoiselle !

---

16. Cette dernière était décédée en 1699, la même année que Jean Racine, le dramaturge, un de ses amants.

Aussitôt, Cassandre s'éloigna.

– Quelle mouche la pique, cette soubrette du Nouveau Monde?

Le comte Joli-Cœur, qui surveillait de loin la conversation, avait vu le geste indécent du directeur de la troupe. Il s'était rapproché pour éviter que le gaillard incommodât davantage Cassandre.

– Il se trouve, Monsieur, que cette jeune personne est ma pupille! Je ne permettrai à quiconque de la salir en promesse d'un petit rôle de rien du tout. Si vous continuez à vous comporter de la sorte, c'est au Roy lui-même que vous répondrez.

– Au Roy? questionna le goujat, mort de peur.

– Au Roy, vous avez bien entendu, car Cassandre lui sera présentée dès le mois prochain. Ses études vont lui permettre de se faire valoir davantage que son décolleté, Monsieur.

Le marquis de Sourches, qui avait suivi la scène avec amusement, se pencha à l'oreille du comte Joli-Cœur.

– Cette demoiselle a de la fierté. Vous avez bien fait de remettre à sa place ce voyou. C'est le Roy qui en rira[17]. Je dirai un bon mot pour elle à la marquise de Maintenon.

Inaugurée en 1689 par Madame de Maintenon, la Maison Royale de Saint-Louis, à Saint-Cyr, près de Versailles, était destinée à accueillir les filles de l'aristocratie pauvre qui n'avaient pas la chance de recevoir leur éducation à la maison ou dans des couvents reconnus. Les pensionnaires, deux cent cinquante filles nobles, étaient éduquées gratuitement grâce à la générosité du

---

17. Devenu dévot en vieillissant, Louis XIV considérait que le seul théâtre valable demeurait la tragédie de la Comédie-Française, avec la tragédie lyrique de l'opéra. Il venait d'écarter le théâtre italien populaire, installé à Paris depuis le début de son règne, parce qu'il avait été informé que les comédiens italiens avaient joué la pièce *La Fausse prude*, où d'aucuns y reconnurent Madame de Maintenon. Mezzetin, un Italien insolent, selon le Roy, s'obstinait à contester la décision du Roy.

Roy. Exceptionnellement, le couvent hébergeait des provinciales de la bourgeoisie au talent exceptionnel, dans la mesure où elles avaient pu être parrainées par des membres de l'aristocratie et où ces répondants étaient fortunés.

Marie-Renée Allard répondait à ces critères de sélection, car son protecteur, le comte Joli-Cœur, était connu pour son immense fortune. Quant au talent de la jeune fille, le fait que sa mère, Eugénie Languille, eut déjà donné un concert de clavecin en présence de la duchesse d'Aiguillon et de la comtesse de Brienne, et qu'elle fut jadis recommandée comme fille du Roy par la reine mère elle-même, Anne d'Autriche, ne le mettait pas en doute.

L'épouse morganatique[18] du Roy, qui s'occupait elle-même de la sélection des pensionnaires, souhaitait, pour faire plaisir à son royal mari, élever d'un cran le niveau artistique de son établissement. Ainsi, elle permit à certaines roturières de talent d'être admises. Elle crut sur parole le comte Joli-Cœur qui lui avait présenté la belle Estelle, devenue marquise de Pauillac, laquelle avait déjà si bien réchauffé la couche du Roy en donnant son accord tacite. Depuis, Louis XIV avait suivi l'exemple de son épouse bigote et était devenu lui-même un dévot.

Le couvent de Saint-Cyr était à l'image du château de Versailles. Son immense façade était divisée en deux ailes perpendiculaires qui formaient un carré protégé par une haute grille permettant d'entrer à la Maison Royale. Une des ailes était destinée au corps de logis des pensionnaires, avec dortoirs chauffés, chambres pour certaines privilégiées, salles de classe et de musique, bibliothèque, infirmerie et réfectoire. L'autre aile était réservée aux religieuses.

L'un des côtés du château comprenait deux parloirs. Pendant les visites, une religieuse écoutait les conversations afin de vérifier que les pensionnaires se comportaient comme l'enseignement du couvent l'exigeait. La chapelle, dont les

---

18. Relatif à un mariage contracté entre un prince et une personne de rang inférieur, exclue des dignités nobiliaires.

dimensions rappelaient celles des monastères, avec son clocher de style gothique, terminait l'édifice.

L'autre côté abritait les dépendances, la domesticité et les corps de métier nécessaires à l'organisation et à l'entretien du château. Les jardins avaient été dessinés par Le Nôtre, l'architecte paysagiste du Roy. Une fontaine centrale sobre décorait l'entrée principale flanquée de deux allées d'ifs qui faisaient contrepoids à la prairie luxuriante des environs du château. Une cour, un jardin ainsi qu'un potager complétaient l'organisation architecturale du couvent, sis en pleine campagne.

Madame de Maintenon avait voulu que la réputation de son pensionnat pût inspirer ses élèves, qu'elle destinait aux plus hauts mariages. L'aisance, l'élégance des manières, l'art de la conversation, la correspondance, le bon maintien, les leçons de politesse étaient enseignés aux jeunes filles qui étaient éduquées en futures femmes du monde. Les jeunes filles étudiaient quotidiennement le chant choral et les élèves plus douées apprenaient à jouer d'un instrument.

À Saint-Cyr, le latin, la poésie, l'histoire, la géographie, les sciences et, surtout, le théâtre figuraient parmi les matières enseignées, tout autant que l'éducation religieuse. Les sœurs enseignantes ne s'étaient pas méfiées de la littérature romanesque et des arts qui enflammaient l'imagination des pensionnaires, adolescentes pour la plupart. La marquise de Maintenon s'était dit que ses pensionnaires se marieraient un jour et qu'il valait mieux qu'elles le fissent par sentiment. D'aucuns pensèrent que cette idéologie provenait de la manière de vivre du Roy lui-même.

Mais après la représentation de *Cinna*, la tragédie de Pierre Corneille, les échanges épistolaires étaient devenus fréquents et des intrigues amoureuses s'étaient nouées avec la complicité des religieuses attitrées au parloir. Il faut dire que le couvent de Saint-Cyr, à cause de sa proximité avec le château de Versailles, recevait la visite de personnages de la haute noblesse qui faisaient partie de la cour et qui cherchaient une épouse pure, de bonne famille et bien éduquée. Dès lors, Madame de Maintenon avait exigé que l'on resserrât la discipline.

Lorsque Cassandre arriva au pensionnat de Saint-Cyr, accompagnée de Mathilde, qui tenait à reconnaître les lieux, ainsi que du comte Joli-Cœur, ils furent accueillis par la Mère supérieure de l'établissement avec politesse et gentillesse étant donné que ce dernier venait de faire un don substantiel à l'institution.

— Cette marque de confiance envers notre maison d'éducation, monsieur le comte, nous permettra de parfaire notre enseignement et d'attirer les professeurs les plus renommés. La marquise de Maintenon vous en saura gré, commença par dire la Supérieure.

— Quoique nous soyons connus de la marquise et de la Maison du Roy, nous apprécierions que cette minime donation de notre part ne soit connue que de nous, ma mère! répondit le comte.

Joli-Cœur avait bien pris soin d'en informer le vicomte de Chatou, qui s'était empressé de le répéter en catimini au marquis de Sourches. Ce dernier en fit mention la semaine suivante dans son rapport culturel au Roy, à l'occasion du Petit couvert[19].

— Comme il vous plaira. Cette touchante attention ne peut que s'ajouter à vos innombrables mérites.

Joli-Cœur baissa la tête, accompagné par Mathilde. Cassandre ne broncha pas. La Supérieure s'en aperçut.

— Ainsi, vous êtes la demoiselle du Canada.

Cassandre, qui se rappela les enseignements des Ursulines de Québec, fit une révérence, pliant légèrement les genoux et inclinant lentement la tête.

---

19. Petit-déjeuner du Roy.

— Comme vous le dites, ma mère.

— Vos manières, quoique polies, manquent d'élégance et de noblesse. Où avez-vous reçu votre éducation, mon enfant?

— À Québec, chez les Ursulines, ma mère.

— J'en étais certaine! Trop de sécheresse dans le mouvement, pas assez de rondeur dans le maintien. On dirait la posture du militaire en embuscade. Il vous faut davantage de parade.

— Mais, ma mère, les Ursulines de Québec ont été à l'école des Ursulines de Tours, s'empressa de préciser Mathilde qui voulut prendre la défense de Marie de l'Incarnation et d'Eugénie, la mère de Cassandre.

La Mère supérieure regarda attentivement Mathilde avec un air de reproche.

— Je le sais aussi bien que vous, comtesse. J'ai été moi-même ursuline à Paris. Nous connaissions la rigueur de la maîtresse des novices de Tours. À Saint-Cyr, ce n'est pas un monastère qui prépare à la vie religieuse, mais un pensionnat qui forme les dames de la cour de demain.

Contrariée d'avoir été rabrouée par la Mère supérieure, Mathilde prit le parti de conserver le silence. La Supérieure continua:

— Quel est votre prénom, mademoiselle?

Cassandre, prise par surprise, conserva le silence. La religieuse la regarda intensément et ajouta:

— Vous avez bien un prénom, n'est-ce pas?

— Cassandre, ma mère.

La religieuse toisa Cassandre avec défi. Se pouvait-il qu'une future pensionnaire puisse la narguer de la sorte, noble ou pas?

— C'est un prénom emprunté à la poésie, ça!

Joli-Cœur décida qu'il était temps d'intervenir.

— Vous savez, ma mère, que ma pupille veut s'adonner au théâtre et que votre institution est la plus renommée qui soit pour cet avenir.

— Mais elle n'est pas votre fille?

La Supérieure jeta une œillade meurtrière à Mathilde, comme si elle l'accusait du péché le plus obscène.

— Elle n'est pas la mienne non plus, Cassandre est notre pupille. La fille de notre meilleure amie, Eugénie Languille.

— Eugénie Languille, la claveciniste qui a émigré au Canada? interrogea la religieuse.

— C'est ma mère! s'exclama Cassandre.

Le son de l'éclat de joie de Cassandre se répercuta du parloir jusqu'au corridor de la bâtisse.

— Mademoiselle Languille! J'ai assisté à son concert de clavecin à Paris, quand j'étais jeune novice. Elle devait rejoindre Marie de l'Incarnation et Madeleine de la Peltrie au Canada pour se faire religieuse. À l'évidence, elle ne l'est pas devenue. Mais quel talent!

À cet instant, Mathilde décida de passer outre à son humiliation et d'informer la religieuse de la venue de Cassandre en France, en commençant par le départ des filles du Roy.

— Avec votre permission, ma mère, laissez-moi vous raconter la suite de cette odyssée.

La religieuse, qui donna son assentiment par un sourire timide, écouta attentivement le récit de Mathilde, qui évita de mentionner le nom de Thierry Labarre.

– Que c'est intéressant! En vous observant, Marie-Renée, je me suis rappelé votre mère presque à votre âge. Vous êtes bien la fille de mademoiselle Eugénie Languille.

Comme Cassandre avait haussé les sourcils en entendant prononcer son véritable prénom, la religieuse s'imposa:

– La discipline du couvent exige que nous appelions nos pensionnaires par leur prénom, et non par leur titre. Comme Cassandre est un prénom emprunté à la poésie, je ne peux vous permettre de l'employer. D'ailleurs, Marie-Renée est un prénom fort joli, celui d'un ancien roy de France, ne l'oubliez pas...

La grimace de Marie-Renée n'échappa pas à la Supérieure qui se contint pour ne pas exprimer sa victoire sur le caractère de la jeune fille. La religieuse continua:

– Mais ne désespérez pas, nous nous occuperons de votre talent une fois votre installation terminée. Le Roy viendra nous visiter sous peu et nous sommes en train de répartir les rôles d'une des pièces du dramaturge Racine. En avez-vous déjà joué, Marie-Renée?

– Oui, ma mère. J'ai joué le rôle de Monime, dans *Mithridate*.

En entendant le prénom de l'héroïne, Mathilde se souvint de la représentation de la pièce à Québec avec Anne, Eugénie et Marie-Chaton, et de la sévère punition infligée à Eugénie et à François par l'archevêché de Québec en raison de la délation de leur fils Jean-François.

– Eh bien, nous donnerons *Esther*, la pièce préférée de notre bienfaitrice, la marquise de Maintenon. Nous évaluerons vos possibilités, Marie-Renée.

— Et ses cours de chant et de musique, ma mère? s'inquiéta Mathilde.

— Si ces activités ne prennent pas le dessus sur ses autres matières, je n'y vois pas d'objection, bien au contraire. Mais elles nous coûtent cher. Voyez-vous, comte Joli-Cœur, l'accueil, plus que les gages de nos illustres professeurs, alourdit notre passif.

— Qu'à cela ne tienne, ma mère! Voici un crédit à votre intention, lequel compensera largement les cours privés de Marie-Renée.

À ces mots, le comte Joli-Cœur griffonna une note de crédit. La Supérieure demeura hautaine :

— Ces considérations matérielles se négocient avec notre sœur économe… Il est temps pour vous, Marie-Renée, de rencontrer vos camarades. Je vais demander à notre préfète des études de vous accompagner pour la visite des lieux.

Quand la Supérieure se rendit compte de sa bévue en voyant la mine déçue de Mathilde, elle s'empressa d'ajouter :

— J'oubliais, vous me pardonnerez. La comtesse et le comte sont invités à visiter notre couvent, s'ils le désirent.

— Avec tous nos remerciements, ma mère. Eugénie souhaitera bien, un jour, me poser quelques questions sur les conditions de pensionnat de Marie-Renée.

— Alors, vous pourrez la rassurer, car Marie-Renée sera bien traitée. Nous donnons ici un encadrement envié par toutes les jeunes filles du royaume de France. De plus, vous lui rendrez mes respectueuses salutations. Sans doute que sa jeune fille a pu hériter des qualités de sa mère.

— Cela ne fait aucun doute dans nos esprits, ma mère.

Cette dernière fit demander la préfète des études, lui présenta les nouveaux arrivants et lui chuchota quelques mots à l'oreille.

À ce moment, Mathilde se tourna vers Thierry et le regarda intensément.

– *Qu'en penses-tu, Thierry? Je ne suis pas encore convaincue du sérieux de Cassandre, avec tous ses artifices.*

Ce dernier lui sourit pour ne pas l'inquiéter.

Si Mathilde l'avait vue, l'autre jour, tenter de me séduire, elle ne serait pas rassurée. Mais ça, elle ne le saura jamais!

Escortés par la Mère prieure, Mathilde, Cassandre et Thierry visitèrent d'abord le réfectoire composé d'une grande salle avec de longues tables en bois et quelques buffets. Les murs étaient ornés de boiseries et le plancher était fait de carrelage. Mathilde voulut visiter le dortoir. La chambre de Cassandre permettait de loger deux pensionnaires. Pour chacune d'elles, un prie-Dieu, une tablette pour poser quelques livres, une chaise en paille, une table et un lit recouvert de draps et d'une couette d'hiver compo-saient l'ameublement et les commodités. Les logeuses n'étaient habituellement pas au même niveau d'apprentissage ni du même âge, afin de favoriser l'étude et le bon exemple. Habituellement, une pensionnaire plus âgée faisait équipe avec une plus jeune.

Mais pour mademoiselle Marie-Renée Allard, la fille d'Eugénie Languille, la Supérieure du couvent fit une exception.

La compagne de chambre de Cassandre se nommait Alix Choisy de La Garde. Âgée de dix-sept ans, elle résidait à Saint-Cyr depuis ses sept ans. Elle était orpheline d'un père militaire décédé à la guerre comme sous-lieutenant de régiment et d'une mère qui n'avait pas survécu à la détresse d'élever elle-même une famille nombreuse. Elle était dans une classe bleue, selon la couleur de ses rubans, la couleur portée par les plus vieilles. Comme Cassandre n'avait que seize ans, la Supérieure lui octroya le ruban et le bonnet rond de couleur jaune des quatorze à dix-sept ans, selon le règlement.

Alix maîtrisait parfaitement la grammaire et l'orthographe de la langue française, ainsi que le latin. En classe bleue, Alix dansait le menuet à ravir et était considérée comme douée pour le violon. Mais sa passion, c'était le théâtre et, à cet égard, elle venait de commencer l'étude du grec pour mieux comprendre les tragédies qu'elle jouait. Elle répétait en ce moment les différents rôles de la pièce *Esther* dans l'espoir de jouer le rôle principal et, ainsi, d'être remarquée par le Roy, qui devait assister à la représentation dans quelques semaines. Elle tenait absolument à épouser un gentilhomme dès qu'elle aurait atteint ses vingt ans.

Quand les deux jeunes filles se rencontrèrent juste avant les vêpres, devant la chapelle, Alix interpella Cassandre.

— Alors, c'est vous la demoiselle du Nouveau Monde qui logerez avec moi, dans notre modeste chambrette.

— Oui, c'est moi, répondit Cassandre.

— Comment se fait-il que vous soyez blonde aux yeux bleus ? Les sauvagesses ont les pommettes saillantes, le teint mat et les cheveux crépus.

— Il faut conclure que je ne suis pas une sauvagesse, alors ! Il vaudrait mieux que vous appreniez davantage vos leçons d'histoire et de géographie plutôt que le grec et le latin, comme les Anciens. Soyez moderne, mademoiselle dont je ne sais pas encore le nom.

La repartie cinglante de Cassandre eut l'avantage de mettre sur la défensive la jeune fille qui avait commencé la conversation de manière si offensive.

— Alix Choisy de La Garde. Mais appelez-moi Alix, uniquement, comme mes amies. Et vous ?

— Marie-Renée Allard. Mais appelez-moi Cassandre, uniquement, comme mes admirateurs. En secret, toutefois. J'aimerais que l'on se tutoie, dorénavant.

— Cassandre, j'aimerais tellement que tu me parles du Canada et des sauvages.

— Une de mes amies, Étiennette, a failli être enlevée à ses parents dès sa naissance parce que son hameau avait été attaqué par les Iroquois.

— Les Iroquois ? Ces sauvages sanguinaires et tortionnaires qui dévorent le cœur de leurs ennemis ? Quand mes amies apprendront cela !

— Et c'est souvent pire. Ils emmènent les Françaises en captivité pour qu'elles deviennent leurs épouses.

— Quelle horreur ! Mais il est quinze heures, et c'est le moment des vêpres. Après ma classe de théâtre, ce sera ma répétition de la pièce *Esther*. J'aimerais que tu viennes m'entendre. Nous continuerons notre discussion ce soir, dans la chambre.

— Tout à fait d'accord, Alix. Retrouvons-nous à dix-neuf heures dans la chambre, nous aurons tout notre temps pour faire davantage connaissance.

Cassandre profita de l'après-midi pour déballer ses malles, ranger son linge, prendre connaissance des horaires, visiter les salles de classe et d'études ainsi que les cours de récréation avant d'assister à la répétition théâtrale d'*Esther*, dans la classe d'Alix.

L'emploi du temps au couvent de Saint-Cyr était bien réglementé.

Les pensionnaires se levaient dès la sonnerie de cinq heures les matins d'été et de six heures en hiver, parfois six heures trente lorsqu'il faisait très froid. Elles se rendaient alors à la chapelle pour les matines, qu'elles terminaient par les laudes. Ensuite, après une toilette rapide à l'eau froide, elles se coiffaient entre elles et se rendaient à la chapelle à sept heures pour entendre la messe.

Les pensionnaires déjeunaient au réfectoire à huit heures et allaient en classe dès huit heures trente pour commencer leurs leçons ou leurs ouvrages. À onze heures, elles prenaient leur repas du midi au réfectoire pendant que l'une d'entre elles faisait la lecture aux autres. À midi quinze, après une courte récréation, elles retournaient en classe jusqu'à quinze heures, moment des vêpres. À quinze heures trente, elles effectuaient le retour en classe. Elles prenaient le repas du soir à dix-sept heures, suivi d'une courte récréation, car, à dix-huit heures trente, elles récitaient les complies. À vingt heures, elles allaient au lit.

Cassandre put prendre son premier repas au réfectoire composé d'un potage, d'un ragoût de viande, de fromage et de fruits. Elle le trouva bon. Elle remarqua Alix qui faisait la lecture et qui, l'ayant reconnue, tentait de la fixer le plus souvent possible. Elle déclamait sa lecture biblique comme si elle interprétait le rôle de sa vie au théâtre. Cassandre aperçut une jeune fille qui mangeait par terre. La religieuse lui expliqua que la pénitente en était à sa quatrième coulpe puisqu'elle avait manqué de respect à une religieuse. À sa troisième coulpe, cette même jeune fille, qui entretenait une correspondance secrète avec son amoureux, s'en était prise à la religieuse qui l'avait démasquée.

— Bien entendu, elle recevra de nombreux coups la prochaine fois, et devant les pensionnaires! Elle ne recommencera plus, déclara la préfète de discipline, certaine de son effet devant la nouvelle venue.

Cassandre retrouva Alix dans leur chambre vers dix-neuf heures, tel que convenu.

— Et puis, as-tu bien mangé, Cassandre?

— Je m'attendais à mieux, étant donné que la marquise de Maintenon est la bienfaitrice du couvent.

— C'est parce que les religieuses se farcissent les meilleurs plats et nous enlèvent notre pitance. Tu devrais voir le menu quand Madame de Maintenon nous rend visite. On nous sert des asperges, des poulardes aux champignons, des haricots verts et des petits pois. Le tout, ma chère, arrosé de vin rouge. Le menu de notre Roy. Évidemment, on recommence à jeûner le lendemain, tandis que nos bonnes sœurs se délectent de ce qui était prévu pour les pensionnaires.

— À quoi jouez-vous pendant les récréations?

— Nous jouons aux quilles, aux échecs, aux dominos, aux boules; les plus jeunes, aux osselets[20].

— Comme dans l'*Iliade*[21] d'Homère?

— Tout à fait. Les jeunes Grecs ainsi que leurs dieux jouaient aux osselets.

— Celle qui a été punie, qu'avait-elle fait de si terrible?

— Ninon de La Grange? Elle a été prise à correspondre avec son amoureux, un écuyer des écuries du Roy, qui n'est pas du goût de la Mère supérieure. Comme elle a défendu à ce dernier de lui rendre visite au parloir, Ninon, qui en est follement éprise, a entretenu une correspondance jugée libertine. Elle trouvera bien le moyen de continuer avec son écuyer. Seulement…

— Seulement quoi?

— À la troisième coulpe de Ninon, le règlement changea radicalement et devint très strict.

Alix fit une pause et continua:

---

20. Les osselets se jouaient à deux. On lançait en l'air les quatre osselets fabriqués avec de petits os de mouton, que l'on tentait d'attraper. Chaque osselet portait un nom, une marque sur les quatre faces, et donnait des points. Comme notre jeu de dés.
21. C'est le récit d'un épisode de la guerre de Troie.

– Les religieuses attribuèrent le comportement de Ninon à l'influence de la pièce *Cinna*, de Pierre Corneille. Ninon interprétait le rôle d'Émilie, amoureuse de Cinna[22]. Nos heures de visite diminuèrent, les récréations se déroulèrent en silence et la nourriture… Quelle pourriture! Jusqu'au jour où Ninon fut dénoncée. Alors, nous nous sommes vengées des religieuses.

– Comment?

– Quand tu apprendras à mieux nous connaître, mes amies et moi, tu comprendras que rien n'est à notre épreuve.

Cassandre essaya d'évaluer la franchise de sa compagne de chambre.

– As-tu un amoureux, Alix?

La jeune fille pouffa de rire.

– Ai-je dit quelque chose de drôle ou de répréhensible?

– Non, mais j'ai des admirateurs!

– Lesquels?

– À commencer par mon professeur de clavecin qui soupire pour moi depuis un long moment. Mais il peut continuer à soupirer, parce que je ne le trouve pas séduisant.

– Comment s'appelle-t-il?

---

22. L'empereur Auguste fit jadis exécuter Toranius, son tuteur qu'il avait proscrit durant le triumvirat et qui était le père de la jeune Émilie, qu'il considérait désormais comme sa fille. Mais Émilie était amoureuse de Cinna, fils d'une fille de Pompée. Émilie demanda à Cinna de sauver son honneur en tuant Auguste, sans quoi elle ne l'épouserait pas. Cinna organisa alors un grand complot contre l'empereur afin de l'assassiner. Le complot fut éventé. Émilie et Cinna furent mis en accusation devant Auguste. Émilie voulut innocenter Cinna et se déclara la seule coupable en prétendant l'avoir séduit à ses fins. Auguste, accablé par la haine de tous ceux qui lui étaient chers, décida finalement de les gracier. La bonté de l'empereur fut louangée par les deux amants.

– Bertin de la Doué.

– Drôle de nom !

– Quand tu connaîtras son prénom ! Toussaint !

– Toussaint ? En effet !

Cassandre et Alix se mirent à rigoler. Elles se sentaient vraiment en confiance l'une avec l'autre. Cassandre poursuivit :

– Lui as-tu déjà laissé de l'espoir ?

– Attends de le voir ! Nous sommes toutes de jolies filles qui rêvons de nous marier avec un soupirant noble, pas avec un artiste de foire.

– N'es-tu pas trop sévère ? Un de tes autres admirateurs pourrait-il devenir ton mari ?

Alix devint subitement silencieuse. Puis elle reprit plus sérieusement :

– Madame de Maintenon m'a assurée qu'elle me trouverait le meilleur des partis quand j'aurai mes vingt ans et que mon éducation sera terminée. Il ne me reste plus que trois ans.

– Moi, je mourrais déjà de savoir qu'il me resterait encore trois années à être enfermée, sans savoir qui j'épouserais.

– Ce n'est pas comme ça au Canada ? demanda la jeune fille.

– Loin de là. Les quelques jeunes filles qui restent au couvent le font parce qu'elles souhaitent se faire religieuses.

– Ce qui n'est pas ton cas, Cassandre ?

– Que non ! Moi, c'est le théâtre, la scène, le succès, la vie, quoi !

Alix se dépêcha à ce moment de poser la question qui lui brûlait les lèvres :

— Et ton amoureux, Cassandre, il n'est pas jaloux de tes ambitions ?

— C'est plutôt moi qui devrais être jalouse de son épouse.

— Quoi, tu es la maîtresse d'un homme marié ?

— Non, pas encore, mais cela ne devrait pas tarder.

— Est-il riche, noble et beau ?

— Extrêmement riche, extrêmement noble et extrêmement beau.

— Merveilleux ! Est-il vieux ?

— Extrêmement vieux !

À cette boutade, les deux jeunes filles, comme deux complices de longue date, pouffèrent de rire.

— Chut ! La préfète va nous entendre. Elle espionne aux portes…

— Dis-moi, Cassandre, comment as-tu trouvé mon interprétation d'Esther ?

— Je te verrais beaucoup mieux dans la peau de Phèdre.

Ah ! douleur non encore éprouvée !
À quel nouveau tourment je me suis réservée !
Tout ce que j'ai souffert, mes craintes, mes transports,
La fureur de mes feux, l'horreur de mes remords…

— Ce que tu déclames bien ! On aurait dit la Champmeslé. Mais, dis-moi, comment m'as-tu trouvée ?

Comme Cassandre allait répondre, la préfète frappa à la porte de la chambre.

— Cela suffit, mes demoiselles. Vous devriez déjà dormir. Silence, sinon je devrai vous faire subir la coulpe. J'oublie cette indiscipline d'aujourd'hui, car mademoiselle du Canada est nouvelle. Mais, à partir de demain, je devrai sévir.

Cassandre mit un doigt sur sa bouche en guise de réponse. Elle souhaita cependant bonne nuit à Alix en remuant les lèvres. Ensuite, Alix alla souffler la chandelle. Couchée, Cassandre fit le bilan de sa première journée de pensionnat.

Surprenant! Je n'aurais jamais cru que ma mère était connue à ce point en France. Même à Versailles! Comment se débrouille-t-elle à la ferme, avec mes frères? Elle doit s'ennuyer de moi. Moi aussi, je m'ennuie d'elle. Dès demain, je vais commencer à lui écrire. J'ai encore le temps! Le prochain bateau ne partira pas avant le début d'avril.

Là-dessus, Cassandre s'endormit et rêva à sa destinée.

CHAPITRE II
Esther

Pour l'inauguration du couvent de Saint-Cyr, Madame de Maintenon avait demandé au dramaturge Jean Racine de lui composer une tragédie. *Esther*, une tragédie biblique avec chœurs, présentée pour la première fois le 26 janvier 1689, connut un vif succès. Elle valut à Racine d'être nommé gentilhomme ordinaire du Roy.

Poète et meilleur ami de Boileau, Racine s'était fait connaître du Roy lorsqu'il composa, à l'occasion du mariage de Louis XIV, en 1660, la *Nymphe de la Seine*, ode dédiée à la reine Marie-Thérèse d'Autriche. Par la suite, ses pièces maîtresses, *La Thébaïde*, *Frères ennemis*, *Alexandre le Grand*, *Andromaque*, *les Plaideurs*, *Britannicus*, *Bérénice*, *Bajazet*, *Mithridate*, *Iphigénie*, *Phèdre*, *Esther* et *Athalie* se succédèrent jusqu'en 1691. Il mourut en 1699.

Le fait d'avoir accepté l'invitation de Madame de Maintenon était un acte de courtisanerie de la part du célèbre dramaturge, qui souhaitait mettre en évidence avec son personnage Esther un modèle de pureté, les qualités féminines de piété et de dévouement que sa bienfaitrice voulait voir inculquer à ses protégées de Saint-Cyr. De plus, si l'aventure d'Esther faisait référence au peuple juif et à ses malheurs, les personnages d'Assuérus et d'Esther ne pouvaient que faire penser au roy Louis XIV et à Madame de

Maintenon pour les spectateurs de l'époque. La pièce eut le mérite de satisfaire une société devenue dévote comme ses souverains vieillissants, tout en portant l'art théâtral de Racine à son apogée. Racine avait atteint le sommet de son génie, fusionnant art et poésie, vérité et forme, selon le goût d'une élite puissante et bien définie.

L'épouse morganatique du Roy était convaincue de la valeur pédagogique du théâtre. Toutefois, la ferveur que ses pensionnaires avaient démontrée en jouant les scènes de passion amoureuse dans la pièce *Cinna* avait entraîné l'arrêt des représentations. Elle avait donc suggéré à Racine de concevoir une œuvre morale où le chant se mêlerait au récit. Racine composa une pièce sur un thème biblique tiré du *Livre d'Esther*, inspirée des anciennes tragédies grecques, et réussit à fusionner mélodie envoûtante de l'opéra et morale religieuse la plus stricte. Il avait fait de la passion la forme essentielle d'une fatalité qui déchirait les êtres et les enfermait dans le cercle de leur destin.

Dans cette tragédie en trois actes et en vers avec chœurs, le roi de Perse, Assuérus, épouse Esther sans savoir qu'elle est juive. Sur l'insistance de son favori, Aman, le souverain autorise par décret l'extermination des juifs. Devant la menace qui pese sur les Hébreux, Esther dévoile à son mari son origine et lui révèle la perfidie d'Aman. Convaincu par sa femme, Assuérus annule le décret qui met en péril le peuple juif.

Les deux principaux personnages de la tragédie étaient, bien sûr, Esther et Assuérus, mais le rôle d'Élise, la confidente d'Esther, était aussi considéré comme exigeant. Alix Choisy de La Garde et Marie-Renée Allard rivalisèrent dans l'espoir d'être la comédienne choisie pour personnifier le personnage d'Esther. Les deux adolescentes durent apprendre les premiers passages de l'acte premier, scène un, et les déclamer à tour de rôle tant et tant de fois afin d'amener les religieuses, metteurs en scène, à se prononcer.

La scène se passait à Suse, dans le palais d'Assuérus, et le théâtre représentait l'appartement d'Esther.

Scène I

Esther :

Est-ce toi, chère Élise ? Ô jour trois fois heureux !
Que béni soit le ciel qui te rend à mes vœux,
Toi qui de Benjamin comme moi descendue,
Fus de mes premiers ans la compagne assidue,
Et qui, d'un même joug souffrant l'oppression,
M'aidais à soupirer les malheurs de Sion !
Combien ce temps encore est cher à ma mémoire !
Mais toi, de ton Esther ignorais-tu la gloire ?
Depuis plus de six mois que je te fais chercher,
Quel climat, quel désert a donc pu te cacher ?

Élise :

Au bruit de votre mort justement éplorée,
Du reste des humains je vivais séparée,
Et de mes tristes jours n'attendais que la fin,
Quand tout à coup, Madame, un prophète divin :
« C'est pleurer trop longtemps une mort qui t'abuse,
Lève-toi, m'a-t-il dit, prends ton chemin vers Suse.
Là tu verras d'Esther la pompe et les honneurs,
Et sur le trône assis le sujet de tes pleurs.
Rassure, ajouta-t-il, tes tribus alarmées,
Sion : le jour approche où le Dieu des armées
Va de son bras puissant faire éclater l'appui ;
Et le cri de son peuple est monté jusqu'à lui. »
Il dit. Et moi, de joie et d'horreur pénétrée,
Je cours. De ce palais j'ai su trouver l'entrée.
Ô spectacle ! Ô triomphe admirable à mes yeux,
Digne en effet du bras qui sauva nos aïeux !
Le fier Assuérus couronne sa captive,
Et le Persan superbe est aux pieds d'une juive.
Par quels secrets ressorts[23], *par quel enchaînement,*
Le Ciel a-t-il conduit ce grand événement ?

---

23. Pouvoirs.

Esther :

Peut-être on t'a conté la fameuse disgrâce
De l'altière Vasthi, dont j'occupe la place,
Lorsque le Roi, contre elle enflammé de dépit,
La chassa de son trône, ainsi que de son lit.
Mais il ne put sitôt en bannir la pensée.
Vasthi régna longtemps dans son âme offensée.
Dans ses nombreux États il fallut donc chercher
Quelque nouvel objet qui l'en pût détacher.
Devant ce fier monarque, Élise, je parus.
Dieu tient le cœur des rois entre ses mains puissantes;
Il fait que tout prospère aux âmes innocentes,
Tandis qu'en ses projets l'orgueilleux est trompé.
De mes faibles attraits le Roi parut frappé.

Les deux jeunes filles répétèrent inlassablement les deux rôles, tantôt en classe, tantôt dans leur chambre, car elles avaient obtenu la permission de se donner la réplique. Finalement, le rôle d'Esther fut attribué à Alix et celui d'Élise à Cassandre. La Mère supérieure prétendit que la participation de Marie-Renée Allard aux chœurs des Israélites lui permettait d'être davantage utile au succès de la pièce.

Cassandre bouda les premiers jours et n'adressa pas la parole à sa grande amie, jusqu'au moment où cette dernière, n'en tenant plus, l'aborda :

— Écoute-moi, Cassandre, je vais demander à la Supérieure d'échanger nos rôles. De toute façon, c'est toi qui es la meilleure. Mes amies me l'ont dit. Je ne voudrais pas que tu aies l'impression d'être ignorée parce que tu viens du Canada.

Étonnée et honteuse de son attitude, Cassandre lui répondit :

— Il n'en est pas question ! Je sais foncièrement que c'est toi la meilleure. Et ce rôle te revient.

— Mais je ne voudrais pas perdre ton amitié…

– D'être favorisée seulement parce que je suis canadienne, sans égard pour le talent, il n'en est pas question. Tu interprètes Esther, je serai Élise.

– Tu as une si jolie voix en plus !

– Comme celle de ma mère !

– La mienne, je ne l'ai pratiquement pas connue.

– Alors, quand tu viendras au Canada, tu vivras chez nous, à Bourg-Royal.

– Chic. Mais je ne voudrais pas être scalpée ou emmenée en captivité par vos sauvages !

– Sois sans crainte ! Mes frères veilleront sur toi.

– Tes frères ?

– Georges et Simon-Thomas.

– Alors, j'ai hâte d'aller au Canada, répondit en riant Alix.

Pour la Supérieure, le fait d'accorder le deuxième rôle de la pièce à Marie-Renée répondait au souhait de la comtesse Joli-Cœur de permettre à la jeune fille de consacrer plus de temps à ses cours de musique.

Le pensionnat de Saint-Cyr embauchait pour ses étudiantes les meilleurs professeurs de musique de Versailles et de Paris.

D'abord, madame Élisabeth-Claude Jacquet de la Guerre, âgée de trente-neuf ans, veuve depuis quelques mois de Marin de la Guerre, organiste des églises Saint-Séverin et Saint-Gervais. Considérée comme un prodige du clavecin dès l'âge de treize ans, Élisabeth-Claude avait le génie de la composition puisqu'elle avait rédigé l'opéra de *Céphale et Procris*. Venant de perdre son fils unique de dix ans, en plus de son mari, elle transféra toute son affection sur un de ses élèves, François Couperin, âgé de seize ans, la merveille de la France au clavecin.

L'enseignante venait de terminer la formation d'un autre claveciniste et organiste de génie, Jean-Philippe Rameau, qui, déjà, à vingt et un ans, harmonisait mieux que quiconque dans ses compositions le sentiment dramatique et le rythme musical. Rameau vint à l'occasion remplacer madame de la Guerre à Saint-Cyr, notamment durant l'année 1704 où elle enterra son mari et son fils.

En plus du solfège, elle enseignait la harpe et le violon à Cassandre, ainsi que l'orchestration pour l'opéra. Ainsi, l'écriture musicale, comme les *pizzicati* joués avec les instruments à cordes et destinés à suggérer le bruit des épées ou les coups de flagel-lation, servait à marquer le drame et à caractériser chaque scène d'une tragédie. En plus du clavecin, de la flûte, du galoubet[24], du théorbe[25], du tambourin à sonnailles et des instruments à cordes, dont la harpe, l'opéra assistait à l'arrivée de nouveaux venus, comme le hautbois, le basson, le trombone, le cor et la trompette.

L'autre professeur, Toussaint Bertin de la Doué, était violo-niste et claveciniste à l'opéra. Déjà, à vingt-quatre ans, il avait été choisi comme maître de clavecin des princesses d'Orléans. Lorsqu'il donna sa première leçon à Marie-Renée, il resta figé, foudroyé d'amour.

– Comment dois-je vous prénommer, mademoiselle du Canada?

– Appelez-moi Cassandre, monsieur!

– Le prénom d'une princesse troyenne. Je doute qu'elle puisse avoir eu votre talent et votre beauté, sans parler de votre grâce!

– Ces qualités me seront nécessaires pour briller sur la scène de la Comédie-Française et à l'Opéra.

---

24. Petite flûte droite des tambourinaires de Provence.
25. Grand luth.

– Cassandre ! Quelle œuvre lyrique ce serait si, un jour, elle pouvait naître ! Je vais en parler avec Bouvard.

Si Toussaint Bertin de la Doué ressemblait à un artiste avec son teint blafard, ses lèvres minces et ses clignements continuels des yeux qui exprimaient son anxiété, il n'avait pas l'air d'un forain pour autant. Son génie ne résidait pas dans son aptitude à se vêtir avec élégance. C'était sa passion pour la musique qui le transformait aussitôt qu'il touchait un clavecin. S'il avait le tort de prêter une attention particulière à ses élèves les plus jolies, sa réserve contentait Madame de Maintenon qui comptait bien, un jour, le caser avec une de ses pensionnaires, lorsque sa condition financière serait plus confortable. Ce jour n'était pas si lointain.

François Bouvard enseignait l'opéra au couvent de Saint-Cyr. Il était âgé de vingt et un ans. Il avait été un soprano prodige à l'opéra, avec un registre si étendu qu'il pouvait chanter sur plusieurs octaves. Quand, vers l'âge de seize ans, sa voix mua, il fut obligé de laisser sa carrière scénique, sa voix n'offrant plus les mêmes possibilités.

Depuis, ses rôles à l'opéra n'avaient été chantés que par des jeunes filles. Bouvard se rendit à Rome pour apprendre le violon. Revenu à Paris, il commença à enseigner cet art vocal qu'était l'opéra à Saint-Cyr, à Versailles et à Paris. Depuis, il avait écrit l'opéra de *Médus, roi des Mèdes* en 1702. François Bouvard était un jeune homme séduisant, au physique agréable. Cassandre l'avait aussitôt remarqué. Elle lui avait dit :

– Vous portez le même prénom que mon père, Monsieur.

– Alors, vous me permettrez, mademoiselle, de vous considérer comme ma muse, à mon tour !

Cassandre essaya de voir un lien entre l'allusion de Bouvard et Cassandre Salviati, la muse de Ronsard. L'avait-il dit par amour pour elle ou bien par amour de la poésie ? Cette pensée la troubla.

Le professeur de poésie de Cassandre se nommait l'abbé Simon-Joseph Pellegrin. Grâce à Madame de Maintenon et à une dispense papale, il avait quitté l'ordre religieux des Servites. Il enseignait la grammaire et l'art de composer psaumes et cantiques à Saint-Cyr. Il venait de remporter le prix de l'Académie française en composant son *Épître à Louis XIV*, qui louait les prouesses guerrières du Roy. L'abbé Pellegrin avait quarante et un ans. Fils d'un notable de Marseille, il avait la réputation de monnayer ses talents auprès des théâtres de la foire et de l'Opéra, ce qui avait fait dire au poète Rémy :

« Le matin catholique et le soir idolâtre,
Il dînait de l'Église et soupait du théâtre. »

Depuis la création de la Comédie-Française, en 1680, et l'engouement des Parisiens pour le théâtre et l'opéra, le théâtre forain offrait en contrepartie aux badauds, à bon marché, des comédies légères fondées sur la farce, l'intrigue et le quiproquo, en plus des numéros de jongleurs, de dresseurs d'animaux sauvages, d'acrobates et de marionnettistes. S'il avait été, historiquement, le lieu des artistes du cirque ambulant, il se jouait maintenant à Paris, à Saint-Germain-des-Prés et à Saint-Laurent[26].

Pellegrin collaborait avec le théâtre forain de Carolus Allard. Comme il envisageait de faire équipe avec le jeune Rameau, Madame de Maintenon tolérait les accointances de Pellegrin avec les auteurs de comédies qu'étaient Regnard et Lesage, car leurs personnages ressemblaient à Crispin, qui avait pris naissance sous la plume de Scarron, son ancien mari, avec son *Écolier de Salamanque*, présenté au théâtre du Marais en 1654. Crispin était vêtu d'un chapeau rond, d'une fraise blanche, d'un justaucorps noir à basques courtes, d'une large ceinture en cuir jaune avec une grande boucle de cuivre, d'un manteau noir et de cuissardes[27].

---

26. De nos jours, à l'emplacement de la Gare de l'Est.
27. Bottes de cuir dont la tige monte jusqu'aux cuisses.

La venue de Cassandre à Saint-Cyr, grâce à ses talents multiples, suscita autant d'espoir et de motivation chez ses professeurs émérites que de curiosité chez les autres pensionnaires. Ainsi, Bertin de la Doué et François Bouvard, tous deux impressionnés par la beauté et la personnalité affirmée de Cassandre, conçurent le projet de composer un opéra en l'honneur, non pas de la Cassandre du poète Ronsard, romaine ou troyenne, mais de leur élève si douée, leur Cassandre canadienne.

Madame de Maintenon décida que la représentation d'*Esther* serait donnée en janvier et qu'elle aurait lieu dans la Galerie Basse, située sous la Galerie des Glaces. Comme Joli-Cœur l'avait convaincue de l'associer à la venue de la délégation russe, la marquise décida que les Russes seraient reçus par le Roy et la cour dans les Grands Appartements pour la cérémonie officielle et que la rencontre d'Andrei Matveev avec le Roy se ferait dans le Salon de la Paix, à l'autre bout de la Galerie des Glaces. Dessinée par Le Brun, celle-ci comportait dix-sept fenêtres et dix-sept miroirs, son plafond représentant les trois puissances européennes, l'Allemagne, la Hollande et l'Espagne, vaincues par le royaume de France contre lequel elles s'étaient coalisées.

Un grand bal serait donné à cette occasion dans la Galerie des Glaces. Le comte Joli-Cœur décida que l'occasion serait unique d'introduire sa pupille à la cour de Versailles. Pour la circonstance, les professeurs de Saint-Cyr furent invités au bal.

Cassandre eut la permission de quitter le pensionnat de Saint-Cyr pour le temps des Fêtes, de Noël jusqu'à l'Épiphanie. Elle insista pour que son amie Alix Choisy de La Garde pût l'accompagner à l'hôtel particulier du comte Joli-Cœur. La Supérieure de Saint-Cyr donna sa permission aux deux jeunes filles en échange de la promesse qu'elles puissent répéter la pièce d'*Esther*. Mathilde rassura la religieuse en lui disant que le comte possédait un clavecin.

Mathilde fut enchantée de faire la connaissance d'Alix, dont Cassandre lui avait dit tant de bien. Alix se sentit en confiance avec Mathilde, davantage lorsqu'elle sut qu'elles avaient des points communs, d'abord leur titre de noblesse, ensuite, leur vécu dans un orphelinat. Mathilde tint à préciser à Alix que les conditions de pensionnat de la Piété de la Salpêtrière ne ressemblaient en rien à celles du couvent de Saint-Cyr, parrainé par les souverains français. Le comte Joli-Cœur trouva cette demoiselle Choisy de La Garde charmante, séduisante même. Il en fit la remarque à Mathilde qui lui répondit :

— C'est normal qu'elle ait le teint frais. Elle a dix-sept ans, l'âge de Cassandre.

En mentionnant l'âge des jeunes filles, Mathilde se rendit compte, avec nostalgie, que même nouvellement mariée, ses dix-sept ans étaient bien loin derrière elle !

Pendant cette période de festivités, certains membres de la délégation russe vinrent fêter eux aussi la nativité du Christ et le nouvel an. Leurs danses cosaques et leur musique rythmée exécutée à la balalaïka, ainsi que leurs complaintes slaves, eurent la faveur des deux jeunes filles. Notamment, Alix n'avait d'yeux que pour le fils Matteev, Nicolai, qui ne se gêna pas pour lui rendre la pareille.

Alix fut surprise quand elle demanda à Cassandre si elle avait été étonnée de l'intérêt que lui portaient certains jeunes Russes, bons danseurs.

— Cassandre, ne me dis pas que tu n'as pas remarqué l'empressement de ces magnifiques cosaques qui s'épuisaient à la danse pour attirer ton attention !

— Tu penses ? Mais c'est plutôt toi qui étais le point de mire.

Stupéfaite, Alix lui répondit :

— Que veux-tu dire ?

— Le beau Nicolai, tu l'as gardé pour toi toute seule !

— Que vas-tu chercher là ?

— Ne fais pas la sainte-nitouche, tu n'avais d'yeux que pour lui. Il n'aurait pas fallu qu'il insiste beaucoup.

— Et alors ! Toi, tu nous caches un secret pour être aussi jalouse. À croire que tu es restée sur le carreau ! J'ai l'impression que ton cœur est resté à Saint-Cyr.

Cassandre, saisie par la répartie d'Alix, voulut faire dévier la conversation.

— Mais sous quel prétexte ? La nourriture est bien meilleure ici.

— Et les divertissements aussi. Non, ce n'est pas toi, toujours gaie. Il y a autre chose.

Cassandre la regarda, rêveuse.

— Mes amies et moi trouverons bien l'élu de ton cœur.

— Alix !

— Qui ne dit mot consent ! Alors, je crois bien être sur la bonne piste.

Là-dessus, les deux jeunes filles rirent de bon cœur. Cassandre ne contesta pas l'insinuation de son amie.

Alix en glissa un mot à Mathilde, qui parut surprise et soulagée en quelque sorte de l'interprétation d'Alix.

Au moins, Cassandre va s'enlever Thierry de la tête… Ou le contraire !

Cassandre fit la remarque à Alix, avec une pointe de jalousie, que la fête de l'Épiphanie était beaucoup mieux célébrée en France qu'au Canada. Le tirage au sort du pois et de la fève avait élu Thierry roi et la séduisante Alix reine.

Mathilde, songeuse, avait confié à Cassandre avec une certaine tristesse :

— Tu sais, le comte Joli-Cœur a beaucoup de charme. Peut-être trop, devrais-je dire.

La réflexion de Mathilde rappela à Cassandre que le comte Joli-Cœur n'eut d'attention pendant la soirée que pour sa reine. Si la jeune fille n'y vit que la joie de la célébration, l'attitude de Thierry avait chagriné Mathilde.

Le retour au pensionnat remplit Cassandre de joie, tandis qu'Alix, qui s'était amourachée de Nicolai, vécut dans l'espoir de recevoir au parloir la visite du fils de l'ambassadeur russe à la fin du mois. Cassandre avait vu juste. À la grande déception de son amie, Nicolai ne se présenta pas.

Les professeurs intensifièrent les répétitions jusqu'au jour fatidique de la représentation à Versailles. Le comte Joli-Cœur, en sa qualité de gentilhomme des menus plaisirs du Roy, eut la responsabilité d'introduire la délégation russe à Versailles, étant donné qu'il parlait parfaitement la langue des ambassadeurs. Grâce à une permission spéciale, Cassandre eut la chance d'accompagner Mathilde pour la visite du château, à condition d'être au rendez-vous à temps pour la représentation. Alix souhaitait être du groupe afin de revoir Nicolai Mateev, mais la Supérieure refusa. Elle se doutait bien que la jeune fille avait d'autres intentions que la seule visite du château. Elle prétexta qu'elle avait besoin de se concentrer pour son rôle d'Esther.

Le carrosse de Thierry vint prendre Cassandre après le déjeuner de onze heures et, avec Mathilde, ils rejoignirent tous les trois la délégation des ambassadeurs, qui devaient être reçus vers quinze heures.

Après avoir traversé l'avant-cour du château, où se tenaient les gardes français, l'attelage se rendit au rez-de-chaussée du Grand Appartement du Roy, composé de huit salons, à l'instar des planètes du système solaire, qui aboutissaient à la Galerie des

Glaces à laquelle ils étaient perpendiculaires. Après avoir gravi l'escalier des Ambassadeurs, le groupe emprunta le corridor qui débouchait sur le Salon de Vénus, devant la statue de Louis XIV, vêtu à l'antique. Des tables offraient des amoncellements de pâtisseries, des pyramides de fruits frais ou confits, dans des coupes d'argent ou de cristal, ainsi que de hautes cruches d'argent, remplies de boissons chaudes ou froides : jus de fruits, limonades, vins, chocolat et café.

Après s'être restaurée, la délégation se rendit au Salon de Mars, dont le plafond représentait le dieu de la guerre dans un char tiré par des loups. De chaque côté de la cheminée, sur deux tribunes de marbre, l'orchestre de Versailles – les Violons du Roy – interpréta des pièces musicales russes et françaises. Contigu au Salon de Mars, le Salon de Mercure abritait le lit du Roy, recouvert d'un brocart d'or et d'argent. Par la suite, l'ambassade russe se rendit à la salle du trône, appelée « le Salon d'Apollon ». Sur une estrade couverte d'un tapis de Perse à fond rouge, le majestueux et imposant trône d'argent était surmonté d'un dais. Après le Salon de la Guerre, qui rappelait les triomphes récents de la France, la délégation se retrouva dans le Salon de la Paix.

La représentation de la pièce *Esther* fut un succès. Le Roy dit à Madame de Maintenon qu'il voulait féliciter lui-même les pensionnaires tragédiennes dans le Salon de l'Abondance, où des rafraîchissements furent servis. Le souverain tint personnellement à dire quelques mots d'encouragement à leurs professeurs qui constituaient si dignement l'élite du royaume. Quand Madame de Maintenon informa Louis XIV que l'une de ses pensionnaires qui avait tenu le rôle d'Élise et qui s'était illustrée par sa jolie voix dans les chœurs était canadienne, Sa Majesté lui demanda tout simplement :

– À qui ai-je l'honneur, Mademoiselle aux multiples talents, et comment êtes-vous parvenue jusqu'ici ?

Marie-Renée fit sa plus belle révérence et avança :

— Sire, vous aviez doté ma mère comme votre fille à son départ pour la Nouvelle-France. D'ailleurs, la comtesse Joli-Cœur, qui est ici présente et qui est ma tante, se souvient d'avoir déjà rencontré Votre Majesté lorsqu'elle était à l'orphelinat de la Salpêtrière de l'Hôtel-Dieu de Paris.

— Ce que vous dites est vrai, mais où est la comtesse?

Mathilde s'avança et fit la révérence.

— Comtesse Joli-Cœur, ce que j'entends me ravit. Nos filles de France ont répondu à nos souhaits. C'est une fierté pour notre royaume que de vous savoir attachées à vos racines.

— Sire, nous resterons toujours vos Françaises du Canada.

— Mais, vous ne m'avez toujours pas dit votre nom, mademoiselle?

Cassandre hésita avant de répondre soit Cassandre, soit Marie-Renée Allard. Finalement, elle opta pour le premier :

— Cassandre, Sire!

— Cassandre! Un prénom si poétique. Il me plaît, car il vous va bien.

Louis XIV se rembrunit.

— N'est-ce pas le prénom de la fille du banquier italien Salviati, que notre poète Ronsard a voisiné?

Cassandre et Mathilde restèrent figées. C'est alors que Madame de Maintenon intervint :

— Non, Sire, Cassandre est d'abord le nom de la fille du roy troyen Priam. Et la monarchie prend exemple sur la mythologie.

— Vous avez raison, madame. Il n'y a rien d'italien chez Cassandre. Allons, mademoiselle, gardez-vous bien de côtoyer ces gens peu fréquentables. Et rendez mes hommages à madame votre mère pour vous avoir légué autant de talent.

— Je n'y manquerai pas, Sire.

— Et quel est son nom?

— Eugénie Allard.

— Allard… Comme ces forains?

— Languille, de son nom de fille.

— De quelle province?

— De Touraine.

— Ah oui, je me souviens. Elle avait éconduit de Courcelles, mon représentant en Nouvelle-France.

En disant cela, le Roy se tourna vers Mathilde qui lui fit un signe de tête.

— Et vous, comtesse, d'où veniez-vous avant l'orphelinat?

— Mathilde de Fontenay Envoivre. Mon père était écuyer de la cour.

— De la noblesse. C'est bien, c'est bien.

— Merci, Sire.

— Et Joli-Cœur est votre époux?

— Depuis six mois, Sire.

– Eh bien, prenez bien soin de cette enfant. Le royaume de France a besoin d'elle en Amérique.

– Nous allons faire tout ce qui est en notre pouvoir, Sire.

Cassandre et Mathilde se retirèrent en faisant la révérence, rouges d'émotion.

François Bouvard, qui assistait à l'audience en tant que professeur, en frémit d'allégresse. Il venait de trouver le titre et la vedette de son prochain opéra.

Après l'audience avec le Roy, l'assemblée se retrouva pour la réception et le bal à la Galerie des Glaces. Joli-Cœur introduisit la jeune tragédienne à la cour. Pour la circonstance, Mathilde avait recommandé à Cassandre de porter des vêtements de couleur dorée, assortie au faste de la cour. Le carnet de danse de Cassandre se remplit à la vitesse de l'éclair, tellement qu'elle dut refuser la demande de plusieurs courtisans. Au son de l'orchestre composé d'une pléiade de musiciens, alors que le Roy ouvrit lui-même le bal, Joli-Cœur entraîna Cassandre pour un menuet. Les leçons de danse de la jeune fille à Saint-Cyr lui permirent de rivaliser de grâce avec les courtisanes, sous l'œil attendri de Mathilde. Mais quand Thierry demanda à Mathilde de lui accorder la seconde danse, le sang de Cassandre ne fit qu'un tour.

Ensuite, vint le tour des autres danseurs inscrits dans son carnet, au fil de la soirée.

Quand François Bouvard lui demanda gauchement si elle pouvait lui accorder une danse alors qu'il ne s'était pas encore présenté de la soirée à la jeune fille, cette dernière fut désagréable.

– Mais, monsieur, je ne puis, puisque vous n'avez pas daigné vous inscrire.

– Comment l'aurais-je pu, vous qui recherchiez la galanterie des courtisans?

— Non, monsieur, vous me faites un procès d'intention. C'est votre compagnie que je souhaite apprécier, comme mon professeur d'opéra.

— Alors, permettez-moi, mademoiselle, de m'inscrire à votre carnet de danse.

Cassandre ne dansa plus qu'avec François Bouvard, au mécontentement des gentilshommes qui avaient sollicité une danse. Tellement que Mathilde dut intervenir auprès d'elle, sur la recommandation de Joli-Cœur.

— Cela ne se fait pas à la cour, Cassandre. L'étiquette nous oblige à la politesse et au respect des titres.

— Ils me marchent sur les pieds.

— Pas plus que ton éternel danseur. Allons, finis la soirée en beauté.

— Et toi, tante Mathilde, tu as bien toute la soirée avec… le comte !

— J'aimerais bien que tu dises vrai. Mais le comte est mon mari, je te le rappelle !

L'attitude de Cassandre avait irrité Mathilde qui commençait à se méfier de sa pupille. Elle souffrait également de l'indifférence de Thierry à son égard. N'avait-il pas dansé plus souvent qu'à son tour avec Rose Delaunay[28], la jolie et cultivée jeune femme déjà invitée à son hôtel particulier, et fait du plat à Alix à la fête de l'Épiphanie !

L'intérêt que François Bouvard avait démontré à Cassandre n'avait pas échappé au corps professoral. Au retour à Saint-Cyr, la direction de l'établissement prêta une attention particulière aux rapports entre le professeur et l'élève. Il était formellement

---

28. La future Madame la baronne de Staal.

défendu d'entretenir une liaison jugée coupable avec une pensionnaire, sous peine d'expulsion. Cette façade amoureuse plaisait à Cassandre qui devenait de plus en plus admirée par ses amies. Tellement qu'un soir Alix lui demanda si Bouvard lui avait promis le mariage. Cassandre lui répondit que son professeur lui avait surtout promis son prochain opéra. Bouvard avait commencé à le composer en compagnie de Bertin de la Doué, ce dernier s'occupant des arrangements musicaux.

L'expérience d'avoir joué dans une représentation théâtrale devant le Roy à Versailles et dansé au bal du souverain dans la Galerie des Glaces avait rempli Cassandre de fierté. Elle se voyait de plus en plus associée à la colonie artistique de Paris et de Versailles. Elle décida d'écrire à sa mère qui devait s'inquiéter et n'avait pu recevoir de ses nouvelles. Puis Cassandre demanda à Mathilde d'expédier la lettre. Cette dernière ne voulut pas y adjoindre la sienne, tant elle souhaitait qu'Eugénie fût tout à la joie de recevoir des nouvelles de sa fille.

L'année scolaire de Cassandre se déroula jusqu'au mois de juin. Compte tenu de son statut de pupille du comte Joli-Cœur, contrairement aux autres pensionnaires, la plupart orphelines, elle eut la possibilité de quitter le couvent et d'aller résider rue du Bac.

Mathilde et Thierry n'étaient pas très enthousiastes à l'idée de voir Cassandre s'exhiber sur les tréteaux du théâtre forain avec les danseurs de corde, les acrobates, les dresseurs d'ours et de singes, et les marionnettistes. Mathilde venait d'assister à la grande foire de Saint-Germain-des-Prés, spectacle populaire qui était destiné à attirer et à amuser la foule des chalands, vaste rassemblement d'acheteurs et de promeneurs curieux. Ce spectacle, présenté devant le petit peuple du 3 février au dimanche des Rameaux, donnait l'occasion aux voleurs à la tire d'exercer leurs méfaits. C'est surtout le langage grossier des acteurs qui avait horripilé Mathilde.

Non! En qualité de tutrice de Cassandre, elle ne se pardonnerait jamais devant Eugénie d'avoir autorisé la jeune fille à s'abaisser à jouer à la foire Saint-Laurent, qui présentait ses spectacles de juillet à octobre, c'est-à-dire, durant tout le congé estival. Que le théâtre forain fût sous la responsabilité d'un parent ou pas, comme l'était sans doute Carolus Allard! Si Cassandre souhaitait un jour s'y produire, elle le ferait lorsqu'elle aurait atteint sa majorité.

Le comte Joli-Cœur apprit que la troupe de théâtre de la Comédie-Française projetait de jouer la dernière pièce écrite par Racine, *Athalie*, et que les répétitions commenceraient sous peu. Depuis le décès de la Champmeslé, aucune représentation d'*Athalie* n'avait été donnée, pas plus que la diva n'avait été remplacée dans le cœur du public. Mathilde comprit que l'occasion était belle pour Cassandre de faire ses premières armes sur une vraie scène, en présence d'un public non complaisant.

Le vicomte de Chatou réussit à obtenir un rôle de choriste à Cassandre, avec la recommandation de Madame de Maintenon. Cette pièce au sujet biblique avait été composée expressément pour les pensionnaires de Saint-Cyr. Puisque l'on avait rassuré la reine morganatique sur le but de la représentation théâtrale qui était de perpétuer l'œuvre de monsieur Racine en permettant aux étudiantes les plus douées du royaume de France de faire leurs débuts sur les planches d'un théâtre public, Madame de Maintenon accepta de la cautionner à condition qu'une autre de ses élèves puisse aussi faire partie de la troupe et que Cassandre et elle aient la possibilité de donner la réplique en répétition aux tragédiens plus expérimentés.

Alix Choisy de La Garde fut choisie par Madame de Maintenon, laquelle avait bien l'intention de présenter *Athalie* au cours de la prochaine année d'études à Saint-Cyr. Après tout, Marie-Renée et Alix deviendraient sans doute des personnages connus du théâtre et de l'opéra. Elle ne doutait pas qu'Alix pût être recrutée par une troupe après ses vingt ans. La jeune fille exulta d'avoir la possibilité de participer elle aussi, en tant que choriste, à la production. Elle aurait ainsi l'occasion de quitter le pensionnat pendant la période estivale et d'aller demeurer rue du Bac, à l'hôtel particulier du comte Joli-Cœur. Toutefois, Alix et Cassandre devraient rentrer à Saint-Cyr dès le mois d'octobre.

Cassandre et Alix se mirent aussitôt à l'œuvre. Alix avait plus d'expérience théâtrale, ayant incarné le personnage d'Esther. Par contre, l'avantage de Cassandre consistait à faire valoir son talent vocal dans les chœurs.

Chez Mathilde, Cassandre voulut partager sa chambre avec Alix, mais Thierry suggéra plutôt qu'Alix ait une chambre bien à elle.

— Vois-tu, Cassandre, Alix n'a jamais eu de chambre pour elle toute seule parce qu'elle provient d'une famille nombreuse, et c'est encore moins le cas au pensionnat. Alors, il serait temps qu'elle en profite.

Alix trouva le comte Joli-Cœur bien charitable. Ce dernier l'installa à l'étage, à gauche de la chambre des maîtres, alors que la chambre de Cassandre était à droite. La fenêtre de la chambre d'Alix donnait sur la Seine. Toutefois, les deux jeunes filles avaient convenu qu'elles se donneraient la réplique dans la chambre de Cassandre. Celle-ci était meublée d'une grande table basse en bois massif avec deux chaises. Elles décidèrent qu'elles se serviraient de la table comme estrade.

Inspirée du *Livre des Rois* et du *Livre des Chroniques*, *Athalie* est une tragédie biblique en cinq actes[29]. Contrairement à *Esther*, les chœurs ne sont présents qu'à la fin de chaque acte, donnant ainsi à l'action une dimension poétique et spirituelle.

Les études de théâtre de Cassandre et d'Alix leur avaient permis de comprendre le sens que conférait Racine à la tragédie dans ses pièces. Ainsi, elles savaient que le poète tragique travaillait seulement sur le plan humain et que la dimension divine était une puissance invisible et fatale à celui ou celle qui voulait l'affronter. Racine conviait le spectateur à réfléchir au

---

29. Voir annexe 1.

sentiment tragique du péché dans la condition humaine, car Athalie était une reine orgueilleuse, usurpatrice et cruelle.

Cassandre et Alix aimaient se donner la réplique comme elles l'avaient fait en répétant *Esther*, c'est-à-dire en inversant les rôles.

ACTE 1

Athalie est présentée par ses ennemis comme une reine usurpatrice et cruelle.

Huit ans déjà passés, une impie étrangère
Du sceptre de David usurpe tous les droits,
Se baigne impunément dans le sang de nos rois,
Des enfants de son fils détestable homicide,
Et même contre Dieu lève son bras perfide.

L'autre jeune fille continuait :

Un poignard à la main, l'implacable Athalie
Au carnage animait ses barbares soldats
Et poursuivait le cours de ses assassinats.

ACTE 2

Le songe d'Athalie

C'était pendant l'horreur d'une profonde nuit.
Ma mère Jézabel devant moi s'est montrée,
Comme au jour de sa mort pompeusement parée.
Ses malheurs n'avaient point abattu sa fierté ;
Même elle avait encor cet éclat emprunté
Dont elle eut soin de peindre et d'orner son visage,
Pour réparer des ans l'irréparable outrage.

Si Cassandre avait commencé, Alix continuait :

« Tremble, m'a-t-elle dit, fille digne de moi.
Le cruel Dieu des Juifs l'emporte aussi sur toi.

Je te plains de tomber dans ses mains redoutables,
Ma fille. » En achevant ces mots épouvantables,
Son ombre vers mon lit a paru se baisser ;
Et moi, je lui tendais les mains pour l'embrasser.
Mais je n'ai plus trouvé qu'un horrible mélange
D'os et de chairs meurtris et traînés dans la fange,
Des lambeaux pleins de sang et des membres affreux
Que des chiens dévorants se disputaient entre eux.

La Comédie-Française était installée rue des Fossés-Saint-Germain-des-Prés[30], non loin du lieu de résidence du comte Joli-Cœur. De sorte que les jeunes filles en profitèrent pour aller flâner dans les rues du quartier et visiter les splendeurs de Paris.

— Que préfères-tu Alix, Paris ou Versailles ?

— Oh, je préfère Paris ! C'est tellement animé. Et la Seine ! Quel fleuve magnifique !

— C'est parce que tu n'as pas vu le fleuve Saint-Laurent ! Si tu t'imagines que la Seine est large et navigable… À Québec, les immenses navires de France se rendent jusqu'au quai, ou presque. Ici, nous ne voyons que des péniches et des chalands.

— J'aimerais bien y aller, un jour.

— Alors, il faudra que tu épouses un gouverneur ou un intendant. Il n'y a pas beaucoup de nobles à Québec.

— Et à Bourg-Royal ?

Cassandre regarda Alix et répondit en souriant, à l'étonnement de son amie :

— Nous sommes tous de la noblesse terrienne.

---

30. Aujourd'hui rue de l'Ancienne-Comédie.

La troupe de théâtre de la Comédie-Française, metteurs en scène, acteurs, chanteurs, musiciens, régisseurs et machinistes, accueillit chaleureusement les deux choristes. Elles purent faire la connaissance des autres figurants et, surtout, tenter de donner la réplique à des tragédiens d'expérience dans le rôle d'Athalie, comme l'avait ordonné Madame de Maintenon, sans rivalités ni jalousies. Cassandre comprit que la Comédie-Française était soumise à l'autorité royale et que la surveillance de la gestion ainsi que la censure de la troupe étaient dévolues à l'intendance des menus plaisirs du Roy dont la responsabilité incombait au comte Joli-Cœur.

Le bâtiment de la Comédie-Française avait en façade une sculpture de Minerve armée. La salle en ellipse était décorée de peintures, de sculptures et ornée de vingt-quatre lustres. Un côté du plafond représentait la Vérité, entourée de la Tragédie, de la Comédie et de l'Éloquence. Sur l'autre versant figuraient la Vanité, l'Avarice et la Luxure.

Le comte Joli-Cœur avait décidé que la première représentation d'*Athalie* aurait lieu au début d'août et que la pièce serait jouée pendant deux mois, deux fois par semaine. Comme Mathilde s'était inquiétée de la charge imposée aux jeunes filles, Thierry lui avait fait comprendre qu'elles n'étaient pas au couvent.

— Si Cassandre veut faire une carrière sur la scène, il faut qu'elle s'astreigne au régime de vie des acteurs, qui est épuisant.

Et comme Mathilde contestait…

— Ça la fera vieillir. Elle aura hâte de retourner au pensionnat.

— Tu as sans doute raison, mais si elle ne voulait plus y retourner?

— Nous l'avons promis à Madame de Maintenon. Elle n'aura pas le choix.

– C'est mal connaître Cassandre.

– Elle n'a pas le choix.

– Et Alix?

Thierry ne répondit pas. Il préféra contourner le sujet.

– Viendras-tu à la première de Cassandre?

– Si tu m'y invites et si je suis à tes côtés, bien sûr.

– Comment le contraire pourrait-il être possible, toi, ma charmante épouse?

– Parce que j'ai l'impression que tu me négliges ces temps-ci!

Thierry la regarda attentivement dans les yeux et avança:

– Je m'en excuse, si c'est le cas! Je suis tellement occupé.

– Surtout entouré de jeunes et jolies filles.

Thierry prit Mathilde dans ses bras et lui appuya la tête sur son épaule.

– Bien sûr, Cassandre et Alix sont jolies. Mais ce sont des soubrettes, beaucoup moins jolies que toi, d'ailleurs. Tiens, essuie tes yeux.

Mathilde se blottit au creux de l'épaule de son mari, qui continua:

– Tu n'as pas à t'inquiéter. C'est toi que j'aime, tu le sais!

– Non, Thierry, je ne le sais plus.

– Que me dis-tu là! Tu verras, les prochains jours, tu m'appelleras «ton bel hardi»… Comme avant.

Mathilde se mit à pleurer à chaudes larmes.

– Toi, Mathilde, tu t'ennuies de ta famille. As-tu reçu du courrier de Québec?

Mathilde fit un signe de tête négatif. Les sanglots lui nouaient la gorge.

– Ce sont des ingrats!

– Ne dis pas cela, Thierry. Ils sont très occupés.

– Mais pas au point d'oublier leur mère!

– Leur as-tu écrit?

– Plusieurs fois.

– Il faudra que tu le mentionnes à Anne ou à Eugénie.

– Je me sens coupable parce que j'ai l'impression de m'être remariée trop vite après le décès de leur père.

– Ou trop vite après m'avoir retrouvé!

– C'est plutôt ça. Ils n'ont pas appris à te connaître.

– Tu peux retourner auprès de tes enfants, si tu le désires, Mathilde.

– Thierry!

Mathilde avait réagi à la repartie de son mari avec un cri de douleur, comme si Thierry venait de lui enfoncer un poignard dans le cœur. Elle s'effondra dans les bras de ce dernier. Gêné d'avoir répondu avec une telle froideur, il s'excusa:

– Je ne voulais que ton bonheur. Rien ne m'est plus précieux que de te savoir à mes côtés, tu le sais bien. Viens t'allonger.

Je vais te faire servir une tisane. Dans peu de temps, ton chagrin disparaîtra avec la chaleur réconfortante du breuvage.

La matinée de la première fut annoncée par des affiches disposées aux carrefours et portant le titre de la pièce et le nom de l'auteur quelques jours avant la représentation.

Le jour fatidique, dans la salle mal éclairée, les spectateurs attendaient que le rideau de scène se lève. Cassandre et Alix, habillées de leur aube blanche de choriste, pouvaient entendre le brouhaha et même les applaudissements précoces des assistants, dont certains se chamaillaient pour les meilleures places. Mathilde et Thierry étaient assis sur la scène, sur des chaises de paille, avec d'autres membres de la noblesse, des femmes au décolleté profond dont les seins se gonflaient de séduction et des hommes richement habillés, la plupart avec élégance.

La salle fut longtemps à moitié remplie. Tout à coup, comme si le public populaire s'était donné le mot, une cohue d'hommes coiffés de perruques hautes de couleur rouge et blond cendré, ou habillés de noir avec cravate blanche et manches en batiste bien plissées, se ruèrent vers le devant de la scène. Cette clientèle était là pour chahuter.

Le parterre cria à maintes reprises :

— Commencez ! Commencez !

Alors, le rideau se leva et les spectateurs furent frappés par l'unique décor de la pièce, le vestibule de l'appartement du Grand Prêtre, dans le temple de Jérusalem, la journée où le peuple lévite célébrait le don des Tables de la Loi à Moïse :

Je viens selon l'usage antique et solennel,
Célébrer avec vous la fameuse journée,
Où sur le mont Sina la loi nous fut donnée.

La pièce présentait deux types de personnages, les élus de Dieu et leurs ennemis, dont Athalie.

Madame de Maintenon avait voulu la pièce sans costumes ni décors, comme en 1691, soit la première fois qu'elle fut jouée à Saint-Cyr, mais le comte Joli-Cœur suggéra un peu moins de retenue pour la population habituée à plus d'extravagance.

À la fin de la représentation, avant que le rideau ne tombe, le fond du théâtre s'ouvrit pour laisser voir l'intérieur du temple. Alors, les lévites armés sortirent de tous côtés, jusqu'à bousculer les spectateurs installés sur la scène. Le public du parterre se mit à siffler. Un quidam qui avait reconnu le comte Joli-Cœur claironna, au grand ravissement de la salle et pour le malheur de Thierry qui dut reculer, avec Mathilde :

— Bien fait pour lui, Monsieur le comte. Le voilà décompté.

L'actrice qui déclamait le texte de la tragédie le fit avec une diction exagérée, en faisant ronronner les vers comme une véritable complainte. Ce qui fit dire à Alix, aux moments les plus intenses de la tragédie :

— Cassandre, le directeur aurait dû te confier le rôle, tu aurais été beaucoup mieux.

— Mais non, Alix ! Ce rôle était fait sur mesure pour ta voix. D'ailleurs, tu avais si bien interprété Esther.

— Alors, nous l'aurions toutes les deux mieux chanté qu'elle !

Les deux adolescentes dissipées pouffèrent de rire, perturbant le sérieux de la représentation. Cet accroc à la solidarité théâtrale n'échappa pas à Thierry. Irrité, ce dernier dit à Cassandre, une fois la pièce terminée et le rideau tombé :

— Comment voulez-vous que l'on défende au public de siffler et de chahuter si les acteurs eux-mêmes ne se respectent pas ! S'il y a du désordre aux prochaines représentations, tu en seras responsable, Cassandre.

Cassandre fut choquée de la remarque du comte. Elle en fit mention à Alix qui lui répondit :

— Le comte Joli-Cœur a raison. Il n'en faut pas beaucoup pour déclencher un mouvement de foule.

Les jeunes filles s'étaient rendu compte que les occupants des loges semblaient avoir autant de plaisir à parler entre eux qu'à écouter les acteurs de la pièce. Quant aux spectateurs de la salle, certains étaient intervenus auprès de l'interprète d'Athalie pour faire directement leurs commentaires. Notamment, quand cette dernière fut présentée comme une reine usurpatrice :

Huit ans déjà passés, une impie étrangère
Du sceptre de David usurpe tous les droits.

Un petit marquis à la perruque audacieusement poudrée laissa échapper à haute voix :

— Est-ce la description de celle qui mène notre royaume ?

Du parterre, on entendit immédiatement la réplique :

— Celle-là, serait-elle marquise ou marquis !

Le tohu-bohu créé par les applaudissements nourris et les sifflements du public provoqués par la boutade perturba momentanément le déroulement de la pièce.

Placées parmi les choristes au fond de la scène, Cassandre et Alix eurent la possibilité de détailler le public. Certains messieurs[31] du parterre s'étaient dangereusement rapprochés de l'espace des acteurs.

---

31. À cette époque, le parterre n'était réservé qu'aux hommes. Les femmes se retrouvaient aux premières et deuxièmes loges. Elles étaient accompagnées par des gens de la noblesse fortunés, souvent par des officiers militaires et, parfois, par des abbés. Quant aux badauds, appelés « public populaire », ils se retrouvaient tantôt aux troisièmes loges, tantôt au parterre.

Les représentations d'*Athalie* permirent à Cassandre et à Alix d'observer la scène et l'assistance. À l'avant-scène, elles pouvaient voir le refuge du souffleur, un trou si mal éclairé qu'on avait peine à imaginer que l'on pouvait y lire quoi que ce soit. La fosse de l'orchestre pouvait accueillir une douzaine de musiciens jouant du violon, du violoncelle, du rebec[32], du théorbe et, tout au fond, du clavecin.

Tout à côté du guichet, près de l'entrée, l'ouvreuse du théâtre faisait le commerce de chaises et de tabourets quand les quelques sièges et strapontins de la salle étaient occupés. Les amateurs impatients se marchaient alors sur les pieds et jouaient des coudes pour obtenir la meilleure place devant la scène.

Thierry tint à assister à toutes les représentations. Comme il en faisait part à Mathilde, cette dernière lui répondit, contrariée :

— Je comprends ton inquiétude, mais Cassandre et Alix sont assez sages pour savoir comment se conduire. Il faut leur donner la chance de le prouver.

— C'est vrai, mais j'ai peur qu'un des acteurs déguisés en toge ne les incite à faire davantage connaissance.

— Mais il faudra bien qu'un jour elles côtoient des garçons ! Elles ne seront pas toujours des couventines.

— Oui, mais ce jour n'est pas encore venu puisqu'elles retourneront bientôt au pensionnat.

— Tout de même, assister à toutes les représentations, n'est-ce pas exagéré ?

— Nous avions promis à Eugénie de prendre bien soin de Cassandre, rappelle-toi !

---

32. Violon à trois cordes, qui se joue avec un archet.

– Nul doute qu'elle sera protégée ! Connaissant Cassandre, cette surveillance va certainement la contrarier.

Comme Thierry ne rétorqua pas, Mathilde eut un doute.

Cassandre serait-elle encore entichée de Thierry ?

Une nuit, Mathilde se réveilla et se rendit compte que Thierry n'était pas à ses côtés. Il lui arrivait de travailler tard le soir, dans son cabinet. Mathilde pensa donc qu'il devait être en train de terminer une note de service ou une ordonnance, de régler quelques créances ou de parapher certaines ententes avec ses correspondants de commerce. Elle chaussa ses pantoufles et, sur la pointe des pieds pour ne pas réveiller Cassandre ou Alix, se dirigea vers la pièce de travail de son mari. Au passage, elle s'aperçut que la porte de la chambre d'Alix était entrouverte. Mathilde s'avança pour la refermer quand elle entendit des chuchotements et des ricanements. Elle manqua défaillir. Elle eut l'impression qu'on venait, à nouveau, de lui planter un poignard dans le cœur. Des larmes lui montèrent aux yeux.

Non, Thierry, pas ça ! Pourquoi agis-tu de la sorte ! se dit-elle.

Prenant sur elle, elle rebroussa chemin et revint dans sa chambre. Elle se jeta aussitôt sur le lit en sanglotant. Épuisée par le torrent de ses larmes, elle eut tôt fait de sombrer dans un sommeil comateux. Quand elle se réveilla le lendemain matin, Thierry dormait à ses côtés. Elle eut le goût de le réveiller brusquement et de lui poser la question qui la tenaillait :

Pourquoi, Thierry, et depuis combien de temps ?

Elle resta ainsi prostrée jusqu'au réveil de son mari, qui lui dit :

– J'espère que tu as passé une bonne nuit, ma chère.

Mathilde vint tout près de lui répondre :

Pas autant que la tienne, espèce de goujat !

Mais elle se retint. Elle avait trop de peine pour aborder le sujet de son désarroi.

Dire que je t'aime tant ! Comment peux-tu compromettre notre amour par cette liaison avec une couventine ! N'as-tu donc pas de respect pour l'institution du mariage ? Elle n'a que dix-sept ans et toi… Évidemment, ton titre, ton charme et ta fortune ont impressionné cette jouvencelle. Mais qu'espères-tu d'elle que je ne puisse te donner ? La jeunesse ? J'ai déjà eu son âge et tu as été bien étourdi, inconscient[33]. Le serais-tu encore ? Vas-tu détruire sa vie et la mienne ?

Mathilde sortit de ses pensées sordides quand elle entendit :

— Que dirais-tu d'un copieux déjeuner au lit ? Je meurs de faim, pas toi ? Je vais sonner.

Quand Thierry se rendit compte de l'air piteux de Mathilde, il lui en fit la remarque :

— Toi, tu as bien mal dormi. Tu as les yeux tout gonflés. Est-ce que ça va ?

Mathilde était sur le point de fondre en larmes quand ils entendirent frapper à la porte. Thierry se leva et alla ouvrir, étonné. Cassandre se tenait dans l'embrasure de la porte, tout agitée.

— Cassandre, que se passe-t-il ?

— C'est Alix. Elle est au plus mal.

— Quoi, que dis-tu ?

---

33. Voir *Eugénie, Fille du Roy*, tome 1.

– Quand je suis allée frapper à sa porte, je n'ai eu aucune réponse. J'ai pensé qu'elle était déjà debout. Pour vérifier, j'ai décidé d'entrer dans sa chambre. Alors, je l'ai aperçue étendue sur son lit qui pleurait. Je me suis approchée et lui ai demandé ce qui n'allait pas. Elle n'a pas pu me répondre. Elle n'a fait que sangloter. Et pourtant, quand je l'ai quittée au début de la nuit, après notre répétition théâtrale, elle me semblait tout à fait joyeuse.

Mathilde questionna Cassandre, ahurie :

– Comment ça, « notre répétition » ? Étais-tu dans la chambre d'Alix, cette nuit ?

– Il nous arrive souvent de nous donner la réplique. Parfois dans ma chambre. Hier, c'était dans la sienne.

Thierry prit la parole :

– Quand je suis revenu de mon bureau, tard dans la nuit, il faut bien le dire…

En disant cela, il regarda Cassandre en lui faisant les gros yeux comme pour lui dire qu'elle aurait dû dormir depuis longtemps.

– Je vous ai entendu rire et chuchoter.

Mathilde regarda intensément son mari, comme si elle doutait.

– Comment ça, Thierry, tu étais à ton cabinet de travail ?

– Mais, Mathilde, il me semblait bien te l'avoir dit.

Mathilde resta prostrée.

Mon Dieu ! Moi qui l'ai soupçonné d'infidélité. Mais qu'est-ce qui me prend !

— Il faut faire venir le médecin, affirma Thierry.

— Est-ce qu'elle t'a dit qu'elle ne se sentait pas bien, Cassandre ? demanda Mathilde.

— Non, mais elle ne peut parler, tant elle sanglote.

— Alors, il faut que je lui parle !

Réconfortée par la fidélité de son mari, mais ne voulant pas perdre contenance, Mathilde s'en sortit en disant :

— Le meilleur médecin est peut-être une mère dans ces circonstances. Je vais me rendre à son chevet. Cassandre, tu peux venir avec moi ?

Arrivée dans la chambre d'Alix, Mathilde l'aperçut prostrée sur son lit, immobile, les yeux larmoyants.

— Ça ne va pas, Alix ? Est-ce que tu as mal quelque part ?

Sur ces mots, Mathilde lui caressa la tête d'une main protectrice. La jeune fille sortit de sa torpeur et, regardant Mathilde, se blottit immédiatement au creux de son épaule.

— Comtesse, si vous saviez à quel point je suis malheureuse.

Après s'être confiée, Alix se remit à sangloter.

— Et qu'est-ce qui te rend si malheureuse ?

— Je l'aime, Comtesse ! Et lui, il ne peut pas m'aimer.

— Alors, Alix, il faut tout me raconter. Et pourquoi ne peut-il pas t'aimer ? Est-il marié ?

Mathilde soupçonna que l'homme en question pourrait être son mari.

— Mais non, Comtesse. Il se destine à la prêtrise.

Peinée pour Alix, mais soulagée, Mathilde sut qu'elle s'était éprise secrètement d'un figurant de la pièce *Athalie* qui jouait le rôle d'un des prêtres au temple de Jérusalem. Même Cassandre ne s'était doutée de rien, malgré la grande amitié qui soudait les deux adolescentes.

Ne sachant pas trop quoi répondre, Mathilde dit tout bonnement :

— Tu verras, la situation va s'arranger.

— S'il se destine à la prêtrise, jamais nous ne pourrons nous marier.

Pour consoler Alix, Mathilde lui dit simplement :

— T'a-t-il déclaré son amour ? T'a-t-il laissé l'impression qu'il quitterait les ordres pour toi ?

— Non, jamais ! Mais je suis certaine que je lui plais. Par ailleurs, nous venons à peine de nous connaître.

Réalisant le danger qui guettait la jeune fille, Mathilde ajouta :

— Tu ne vas quand même pas te laisser mourir d'amour, maintenant. Viens prendre ton petit-déjeuner et nous irons visiter le marché Saint-Germain avec Cassandre.

— Mais nous ne pouvons pas puisqu'il y a une représentation aujourd'hui.

— Alors, nous allons en discuter avec le comte Joli-Cœur, il saura quoi faire.

Quand Mathilde en parla à Thierry, ce dernier réagit vivement :

— Je t'avais bien dit qu'il fallait les chaperonner. D'ailleurs, les représentations tirent à leur fin. Je vais faire en sorte que le directeur de la troupe donne congé à Alix et à Cassandre.

Lorsque Thierry demanda au directeur de se priver de ses deux choristes, ce dernier rétorqua :

— Mais mademoiselle Cassandre est ma meilleure choriste. Ce serait priver le public qui paie un bon prix pour le spectacle.

Quant à Cassandre, elle s'inquiéta du fait qu'elle n'avait rien remarqué du béguin d'Alix.

— Et pourtant, je vous jure, tante Mathilde, que je ne me suis rendu compte de rien. C'est peut-être dans son imagination.

— Quoi qu'il en soit, elle est très malheureuse. Quand vous retournerez à Saint-Cyr, la routine du couvent lui changera les idées.

Lorsque Cassandre retourna à Saint-Cyr, elle fut tout heureuse de retrouver ses amies pensionnaires et ses professeurs. François Bouvard et Bertin de la Doué l'informèrent que leur opéra avançait. Cassandre ne revit pas Rameau. Madame de la Guerre et l'abbé Pellegrin l'avisèrent que le jeune homme avait eu des engagements à Versailles et à Paris, et que son emploi du temps l'empêchait de venir à Saint-Cyr. Cette nouvelle chagrina fortement la jeune fille. Finalement, Cassandre reçut une lettre de Charlesbourg, qui atténua pour un temps sa tristesse.

Ma chère petite fille,

Si tu savais à quel point ta lettre m'a remplie de bonheur. De te savoir heureuse et en santé me comble. Imagine-toi que ton frère Jean s'occupe de la ferme et de tes frères avec autant de sérieux que votre père... ou presque.

Grande nouvelle, Marie-Anne, la femme d'André, est enceinte d'un autre enfant. Quand tu reviendras, tu pourras le bercer, bien entendu.

Tout le monde me demande de tes nouvelles. Anne et Thomas projettent de se rendre en France dans la prochaine année pour affaires, mais ce n'est pas encore certain. Je te le préciserai plus tard.

As-tu passé un bon été? Mathilde et Thierry ont dû t'accueillir dans leur palais. Comment est-ce? Je m'ennuie aussi de Mathilde, ma bonne amie. Simon-Thomas et Georges apprennent leur métier d'habitant du mieux qu'ils le peuvent, mais...

Tu nous manques beaucoup. Prends bien soin de toi et écris-nous plus souvent.

Ta mère qui t'aime.

Cassandre plia la lettre et la serra sur son cœur. Des larmes coulèrent sur ses joues.

Moi aussi je t'aime et je m'ennuie de toi, maman! Cela te surprendra, mais j'ai le mal du pays, notre beau pays. Mais toi non plus, dans le temps, tu n'as pas dû le dire souvent. Probablement jamais. Je te connais, va! Vois-tu, comme j'ai hérité de ton caractère, je ne te le dirai sans doute jamais, moi non plus.

CHAPITRE III
L'opéra Cassandre

22 juin 1706

L'opéra *Cassandre* fut présenté une première fois au pension-nat Saint-Cyr avec la permission de Madame de Maintenon et en présence de cette dernière. Maric-Renée Allard, dans le rôle de Cassandre, offrit une prestation éblouissante. Elle félicita elle-même François Bouvard et Toussaint Bertin de la Doué pour la qualité de leur œuvre.

Le lendemain, la Supérieure du pensionnat de Saint-Cyr décida qu'il fallait remercier le Ciel pour un tel succès. Une messe spéciale fut chantée à la chapelle en présence du Saint-Sacrement dans son reposoir. Cassandre demanda à son amie Alix de chanter en duo avec elle. Les deux jeunes filles unirent leur voix afin de psalmodier les cantiques divins. Au moment de la consécration, quand le prêtre eut dit : « Ceci est mon corps ! » en élevant l'hostie au bout de ses bras, au lieu de courber la tête comme les autres pénitents, Cassandre regarda le Seigneur de la transsubstantiation[34] et pria :

Merci, mon Dieu, je n'ai été que l'instrument de votre gloire !

---

34. Changement de la substance du pain et du vin en celle du corps et du sang de Jésus-Christ, dans l'Eucharistie.

En entendant Cassandre chanter le cantique *Panis Angelicus*[35] au moment de la communion, les participants du Saint-Office en ressentirent des frissons. Quand la jeune fille descendit du jubé et alla communier à son tour, au moment où le prêtre lui remit le corps divin de Notre-Seigneur, Cassandre, recueillie, se dit :

Indiquez-moi, Seigneur, de quelle façon je pourrais vous rendre grâce, et je suivrai votre voie.

Tout à la joie de l'avoir appréciée, Madame de Maintenon, qui voulait la faire connaître à son royal mari, demanda à Charles Vigarini, qui assurait la décoration des ballets royaux à Versailles, de réaliser une mise en scène somptueuse et de présenter l'opéra *Cassandre* à l'Académie royale de musique, à Versailles, le 22 juin 1706.

Le comte Joli-Cœur, en qualité de gentilhomme des menus plaisirs du Roy, prit en charge la promotion de l'opéra auprès de la cour de Versailles, avec le vicomte de Chatou. Joli-Cœur demanda au librettiste de La Grange-Chancel[36] qui avait composé les poèmes d'imprimer un livret sur un beau papier bleu et blanc, couleurs de l'Académie royale de musique, sur lequel on pouvait lire :

Cassandre, une tragédie lyrique en un prologue et cinq actes, d'après l'Orestie d'Eschyle, dont le Poème est de La Grange-Chancel et la musique de messieurs Bouvard et Bertin de la Doué.

Distribution :

Mesdemoiselles Allard (Cassandre), Journet (Clytemnestre), Poussin (Céphise, et une Troyenne), Loignon (Ilione).

Messieurs Hardouin (Scamandre), Mantienne (Xanthe), Chopelet (Simoïs), Bourgeois (Apollon), Thévenard (Agamemnon), Cochereau (Oreste), Dun (Égisthe),

Boutelou (Arcas).

---

35. Le pain des Anges.
36. Charles-François-Joseph-Victor de La Grange-Chancel, page de la princesse de Conti, élève de Racine, auteur de tragédies et de livrets d'opéras.

L'amour de Cassandre, fille de Priam, pour Oreste, fils d'Agamemnon dont Cassandre était captive, et l'épisode de Clytemnestre, aimée d'Égisthe, font le sujet de la tragédie. Apollon et les dieux des fleuves Scamandre, Xanthe et Simoïs forment le Prologue.

Cassandre portait une tenue de princesse troyenne, en étoffe précieuse, parée d'or et de bijoux. Élancée et gracieuse, ses cheveux blonds valsant au moindre mouvement... François Bouvard l'appelait sa fée.

– Vous êtes une merveilleuse cantatrice, Cassandre. Votre sensibilité vous permettra de donner encore plus la pleine mesure de votre voix.

Cassandre avait vaincu les difficultés du solfège avec ses professeurs. La perfection de sa voix donnait maintenant la note avec justesse et pureté. François Bouvard et Bertin de la Doué surent que leur élève ferait de l'opéra un succès éclatant.

Le Roy arriva, suivi de la cour. Il prit place tout près de la fosse d'orchestre, devant les musiciens. La salle était comble. On entendait bourdonner l'assistance composée des membres de l'aristocratie vêtus de soieries et de pierreries, attifés de perruques poudrées et parfumées et de fontanges à fleurs.

Au signal du maestro, les notes de l'ouverture de l'orchestre imposèrent le silence. Cassandre avait attaqué les premières mesures avec force et assurance, au son des théorbes et des violons qui harmonisèrent leur mélodie à l'unisson avec la sensibilité de la cantatrice. Sa voix de soprano lui permettait de franchir plusieurs octaves. Son registre était si étendu que Bouvard dit à Bertin de la Doué qu'elle n'aurait pas son égale à Paris.

La prestation de Cassandre fut un succès. Le comte Joli-Cœur eut l'impression d'entendre son ancienne maîtresse, la cantatrice italienne, tandis que Mathilde ne put retenir ses larmes en assistant au triomphe de sa pupille.

Si Eugénie était ici ! Qu'elle serait fière de sa fille !

Le Roy applaudit, suivi par les autres membres de la famille royale, placés derrière lui et Madame de Maintenon. Aussitôt, une salve nourrie d'applaudissements parut ébranler la salle. Plusieurs spectateurs qui s'étaient rapprochés acclamèrent la cantatrice en frappant sur la balustrade de la fosse d'orchestre, au mépris de l'étiquette. D'autres les accompagnèrent en martelant le parquet avec leur canne. Le rideau s'ouvrit plus d'une fois devant l'ovation soutenue de la salle. Une gerbe de roses fut déposée aux pieds de Cassandre, qui ne savait plus si elle devait la prendre devant le Roy. N'y tenant plus, elle la saisit et put lire sur le carton ce petit mot :

« *De la part de vos plus fervents admirateurs,*
Vos professeurs,
Toussaint Bertin de la Doué, François Bouvard. »

De retour à sa loge, Cassandre fut touchée d'être accueillie par Alix, Mathilde et Thierry.

Alix avait obtenu la permission d'assister à l'opéra dans lequel sa meilleure amie était non seulement la vedette, mais l'héroïne. Dès qu'elles s'aperçurent, elles se jetèrent dans les bras l'une de l'autre.

— Je suis tellement fière de toi, Cassandre. Tu viens de réaliser ton rêve.

— Mon souhait aurait été que nous ayons partagé ce succès ensemble, sur la scène, Alix.

Là-dessus, les deux jeunes filles se mirent à larmoyer, suivies de Mathilde.

Ne voulant pas assister à un autre mélodrame, Thierry embrassa Cassandre, lui offrit ses félicitations et lui réserva une autre surprise.

— Le Roy vient de m'exprimer son désir de te féliciter en personne. Il nous attend, avec Alix, dans ses appartements.

Cassandre fut reçue par le Roy et son épouse dans le Salon de l'Abondance, devant le cabinet qui portait les statues de Minerve, Jupiter et Athéna, dans le fond, et en présence de la famille royale et des créateurs de l'opéra. Le souverain avait voulu souligner la trame mythologique de la tragédie lyrique. Des pâtisseries et des rafraîchissements furent servis.

Mathilde eut encore l'occasion d'être introduite au couple royal et le Souverain la présenta à la famille royale comme une fille du Roy, à leur grand amusement. Louis XIV, alors, en profita pour faire l'éloge de celles qui avaient, par leur courage, leur générosité et leur enthousiasme, mérité d'emblée ce titre.

— Nous sommes fiers de nos filles adoptives! La mère de cette jeune personne si douée en fut une, et vous voyez le résultat? La Nouvelle-France nous fait honneur! déclara Sa Majesté.

Dans la *Gazette de France* et le *Mercure Galant*, il fut écrit que la représentation de l'opéra *Cassandre*, à Versailles, fut un triomphe et que la révélation artistique de cette tragédie lyrique, qui avait si bien interprété le rôle de Cassandre, venait du Canada et s'appelait Marie-Renée Allard. Une jeune femme dont la voix deviendrait aussi légendaire que l'héroïne qu'elle incarnait, tout autant que Cassandre Salviati, la muse de Ronsard.

Le lendemain de la représentation, Cassandre et Alix, grâce à une permission spéciale de Madame de Maintenon, purent profiter du beau temps dans la barque particulière de la première dame du royaume, le long de l'étang surnommé «bosquet de la Reine».

Cassandre portait une robe de velours jaune à rebord noir. Elle avait apporté avec elle son ombrelle pour se protéger du soleil, déjà fort pour la saison. Alix, pour sa part, avait préféré le vert printanier. Elle était coiffée d'un chapeau de paille à large rebord, noué sous le menton par un ruban.

— Te rends-tu compte, Cassandre, de notre chance ? Nous n'aurions jamais pensé pouvoir faire une balade dans les jardins réservés au Dauphin…

— Puisse-t-elle continuer, Alix ! Ce n'est qu'un commencement. Paris sera bientôt à nos pieds.

CHAPITRE IV
La réaction de Germain

Peu de temps après qu'Eugénie fut revenue à Bourg-Royal, elle reçut la visite de sa voisine Odile Langlois, un après-midi, tout affolée et indignée.

— Pour une grande cachottière, tu en es une, Eugénie Allard ! Et dire que j'avais l'impression d'être une de tes amies, en plus d'être ta première voisine. Même mon Germain, qui ne se remet pas de la mort de François, en est grandement découragé. Nous nous doutions bien qu'il se passait des manigances secrètes avec ce va-et-vient continuel de visiteurs inattendus… Germain a rencontré Trefflé Bédard chez le meunier dernièrement. Ce dernier n'arrête pas de se moquer de tes airs de princesse. Il dit même que tu reçois des gens de la noblesse à Charlesbourg… Mais comment l'as-tu traité, lui, un si honnête habitant ?

Reprenant son souffle, Odile continua :

— Il paraît qu'un comte est venu te faire des courbettes… Un ami de Mathilde ! Celle-là rattrape le temps perdu depuis la mort de son mari ! Germain a été insulté d'apprendre qu'il aurait connu ce noble et que tu n'aurais même pas daigné nous le présenter !

Eugénie, qui connaissait pourtant le franc-parler et le manque de tact de sa voisine, en resta bouche bée. Elle prit soudain conscience qu'elle avait négligé celle qui lui avait rendu si souvent service, tant pour la garde de ses enfants que pendant les moments de profond désarroi imposé par le deuil de François. Malgré la moutarde qui lui montait au nez, elle décida de passer outre à sa colère et d'expliquer à sa voisine les motifs de son silence.

— Tut, tut, tut, Odile, laisse-moi t'expliquer. Et, surtout, conservons notre calme…!

— Justement, à cause de notre longue amitié, je croyais mériter plus de considération de ta part!

Voyant qu'Odile ne décolérait pas, Eugénie prit le parti de nuancer ses propos et d'éviter de la froisser davantage.

— Tu as raison, Odile, ça fait si longtemps que je te néglige! J'aurais dû te tenir au courant de ce qui se passe dans cette maison… Tant de bouleversements… Et, surtout, la perte de François!

À ce moment précis, Eugénie réprima un sanglot et tenta d'amortir la chute d'une larme avec un coin de son tablier. Elle venait à peine de ranger la table qui avait servi à la préparation de pâtés de gibier quand Odile était arrivée. Cette dernière perdit toute contenance et se mit à regretter son inconvenante attaque contre Eugénie. C'était la réaction qu'attendait cette dernière.

— Voyons, Eugénie! Ne pleure pas! Ça y est! Je me suis encore conduite comme une écervelée, sans penser à la peine qui t'habite encore, en te parlant de la sorte! Pardonne-moi. Je ne voulais pas te faire de la peine… Peut-être un peu, mais si peu. Oh mon Dieu, que je ne voudrais pas être à ta place! Pas d'homme à la maison. Tes nuits doivent être longues et tu dois te sentir si seule, Eugénie. Vois-tu, mon Germain…

Eugénie ne put conserver son calme et sa sérénité bien longtemps. Elle explosa :

— Ça suffit, Odile Langlois. Fais-moi grâce de la manière dont tu occupes tes nuits ! Et sache qu'il reste encore des hommes dans cette maison, Jean, Georges et Simon-Thomas.

— Ne te fâche pas, Eugénie. Pour te prouver mon amitié, je tenais à te faire part d'une rumeur à propos de tes garçons… Jean…

Eugénie devint subitement cinglante.

— Oh toi et tes commérages ! Si tu avais au moins eu des enfants, tu saurais mieux t'y prendre avec les gens. Alors, ne commence pas à diffamer… ou, plutôt, ne continue pas à discréditer les miens !

— Que veux-tu dire, Eugénie Bédard… euh… Allard ?

— Oh ! Ce que tu peux être méchante ! M'associer à ce moins que rien, alors que ton Germain n'est qu'une molasse qui pendouille ! J'aimerais bien vous y voir avec vos nuits torrides ! Moi, mon François avait encore la verdeur de nos premières années de mariage.

— Certainement pas la première, en tout cas. Tiens, bien bon pour toi ! Insulter mon Germain !

Eugénie dévisagea sa voisine, attrapa le rouleau à pâtisserie et se mit à pétrir avec acharnement.

D'une voix sourde et menaçante, elle se racla la gorge :

— Que dis-tu là, Odile Langlois ? Veux-tu répéter, je te prie ?

Odile sut qu'elle était allée trop loin.

— Je n'ai rien dit, Eugénie. Rien d'important.

— Tout est important lorsqu'il s'agit de ma vie intime avec François. Si mes enfants t'avaient entendue !

— Certainement pas la petite ! Et tu ne nous as même pas invités à son départ pour la France ! Tu es une égoïste, Eugénie ! Nous avons eu tellement de peine !

Eugénie toisa sa voisine. Reprenant son calme, elle se ressaisit :

— Vraiment, Odile ? Si François avait été là, il y aurait sans doute pensé. Tu comprends, Germain était son ami et son sous-voyer. Je vous fais toutes mes excuses. Je suis impardonnable. Je te demande de m'excuser.

Odile opina de la tête, tout en ayant une moue de réconciliation.

— Eugénie, j'ai un grand service à te demander !

— Mais lequel, Odile ? Tout ce qui est en mon possible, tu le sais bien.

— J'aimerais qu'on remonte le moral à Germain. Le pauvre, il ne sait plus comment s'y prendre depuis le décès de François.

— Que veux-tu dire ?

— Pour les chemins. Pourtant, il était tellement fier de succéder à François ! Mais il n'a pas son autorité. Les habitants ne respectent pas ses consignes.

— Tout le monde ?

— Pas ses amis, bien entendu. Mais certains nouveaux, surtout dans Gros Pin et la Petite Auvergne. Et dire que c'est justement là que je suis née et où mon père était tellement respecté ! Germain a beau leur dire qu'il a été le gendre de feu Hormidas Chalifoux, il n'est pas écouté. Il ne sait plus quoi faire et moi, je ne sais plus quoi lui dire.

Compatissante, Eugénie tenait absolument à venir en aide à ses voisins et amis.

— Voudrais-tu que je m'entretienne avec Germain? Des fois... un conseil d'une autre femme!

Odile la regarda, médusée.

— Tu peux toujours, mais je ne crois pas que ton intervention puisse le réconforter. Germain a un gros problème d'homme!

— Il n'y a que les femmes qui peuvent comprendre ce type de problèmes, Odile. Tu le sais bien.

— Ce problème-là, je ne crois pas, car il a été causé par un autre homme!

— Alors là, je nage en plein mystère. Explique-moi.

Odile prit une profonde respiration et se libéra de la tension qu'elle avait accumulée depuis un certain temps.

— C'est de la faute à Jean Boudreau. Il n'arrête pas de dire à Germain qu'il sera acculé à la faillite s'il continue à ne cultiver que notre lopin de terre.

— Et toi, qu'en penses-tu?

— Germain est fort, mais il n'est pas entreprenant. Pas comme l'était François, ton défunt mari!

À ces mots, Eugénie grimaça.

Si Odile savait à quel point le mauvais sens des affaires de mon mari lui a été fatal[37]*!*

---

37. Parce que François Allard avait fait des emprunts irréfléchis afin d'agrandir son patrimoine terrien, il dut travailler à l'insu de sa femme et au péril de sa vie au transport maritime pour pouvoir rembourser ses dettes. Il mourut noyé au cours du transport d'une cargaison de billes de bois vers l'Isle-aux-Grues. Voir *Cassandre, fille d'Eugénie*, tome 3.

Elle se reprit et continua :

— Il faudrait qu'il demande conseil ou qu'il en parle à Mathurin Villeneuve, à Gros Pin. Tu sais qu'il est un des anciens de là-bas et un des habitants qui a le mieux réussi. Même plus que quiconque, à mon avis.

— Euh… Non ! Parce que la situation est délicate.

— Et pourquoi ? Il le connaît assez bien, pourtant. C'est le beau-frère de Marie-Anne, la femme d'André.

— Germain le sait. Justement, il ne veut pas mettre la chicane dans nos familles.

— Que viennent faire nos familles dans l'entretien des chemins ? Un petit conseil ne peut qu'aider, je pense. Nous devons remonter le moral de Germain et lui fournir notre assistance.

Odile n'osait regarder Eugénie dans les yeux, par crainte de sa réaction. Elle se risqua cependant :

— Un gros merci, mais… Il faut que je te le dise.

— Dire quoi ? Tu m'intrigues, Odile, reprit Eugénie, tracassée.

— Maintenant que nous sommes réconciliées, je ne veux pas t'inquiéter, mais…

— Mais quoi, Odile ? Arrête de me faire languir, sinon je ne réponds plus de mes réactions.

— D'accord. Germain vient d'avertir le jeune Charles Villeneuve qui filait à toute épouvante avec son boghei. Il a failli emboutir le charroi de Jean Boudreau qui venait en sens inverse et qui se rendait au moulin avec ses minots de blé. Il aurait pu le tuer. Germain l'a semoncé, bien entendu, quand il s'est arrêté. Charles lui a répondu de se mêler de ses affaires. Dans ces moments-là, Germain bout de rage et n'est plus capable de répondre. Malgré sa taille, le jeune Villeneuve l'a traité de vieux gâteux. Germain n'est pas si vieux, tout de même !

— En effet, ce n'est pas très respectueux. Mais qu'avait-il à être aussi pressé ?

— Paraît-il qu'il coursait, selon Germain !

— Courser ? Avec qui ? Un autre écervelé ? Excuse-moi d'être aussi crue, mais ce récit m'horripile.

— C'est ce que je voulais éviter de te dire, Eugénie !

Eugénie blêmit subitement.

— Alors, dis-le !

— Il coursait contre le cheval de Jean.

— Tu viens de me dire qu'il a failli l'emboutir. Ça ne se peut pas.

— Pas Jean Boudreau… Jean Allard.

— Jean Allard… mon garçon ?

— Germain l'a reconnu, évidemment, quand l'attelage a rebroussé chemin et est revenu vers Bourg-Royal. Pas précisément Jean, mais Mustang, son cheval qui semblait ruisseler de sueur.

— En est-il certain ? Parce que cette accusation est grave ! Je veux en avoir le cœur net. Quand est-ce arrivé ?

— Il y a à peine une heure.

Eugénie foudroya sa voisine du regard.

— Tu aurais dû commencer par cette nouvelle au lieu de t'introduire en me parlant de Trefflé Bédard. Des fois, toi… Je prends mon châle, je me rends chez toi. Il faut que je parle à Germain.

Aussitôt dit, aussitôt fait. En chemin, Eugénie se dit qu'elle devrait y aller en douceur avec Germain, compte tenu de l'état de son moral.

Il faut que je lui suggère de bonnes idées. Germain est un bon habitant, travaillant, mais pas le plus débrouillard par contre !

Quand Eugénie arriva avec Odile, Germain fumait tranquillement sa pipe au coin du feu. Il avait l'air songeur. À ce moment de la journée, il aurait dû vaquer à d'autres occupations. Eugénie s'en aperçut rapidement.

— Tire-toi une bûche et prends le temps de t'asseoir, Eugénie.

— Merci, mais j'aime mieux aller droit au but, tu me connais ! Alors, si tu as besoin de mon avis, n'hésite pas à me le demander.

Germain la regarda, l'air encore plus découragé.

— Comme tu veux ! Tu connais les airs de la maison, alors, quand ça t'adonnera, assieds-toi.

— Voyons, Germain. Eugénie est assez vieille pour savoir ce qu'elle a à faire ! avança maladroitement Odile.

— Justement, Germain, je tiens à tirer au clair ce que je viens d'entendre et te conseiller.

Comme Germain avait toujours l'œil hagard, le regard perdu, Eugénie se permit de continuer, non sans un brin de réticence, de crainte de le heurter.

— Tu sais, il n'y a pas que l'orge et le seigle qui font vivre l'habitant. Jean me disait justement…

— Celui-là veut ma perte, Eugénie! Il me propose de retourner en Normandie soigner mes cochons. Me vois-tu recommencer à neuf encore une fois? répondit lentement Germain, qui continuait à s'affaler sur sa chaise.

Eugénie réagit rapidement:

— Mais voyons donc! Tu connais mon garçon, il a toujours admiré ta force herculéenne… Et il ne connaît de la Normandie que ce que François lui en a dit. Ça ne peut pas être mon Jean.

Elle continua de manière à faire oublier la remarque de son voisin.

— Il me disait que la culture du chanvre pour la fabrication de nos vêtements était déjà populaire à l'île d'Orléans. Qu'en penses-tu? Certains aussi font du goudron avec leur vieux bois de chauffage. Paraîtrait que c'est payant!

Comme Germain ne réagissait pas, Odile décida de secouer son mari.

— Mais réagis, Germain. Eugénie te parle.

Ce dernier prit son temps avant d'affirmer:

— Ah oui, le chanvre! Ça sert surtout à fabriquer des ambines[38] à piquet, de la grosse corde. Ce n'est pas ça qui va me rendre riche!

— Mais voyons donc, Germain, tu pourrais fabriquer des câbles à bateau. Tu sais bien que le domaine de la navigation est prospère et qu'il y a de l'argent à faire, s'enhardit Odile.

Cette remarque concernant la construction navale déplut à Eugénie, qui grimaça. Elle décida de suggérer à Germain:

---

38. Liens retenant les piquets de clôture.

— Certains habitants de Carphanaum[39] ont demandé à André de leur fabriquer des balais et des pelles. Il se fait aider par Simon-Thomas, mais il ne suffit pas à la demande parce que sa clientèle de bourgeois l'accapare trop avec le mobilier de style. Tu sais, il pourrait facilement proposer à ces derniers des pelles et des balais si tu l'aidais à l'atelier. À dix-sept ans, Simon-Thomas n'est pas encore décidé à faire ce métier... Même qu'André a déjà pensé engager un sauvage de la chute Kabir Kouba, de Lorette. Tu sais qu'ils sont habiles à travailler le bois, les Hurons !

Germain regardait Eugénie, perdu dans ses pensées. Odile, vexée, prit la parole :

— Faiseur de balais ! Voyons, Eugénie ! Germain est fait pour le gros ouvrage avec ses muscles.

— Alors, faisons-lui construire des fours à pain ou creuser des tuyaux de bois pour transporter l'eau. Justement, mes conduits qui relient notre puits à la maison et à l'étable sont à refaire. Qui plus est, mon égout d'évier est à changer. Ça demande de la force, ces travaux-là !

La réaction d'Eugénie eut le bon effet d'animer Germain sur sa chaise. Elle y vit un bon présage.

— Tiens, il me semblait bien qu'une suggestion ferait ton affaire. Alors... Quel est ton choix ?

Germain hésitait encore à se prononcer.

— Alors, Germain ? Ne fais pas languir Eugénie plus qu'il ne faut ! dit Odile qui s'impatientait.

Finalement, ce dernier bredouilla :

— Peut-être que Thomas pourrait être des nôtres, en Normandie.

---

39. Faubourg de Charlesbourg.

Cette fois-ci, Eugénie s'inquiéta :

— Thomas, Thomas Frérot ? En quoi est-il concerné ? Ferait-il maintenant le commerce du tuyau de bois jusqu'en Normandie ? À moins que tu ne me parles de Simon-Thomas, mon dernier, qui fait des balais, je viens de le dire…

Perplexe, Eugénie prit quelques moments de réflexion avant d'ajouter à mi-voix, une octave plus haut, ce qui n'augurait rien de bon :

— La Normandie… Simon-Thomas ? J'aime autant te dire qu'un seul de mes enfants parti pour la France me suffit. Si c'est de lui dont tu parles, alors, oublie-le !

Germain, au lieu de sortir de sa torpeur, ajouta :

— La pêche aux marsouins avec Jean… Peut-être. Mais je ne voudrais pas me noyer comme…

Apercevant le visage empourpré d'Eugénie, Odile se mit à crier :

— Ma parole, tu perds l'esprit. Ne dis pas de telles paroles à Eugénie ! Elle vient à peine de serrer son crêpe[40] et sa pleurine[41] !

— Odile ! tonitrua Eugénie en se levant prestement de son siège.

Elle ajouta aussitôt, vexée :

— En tout cas, Germain Langlois, si tu ne sais pas comment t'y prendre pour faire vivre convenablement ta femme sur ta ferme, ne mêle pas mes garçons à ça. Déjà qu'ils souffrent d'avoir perdu leur père. Et puis, tiens ! Tu en veux, une suggestion ? Elle vient d'une voisine qui a encore tous ses esprits, elle ! Coupe du bois de chauffage et va le vendre aux notables de

---

40. Voile ou brassard noir de cette étoffe qu'on porte en signe de deuil.
41. Mince filet de dentelle dont la veuve se voilait le visage durant la période de deuil.

Québec... Au lieu de t'échiner à refaire gratuitement nos chemins sans être capable de joindre les deux bouts... Si tu étais mon mari, tu bougerais de ta chaise, crois-moi !

— Eugénie ! Tu n'as pas le droit de parler à mon mari de la sorte. Tu n'es qu'une jalouse parce que le tien... tu ne l'as pas vraiment ménagé, François. Avoue-le ! répliqua Odile du tac au tac.

La respiration haletante d'Eugénie signifiait que l'orage s'apprêtait à éclater. Mais elle réussit à se contenir, pourtant, en faisant un effort surhumain.

— Bon ! Nous ne recommencerons pas à nous engueuler, tout de même. Nous avons déjà fait la paix. Et puis, je ne suis pas venue pour ça, n'est-ce pas, Odile ?

Penaude, cette dernière ne put que répondre :

— Tu as encore une fois raison, Eugénie !

Satisfaite, Eugénie poursuivit :

— Germain, tu me connais ! J'aime aller droit au but. Est-ce vrai ce que m'a raconté Odile ?

— À propos... ?

— Ne fais pas l'innocent, Germain Langlois. À propos de ce qui s'est passé avant le dîner, sur le chemin, vers la Petite Auvergne. J'ai tout raconté à Eugénie, tonitrua Odile.

— Ah !... Tu le lui as dit !... Le pauvre !

Eugénie sursauta.

— Tu parles de qui, de mon fils ?

— Parle, Germain, parle ! avança tout de go Odile.

– De Mustang, le cheval de Jean.

Eugénie ne savait si elle devait se réjouir pour Jean ou s'inquiéter pour l'étalon.

– Es-tu certain que c'était notre cheval?

– Je pense que oui! Même s'il allait à l'épouvante.

– Quelqu'un le conduisait?

– Ça, c'est certain.

– Mais qui?

– Je ne saurais le dire précisément.

– Alors, ça doit être un de mes gars!

Eugénie devint toute pâle. Elle balbutia:

– Apporte-moi une chaise, Odile.

Eugénie s'assit lourdement sur la chaise en babiche. Elle mit les mains sur son visage.

– Doux Jésus! Qui a pu être aussi étourdi! se mit-elle à raisonner.

Soudain, reprenant ses sens, elle se leva et redevint la femme décidée que ses voisins connaissaient.

– D'abord, allons vérifier s'il s'agit bien de Mustang. Viens, accompagne-moi, Germain.

– Moi aussi, je veux y aller, s'exclama Odile.

D'ordinaire, Germain lui aurait dit que ce n'était pas de ses affaires, mais comme il se sentait en minorité, il se retint, au grand regret d'Eugénie qui ne souhaitait pas qu'Odile s'immisce dans sa vie familiale.

Ils ne perdirent pas de temps pour se rendre immédiatement à l'écurie de la ferme des Allard. Mustang était là, encore tout haletant, de la sueur qui ruisselait sur sa robe alezane à l'encolure, au poitrail et à la croupe. De la bave aussi à la ganache[42] et le chanfrein[43] inondé.

— C'est-y Dieu possible, d'essouffler un cheval de la sorte! s'écria Germain, remis de ses pensées funestes.

— Je t'en prie, Germain, pas de gros mots! rétorqua immédiatement Odile devant la grimace d'Eugénie.

Cette dernière, toutefois, passa outre à la remarque de Germain et ajouta aussitôt:

— Germain a raison. Il y a quelqu'un dans cette maison qui veut faire mourir Mustang. Que je le prenne!… Justement, voilà son propriétaire, riposta-t-elle, courroucée.

Jean arrivait au même moment à l'écurie, surpris de voir le petit attroupement soudain.

— Eh bien, Mustang est devenu bien populaire, on dirait! avança-t-il, le sourire aux lèvres.

Eugénie ne manqua pas l'occasion de saisir la balle au bond en répliquant:

— Je vois mal ce qui t'amène à sourire vu l'état piteux de ton cheval, mon garçon. J'aimerais bien avoir une explication. Le poulain que ton père t'a offert…

---

42. Rebord postérieur de la mâchoire inférieure du cheval.
43. Partie de la tête du cheval, des oreilles aux naseaux.

Étonné par l'allusion de sa mère, Jean, qui ne s'était encore rendu compte de rien, s'avança vers l'enclos du cheval après avoir regardé Germain Langlois d'un air interrogateur.

— Qu'est-ce qui est arrivé à Mustang?

— C'est à toi de nous le dire, mon gars! rétorqua Eugénie, contrariée.

Jean regarda sa mère, étonné.

— Mais je n'en sais pas plus que vous. Georges est arrivé tout à l'heure avec le boghei.

— Georges? Mais je croyais qu'il était allé donner un coup de main à André! Ce n'est quand même pas aussi loin pour mettre Mustang dans un état pareil! répondit Eugénie, furieuse.

— Non, mère, répondit Jean.

— Germain dit qu'il l'a croisé et qu'il venait de Gros Pin.

— Ça ne me surprend pas. Il a l'habitude d'y aller.

— D'aller où, Jean?

— Chez Mathurin Villeneuve.

— Chez Mathurin? Pour quoi faire?

— Mère, vous le savez bien, Charles Villeneuve est le meilleur ami de Georges.

— Bien sûr. Alors, qu'y avait-il de si urgent pour mettre Mustang dans cet état?

Eugénie insista sur ses prochaines paroles:

— Nous allons lui demander ! Georges… Georges… pourrais-tu venir ici, s'il te plaît ? cria Eugénie à tue-tête.

Le ton de voix estomaqua la petite assemblée qui connaissait davantage la retenue d'Eugénie que ses débordements.

Georges, qui s'était réfugié dans le hangar attenant à l'étable et qui était en train de réparer un des cordeaux de l'attelage, fut lui aussi étonné par le ton impératif de sa mère, qu'il croyait être à la maison, endormie ou vaquant à ses occupations domestiques. Il se dit qu'il valait mieux obtempérer dans les plus brefs délais, au cas où… Du hangar, il se rendit à l'écurie, tout près. Lorsqu'il aperçut Odile et Germain, il sut que sa mère avait l'intention de l'interroger et décida de devancer l'orage.

— Tante Odile et oncle Germain, je suis surpris de vous voir tous les deux, ici, en plein cœur de l'après-midi. D'autant plus qu'il y a un bout de temps qu'on ne s'est pas vu, n'est-ce pas ?

Avant que les Langlois ne répondent, Eugénie prit la parole :

— Il paraît que non, Georges, vois-tu ! Germain t'a même croisé, de fait, il y a peu de temps !

— Ah oui ? Je ne m'en souviens pas. Quand ça ?

— Ne fais pas l'innocent, Georges ! Si tu ne t'en souviens pas, c'est que tu allais trop vite.

— Trop vite ? Que voulez-vous dire, mère ?

— Alors, viens voir dans quel état tu as mis Mustang. Une vraie pitié ! D'autant plus que c'est le cheval de ton frère.

À ces mots, Jean, d'habitude calme et posé, se mit à rabrouer Georges :

— Peux-tu me décrire le traitement que tu as imposé à mon cheval ? Hein ? Tu mériterais que je te donne une raclée !

En disant cela, Jean s'avança vers Georges en brandissant le poing. Aussitôt, Germain s'interposa entre les deux garçons. Avec sa carrure impressionnante, il mit un terme à l'altercation en empoignant l'avant-bras de Jean et en repoussant de son autre main Georges, un peu à l'écart.

— Ça suffit, les gars ! Il n'y aura pas de casse aujourd'hui, surtout entre deux frères. Si François était là, il ne serait pas très fier.

Eugénie s'empressa de reprendre le contrôle de la situation.

— Comme François n'est plus là pour les séparer, je te remercie, Germain, de l'avoir fait. Maintenant, Jean, laisse-moi questionner Georges… Alors, où étais-tu allé, plutôt que d'aider ton frère qui se tue à la tâche sur la ferme ?

Comme Georges tardait à répondre, Jean, qui s'affairait à panser Mustang, s'interposa :

— J'ai ma petite idée. Il devait…

— Laisse-le répondre. S'il est assez rapide au galop, il devrait en faire autant en parlant ! s'interposa Eugénie.

— C'est que, voyez-vous… j'avais une commission à faire à Gros Pin. Voilà !

— Elle devait être urgente pour risquer de tuer notre coursier !

— Justement, mère, Mustang est très rapide.

Irrité par le manque de collaboration de son frère, Jean insinua :

— Mais pas aussi rapide que Sultan !

— Sultan ? Qui est Sultan ? Nous n'avons pas de cheik arabe dans le voisinage, à ce que je sache ! riposta Eugénie en ricanant, tendue.

— Non, mère, Sultan est le coursier arabe de Charles Villeneuve. Il file comme le vent, avança Jean.

— Charles Villeneuve a un coursier arabe ? Et depuis quand
es-tu au courant de ça, Jean ?

— Depuis quatre mois, depuis qu'il course contre lui avec
Mustang, s'interposa Georges, qui essayait de faire porter le
blâme à son frère aîné.

— Oh toi, tu n'aurais pas pu te taire ! C'est quand même mon
cheval, je peux courser comme je le veux.

Eugénie réagit immédiatement en pointant un doigt accu-
sateur vers Jean.

— Oh non ! Mon garçon. Tu n'as pas le droit de risquer
d'abréger la vie de ton cheval. En plus, tu dois donner l'exemple à
Georges, ton frère plus jeune. Pour moi, vous n'êtes que deux
étourdis. C'est encore pire pour toi, Jean, qui es plus vieux que
Georges. Il est grandement temps que tu puisses penser à te caser,
mon gars, plutôt qu'à faire l'écervelé.

Eugénie fulminait, tandis que ses garçons, Jean et Georges,
fixaient le sol afin de laisser planer les reproches au-dessus d'eux.
Pour tenter de dissiper le malaise, Odile avança :

— Je te l'avais bien dit, Eugénie, que Germain avait reconnu
ton garçon qui coursait avec Charles Villeneuve !

Contrariée par le manque de tact d'Odile, Eugénie rouspéta :

— Tu m'avais dit qu'il s'agissait de Jean, alors qu'il s'agissait de
Georges.

— Ç'est du pareil au même !

— Non, Odile, Georges est quand même plus jeune que Jean !
Courser est de son âge ! Au début de la vingtaine, c'est normal !

— Oui, mais Jean vient de nous dire qu'il coursait aussi, et souvent à part ça !

— Jean me l'a dit à moi, sa mère ! Pas à toi, Odile. Ce n'est pas du tout pareil. Il s'est confié, et une faute avouée est à moitié pardonnée.

— Oui, mais tu viens toi-même de les semoncer devant nous, Eugénie, et Germain a été témoin du méfait de Georges. C'est sérieux, leur étourderie !

— Ce n'est pas à toi d'intervenir, Odile, ici, chez nous. Ces égarements, nous les réglerons en famille. Pour le moment, il s'agit de conserver Mustang vivant le plus longtemps possible. Il a quinze ans. Pour un cheval, c'est vieux. Il ne doit plus courser.

— Mais maman... Il n'y a pas d'autres activités pour les jeunes gens, à Charlesbourg ! On va quand même pas tirer les ficelles des marionnettes du père Marseille ! Qu'est-ce que les filles diraient ! avança Georges.

Eugénie bondit.

— Toi, Georges, il est grandement temps que tu te prennes en main et que tu cesses de fréquenter cette tête folle de Charles Villeneuve... Ne penser qu'à la vitesse ! Et dire que sa mère est une sainte femme... Et notre Marie-Anne, sa tante ! Notre Mustang mérite mieux que ça, à son âge ! Et tu serais mieux de changer d'ami. S'il veut se blesser, ça le regarde. Moi, je veux des garçons avec leurs bras pour m'aider à la ferme. Je me demande même si je veux le voir à la maison, celui-là !

Les garçons Allard regardaient leur mère en espérant que le gros de l'orage était passé. Odile n'osait approuver Eugénie de peur d'être de nouveau écorchée et Germain laissait Eugénie dominer la situation, sentant bien qu'elle était encore le chef de famille.

Surprenant encore son auditoire, Eugénie claironna avec enthousiasme, ce qui eut le malheur d'inquiéter, avec raison d'ailleurs, Georges et Jean :

— Je pense bien, Germain, que je viens de te trouver deux acolytes pour t'assister dans tes fonctions de grand voyer.

Germain regarda avec étonnement Eugénie et se surprit à esquisser un sourire.

— Germain, ça fait si longtemps que je ne t'ai pas vu sourire de la sorte ! Mais oui, deux vaillants garçons, presque aussi forts que toi. À eux deux, on s'entend, car il n'est pas encore né celui qui peut soulever un boghei d'une main comme toi. Mais, tu vieillis aussi, ne l'oublie pas.

— Oh merci, Eugénie, ma grande amie ! Je savais que tu trouverais une solution au problème de mon mari. Tu as toujours une solution pour tout. Avec intelligence ! Avec aplomb ! Germain, remercie Eugénie. Tiens, tu peux l'embrasser sur la joue, notre première voisine.

Comme Germain s'avançait vers Eugénie, cette dernière, gênée par les effusions émotives d'Odile, s'empressa d'ajouter :

— Ce n'est pas moi qu'il faut remercier, mais Georges et Jean ! Ce sont eux qui seront fiers de t'aider aux chemins. Et, ce qui est bien, c'est qu'il en reste toujours un de disponible, quand cela se pourra, cela va de soi. Et j'y veillerai, tu peux compter sur moi. Qu'en pensez-vous, les gars ?

Comme la réponse tardait au goût d'Eugénie, elle interpella Germain :

— Qu'en penses-tu, Germain ? Cela fait-il ton affaire d'avoir les garçons de François comme sous-voyers ?

Tout ragaillardi, Germain s'exclama avec enthousiasme :

– Charlesbourg n'aura pas eu meilleure équipe depuis François et moi. D'ailleurs, si vous n'avez pas d'objection, nous commencerons à la première heure, demain, après le train. Mais il ne sera pas nécessaire d'être tous les trois, pas cette fois-ci, parce que la route défoncée vers Gros Pin demande un petit remblai, du moins je le crois. Un seul homme de la voirie me suffira. Alors, lequel d'entre vous veut être initié le premier à cette noble tâche?

Georges et Jean Allard se regardèrent, sceptiques. Ils n'osaient rétorquer par la négative à la recommandation de leur mère et à la proposition d'embauche de Germain.

Eugénie s'empressa de prendre la parole:

– Bien entendu, il n'y a pas de gages, les gars! C'est une corvée pour le bien de la paroisse. Comme moi, à l'église. Alors… Lequel commence?

Pas de réponse.

– J'apprécie le respect que vous manifestez à l'égard de l'autorité de votre mère, ajouta Eugénie sur un ton enjoué.

– Disons que Georges se fera un plaisir de commencer avec Germain… Hein, Georges! N'est-ce pas que ça te fait plaisir? Dis-le à Germain.

– Bien entendu, Germain.

– Georges sera chez toi après le déjeuner que je lui préparerai demain matin, tôt. Il se rendra chez vous à pied. Mustang a assez coursé et a besoin de repos. N'est-ce pas Georges?

Georges fixait sa mère, le regard mauvais. Cependant, il ne voulait pas la contrarier encore plus.

– J'irai à pied et serai à l'heure, oncle Germain.

— C'est très bien, Georges, ajouta Eugénie, narquoise.

Avec candeur, Odile ajouta :

— Tu les as si bien élevés, Eugénie. Que je t'envie. Pas un mot plus haut que l'autre. De vrais anges, tes garçons. Pas Marie-Chaton, par ailleurs, mais c'est ton bébé et ta seule fille. Ça se comprend.

En faisant référence à la personnalité complexe et au caractère de Marie-Chaton, Odile venait de lever le voile sur les appréhensions qui hantaient Eugénie quant au séjour de sa fille à Paris.

— Que veux-tu dire par là ? Que Marie-Chaton est difficile ? Pauvre petite. J'espère qu'elle se porte bien et que nous aurons des nouvelles de France sous peu.

Subitement, Eugénie devint songeuse. Elle se perdit dans ses pensées. Et puis, revenant à la réalité de Charlesbourg, elle répondit à Odile :

— C'est vrai que la Providence nous a donné de bons enfants, à François et à moi. Il en serait vraiment fier s'il était encore avec nous. Et je suis certaine qu'il nous protège tous…

À ce moment précis, Eugénie fixa Georges des yeux et ajouta :

— Particulièrement ceux qui vont trop vite à cheval, n'est-ce pas ?

Encaissant la remarque, Georges baissa les yeux. Eugénie en parut satisfaite. Son fils récalcitrant prenait son autorité en considération. Passant de la réflexion à la réalité paysanne, elle ajouta :

— Et si je vous servais une pointe de tarte aux pommes ? J'en ai de fraîchement faite dans l'armoire. Hein ! Qu'en dites-vous ?

Germain rompit le silence en disant :

— Viens, Georges, il faut prendre des forces pour demain matin. La charrue n'est pas facile à manier. Ces muscles-là vont travailler dur !

En disant cela, Germain bomba son biceps.

— Dis-le donc que je ne te donne pas suffisamment à manger, Germain Langlois, houspilla Odile.

— Tu sais bien que Germain a toujours reconnu tes talents de cuisinière, ajouta Eugénie.

Rassurée, esquissant un sourire à son amie pour la remercier de sa gentillesse, Odile avança :

— Tu sais, Eugénie, Marie-Chaton n'est pas une mauvaise enfant. Tu sais combien je l'aime, presque comme si c'était la mienne. Seulement, elle est originale. Excentrique. Elle a un tempérament d'artiste ! Et les artistes n'ont pas toujours un caractère facile... Mais Mathilde va la surveiller, comme si c'était son enfant. Sois sans crainte.

— Puisses-tu dire vrai, Odile ! Puisses-tu dire vrai !

CHAPITRE V
La conversation

Quelques mois plus tard, Georges et Jean commencèrent à maugréer contre le travail de sous-voyer qu'ils trouvaient trop harassant. Eugénie crut bon d'avoir une bonne conversation avec ses garçons. Elle considérait qu'il était de son devoir de mère et, surtout, de chef de famille, depuis la mort de son cher François, de le faire.

Un soir, après le repas où la soupe au chou avait été à l'honneur et dans laquelle on sauçait le pain de ménage, Eugénie, qui venait de nettoyer la table avec sa brosse en poil de porc et qui s'affairait maintenant à ramasser les miettes de pain avec son balai en ramures de thuya[44], décida d'aborder le sujet qui la préoccupait : l'avenir de ses garçons. La perspective de voir partir un de ses garçons, pour la France ou pour la course des bois, l'inquiétait.

Elle rangea son balai, détacha son tablier, puis l'accrocha le long de l'armoire de la cuisine.

— Georges et Simon-Thomas, venez ici, il faut que je vous parle !

---

44. Cèdre.

Les garçons regardèrent leur mère, étonnés. Eugénie continua :

— Il est grand temps que vous puissiez choisir le métier qui vous convienne. J'ai quelques suggestions à vous faire. Bien entendu, le travail de sous-voyer n'est pas ce qu'il vous faut parce qu'il ne permet pas de recevoir des gages. Et d'ailleurs, il ne semble pas vous plaire. Donc, il vous faut un métier plus d'adon.

Georges prit la parole avec un brin de nervosité :

— Et que voulez-vous que je fasse, sa mère ?

— Pas, sa mère, Georges, mais mère ou maman, je préfère.

— Alors, qu'avez-vous pensé pour moi ?

— Comme tu aimes tellement les chevaux et leur attelage, j'ai pensé que le métier de sellier-bourrelier pourrait te convenir. Tu pourrais confectionner les colliers de chevaux et leur harnai de travail, en cuir, bien entendu, et rembourrer les sièges des berlots[45]. Est-ce que ça te semble intéressant, dis-moi ?

— Ouais ! Peut-être bien. Il faut que j'y pense.

— Dépêche-toi, parce qu'à ton âge le temps presse. Il faut que tu fasses ton apprentissage. Blondeau, le maréchal-ferrant de Québec, t'accepterait comme débutant jusqu'à ce que tu maîtrises le métier. En échange, tu l'aiderais à ferrer les chevaux. Avec ta carrure, je ne suis pas inquiète pour toi, Georges.

— Tu n'auras plus l'occasion de courser, avança Simon-Thomas.

Cette remarque murmurée avec un brin de malice eut l'heur de faire éclater de rire Jean, au grand déplaisir d'Eugénie, qui ne se priva pas de le lui faire savoir avec une mimique autoritaire. Elle s'adressa cependant à Simon-Thomas :

---

45. Berlines.

— Puisque tu veux t'exprimer, toi, il faut que tu saches que j'en ai discuté avec André. Il veut agrandir l'atelier et rendre plus productive sa fabrique de balais et de pelles. Il n'y a pas de honte à gagner sa vie en fabriquant des marchandises pour les autres, en ayant un bon métier reconnu. C'est ça, le commerce. Rien ne t'empêche de travailler la terre comme ton père! Et n'oublie surtout pas qu'il était un artisan reconnu à Québec… et par le clergé. André aussi est un artiste!

Eugénie s'attendait à une réplique de son plus jeune, alors que ce fut Jean qui siffla entre les dents:

— Pas besoin de nous le mentionner, nous savons tous qu'André est un artiste, nous te l'entendons dire à chaque soir, au souper.

Eugénie fusilla son garçon du regard. Ce dernier soutint ce coup d'œil assassin. Elle prit une profonde inspiration et déclara, stoïque, en réussissant à maîtriser sa colère:

— Pendant que j'y pense, Jean, comme l'hiver approche, il serait grandement temps de faire boucaner de la viande pour les provisions. Demain, tu saigneras un petit cochon et tu fumeras sa viande aux crochets de l'âtre, comme à l'accoutumée.

Jean regarda sa mère avec un air de défi.

— Vous voulez dire «comme de coutume»?

— À l'accoutumée. C'est mieux dit.

— Ah oui? Icitte, à Charlesbourg, on dit «comme de coutume»!

Eugénie regarda son plus vieux avec circonspection.

— Ma foi, Jean, on ne dirait pas que tu as étudié chez les jésuites. «Icitte», «comme de coutume», sont-ce là les expressions avec lesquelles je vous ai élevés? Eh bien, non! Nous, les filles du Roy, vos mères, avons reçu notre instruction chez les religieuses, où la diction et le bon parler avaient toute leur importance. Anne et Mathilde ont elles aussi un excellent langage. Vous devriez tous en prendre exemple.

– Ouais, ouais. C'est ce que vous dites ! N'empêche que c'est un parler de fille. C'est pas nécessaire pour être un bon habitant.

– Peut-être bien ! Mais je suis toujours le chef de cette famille et j'entends à ce que l'on parle comme des gens instruits. Et, surtout, jamais de blasphème. Vous m'entendez ? Au grand jamais ! Des plans pour que votre père traîne cette honte au ciel.

Jean regarda de nouveau sa mère en la prenant de haut.

– Il y a belle lurette que les gens ne parlent plus des filles du Roy, si vous voulez mon opinion.

– Cela n'a rien à voir, mon gars. L'important, c'est l'héritage éducationnel que nous avons laissé à nos enfants. Mais tu ne me sembles pas vouloir comprendre ça, ce soir ! Hein ?

– « Hein », n'est pas digne du vocabulaire d'une fille du Roy, si je me fie à ce que tu viens de nous dire !

Georges et Simon-Thomas sentaient qu'un orage s'annonçait dans la maison. Ils écoutaient en silence, s'affairant à bourrer minutieusement leur pipe, de plâtre pour Georges et de blé d'Inde pour Simon-Thomas, avant de fumer. Seules leurs giclées de salive noircie par le tabac noir que l'on cultivait dans le potager résonnaient dans le crachoir, à leurs pieds, faisant entendre un bruit métallique, caractéristique de l'étain.

– J'ai l'impression que ce que je dis, ce soir, ne fait pas ton affaire, de toute façon.

Devant le silence de Jean, Eugénie ajouta :

– J'aimerais bien savoir ce qui mijote dans cette tête-là !

Eugénie voulut détendre l'atmosphère en ébouriffant les cheveux de son aîné. Dès qu'elle s'en approcha, il se rebiffa en esquivant le geste.

— Pourquoi ne parles-tu pas de mon avenir ?

Eugénie resta coite. Jean continua :

— J'ai l'impression que je suis l'homme à tout faire dans cette maison. En plus de m'occuper de la terre et des animaux, il faut que j'aide Germain aux chemins. En plus de faire les foins à la place d'André. Évidemment, Monsieur est un artiste ! Monsieur a des clients à rencontrer, alors que moi, le pauvre habitant, je m'échine en travaillant pour deux !

Eugénie, les yeux plissés, essayait de décoder la frustration de Jean.

Mon Dieu, qu'est-ce qui lui prend ? Il doit en avoir gros sur le cœur pour blâmer ainsi son frère qui a toujours été son idole. Il faut que je mette un terme à cette rébellion, et au plus vite.

— Je te défends de parler contre ton frère ! Il exerce un autre métier que toi, tu le sais aussi bien que moi ! D'ailleurs, ses affaires prospèrent puisqu'il parle d'embaucher Simon-Thomas.

Ce dernier, qui n'avait pas encore émis de commentaires sur la suggestion de sa mère, se risqua :

— Mais, maman, j'avais l'idée de devenir calfat[46] au chantier de la rivière Saint-Charles. Et peut-être même naviguer !

Cette remarque prit de court Eugénie. Les yeux exorbités, elle vociféra :

---

46. Le calfat insérait l'étoupe, partie la plus grossière de la filasse de chanvre ou de lin, dans les joints extérieurs de la coque des navires au moyen de fers percutés par un maillet de bois. Il extrayait aussi les nœuds des pièces de bois et les remplaçait par des chevilles afin d'empêcher une infiltration d'eau.

— Simon-Thomas Allard! Que je te voie travailler au chantier naval! Aurais-tu oublié que la navigation a tué ton père[47]!

Se ressaisissant, tout enthousiaste, elle déclara:

— Rien ne vous empêche de faire des cannes à marcher, à l'atelier! Tu sais que la canne fait partie de la garde-robe des bourgeois de Québec. Les riches marchands comme Gustave Précourt l'ornent même d'un pommeau d'or. Imaginez la renommée que votre atelier pourrait avoir... Même en Nouvelle-Angleterre!

Soudain, Eugénie se rendit compte qu'elle s'enflammait.

— Évidemment, l'or n'est pas donné, conclut-elle.

Simon-Thomas, contrarié, n'écoutait plus sa mère. Il répondit à l'interdiction de cette dernière.

— Parce qu'il n'était pas marin! Le Polonais[48] est toujours bien vivant comme pilote de bateau. Je lui ai déjà demandé si je pouvais l'accompagner aux Antilles, et il est d'accord.

Eugénie fulminait. Mais à soixante-deux ans, ses réflexes n'étaient plus les mêmes qu'avant. Elle chercha à s'appuyer sur un dossier de chaise, mais celle-ci bascula. Elle réussit avec peine à éviter une chute en s'agrippant à un coin de table et s'enfonça une écharde dans un doigt. Elle laissa échapper un cri de douleur et porta aussitôt son doigt à sa bouche afin de retirer le petit fragment de bois avec ses dents.

N'y réussissant pas, elle ordonna à son fils:

— Vite, donne-moi ton couteau à ressort. Tu n'as pas honte de flétrir la mémoire de ton père en le comparant au gendre de

---

47. Voir *Cassandre, fille d'Eugénie*, tome 3.
48. André Loup dit «le Polonais» parce qu'il était originaire de Pologne était navigateur. Il demeurait dans la basse-ville de Québec avec son épouse Marie, fille de Georges Sterns, avec lequel François Allard, le mari d'Eugénie, eut des démêlés. Voir *Cassandre, fille d'Eugénie*, tome 3.

Georges Sterns? Ce malfaisant a déjà bien failli ruiner ton père! Heureusement que Thomas Frérot, ton parrain, y a vu[49]!

Comme son fils tardait à s'exécuter, elle hurla à Georges:

— Donne-moi plutôt mon petit couteau à peler mes légumes. Il fera aussi bien l'affaire. Peut-être mieux.

Dès qu'elle le reçut, Eugénie en planta la pointe acérée dans sa chair afin d'en extirper le corps étranger. Elle réprima une grimace quand quelques gouttes de sang perlèrent à la surface de son index. Ayant réussi, elle repéra la partie la plus propre de son tablier de cuisine blanc qui était accroché et en déchira un morceau pour envelopper son doigt sanguinolent.

— Allez vite me chercher de la colle de pied de bœuf à l'atelier. J'en ai fait bouillir hier, elle doit être maintenant refroidie. Elle remplacera le pansement et arrêtera l'infection.

Simon-Thomas, qui voulait se faire pardonner, se leva prestement.

— J'y vais, mère.

Eugénie profita de la compassion de son fils pour ajouter:

— Enfin quelqu'un qui m'obéit dans cette maison!

Dès que Simon-Thomas revint, Eugénie prit un peu de colle jaunâtre dans le petit pot et en badigeonna la plaie qu'elle recouvrit d'un linge propre. Fière d'elle, Eugénie montra le cataplasme à Georges et à Simon-Thomas qui souriaient.

— Ça vous fait rire, n'est-ce pas? Sachez que cet onguent a servi à soigner plus d'une fois le comte de Frontenac, notre bien-aimé gouverneur. C'est la recette de son médecin, Euclide Auclair,

---

49. Voir *Cassandre, fille d'Eugénie*, tome 3.

que le comte avait rapportée de France en 1689. C'est Guillaume-Bernard qui l'avait dit à Mathilde avant son décès.

C'est alors que Jean en profita pour darder sa mère.

– Ouais! On dirait que Mathilde cherche à s'entourer de la noblesse. Des comtes et des notables! Une vraie parvenue! J'espère que son dernier mari, le comte de je-ne-sais-pas-trop-quoi, fera en sorte que sa carrière d'actrice ne lui montera pas trop à la tête à notre Marie-Renée, elle qui a tendance à se donner des airs.

Eugénie n'en revenait pas de l'impertinence de Jean. Elle essaya de comprendre la réaction de son fils pendant quelques secondes.

– J'appelle ça un coup bas, mon garçon. Tu devrais avoir honte! Le comte de je-ne-sais-trop-quoi comme tu l'as appelé a été l'ami de traversée de ton père, au même titre que Jean Boudreau, de Charlesbourg. Sache qu'il a un nom : Thierry Labarre, anobli au titre de comte Joli-Cœur. Je lui ai donné toute ma confiance pour veiller sur notre Marie-Chaton, notre bébé.

– Un autre qui aime les petites filles, comme Jean Boudreau[50]! À la place de Mathilde, je me méfierais.

– À l'évidence, ça ne tourne pas rond, ce soir. Ton insolence dépasse les bornes. Élisabeth et Jean Boudreau sont des amis de longue date et Jean-François, ton frère, est tout de même le parrain de leur troisième, et ce, depuis neuf ans, bien avant qu'il entre en religion, répliqua Eugénie.

Hors d'elle, elle poursuivit :

– Toi, tu vas vider ton sac, et dès maintenant! Tu donnes le mauvais exemple à tes frères. Qu'est-ce que tu me reproches pour réagir de la sorte?

---

50. Ami de traversée de François Allard, en 1666, Jean Boudreau avait trente ans de différence d'âge avec son épouse, Élisabeth Pivin.

En silence, Jean regardait le plancher. Ses frères en faisaient tout autant.

— Tu dois en avoir gros sur le cœur ! Alors, dis-le, Jean. J'aime autant le savoir maintenant.

Toujours le silence.

— Nous n'irons pas nous coucher sans que tu aies parlé ! Les animaux sont soignés, tu n'auras pas ce prétexte pour abandonner cette conversation.

Soudain, Jean cracha la chique qu'il ruminait pour calmer sa colère et vilipenda sa mère.

— Vous dites à Georges et à Simon-Thomas ce qui vous semble bon, sans les avoir consultés. Vous ordonnez sans qu'ils aient la chance de se prononcer. Vous êtes-vous demandé s'ils étaient d'accord avec votre décision ? Je ne crois pas, non !

La diatribe de Jean eut pour effet de figer Eugénie, encore debout. Elle saisit le dossier d'une chaise avec sa main légèrement handicapée, sans ressentir la moindre douleur, tant l'estoc de son fils avait défoncé l'armure de son orgueil et blessé son amour-propre, puis elle s'assit lourdement.

Fier d'avoir terrassé celle qu'il percevait comme une marâtre, il continua :

— Et moi, vous en souciez-vous de mon avenir ? Vous êtes-vous déjà demandé ce que je voulais faire de ma vie ? Probablement jamais ! La seule distraction que j'avais était de courser avec Mustang, et vous m'en empêchez maintenant.

— Mais…

— J'en ai assez, mère. Je n'en peux plus de votre autorité dans la conduite de la ferme. Moi aussi, j'aimerais m'exprimer. Mais vous ne m'en donnez jamais l'occasion. Le seul qui en ait la possibilité, c'est André. Évidemment, c'est un artiste et, de plus, il est marié, ce que je ne suis pas. Quelqu'un qui n'a pas une occupation qui se remarque n'est pas assez intéressant pour vous. Simon-Thomas ne doit pas faire uniquement des balais, mais aussi des cannes d'apparat à pommeau d'or pour les riches… Georges ne deviendra pas seulement forgeron ou cordonnier, non! Sellier-bourrelier! Bien entendu, il apprendra son métier avec le seul artisan du genre à Québec. Cela va de soi puisqu'il sera considéré comme un artiste, comme notre père.

Sonnée, Eugénie écoutait son fils en silence. Au nom de François, elle voulut intervenir. Jean s'y opposa en levant la main et continua:

— Vous êtes-vous déjà demandé si notre père était davantage artiste ou habitant? Sans doute pas, parce que vous auriez eu trop peur de son choix. Parce que vous saviez fort bien qu'il voulait prospérer comme habitant, alors que vous l'aviez poussé dans son art. Je vais vous dire: notre père était très doué pour le bois, mais il souhaitait intérieurement être aussi prospère que Mathurin Villeneuve, le père de Charles. Mais vous, vous souhaitiez qu'il soit aussi connu que le gouverneur de Québec!

Eugénie regardait son fils d'un air absent. Tous les événements de sa vie depuis son arrivée en Nouvelle-France se déroulaient devant ses yeux, comme s'ils recommençaient. Elle restait là, figée. Jean, encouragé par l'inaction de sa mère, continua à déverser sa colère.

— Vous l'avez rendu malheureux. Vous l'avez forcé à faire ce qui l'a tué: naviguer, pour avoir assez de biens, pour vous impressionner. Vous êtes en train de vous y prendre de la même manière avec Georges et Simon-Thomas.

— Jean, ça suffit! Tu n'as pas le droit de t'en prendre à moi de façon si déloyale!

À peine le dernier mot sifflé entre ses dents, elle éclata en sanglots. Déconcerté, Georges intervint:

– Arrête, Jean. Elle va faire une attaque. Laisse! Tu y vas un peu fort. Mère ne veut que notre bien. Ce n'est pas un tort d'avoir de l'idéal. Moi, ça me plairait d'être sellier-bourrelier. Et Simon-Thomas est encore jeune. Je suis certain qu'elle le laissera choisir à son goût. Tu sais bien que notre mère nous aime plus qu'elle-même, toi compris.

Eugénie, esquintée par la charge de Jean, reprit lentement son souffle, replaça sa coiffe, se moucha et annonça d'une voix assombrie par la peine:

– Je pense que cela suffit pour aujourd'hui. Plus reposés, nous aurons la possibilité, demain, de parler de ton avenir, mon garçon. Moi, je m'en vais me coucher. N'oubliez pas de barrer la porte et d'éteindre vos chandelles.

Là-dessus, Eugénie apporta une lanterne dans sa chambre et s'étendit sur son lit, sans avoir pris la peine de se déshabiller. Les sanglots lui étreignirent de nouveau la gorge, qu'elle essaya de réprimer. Peine s'en fut! Un flot de larmes inonda ses joues et, comme elle avait dégrafé le collet de sa robe, elles coulèrent jusqu'à en imbiber sa camisole.

Eugénie ne se souvenait pas d'avoir éprouvé autant de peine depuis le décès de son mari, François. Elle sombra dans un sommeil comateux qui lui permit de revoir en songe François qui, assis dans sa berceuse, lui souriait. Soudain, il se leva, s'avança vers elle pour essuyer ses larmes. Ensuite, il lui prit la main et l'amena au berceau de leur dernier-né, Jean, leur troisième. Ce dernier, qui vagissait, leur sourit. François se pencha, prit le poupon et le mit dans les bras d'Eugénie.

Si Jean partait, Eugénie savait qu'à soixante-deux ans elle aurait peine à diriger les activités de la ferme et à motiver ses garçons.

Au printemps, après la fonte des neiges, le colon devait pré-parer la terre pour les semailles. Il labourait la terre humide avec la charrue à soc, évitant que la paire de bœufs ne s'enfonçât dans l'humus. Par la suite, il nivelait le sol avec une herse en bois triangulaire afin d'y semer les graines à la volée. Enfin, il recouvrait à la herse les semences céréalières de blé, d'avoine, d'orge et de seigle.

François Allard avait bien essayé de récolter du blé noir[51], mais les résultats furent négligeables. En réalité, ce fut peine perdue.

Eugénie aurait avec ses garçons à vérifier l'état des clôtures. Elle leur demanderait de les réparer avant de sortir les animaux vulnérables aux prédateurs et de veiller à l'état des fossés pour protéger les récoltes des inondations.

Ensuite, Eugénie aurait à s'occuper de son potager fertilisé avec le fumier de la ferme, des légumes qu'elle aurait plantés – choux, navets, fèves, haricots, pois chiches, fayots, oignons, carottes, courges et citrouilles – d'un peu de blé d'Inde, des fines herbes et des fleurs, sarclant[52] les mauvaises herbes. Les légumes frais et en conserve seraient mis à l'abri des intempéries et du gel dans son caveau, les herbes seraient salées ou séchées.

À Charlesbourg, la fenaison se faisait à la faux au cours des deux premières semaines d'août. Les hommes fauchaient, les femmes ratissaient et le foin retourné était mis en meule avant qu'on ne le fasse sécher, puis on l'engrangeait le plus rapidement possible afin d'éviter qu'il ne pourrisse au sol. À la mi-août venait la récolte des grains à la faucille. Suivaient les moissonneurs qui assemblaient les céréales en gerbes et les transportaient à la grange pour qu'elles soient battues au fléau et vannées afin de les débarrasser de leurs impuretés. Ces dernières étapes étaient accomplies après l'Épiphanie. L'habitant craignait que les périodes de mûrissement et d'engrangement ne se chevauchent. Il fallait qu'il se dépêche d'abriter le blé dans la grange, mais aussi l'avoine et l'orge, lesquelles servaient à nourrir les animaux, de même que les pois. Pois verts et pois blancs servaient à faire la soupe pour toute la famille et la bouillie pour les porcs.

---

51. Sarrasin.
52. Arracher les mauvaises herbes d'un sol cultivé.

Une fois ses moissons terminées et ses céréales engrangées, l'habitant s'empressait, au début d'octobre, de labourer en profondeur les nouvelles terres avec sa charrue à rouelles et de retoucher celles qui avaient déjà été ensemencées au printemps puisque le labour le plus important ne se faisait qu'à l'automne.

Les garçons Allard auraient ensuite à mettre les animaux à l'abri et à bûcher de quinze à vingt cordes de bois de chauffage, qu'ils feraient sécher avant de le faire brûler l'année suivante, quand il serait bien sec. Ils iraient en raquettes sur leur terre à bois et rapporteraient le bois de chauffage de différentes essences sur une traîne sauvage. Ils emmitoufleraient leurs pieds dans des bas de laine et porteraient la mitasse, guêtre en peau qui, une fois attachée au mocassin et au pantalon, empêcherait la neige de pénétrer.

André leur demanderait sans doute de bûcher du bois franc et du pin pour les besoins de son atelier de fabrication de meubles. Georges et Simon-Thomas devraient s'assurer que leur maison résisterait bien aux rigueurs de l'hiver. Ils calfeutreraient portes et fenêtres. De plus, pour empêcher la pénétration du froid dans le bas de la demeure, ils entasseraient de la terre le long des murs.

Vers le 8 décembre, après l'établissement définitif du gel, l'habitant effectuait les grandes boucheries, à la fois pour faire des provisions alimentaires et pour réduire le nombre de bêtes à nourrir à l'étable. Il tuait le cochon gras, le bœuf ou le veau qui permettaient à sa famille de se nourrir de viande fraîche. Avec le pain, la viande constituait l'essentiel de l'alimentation du colon.

Au réveil, Eugénie avait pris sa décision.

CHAPITRE VI
La décision

Le lendemain matin, Eugénie servit le déjeuner à ses garçons qui revenaient des bâtiments comme si rien n'était survenu la veille. Conscients que la conversation entre Jean et leur mère allait avoir des répercussions sur la vie familiale, ils se comportaient avec Eugénie avec serviabilité, gentillesse et même galanterie.

Jean, pour sa part, essaya tant bien que mal d'amadouer sa mère en la tenant informée des ragots de Bourg-Royal. Il savait bien qu'Eugénie attendait avec impatience des nouvelles de France. Il lui dit qu'il venait de croiser la postière et que cette dernière lui avait juré qu'elle la tiendrait au courant de la prochaine missive aussitôt qu'elle aurait la lettre en main. Mais il était maladroit dans sa conversation. D'autant plus qu'elle n'était pas loquace. Elle retrouva sa bonne humeur quand ce dernier régla l'installation des crochets dans l'âtre et revint un peu plus tard avec un porcelet saigné, prêt à se faire boucaner. Il insista pour préparer le feu.

Eugénie regardait son fils, perplexe. Elle l'aimait bien, ce fils dévoué. Mais elle venait de découvrir une facette de sa personnalité insoupçonnée. Explosive. Elle qui croyait que c'était un Normand tout craché, comme son père, mesuré, posé et travailleur! Elle se rendait compte qu'il pouvait être bouillant et obstiné, comme elle. Peut-être pas un artiste, mais bon! Ce n'était quand même pas une condition requise pour être fermier. Un homme à tout faire, adroit et débrouillard, ayant le sens de la gestion, était tout indiqué pour administrer son patrimoine. Or, Jean avait toutes ces qualités. Elle réalisa soudain qu'il n'était pas encore marié à vingt-neuf ans, lui, un si beau garçon, malgré les cicatrices laissées par la variole sur son visage.

Et si c'était cela qui le frustrait! Mon Dieu!

Puis Jean rapporta à sa mère en courant le sang chaud d'un porcelet dans un pot de grès et lui dit:

— Ça fera du bon boudin à Catherine et à André, j'en suis convaincu!

Eugénie se dépêcha de verser le sang dans un poêlon avec du sel pour l'empêcher de coaguler, en le brassant continuellement.

— Tu as bien pris soin de le vider de son sang rapidement pour que sa viande blanche puisse se boucaner facilement et tu as fait attention de ne pas effiéler[53] le cochon…

Par ailleurs, Eugénie sut que ce fils avait bon cœur et qu'il ferait un excellent père de famille à son tour. Seulement, depuis la mort de François, jamais elle ne l'avait entendu parler de ses fréquentations féminines.

— Va me chercher, s'il te plaît, le foie, les rognons et la panse. Tiens, enveloppe-la dans la nappe. La graisse de la panse me servira à faire du boudin en faisant cuire le sang avec des oignons. Tiens, pourquoi pas des échalotes! S'il me reste assez de graisse, parce que le cochon est petit. Je vous préparerai ensuite des tartes et des beignets.

À ces mots, Eugénie lui présenta la nappe.

---

53. Percer la vésicule biliaire donnait un mauvais goût à la viande.

– Et n'oublions pas de faire bouillir la tête, les pieds et les jarrets. Y a-t-il quelque chose de meilleur que la tête fromagée ?

Quand Jean revint, tout aussi essoufflé que la première fois, Eugénie dit :

– Je sais bien que nous ne sommes pas au début de décembre pour tuer le cochon, mais une demi-douzaine de bouts de bon boudin rouge, Odile et Germain n'y verront pas d'objection. Qu'en penses-tu, mon grand ? Je vais demander à Simon-Thomas d'aller leur livrer.

Eugénie observait Jean avec affection.

Se pouvait-il qu'il ait davantage pensé à s'occuper d'elle et de ses petits frères, au lieu de se préoccuper de fonder son propre foyer ? Dans ce cas, il a bien raison de maugréer. Ai-je été assez sotte pour ne pas m'en être rendue compte ? Eugénie Allard, tu n'as été qu'une égoïste, à croire que tu espérais garder pour toi toute seule ce garçon comme bâton de vieillesse.

Merci, François, d'être toujours là pour veiller sur nous !

Eugénie avait pris sa décision avec peine. La nuit portant conseil, elle s'était dit que la manière de la transmettre à Jean dépendrait de son attitude, insolente comme la veille ou gentille comme durant la journée. Comme Jean cherchait plutôt à faire oublier son impolitesse, Eugénie fut convaincue de la bonne manière de s'y prendre. Cependant, elle attendit la fin du repas du soir, alors que ses garçons s'assirent sur la banquette pour fumer la pipe après leur dessert préféré, des beignets au sirop d'érable, nectar conservé avec parcimonie dans sa réserve, à l'abri des curieux voraces.

Les garçons ne furent pas surpris quand leur mère les interpella :

– Georges et Simon-Thomas, pourriez-vous aller fumer à l'extérieur tout en marchant ? L'air frais va vous aider à digérer.

Mettez votre veste sur les épaules. Je ne veux pas de toux prématurée dans cette maison. Vous savez que mes poumons sont toujours fragiles. Et il ne me reste plus assez de laudanum[54] pour l'intégrer à mes infusions de bourgeons de pin et de sapin contre la toux. Simon-Thomas, n'oublie pas de me faire penser d'en commander au docteur Estèbe quand tu passeras devant son cabinet. Tu veux bien ? Ah oui, pourrais-tu laver et faire sécher la vessie du porcelet ? Elle me servira de bouillotte d'eau chaude pour mes pieds cet hiver.

Eugénie avait modifié son ton d'habitude péremptoire afin d'éviter une altercation et des éclats de voix comme ceux de la veille avec Jean.

– Tu peux compter sur moi, mère ! répondit Simon-Thomas, tout heureux de ne pas assister à l'entretien potentiellement houleux de sa mère avec son frère.

Il indiqua la porte à Georges d'un signe de la tête, et les deux frères sortirent de la maison.

Jean attendait pensivement. On voyait qu'il redoutait un autre échange agressif avec sa mère. Mais son avenir était en jeu et il ne voulait pas rater l'occasion de le maîtriser à sa façon. Si sa mère le confrontait, il riposterait. Sinon, et c'est ce qu'il souhaitait, il s'empresserait de s'accommoder.

Ma mère n'est pas parfaite, mais c'est ma mère, tout de même ! se dit-il.

Eugénie demanda d'abord à son fils s'il souhaitait reprendre du dessert. Ce dernier opina de la tête. Après lui avoir servi les beignets, Eugénie se rendit compte que ce serait à elle de prendre les devants, puisque Jean restait silencieux en regardant la boucane faire son œuvre sur la viande qui changeait de couleur.

D'entrée de jeu, elle lui dit, montrant l'âtre de la main :

---

54. Médicament liquide à base d'opium.

— Je tiens à te remercier pour le porcelet.

Ce à quoi il répondit :

— Je n'ai fait que mon devoir de fils obéissant à sa mère !

Eugénie sauta sur l'occasion pour aller droit au but.

— Justement, à ton âge, tu n'as plus à suivre toutes mes directives si tu ne le juges pas nécessaire. Je sais que je demande une routine familiale disciplinée, mais c'est normal pour Simon-Thomas, il n'a que dix-sept ans. Toi, à vingt-neuf ans, tu es un homme. Tu pourrais être père de famille depuis longtemps, avec les responsabilités qui conviennent à ce rôle. Et tu es parrain, plus d'une fois. Notamment du fils de Jean Daigle et de Marie-Anne Proteau.

Eugénie se souvint que Marie Sterns, la fille de Georges, était la marraine. Elle ne voulut pas en parler davantage.

Jean, qui regardait de nouveau le fond de son assiette, leva la tête et fixa sa mère dans les yeux, sans mot dire. De ses beaux yeux bruns, il essayait de deviner où Eugénie voulait en venir. Cette dernière ne chercha pas à le faire languir.

— Sans t'offenser, comment se fait-il que tu n'aies pas encore de fiancée ? Je ne veux pas t'éloigner de la maison, mais ce serait normal à ton âge, ne trouves-tu pas ?

Jean tenta d'esquiver le regard pénétrant de sa mère. Abdiquant, il avoua soudain :

— J'en ai une !

À cet instant, Eugénie arbora un large sourire.

— Là, tu me fais plaisir, mon garçon. Petit cachottier ! Et comment s'appelle-t-elle ? Est-ce une fille de Charlesbourg ?

Silence.

— C'est ta mère qui te le demande !

Devant le silence prolongé de Jean, Eugénie perdit momentanément patience.

— Écoute-moi bien ! N'imite pas André avec sa Marie-Anne. Ne me fais pas languir. Ton père n'est plus là pour intervenir…

Aussitôt dit, Eugénie revit François en pensée, comme la nuit précédente. Il lui présentait le petit Jean pour qu'elle le berce.

Doux Jésus ! Je recommence à le provoquer !

Sur un ton empreint de douceur, elle ajouta :

— En fait, tu n'es pas obligé de me parler d'elle. Je suis certaine que c'est une bonne fille. Tu dois avoir tes raisons pour taire son identité et tes fréquentations. Je dois respecter ça, même si c'est difficile pour une mère aussi curieuse que moi. Tu me connais !

Eugénie avait terminé sa phrase en rigolant, pour tenter de réparer sa gaffe et obtenir le pardon de Jean.

— Tu la connais très bien, de même que ses parents. Ce sont des pionniers de Charlesbourg, et de vos amis, à papa et à toi.

Stupéfaite et rassurée, Eugénie répondit sur le ton de la confidence :

— Alors toi, Jean Allard, comme cachottier, il ne s'en fait pas de plus fort. Je nage en plein mystère. Mais je n'insiste pas davantage ! Si tu veux garder ton idylle secrète, je respecterai ton choix. On dit que tout se sait dans la colonie, surtout à Québec, mais à l'évidence… Voyons, confie ton secret à ta mère. Tu sais bien que je ne le répéterai pas.

Devant le regard interrogateur de Jean, Eugénie ajouta :

– Accordé. J'attendrai le moment venu. Y a-t-il longtemps que vous vous fréquentez… euh… que tu la connais ? Si ce sont de nos amis, bien entendu, ça doit faire longtemps que tu la connais. Voyons donc, qui peut-elle bien être ? Les jeunes filles ne manquent pas dans la paroisse. Et j'ai dû la voir quelques fois en revenant de communier, hein… ?

Le monologue de sa mère commençait à exaspérer Jean.

– Sois gentil, Jean-Baptiste[55] ! Rien que pour moi, susurra Eugénie.

– Non, pas pour le moment, parce que je ne me sens pas prêt à la marier. Et c'est de votre faute.

Eugénie se rendit compte que Jean recommençait à avoir son ton de reproche de la veille, ce qu'elle voulait éviter à tout prix pour préserver l'harmonie familiale.

– Je n'ai pas la prétention d'être parfaite, mon garçon. La perte de ton père nous a tous marqués. À moi aussi il me manque énormément. Peut-être encore plus qu'à vous, parce que je n'ai pas l'intention que quelqu'un d'autre prenne sa place dans ma vie. Sache que j'essaie autant que je le peux d'être à sa hauteur comme chef de cette famille. Et j'ai besoin de votre soutien pour y arriver.

Jean regardait sa mère, perplexe. Soudain, il avoua :

– Je ne l'ai pas encore demandée en mariage parce que je ne suis pas un artiste. J'ai peur de la décevoir comme simple habitant.

– Qu'est-ce que le fait de gagner sa vie comme habitant a à voir avec le mariage ? Charlesbourg est peuplé de fermiers dans presque sa totalité, hormis le docteur Estèbe, le marionnettiste et notre curé. Même le bedeau est un habitant ! Je présume que le père de ta dulcinée l'est aussi.

---

55. Il arrivait à l'occasion qu'Eugénie appelle son troisième fils Jean-Baptiste pour le différencier de son frère, l'abbé Jean-François.

— Vous avez oublié André !

— C'est vrai. Et alors ? Il a quand même une terre, donnée par ton père. Même deux.

C'est à ce moment-là que Jean commit l'imprudence de dévoiler le prénom de sa belle.

— Isa se ferait une telle joie de se joindre à une famille d'artistes que je ne veux pas la décevoir en ne l'étant pas.

Surprise, Eugénie sembla oublier le désarroi de son fils.

— Isa… Isa… Qui peut-elle bien être ? J'y suis ! Pourquoi n'y ai-je pas pensé ! Évidemment, Isabel Estèbe, la fille du docteur. En effet, une jolie brunette, une vraie Espagnole, avec son teint olivâtre et son profil racé. Joli choix, mon garçon. Je suis fière de toi. Manuel Estèbe n'est peut-être pas un habitant, mais il est dévoué à sa clientèle de Charlesbourg. Tu sais, évidemment, que son épouse vient de Beauport. Tu n'as pas à craindre pour leur estime. Après tout, la famille Allard est respectable. Je me verrais bien apparentée à la famille de notre médecin.

Eugénie parlait tout haut, pour elle-même.

— Je l'ai toujours trouvée distinguée et élégante, cette petite. Ses yeux de feu traduisent l'ardeur et l'impétuosité.

En disant cela, les avances de Manuel Estèbe lui revinrent à la mémoire[56].

J'espère qu'Isabel n'a pas hérité du sang chaud de son père !

Elle revint brusquement à elle lorsqu'elle entendit Jean s'exclamer :

— Arrête, maman. Il ne s'agit pas d'Isabel Estèbe.

---

56. Voir *Eugénie de Bourg-Royal*, tome 2.

Contrariée, Eugénie répondit :

— Ah non ? Tu ne la trouves pas à ton goût ?

— Maman, c'est sans importance. Ce n'est pas elle… Il s'agit d'Isa… plutôt d'Élisabeth Pageau. Voilà !

— Anne-Élisabeth Pageau, la fille de Thomas et de Catherine Roy ?

— Oui.

Jean regardait sa mère avec appréhension. Celle-ci annonça, après un instant de surprise :

— Mais je l'aime bien, cette demoiselle. Elle est tellement agréable. Catherine, sa mère, me disait que son cinquième enfant avait un caractère égal et qu'elle était toujours de bonne humeur. Elle ajoutait qu'elle était déjà dix fois marraine, comme quoi elle doit avoir des qualités remarquables pour être autant réclamée. Imagine, à son âge ! Au fait, quel âge a-t-elle ?

— Elle aura vingt-cinq ans le 16 janvier prochain.

— Parfait ! Il est temps pour elle de se marier et de commencer sa famille. Sinon, elle coiffera le bonnet de Sainte-Catherine.

En souriant à son fils, Eugénie continua, tout heureuse :

— Alors, à quand le mariage ? J'ai hâte de mieux la connaître et de bercer vos petits.

— Ne vous emballez pas trop vite, maman.

— Et pourquoi pas ? murmura Eugénie, la déception dans un filet de voix.

Prenant sur elle, elle ajouta :

— Je croyais que c'était ce que tu souhaitais, te marier et avoir une famille.

— Oui… euh… non.

— Oui ou non ? avança Eugénie qui voulait remettre son fils sur les rails de la raison.

Jean regarda sa mère avec hésitation. Soudain, il affirma :

— Je n'ai pas de talent d'artiste comme mes frères et ma sœur. Et, pour moi, c'est un empêchement à mon mariage.

Eugénie n'en revenait pas de l'attitude défaitiste de Jean.

— Mais, Jean, tu as d'autres talents bien à toi ! Tu sais exploiter une ferme, faire le commerce des animaux, tu as le sens de l'organisation et tu es plein de générosité. Cela ne te suffit pas ?

Jean ne répondit pas. Eugénie, qui venait d'entrevoir la silhouette de ses autres garçons par la fenêtre, ajouta :

— Nous continuerons cette conversation une autre fois. Tes frères commencent à s'impatienter. Est-ce qu'ils sont au courant ?

— Je voulais vous en parler en premier.

Cette dernière remarque eut l'heur de faire plaisir à Eugénie. En allant ouvrir la porte de la maison, elle en profita pour ébouriffer les cheveux de Jean.

Tout en faisant ce geste affectueux, Eugénie se fit la remarque suivante :

Elle me plaît, cette Élisabeth ! Tiens, pourquoi pas Isa…, ça fait plus jeune. Une jeune femme dans cette demeure ne ferait pas de tort. Elle remplacera la Catherine à André comme bru. Et ça me fera une compagne… en l'absence de Marie-Chaton.

Au fait, comment se comporte-t-elle, celle-là ? Ah, si j'avais de ses nouvelles !

Cette fois-ci, Jean apprécia le geste de complicité de sa mère. Quand Georges et Simon-Thomas entrèrent dans la maison, légèrement inquiets, ils furent étonnés du calme qui y régnait. Ils s'apprêtaient à bourrer de nouveau leur pipe, quand ils entendirent leur mère leur ordonner :

— C'est plutôt le temps de vous agenouiller pour la prière du soir.

Sans se faire prier, les garçons se mirent à genoux et appuyèrent leurs bras sur un dossier de chaise, nonchalamment. Eugénie les observa avec reproche. Une fois le bon maintien rétabli, elle récita une dizaine de chapelets en égrenant celui qu'elle avait sorti de son coffret à bijoux. Elle avait pris l'habitude, depuis le décès de François, de faire entendre à la maisonnée la douce mélodie de clavecin qui s'échappait du coffret ouvert, au moment de la prière du soir.

— La musique favorise le recueillement. Elle se tient aux portes du paradis, leur avait-elle dit.

Après l'amen du dernier *Ave*, alors que les garçons s'apprêtaient à se lever, Eugénie se dépêcha d'entonner le *Magnificat* de sa belle voix, en guise de remerciement à la Vierge pour l'avoir guidée dans sa conversation avec Jean.

— « Le Seigneur est mon berger, rien ne saurait me manquer. »

Les garçons ne l'avaient pas entendue chanter depuis la mort de leur père.

Eugénie avait pesé le pour et le contre, et était arrivée à la conclusion qu'il serait plus sage que Jean prenne lui-même sa propre décision.

Après tout, il s'agit de son avenir ! s'était-elle dit.

À l'automne, sitôt que la récolte des courges et des citrouilles fut terminée, que Jean et Georges eurent fumé, hersé et labouré les arpents de céréales à peine moissonnés, étendu le fumier et battu quelques minots de grains au fléau[57], Jean informa sa mère qu'il aurait à aider un artisan de Beauport, Nicolas Bellanger, à scier son bois pour sa fabrique de rouets.

— Ne craignez rien, je ne serai parti qu'une semaine. Tout est en ordre à la ferme. Georges s'occupera des animaux. Je reviendrai à temps pour bûcher le bois.

— Si tu le dis, mon garçon. Mais fais bien attention à toi. Tiens, je vais te préparer des vêtements chauds dans ton barda. Et puis, pourquoi pas des provisions de bouche, n'est-ce pas?

Aussitôt dit, Eugénie prépara le bagage de Jean, y incorporant une belle grosse tarte aux pommes ainsi qu'un gros pain de ménage de plus d'une livre.

— Ton père me racontait qu'il avait tenu plus d'une semaine avec son ami Thierry, tu sais, le nouveau mari de tante Mathilde, le comte Joli-Cœur, sur les quais de Honfleur, avec des provisions de la sorte. Tiens, pendant que j'y pense, apporte donc un cruchon de cidre, en bon Normand que tu es.

— Merci, mère.

Et comme Jean s'empressait de franchir le seuil de la porte, Eugénie lui dit:

— Tu ne salues pas tes frères… et tu n'embrasses pas ta mère?

Piteux, Jean donna l'accolade à ses frères et regarda sa mère, gêné. Devant son attitude, Eugénie renchérit:

— Les garçons ne changeront jamais. Il faut toujours que leur mère aille au devant.

---

57. Instrument qui sert à battre les céréales.

Là-dessus, Eugénie s'avança et embrassa son garçon sur le front en lui disant :

— Je te donne ma bénédiction, mon garçon, comme ton père l'aurait fait. Reviens-nous vite !

Jean hésita un bref instant puis sortit. Mustang l'attendait. L'attelage prit la direction de Beauport à travers les terres.

Eugénie se fit la remarque suivante, en s'en amusant :

Ai-je vraiment été la première à le savoir ? Ah, le coquin ! Ses frères devaient le savoir, c'est sûr !

Quand il revint à Charlesbourg au bout d'une semaine, Eugénie s'occupait à carder la laine.

Jean dit à sa mère :

— Mère, j'ai à vous parler.

Eugénie regarda son fils avec appréhension. Elle ne savait pas à quoi s'attendre de la part de ce fils en plein questionnement.

— Ma décision est prise. Je veux devenir artisan chez le sieur Bellanger. Je veux fabriquer des rouets. Mon avenir est là-dedans. Il m'apprendra à produire la roue[58]. Vous savez qu'il confectionne lui-même ses fuseaux[59]. J'en ai même produit quelques-uns et j'ai bien aimé ça.

Stupéfaite, Eugénie, qui avait blêmi parce qu'elle ne s'attendait pas à un scénario aussi radical, prit une bonne inspiration et répondit après quelques secondes :

---

58. L'ancien rouet à filer debout était actionné avec les doigts par la fileuse qui, debout, reculait d'un pas pour tirer sur la laine à filer et avançait d'un pas pour revenir activer la roue. Ce va-et-vient permettait aussi d'étirer les fibres qui se tordaient. Le pourtour de la roue était constitué d'une planchette courbée et bordée de languettes de bois qui retenaient la corde d'entraînement du fuseau.
59. Bobine de bois pour filer.

– Si je comprends bien, tu vas quitter la maison !

– Moi aussi, je veux œuvrer comme artiste, je vous l'ai déjà dit. Je veux travailler le bois. Là-bas, c'est la chance d'y arriver. Nicolas Bellanger m'a dit que j'avais des dispositions naturelles.

– Lui as-tu dit que tu étais mon homme de confiance pour cultiver la terre ici et que tu avais remplacé ton père à son décès ?

La réplique d'Eugénie frappa comme un uppercut. Jean dodelina de la tête, tout en conservant le silence. Un silence empreint de gêne et de culpabilité à la fois.

En partant pour Beauport, cela signifiait qu'il se déchargeait de ses responsabilités à la ferme. Mais Eugénie ne voulait surtout pas risquer de perdre la confiance de son fils après le dialogue musclé des précédentes semaines. Cependant, la décision de Jean aurait de lourdes répercussions sur la vie familiale.

Eugénie, qui avait l'habitude de garder la tête froide dans les situations critiques, évalua mentalement les conséquences à venir.

Georges, surtout, et Simon-Thomas devraient mettre de côté pour un temps leurs projets de devenir artisans. Quoique ce soit moi qui ait un peu forcé la note ! Ça ne fera pas de tort à Georges de prendre de la maturité comme chef de famille, du moins pour un temps. Et ça l'empêchera de courser avec Charles Villeneuve.

Quant à Simon-Thomas, il pourra toujours fabriquer ses balais et ses pelles, mais à un rythme plus lent, chez André. En fait, pourquoi celui-ci veut-il tant se lancer dans la fabrique et délaisser la fabrication de meubles et de statues ? Est-il un artiste ou un manufacturier ? Des fois, je me demande pourquoi la jeunesse tient tant à performer[60].

---

60. Eugénie oubliait qu'au début des années 1680 elle avait mis sur pied une manufacture artisanale de têtes de lit en osier, dans l'atelier de son mari. Voir *Eugénie de Bourg-Royal*, tome 2.

Il doit tenir ça de François! Un grand talent d'artiste, mais il ne le valorise pas assez. C'est comme Jean. Il n'a pas assez d'estime pour le travail d'habitant. Sinon, il ne chercherait pas à fabriquer des rouets et à imiter André. Quoiqu'il me dise que c'est plutôt pour impressionner Isa Pageau. Pourvu qu'il ne parte pas trop longtemps! Tiens, j'ai une idée...

— Si c'est ta décision, mon garçon, je me dois de la respecter. Et combien de temps penses-tu être parti?

Jean n'en revenait pas de la sérénité de sa mère. Lui qui croyait que sa décision lui aurait attiré le courroux... Mais non! Enhardi par l'ambiance plutôt favorable, il supputa:

— Deux... peut-être trois années. Mais comme je suis doué, peut-être moins que deux. La première année, je serai apprenti, après commence le compagnonnage.

— Quels seront tes gages?

— Aucun. Seulement logé, nourri, blanchi. Je devrai compenser mon apprentissage en l'aidant à faire le train et d'autres travaux de ferme.

— Ce sieur Bellanger, est-il recommandable et reconnu? Je pourrais demander l'opinion du docteur Estèbe.

Jean se sentit insulté. Il regarda Eugénie droit dans les yeux et, d'une voix tranchante, avança:

—Mère, il s'agit de mon avenir. Je suis le seul concerné.

Eugénie n'insista pas. Manifestement, la réaction virulente de Jean attestait de sa volonté de mener sa vie à sa façon. Elle décida de contourner l'obstacle en déclarant, sans baisser pavillon, connaissant l'honnêteté de son garçon:

— Pas tout à fait. Isa, ta fiancée, est-elle d'accord? Est-elle d'abord au courant?

Le coup avait porté. Bredouillant, Jean bégaya :

– Non, pas encore.

Eugénie vit une brèche dans le discours entêté de son fils. Elle se dit qu'elle pouvait l'ébranler.

– À vingt-cinq ans, Isa t'attendra-t-elle, penses-tu ? Bien intentionnés, ses parents pourraient lui conseiller de choisir un autre parti. Tu sais, il n'en manque pas par ici. Qui pourrait les blâmer ? Ils voudront voir leur fille heureuse et non pleurer, c'est normal. Surtout que pour elle, le temps presse.

Comme Jean ne réagissait toujours pas, Eugénie en profita pour s'insinuer dans la cuirasse ébréchée de son garçon.

– Il y a une façon de contenter tout le monde, vous deux en premier.

Comme Jean regardait sa mère avec curiosité, cette dernière ajouta :

– Il faudrait que cela vienne de toi, mon gars. Ce n'est pas à moi que tu feras ta demande en mariage, mais bien à son père, Thomas.

Saisi, Jean toisait sa mère avec un air de défi.

– Qui parle de mariage ?

– Mais, toi, Jean ! Ce ne sont quand même pas tes frères, Dieu m'en garde, à leur âge !

Avant que Jean ne rétorque, Eugénie continua :

– Est-ce que tu l'aimes ?

– Euh… Oui !

– Pour la vie ? Assez pour la marier ?

Devant l'interrogatoire d'Eugénie, Jean craqua.

– Mère, ça fait des années que je l'aime. En fait, je n'en ai jamais voulu une autre. Mais je ne lui ai pas encore vraiment dit.

– Mais pourquoi ?

– Parce que j'attendais d'avoir une vraie situation à lui offrir, autre que celle d'habitant .

– Alors, il est vraiment temps que tu règles cette situation.

Jean regarda sa mère, désemparé. Eugénie décida de prendre la situation bien en main.

– D'abord, il faut que tu dises à Isa que tu l'aimes. Cela ne devrait pas être trop difficile puisque c'est la vérité, n'est-ce pas ?

Jean répondit par l'affirmative en opinant de la tête.

– Ensuite, tu la demandes en mariage. Si elle te demande de réfléchir, c'est qu'elle n'est pas trop certaine.

– Et alors ?

– C'est à toi, à ce moment-là, de décider si tu quittes pour Beauport en lui promettant de revenir artisan, fabricant de rouets. Dans deux ou trois ans.

– Mais ce sera long !

– N'est-ce pas ce que tu souhaitais auparavant ?

– Mais je ne pourrai pas vivre aussi longtemps loin d'Isa, mère !

– Alors, c'est exactement ce que tu dois lui dire.

– Mais si elle accepte de se marier, va-t-elle vouloir aller vivre à Beauport de façon temporaire ?

– Si elle t'aime, oui.

– Et ses parents ? Vont-ils accepter ?

– Je sais que Catherine et Thomas Pageau aiment bien être entourés de leurs enfants. Mais commence à parler de tes projets d'avenir avec Isa et vous prendrez une décision à deux. Si tu suis ces étapes, il ne devrait pas y avoir de problème.

– Cela ne modifiera pas mon avenir d'artisan de rouets ?

– Mais pourquoi ? Il y a moyen de concilier le mariage et la carrière, mon garçon. Prends exemple sur tes parents. Ton père ne pouvait pas se marier avant trois années, en tant qu'engagé. Et quand il a pu le faire, mes projets à moi et ma maladie m'en ont empêchée. Mais quand nous nous sommes décidés, notre souverain aurait voulu nous en dissuader qu'il n'aurait pas pu.

– Alors, commençons par la grande demande.

– À Isa, d'abord. C'est plus facile de dire oui pour un père lorsqu'il sait sa fille amoureuse !

Jean regarda sa mère avec admiration. Décidément, Eugénie n'avait pas perdu son ascendant sur ce fils dévoué. Il ne restait plus à ce dernier qu'à concilier son avenir conjugal et ses projets de carrière.

Pour sa part, Eugénie savait que toute stratégie pouvait connaître des ratés si on l'emmurait dans un cadre trop rigide.

Pourvu qu'elle dise oui ! Sinon, Jean pourrait quitter Charlesbourg pendant de nombreuses années ! Peut-être qu'il y rencontrerait une fille de la place, qu'il épouserait. Il s'installerait alors à Beauport à demeure. Cette pensée me fait paniquer... Voyons, Eugénie Allard, tu es plus coriace que ça... Depuis combien de temps n'as-tu pas rendu visite aux Pageau? Ça date du vivant de François, n'est-ce pas? Alors, il est grand temps de raffermir tes amitiés.

Le dimanche suivant, en revenant au jubé après la communion, Eugénie fit signe à Catherine Pageau qu'elle voulait lui parler à la sortie de l'église. Cette dernière répondit immédiatement par l'affirmative en baissant la tête, comme si elle avait anticipé cette invitation.

Les deux femmes se retrouvèrent près des fonts baptismaux de l'un des transepts de la chapelle. Catherine était accompagnée d'Élisabeth.

— Catherine, comment allez-vous? Comme le temps passe! Nous sommes si affairées avec nos besognes que nous n'avons pas assez de temps à consacrer à nos amis. Et votre santé? Êtes-vous remise de votre hospitalisation?

— Ma santé est restée bien fragile, Eugénie. Heureusement qu'il y a ma grande fille Élisabeth pour m'aider à la maison. Vous la connaissez, n'est-ce pas?

— Je l'ai toujours remarquée, et ce, depuis qu'elle est en âge de vous accompagner à l'église. Mais, Élisabeth…

— Nous l'appelons affectueusement «Isa», ajouta sa mère.

— Isa, vous n'êtes jamais venue au chœur?

— Non, madame Allard. Ma voix n'est pas aussi belle que la vôtre.

— Vous êtes trop indulgente, Isa. Je ne chante plus comme avant.

— Vous vous dépréciez, Eugénie, répondit Catherine Pageau.

— À propos, Catherine, j'ai tricoté une veste de laine qui vous irait à merveille. J'aimerais bien vous l'offrir.

— À moi? Et pourquoi à moi?

— Si on ne peut plus faire plaisir à ses amies! Même à celles que nous n'avons pas souvent l'occasion de fréquenter…

— D'autant plus que nous sommes les pionniers de Charlesbourg. François et vous, de Bourg-Royal, Thomas et moi, de Gros pin.

— Tout juste. Alors, si j'allais vous la porter après le dîner, cette veste?

— Excellente idée, Eugénie. Si vous pouviez venir avec votre fils Jean, j'en connais une qui ne s'en plaindra pas! Ça fait un petit bout de temps qu'on ne l'a pas vu par ici, celui-là. Un charmant garçon, et si bien élevé.

En disant cela, Catherine Pageau poussa du coude sa fille Isa. Cette dernière rougit.

Eugénie, mine de rien, continua:

— Je lui transmettrai l'invitation. Soyez sans crainte. Pour le moment, c'est mon plus jeune, Simon-Thomas, qui est mon cocher. Nous serons chez vous après le dîner.

Rendue à la maison, une fois la table débarrassée et la vaisselle rangée dans le bahut, alors que Jean s'apprêtait à changer de vêtement pour se rendre aux bâtiments, Eugénie lui dit:

— Reste endimanché, je vais rendre visite à une amie. J'aimerais que tu m'y conduises. J'ai un cadeau à lui remettre.

— C'est parce que j'avais projeté d'aller voir une exposition de chevaux cet après-midi, à Gros Pin.

— Alors, ça tombe bien parce que c'est exactement par là-bas que nous allons.

— Aux courses?

— Quoi, les courses? Est-ce en t'amusant que tu as l'intention d'assurer ton avenir? Il me semble que nous en avons largement discuté!

— Mais vous avez toujours souhaité que je participe à des compétitions équestres avec Mustang.

— C'est vrai! Mais pas toujours avec le même rival du nom de Charles Villeneuve! De toute façon, il est temps que ta mère t'aide à organiser ta vie, mon garçon.

— J'en suis bien capable moi-même.

— Alors, tu vas le prouver parce que nous allons rendre visite aux Pageau. Et Isa t'y attend. Lui as-tu parlé de tes intentions?

Devant le silence de Jean, Eugénie ne perdit pas de temps pour poursuivre:

— Pas encore? Eh bien, prépare ton boniment, parce que c'est cet après-midi que tu lui fais ta grande demande à Thomas Pageau.

Et, sur sa lancée, pour ne pas perdre son autorité, Eugénie ajouta:

— C'est l'occasion qui fait le larron, mon gars. Dans la vie, il faut battre le fer lorsqu'il est chaud. Il est grand temps que tu t'enlèves les courses de la tête… Des fois, je me demande si tu es mûr pour t'exiler à Beauport. J'espère que tu ne paries pas aux courses au moins! Parce que ce défaut-là, c'est comme la boisson. On ne peut plus s'en défaire. Tu n'as pas de dettes de courses? Réponds au moins!

Jean répondit par la négative, d'un signe de tête. Mais il se rendait compte qu'il devait démontrer à sa mère le sérieux de ses projets d'avenir.

— Vous ne serez pas déçue de moi, mère !

— Tant mieux. Isa est la femme qu'il te faut. Elle a un caractère des plus agréables. De plus, elle semble organisée, elle ! Plus vite elle sera tienne, mieux ce sera… Alors, à quand le mariage ? Ne crains rien, c'est moi qui t'incite à te marier. Tu ne seras pas déshérité. Ce n'est pas nécessaire que tu attendes d'avoir tes trente ans[61].

— Mais je n'ai pas encore eu le temps d'y penser !

— Moi, j'y ai pensé, vois-tu !

— Et si monsieur Pageau refuse ? Je pourrais toujours attendre qu'Isa ait atteint ses vingt-cinq ans en janvier. Il ne pourrait pas me la refuser.

— Aie davantage confiance ! Il ne refusera pas, crois-moi. Catherine, la mère d'Isa, sera de notre côté.

— Je dois arriver à Beauport aux semailles de mai.

— Lesquelles ? Celles du sieur Bellanger ou les nôtres ? Parce que les nôtres ne seront pas achevées ! siffla Eugénie, sarcastique.

— Je devrais arriver à Beauport en mai.

— Peux-tu retarder ton arrivée ?

— Non ! Il faut que je commence si je veux finir.

---

61. Les ordonnances royales punissaient d'exhérédation (perte du droit d'héritier) les garçons qui se mariaient sans le consentement de leurs parents, tuteurs ou curateurs avant l'âge de trente ans, et de vingt-cinq ans pour les filles.

– Alors, le temps presse… Il faut que le mariage ait lieu après les Rois et avant le carême. Donc, en janvier ou en février. Janvier est un peu juste. Je vous recommande un lundi. En début de semaine, c'est plus d'attaque. Nous disons donc un lundi de février et nous excluons celui durant le carême. Logiquement, il vous reste le 2, 9, 16 et 23 février. Le choix vous appartient, mes enfants.

Jean appréhendait déjà la vie conjugale quotidienne à la maison paternelle. Heureusement, Isa et lui pourraient vivre une longue lune de miel à Beauport, loin des ingérences potentielles de sa mère.

En route, Jean se remémora les dates de février tout en supposant qu'Isa accepterait sa demande en mariage. Pour le père de sa fiancée, Jean faisait confiance aux talents d'Eugénie.

CHAPITRE VII
Le mariage de Jean

Thomas Pageau habitait Gros Pin depuis son mariage avec Catherine Roy, la fille de Mathurin et de Marguerite Biré. Arrivé comme engagé dans le rang du petit Saint-Antoine, il s'était installé à côté d'Étienne, le frère de sa femme, lequel avait hérité de la ferme et des dépendances de son beau-père. Gros Pin était en fait un hameau composé de quelques familles nombreuses, dont celle de Mathurin Villeneuve. Catherine Pageau avait donné naissance à onze enfants, dont sept survécurent. Élisabeth était sa cinquième. Les maternités successives avaient altéré sa santé. À la fin de l'été 1701, elle avait été hospitalisée à l'Hôtel-Dieu pour des problèmes pulmonaires.

Quand l'attelage des Allard arriva chez les Pageau, Thomas les attendait sur le perron. Il s'avança vers Eugénie au moment où cette dernière se présenta à lui, un paquet à la main. Jean était en train d'attacher le cheval au piquet installé près d'un pin. Le hameau avait été baptisé Gros Pin parce que l'on y trouvait quantité de pins de taille impressionnante.

– Thomas, comment allez-vous ? Il y a longtemps que je n'ai pas eu l'occasion de vous rendre visite.

Tout en disant cela, Eugénie tendit sa main droite à Thomas Pageau. Ce dernier la serra en répondant :

— Tout juste, Eugénie. En fait, la dernière fois, c'était pour l'élection des marguilliers. François, votre défunt, était venu solliciter mon appui. Vous l'aviez accompagné.

— Alors, ça fait longtemps. Beaucoup trop longtemps. Je me suis dit qu'il me fallait réparer cette entorse au temps, n'est-ce pas ? Parfois, les meilleures idées fermentent avant de produire un bon cru. Comme le cidre.

— Bien dit ! Alors, allons boire une bolée de ce cidre que vous semblez tant apprécier.

Eugénie regrettait déjà d'en avoir trop dit, elle qui ne buvait pratiquement jamais d'alcool, quand elle s'aperçut que la remarque de Thomas Pageau s'adressait à Jean qui venait de la rejoindre. Thomas semblait heureux de la venue du jeune homme.

— Tiens, Jean, tu connais monsieur Pageau, n'est-ce pas ?

Avant que Jean n'ait pu réagir, Thomas Pageau prenait déjà les devants :

— Tout le monde s'inquiétait de tes visites de plus en plus espacées, mon gars. Ça nous a fait à tous beaucoup de chagrin. Tu me comprends ?

— Bonjour, monsieur Pageau.

— Heureusement que ta mère se souvient de Gros Pin autrement que par les courses… Viens boire une bolée pour nos retrouvailles.

Eugénie se tourna vers son fils. Ce dernier essayait de se faire très discret. Le commentaire réprobateur du père d'Isa signifiait que ses reproches concernant son inclination pour les courses de chevaux étaient partagés par d'autres.

— Entrons, mon garçon.

Jean suivit sa mère avec docilité. Aussitôt à l'intérieur, Eugénie reconnut Catherine et Élisabeth. Étrangement, la maison familiale était vide.

— Rebonjour, Catherine et Élisabeth! Je n'ai fait fuir personne au moins? La maison grouille moins qu'à l'accoutumée.

— C'est parce que tous mes enfants sont mariés, excepté mon Élisabeth, il va sans dire. C'est notre seule préoccupation pour le moment, à part ma santé, bien entendu.

Elle se tourna alors vers Jean et lui demanda:

— Bonjour Jean. Tu te souviens d'Élisabeth, n'est-ce pas?

Surpris et gêné, Jean répondit, après avoir perçu le regard glacial de sa mère:

— Isa! Je suis grandement heureux de te revoir.

— Moi aussi, Jean. C'est un beau dimanche, n'est-ce pas? répondit-elle, le regard enflammé d'amour pour le jeune homme.

Eugénie savait bien que les Pageau avaient voulu la recevoir avec considération et discrétion. Ils voulaient discuter sans doute d'un sujet sérieux, les fréquentations d'Élisabeth et de Jean. Et Élisabeth semblait bien disposée.

Eugénie n'était pas du genre à laisser passer une telle occasion.

— Justement, nous en parlions... comme cela... Jean et moi, en chemin, alors qu'il m'avouait qu'il appréciait au plus haut point votre accueil quand il venait vous visiter.

Jean venait de vider d'un trait son premier bol de cidre. Lorsque Thomas s'apprêta à lui verser une seconde bolée, Eugénie le stoppa d'un geste sec.

— Nous avons besoin d'avoir nos idées claires si nous voulons discuter sérieusement !

Pour alléger l'atmosphère lourde que venait d'imposer Eugénie, Catherine s'adressa à cette dernière :

— Prendriez-vous une tasse de vin de gingembre ? Ou une tisane, peut-être ?

— J'aimerais une infusion de gomme d'épicéa. C'est pour me prémunir contre une vilaine toux.

— Je vous comprends, ma chère. Je vous suis dans ce choix. Mes poumons aussi sont fragiles. Élisabeth va se faire un plaisir de nous la préparer.

Aussitôt, Élisabeth Pageau prit trois petites boulettes végétales odorantes qu'elle déposa dans un gobelet d'étain. Elle prit la bouilloire de la crémaillère et versa l'eau bouillante dans les tasses. Un nuage au fumet résineux embauma la pièce et chassa l'odeur de tabac des pipées de Thomas et de Jean. Ces derniers reniflèrent la nouvelle fragrance en faisant une mine débitative. Ensuite, Élisabeth servit une tasse de tisane à Eugénie, une autre à sa mère, et conserva la dernière pour elle.

Au passage, elle adressa un coup d'œil suivi d'un sourire timide à Jean, qui le lui rendit. Saisissant l'œillade, Eugénie alla directement au principal, voyant que son fils ne se décidait pas à aborder la jeune fille.

— Comme je vous le disais, j'ai un présent à vous remettre, Catherine. Pendant ce temps, comme il me le disait en chemin, Jean aimerait se retrouver seul avec Élisabeth.

Aussitôt dit, Isa se hâta de détacher son tablier. Son empressement n'échappa pas à son père, qui lui dit :

— Prends le temps de souffler ! Il n'est pas sur le point de partir de sitôt, ton cavalier !

Le mot « cavalier » rendit Eugénie pleine d'allégresse. Toutefois, elle ne voulait pas le laisser paraître.

— Si tu allais prendre le frais avec Jean, ma fille ! Vous avez certainement beaucoup de petits secrets à vous confier. Seulement, mets ton châle sur tes épaules. Tu sais, celui des grandes occasions. Ce n'est pas fréquent qu'Eugénie nous rende visite, et avec son Jean par-dessus le marché, ajouta Catherine Pageau, pour atténuer l'allusion directe de son mari.

Sans se faire prier, Élisabeth avait déjà récupéré son châle en lainage soyeux. Elle se planta devant la porte et regarda en direction de Jean. Elle n'était pas la seule à le fixer. Eugénie aussi. Jean se leva de son siège, sourit à Élisabeth et sortit de la maison avec elle, au grand soulagement des deux mères.

Eugénie pensa que le scénario se déroulait comme prévu. Elle devait discuter de la vie conjugale de son Jean avec ses hôtes, pendant que ce dernier demanderait Isa en mariage. Elle continua sa conversation avec Catherine Pageau.

— Que c'est donc beau la jeunesse, ne trouvez-vous pas ! Tout l'avenir devant eux !

— Combien en avez-vous de mariés, Eugénie ?

— Un seul pour le moment, mon plus vieux, André, avec la petite Lemarché.

— Ah oui, la sœur de madame Villeneuve, notre voisine ?

— Et la tante de Charles, cet écervelé ! ajouta subrepticement Thomas Pageau.

— Thomas! Sois compréhensif. C'est une jeunesse!

— Qui magane les chevaux de Mathurin, ouais!

— Ce jeune-là aime la vitesse. C'est de son âge.

Eugénie essaya de présenter son paquet à Catherine pour faire bifurquer la conversation qui venait de prendre une mauvaise tournure.

— Tenez, Catherine, c'est pour vous, comme je l'avais promis.

Eugénie lui tendit le colis.

— Allez, ouvrez-le.

Pendant que sa femme déballait le cadeau, Thomas Pageau, sans ambages, apostropha Eugénie:

— J'ai eu l'impression, ces derniers mois, que Jean préférait les courses de chevaux à notre Isa.

Saisissant l'allusion, Eugénie rougit. Sa réaction n'échappa pas à Catherine qui s'empressa de la secourir:

— Ah, mon Dieu, qu'elle est magnifique, cette veste! On dirait de la laine angora. Beige en plus. C'est ma couleur préférée. As-tu vu, Thomas, le beau cadeau?

— Essayez-la, Catherine. Allez! Elle ira à ravir avec votre robe d'automne.

Ce n'était pas tout à fait vrai, car Catherine Pageau avait revêtu une robe de lin ocre. Toutefois, la digression n'empêcha pas Thomas de continuer à interpeller Eugénie:

— Nous l'aimons bien, votre Jean! Seulement, son manque de sérieux, disons d'empressement, envers notre Élisabeth ne présage rien de bon pour leurs amours. Et à l'âge d'Isa! Vous savez qu'elle coiffera le bonnet de la Catherine en janvier. Ce n'est pas un honneur pour la famille, et c'est une honte pour elle. Il va falloir que je la marie bientôt. Le petit Joubert, le fils du meunier, lorgne du côté de Gros Pin, vous savez !

— Mais tu sais bien qu'Isa n'a que Jean en tête ! affirma Catherine.

— Peut-être bien, mais il ne se décide pas, depuis le temps ! Il brette ! tonna Thomas, furieux.

Eugénie prit le relais pour sauver la réputation de son fils.

— C'est pour cela que nous sommes ici, Thomas. Pour en discuter.

— Mais il n'a pas encore fait sa demande à Isa ! Mettez-vous à la place d'un père qui veut bien marier sa fille, Eugénie. Et pas avec un amateur de courses ! Je veux pour elle un parti sérieux, qui sache prendre ses décisions.

Thomas Pageau se sentait fier d'avoir insisté sur le qualificatif « sérieux ». Mais cela ne désarçonna pas Eugénie, qui répliqua :

— Alors, c'est en plein le désir de Jean. C'est un bon garçon sérieux qui a suppléé François, votre ami, à la ferme. Sans lui, je ne sais pas ce que je serais devenue. Il travaille très fort. Peut-être trop ! C'est sans doute de ma faute. Vous savez que je suis exigeante avec mes enfants.

— Trop, Eugénie, ajouta Catherine. Ils ont été des premiers de classe, ils ont tous des talents d'artiste. En plus, votre fils qui est prêtre ! Vous avez grandement réussi votre famille.

— Et, des fois, je me dis qu'il ne suffit pas d'en avoir autant pour être heureux.

Eugénie avait répondu avec une fausse humilité. Elle continua :

– Voyez, ma fille qui est en France, je n'en ai pas encore de nouvelles!

Eugénie se dépêcha d'éponger avec son mouchoir une larme de crocodile naissante. Cette touchante action eut l'avantage de détourner l'agressivité de Thomas.

– Ça ne doit pas être facile pour une mère seule, en effet!

Eugénie comprit qu'elle devait entretenir la compassion de Thomas.

– Heureusement que Jean remplace son père pour instaurer une certaine discipline avec ses frères, comme l'aurait fait François. Et il y réussit fort bien. Un vrai père de famille. Je n'ai pas à m'en plaindre, croyez-moi. D'ailleurs, je lui ai moi-même conseillé de penser un peu plus à lui.

– Comment cela?

– Le pauvre! Il est en train de s'échiner. Avec ses responsabilités à la maison, il en oublie de se marier. Mais je viens d'ouvrir les yeux. J'espère qu'il n'est pas trop tard! Si c'était le cas, j'en prendrais tout le blâme. Jean, un vieux garçon! Je ne peux pas croire que la Providence va permettre ça! Un si bon chrétien qui communie à chaque dimanche et qui ne blasphème jamais! Jamais un mot plus haut que l'autre, à moins que ses frères ne dépassent les bornes. Alors, son sens du devoir paternel prend le dessus... mais avec retenue, il va sans dire!

Catherine et Thomas Pageau écoutaient attentivement Eugénie. Thomas avait allumé le fourneau de sa pipe avec un tison du poêle et avait aspiré à intervalles réguliers des bouffées de fumée pour les transformer en volutes bleuâtres par son nez et par sa bouche, jusqu'à ce que le tabac devienne incandescent.

Eugénie respirait, en plus de la fumée, la nervosité de Thomas Pageau. Elle poursuivit son monologue.

— Seulement, s'il se marie, il va continuer de travailler très fort à la maison et il n'aura pas trop de temps pour sa jeune femme. Alors, je lui ai proposé de devenir artisan, comme son père et comme son frère André. Vous savez qu'André a pris la relève de François à l'atelier ?

Thomas opina du chef, puis indiqua à Eugénie de continuer en pointant le menton vers elle.

— Il y a un artisan, un certain Nicolas Bellanger du bourg du Fargy de Beauport, qui serait prêt à lui enseigner comment fabriquer des rouets. Oh, pas trop longtemps. Mais le temps de penser à lui et d'apprendre ce métier. C'est important pour un habitant d'avoir plusieurs cordes à son arc.

— Tout juste, Eugénie. Je le connais, Nicolas Bellanger. Un Normand qui s'est fait concéder sa terre par le seigneur Joseph Giffard en 1673. C'est un artisan reconnu pour fabriquer les meilleurs rouets de la région. Et sa femme, paraît-il, est une excellente cuisinière. Ses enfants, malheureusement, ne travaillent pas avec lui. Nicolas va peut-être souhaiter que Jean soit sa relève ? Il commence à prendre de l'âge. Y avez-vous pensé, Eugénie ?

Décontenancée, Eugénie touilla sa tisane à l'épinette refroidie avec sa cuiller d'étain, pour se donner un léger répit de réflexion. Son geste porta ses fruits, car Catherine lui proposa d'ajouter de l'eau bouillante, ce qu'elle accepta d'emblée. Elle prit lentement une nouvelle gorgée et lui répondit :

— Cela ne m'inquiète pas. Jean est un ennuyeux. Si sa femme est de Charlesbourg, raison de plus pour qu'il y revienne.

— En tout cas, ma femme et moi souhaitons qu'Isa reste à Charlesbourg.

— Ou bien qu'elle n'en parte pas pour trop longtemps, répliqua Catherine Pageau.

– Ouais, pas pour très longtemps, ajouta Thomas, d'un air bourru.

– Peut-être jamais, avança Eugénie. Si Isa refuse sa demande en mariage !

– Elle ne refusera pas, rétorqua Catherine.

– Vous ne voulez pas qu'Isa se marie avec Jean ? demanda Thomas, piqué dans son orgueil de père.

– Mais si, ce serait mon plus grand souhait. Seulement, je tiens à ce que vous soyez entièrement en paix avec ce choix. Isa, agréable et belle comme elle l'est, mérite le meilleur parti. Je suis entièrement d'accord avec vous, répondit Eugénie.

– Et les courses de chevaux ? Le curé s'est plaint l'hiver dernier que des jeunes ont coursé en carriole[62] aux abords de l'église, demanda obstinément Thomas.

– Si c'est mon Jean, c'est de ma faute. Depuis que François lui a donné son cheval, Mustang, il y a quinze ans, nous l'avons encouragé à faire des compétitions équestres. Vous savez, pour la discipline et aussi pour le dissuader de faire une carrière militaire.

– François a eu raison, Eugénie. Se battre n'est pas un métier.

– Tout à fait d'accord. Comme c'est la seule distraction de Jean et que, depuis la mort de François, la Providence lui en a laissé bien peu, il s'évade comme il peut. C'est quand même moins pire que de jeunesser avec la boisson et de courir les jupons.

– Là-dessus, je vous donne entièrement raison. Jean est un garçon bien et intègre. Mais… Isa et lui… s'aiment-ils assez pour s'adonner toute la vie durant ?

---

62. Même tirée par un seul cheval, la carriole glissait aisément sur la neige dure et devenait ainsi l'alliée de l'habitant.

– Ça, Thomas, je ne peux pas répondre pour eux. Et je ne peux parier sur eux non plus. Telle mère, tel fils, je ne suis pas une joueuse, et Jean non plus ! Notre famille s'en défend bien. François a toujours travaillé plus fort qu'il ne le devait, et Jean est comme lui.

– Ah ça, c'est vrai, Eugénie. Un vrai pionnier, impliqué comme pas d'autres dans la paroisse… à part vous, bien entendu.

– Alors, vous accepteriez de lui accorder la main de votre fille ?

– Bien entendu, mais il faudrait qu'il arrête les courses.

– C'est comme si c'était fait. Il me l'a promis.

– Promis ?

– Plutôt juré, en mémoire de son père.

– C'est du sérieux, ça !

– Comme vous dites, Thomas. Alors, vous acceptez ?

– S'il me le demande officiellement, oui !

– Et s'ils décident d'aller à Beauport ?

– Vous nous assurez que c'est pour leur bien ?

– Ils pourront vivre leur petite romance amoureuse, bien loin des indiscrétions de leurs parents. Du moins, pour un certain temps. Alors, vous acceptez ?

– Vous m'assurez aussi que Jean sera héritier de la ferme et de ses dépendances ?

— Je vais m'assurer devant le notaire que je me donnerai à lui, mais plus tard, bien entendu, parce que j'ai trois autres enfants à établir.

— Bien entendu. À ces conditions, j'accepte.

Toute souriante, Eugénie ne put s'empêcher de clamer :

— Je savais que ma visite… ou plutôt que l'amitié de nos deux familles finirait par un mariage de nos enfants.

Tout heureuse aussi, Catherine Pageau lança à Eugénie :

— Si nous prenions un verre de vin à l'amitié ? J'ai du vin de cerise dans l'armoire.

— Attends donc l'arrivée des tourtereaux. Après tout, ce sont eux qui se marieront, intima Thomas Pageau à sa femme.

Lorsqu'Isa et Jean étaient partis prendre l'air, ils avaient observé un silence empreint d'une gêne certaine. Isa avait pris les devants, et Jean avait suivi de près. Isa cassa la glace.

— Comment furent les récoltes, Jean ? Ça fait bien longtemps que tu n'es pas venu faire un tour à la maison.

— Les récoltes ont été bonnes. Qui plus est, j'ai moissonné plus de blé que j'avais prévu.

— J'ai su que tu avais été à Beauport ?

— Qui t'a dit ça, Isa ?

— Ton frère Georges. Il vient retrouver Charles Villeneuve assez souvent. Je l'ai rencontré à la croix du chemin.

— Ah oui ?

– Tu aurais pu me le dire toi-même, Jean! Je ne me serais pas fait du mauvais sang.

Surpris par cette affirmation, il répliqua:

– Ce n'était pas pour y courtiser une fille, Isa. Tu sais bien que c'est toi que je fréquente.

À ces mots, Isa répliqua vivement, ce qui n'était pas coutumier chez elle ni dans son caractère:

– Non, Jean, je ne le sais plus. La dernière fois que tu es venu me visiter, c'était avant les foins, au début de juillet. Et depuis ce temps-là, plus de nouvelles de toi. Alors, quand j'entends dire que tu te tiens à Beauport, tu comprendras que mon cœur saigne.

– Excuse-moi, Isa, mais ce n'était pas par mauvaise intention.

– Tu ne t'es jamais demandé si moi, j'avais de la peine?

Silence.

– Oui, figure-toi. Je pleure depuis tout ce temps. Encore plus depuis que je sais que tu courses avec Charles Villeneuve. Oui, tout se sait, surtout à Gros Pin. Ce n'est pas difficile de reconnaître Mustang du chemin!

– Tu m'as probablement confondu avec Georges.

– Jean Allard, me prends-tu pour plus naïve que je ne le suis?

– Excuse-moi.

– Il me faut plus que des excuses! Des explications. Parce que j'aime autant te le dire maintenant, je préfère être courtisée par un autre plutôt que de = en cachette. Si mon père l'apprenait, il me conseillerait un autre parti. Comprends-moi, cela a assez duré. Je t'ai laissé assez de temps. D'ailleurs, je ne me souviens même plus si tu m'as déjà dit que tu m'aimais.

Sur ces paroles, Isa Pageau éclata en sanglots. Comme elle avait oublié son mouchoir et que ses pleurs ruisselaient sur ses joues, Jean se dépêcha de lui offrir le sien, celui qu'Isa lui avait offert pour son anniversaire avec ses initiales J.B.A, cousu avec du fil d'or. Aussitôt qu'elle s'en rendit compte, ses pleurs redoublèrent.

— Mais qu'y a-t-il de plus, ma chère, pour pleurer encore plus?

Tout en s'enfouissant le nez dans le tissu de soie, Isa hoqueta :

— Tu ne m'as même pas donné l'occasion de t'offrir mon cadeau à ton dernier anniversaire puisque tu n'es pas venu me voir! Et moi qui avais passé tellement de soirées à te tricoter un foulard!

— Tiens, prends le temps de te moucher.

— Je n'en peux plus, Jean. Comprends-tu ça? Je veux mourir de chagrin.

— Tu m'aimes autant que ça, Isa?

— Plus que tu ne pourrais l'imaginer.

Alors, Jean comprit qu'il était plus que temps de passer aux aveux et de faire sa demande.

— Je peux très bien me le figurer.

Isa le regarda, s'attendant au pire.

— Comment ça?

— Parce que tu m'aimes autant que je t'aime.

Du coup, la jeune fille, qui avait peine à éponger ses pleurs et songeait au mariage de raison, changea d'attitude.

— Veux-tu répéter ce que je viens d'entendre, Jean, s'il te plaît ? J'ai peur d'avoir mal entendu.

— Je t'aime de tout mon cœur, mon amour !

— Encore !

— Tu es la femme de ma vie et je veux t'aimer pour toujours.

— Encore !

— Isa, voudrais-tu être ma femme ? Je te promets que je ne courserai plus jamais.

— Juré ?

— Sur la tombe de mon père.

— Alors, que faisais-tu à Beauport ?

— J'y préparais notre lune de miel.

— Ah, mon amour !

Isa se jeta dans les bras de Jean et lui réclama un baiser. Le premier véritable, depuis que les deux tourtereaux s'étaient déclaré mutuellement leur amour. Pour la première fois, Jean se laissa aller avec aisance. Appréciant cette liberté nouvelle dans ses sentiments, il en redemanda à Isa qui ne se fit pas prier. Puis, elle regarda par-dessus l'épaule de Jean, en direction de la maison.

— Tant pis, qu'ils le voient puisque nous allons nous marier.

— Que dirais-tu du mois de février ? J'ai pensé au 2, au 9, au 16 ou au 23, avant le carême.

— J'aurai vingt-cinq ans en janvier, mais j'aimerais que tu fasses ta demande à mon père aujourd'hui.

— Bien volontiers, Isa. Dès notre retour à la maison.

— De cette façon, ta mère pourra l'apprendre en même temps.

Jean regarda dans les yeux Isa qui reprenait goût à la vie, se demandant s'il devait l'informer que sa mère était déjà au courant et venue pour arranger le mariage. Il jugea qu'il valait mieux ne pas en parler. Alors, il répondit à sa fiancée :

— C'est une excellente idée.

— J'aimerais que le mariage ait lieu le plus tard possible, le 23 février. Comme ça, les gens ne penseront pas que je me marie obligée, tu comprends ?

— Oui, mais à une condition, même deux.

— Tout ce que tu désires.

— Tout ?

— Tout, mais après le mariage.

— Alors, tu me promets de ne pas faire carême pendant notre lune de miel ?

— Grand fou, va !

— Voici ma seconde condition !

Jean lui expliqua sa motivation d'aller travailler à Beauport. Il y deviendrait fabricant de rouets. Un travail d'artisan qu'il commencerait à exercer à leur retour à Charlesbourg. Il pourrait le combiner à son travail d'habitant sur la ferme de sa mère et même travailler en partenariat avec ses frères André et Simon-Thomas dans l'atelier agrandi de son défunt père.

– Allard et frères, sculpture, mobilier en bois ouvré, rouets et métiers à tisser et accessoires en bois de tous genres, pelles, balais, etc. Mais je ne pourrai pas réaliser ce rêve si tu n'es pas à mes côtés, Isa !

– Je te suivrai partout, mon amour !

À nouveau, Isa se blottit dans les bras de son amoureux retrouvé. Le couple revint à la maison, bras dessus, bras dessous. Au sourire épanoui d'Isa, la maisonnée sut qu'elle entendrait une heureuse nouvelle. Jean ne tarda pas à interpeller Thomas Pageau :

– Monsieur Pageau, j'aimerais vous parler.

– Ah ouais, mon jeune ? Prends le temps de t'asseoir et de fumer une bonne pipe. Tiens, prends ma blague.

Là-dessus, Thomas tendit à Jean la vessie de porc qui lui servait de tabatière. Comme Jean ne savait pas trop comment réagir, il observa sa mère qui lui faisait signe d'aller dans une autre pièce. Eugénie connaissait suffisamment le côté cabotin de Thomas Pageau.

– Plus tard, monsieur Pageau. J'aimerais vous parler dans le particulier… en privé, si vous me comprenez.

– Alors, ça m'apparaît sérieux, mon garçon. Allons dans le fournil[63], nous fumerons loin des oreilles indiscrètes.

Eugénie, qui n'apprécia pas le commentaire, se retint d'exprimer son désaccord. Quand Thomas et Jean partirent pour le fournil, Catherine demanda à sa fille :

---

63. Cuisine d'été de l'habitant, séparée de la maison, qui lui servait aussi de boulangerie.

– La vie te semble belle, ma fille, autrement que ces derniers mois.

– C'est le plus beau jour de ma vie, maman !

– Est-ce trop te demander d'en connaître la raison ?

Catherine Pageau avait adressé un clin d'œil à Eugénie. Cette dernière lui répondit par un sourire complice.

– Jean et moi allons nous marier !

– Quand ?

– Le 23 février prochain.

– Pour une nouvelle, c'est toute une nouvelle !

– Oui, et Jean est en train de faire sa demande à papa.

– Pourvu que Thomas accepte.

Sur ces mots, remuée par le trop-plein d'émotions de la journée, Isa se mit à pleurer à chaudes larmes.

– Mais qu'y a-t-il, mon enfant, pour te mettre dans cet état ? Il acceptera, voyons !

– En êtes-vous si certaine ?

Catherine Pageau prit subitement la part de sa fille.

– Si ton père empêche ce mariage, crois-moi qu'il va endurer un carême qui va durer pas mal plus longtemps que quarante jours. Des mois… Des années, peut-être !

Pour calmer l'atmosphère, Eugénie intervint.

– Quel âge as-tu, Isa ?

— Vingt-cinq ans en janvier. Le 16.

— Alors, tu n'auras qu'à le décider par toi-même à ce moment-là. La date reste donc fixée au 23 février.

Isa reprit son sourire perdu.

— Je sens que je vais bien m'entendre avec vous, madame Allard !

— On dit que je ne suis pas toujours facile ! C'est vrai que je ne le suis qu'avec les gens bien intentionnés, ce qui semble être ton cas, Isa.

— Laissez-moi vous embrasser.

— Tu serais peut-être mieux d'attendre le retour des hommes. Tu connais ton père ! Il pourrait en prendre ombrage s'il se sentait floué, surtout par des femmes.

— Ta mère a raison, Isa, attendons. Laissons-les revenir, reprit Eugénie.

Quand Thomas et Jean revinrent du fournil, joyeux, Catherine, sut que son mari avait profité de la présence du jeune homme pour visiter sa réserve cachée de cidre. Ce secret des Pageau, le mieux gardé à Charlesbourg, mais pas à Gros Pin, venait d'être éventé.

Thomas buvait, et beaucoup. Cette mauvaise habitude avait rendu son caractère irascible. Les mauvais jours, il pouvait devenir violent et lorsqu'un événement heureux se produisait, l'alcool le rendait charmeur. Un peu trop au goût de sa femme et de sa fille.

— Salut la compagnie ! J'ai une bien bonne nouvelle à vous annoncer, nous irons bientôt aux noces.

– Aux noces ! Mais de qui, Thomas ? s'était hasardée Catherine qui se méfiait à ce moment-là de l'attitude de son mari.

– Mais d'Isa, pardi ! Il m'a demandé sa main, et je la lui ai accordée. Mes félicitations, ma fille.

En disant cela, Thomas s'avança vers sa fille en titubant. Cette dernière, pour cacher son embarras, s'empressa d'aller à la rencontre de son père pour le remercier.

– Merci, père. C'est la plus belle marque d'affection que vous puissiez me témoigner.

Aussitôt, Catherine s'avança vers Isa et l'embrassa.

– Félicitations, ma fille. Tu feras la plus belle mariée de l'année. Maintenant, va embrasser ton fiancé. Je t'en donne la permission.

Comme Isa s'exécutait avec empressement, Thomas Pageau l'attrapa au passage, brusquement.

– Tu dois embrasser ton père d'abord. C'est normal !

– Arrête, Thomas ! Ce n'est pas avec toi qu'Isa va se marier.

L'injonction de sa femme réprima ses ardeurs. Alors, se tournant vers Eugénie, il claironna :

– Non, mais… nous en avons de la chance d'être entourés par des créatures aussi attirantes ! N'est-ce pas, mon gendre ? Allez Eugénie, permettez-moi de féliciter la mère du futur marié.

À ces mots, il s'élança vers Eugénie qui ne savait plus comment échapper à l'accolade de Thomas. C'est Isa qui la sauva de la gêne, lorsqu'elle attrapa son père en douceur par le bras et lui fit la bise de façon sonore.

– Tu voulais m'embrasser, alors c'est fait ! Maintenant, assieds-toi et laisse-moi embrasser Jean.

Thomas Pageau, gêné, bredouilla :

– Les émotions trop fortes me rendent aussi affectueux qu'un enfant.

– C'est plutôt le cidre du fournil qui te rend ainsi, répliqua sa femme, outrée par le comportement de son mari.

Prenant Eugénie à part, elle lui susurra à l'oreille :

– Excusez-le, il ne supporte pas le cidre comme avant. Il essaie de camoufler son chagrin de perdre Isa. Surtout pour Beauport.

– J'ai l'idée qu'ils ne resteront pas longtemps là-bas. Vous verrez.

– Que voulez-vous dire, mon amie ?

– Trois mois avant le départ, c'est court et c'est long à la fois.

– Maintenant, c'est à mon tour d'embrasser ma nouvelle bru. Je suis convaincue que nous nous entendrons à merveille.

– J'ai tellement hâte, madame Allard !

Là-dessus, Eugénie et Isa se firent la bise, au grand bonheur des deux femmes.

– Et maintenant, mon fils, fais un homme de toi ! Félicitations, mon grand !

– Merci, mère.

– Buvons notre vin au bonheur des amoureux ! s'exclama Catherine.

Cette dernière versa le liquide aux reflets rubis dans les gobelets qu'elle avait pris soin de rincer.

— Aux futurs mariés !

Ils firent tinter leurs gobelets et burent au bonheur d'Isa et de Jean.

— Qu'ils aient de nombreux enfants !

— Mais voyons, Thomas, c'est à la noce qu'il faut leur souhaiter ça. Tu ne voudrais quand même pas qu'ils commencent immédiatement, répondit instantanément Catherine Pageau à son mari.

Penaud, pour masquer sa déconvenue, ce dernier prit une autre gorgée de vin.

Cette réponse spontanée eut l'heur de détendre l'atmosphère. Eugénie suggéra aux futurs mariés de commencer les préparatifs. Elle-même s'occuperait d'aviser le curé pour les réservations à l'église et la publication des bans.

— Ah oui, Jean. Quand nous irons voir le notaire pour votre contrat de mariage, arrange-toi pour qu'il me fasse aussi un acte notarié. Je vais t'y promettre de me donner à toi, par testament, aussitôt que tes frères et ta sœur seront en âge de s'occuper d'eux-mêmes.

Jean regarda sa mère, étonné, tandis que Catherine et Thomas esquissèrent un sourire de satisfaction.

— Bon, il est temps de rentrer à la maison. Jean pourra venir veiller avec Isa, ce soir, si elle veut toujours de lui, bien entendu.

— Madame Allard ! Si vous n'avez pas d'objection, j'aimerais qu'il vienne souper ici. Avec vous.

— Non, merci. Je dois préparer le souper des autres garçons. Mais Jean fait partie de votre famille maintenant. Et puis, il doit agir comme un futur époux, comme c'est le cas. Jean viendra le plus souvent possible, Isa, si tes parents sont d'accord, bien sûr!

— Il viendra aussi souvent qu'il le faudra, pour autant qu'il ne manque pas à ses responsabilités sur votre ferme, reprit Thomas Pageau.

— Quant à cela, Georges et Simon-Thomas devront intensifier leurs efforts. Ils se sont toujours fiés sur Jean. Maintenant, c'est à leur tour. Un peu plus de maturité ne leur fera pas de tort.

— Ben d'accord, ben d'accord, Eugénie! répondit Thomas.

— Bon, allons-y!

Comme Jean s'apprêtait à suivre sa mère sans saluer la maisonnée, Eugénie lui dit:

— Jean, n'oublie pas de te faire désirer par ta promise!

Ce dernier s'en alla embrasser Isa.

En route vers Bourg-Royal, Eugénie apostropha son fils:

— Maintenant, Jean, tu feras une cour assidue à Isa. Tu comprends, vous devrez reprendre le temps perdu. Mais reste dans les convenances, tout de même. Je discuterai des détails du mariage et de la noce avec Catherine et Thomas. Mais il faut que tu saches que ton futur beau-père a exigé que je me donne à toi pour accepter ta demande. Il craint ta passion pour les courses. C'est la raison pour laquelle nous passerons un acte notarié... Une promesse est une promesse! Je n'ai pas d'objection à cela. Bien au contraire, c'était mon intention. Mais tu comprendras que si je le fais... Plus tard, bien sûr, j'ai bon espoir que tu prennes soin de moi et de la ferme à Charlesbourg, et pas à Beauport! Jamais, je n'irai habiter là-bas. Autrement, je vais plutôt laisser la ferme et la maison à l'un de tes frères plus loyal.

Est-ce clair ? Penses-y bien et discutes-en avec Isa. Elle a un bon jugement et elle aime assez ses parents pour ne pas s'en séparer. Du moins, pas pour trop longtemps.

Le jeudi précédant le mariage, le notaire Duprac de Beauport se rendit à la maison de Thomas Pageau, à Gros Pin, en compagnie de Nicolas Bellanger. Il avait été convoqué non seulement pour rédiger le contrat de mariage d'Élisabeth Pageau et de Jean Allard, mais aussi pour la donation d'Eugénie à Jean, ainsi que pour le contrat d'apprenti de ce dernier chez Nicolas Bellanger.

En raison de son âge et de la capacité de travailler dont il faisait preuve depuis déjà longtemps, Jean put négocier des conditions avantageuses. Ainsi, il aurait la semaine habituelle de six jours pour un apprenti, mais travaillerait de six heures du matin jusqu'à vingt heures, plutôt que de cinq heures jusqu'à vingt et une heure, afin de retrouver sa jeune épouse le plus rapidement possible. Le couple aurait aussi la possibilité de prendre son dîner et son souper ensemble. Jean recevrait cinquante livres en plus du vivre et du couvert pour Isa et pour lui, à condition que cette dernière aide sa bourgeoise à la cuisine et à l'entretien de la maison comme domestique, au rythme des horaires de son mari.

L'apprentissage de Jean devrait se terminer après deux ans, au moment où il serait capable de fabriquer un rouet seul, du début à la fin, et d'être ainsi nommé « compagnon ». Au où, passé ce délai, il désirerait toujours continuer pour l'artisan Bellanger, il recevrait deux cents livres de gages. Le maître pouvait raccourcir la durée de l'apprentissage et nommer son protégé « compagnon » avant le temps prévu si ce dernier démontrait des dispositions naturelles et la force de travail qui convenait. Le compagnon devait remplacer le maître à l'atelier durant ses absences, en plus de préparer l'atelier avant l'ouverture et de le nettoyer à la fermeture.

Les droits et les devoirs réciproques du maître et de l'apprenti obligeaient ce dernier à obéir au maître en tout temps et à apprendre son métier du mieux qu'il le pouvait. Pour sa part, le maître s'engageait à enseigner les secrets de son art.

Le compagnonnage était un stade intermédiaire entre l'apprentissage et la maîtrise. Contrairement à la France, au Canada, le compagnon pouvait s'annoncer « artisan » si son talent lui permettait de satisfaire sa clientèle. Eugénie espérait fortement que son fils accélère son apprentissage, car elle était certaine qu'il avait hérité du talent naturel de son père.

Les fils de François Allard et les petits-fils de Jacques Allard ne peuvent être qu'artistes sur bois !

Il avait été décidé que Jean pourrait mettre un terme à ses engagements à Beauport si les circonstances le justifiaient et qu'il aurait la possibilité d'aider ses frères aux récoltes en été, pour une durée d'un mois. Cet arrangement sembla satisfaire les parties impliquées, particulièrement les parents des futurs mariés qui commençaient à craindre de ne pas pouvoir accueillir les nouveaux mariés durant leur visite d'été.

Pour sa part, Eugénie avait considéré qu'en donnant une terre à Jean, voisine de celle de son frère André, à Bourg-Royal, elle augmenterait ses chances de loger Isa et Jean, et, ainsi, précipiterait leur retour à Charlesbourg.

En ce jeudi 19 février, Catherine Pageau recevait les invités aux fiançailles des promis. Elle avait demandé à son mari de débarrasser l'intérieur de la maison des outils qu'il réparait pour les travaux à venir et elle avait mis aux fenêtres les chandelles bénies à la Chandeleur[64] qui protégeaient habituellement la maison des cataclysmes, comme la foudre et le feu, tout en demandant à la Vierge de faire en sorte que Jean Allard ne changeât pas d'idée.

Ça lui a pris tellement de temps à se décider ! Isa en mourrait de chagrin et… resterait peut-être vieille fille !

---

64. Le 2 février, fête catholique de la présentation de Jésus au Temple et de la purification de la Vierge.

Après trente-cinq années de dur labeur, puisqu'il s'était lui aussi installé à la seigneurie Notre-Dame-des-Anges appartenant aux jésuites, comme François Allard et les autres pionniers de Charlesbourg, Thomas Pageau pouvait estimer avoir réussi en tant que colon.

Son cheptel comprenait deux paires de bœufs, trois vaches, deux veaux, cinq porcs, dont deux truies qui lui donnaient entre trente et quarante porcelets par an. Sa basse-cour comprenait une douzaine de poules, un coq de bruyère et quelques dindes sauvages que ses filles élevaient pour leur viande goûteuse. Il s'enorgueillissait de ses deux chevaux, qu'il logeait dans une écurie toute neuve. Sa grange-étable était aussi de construction récente.

Thomas avait obtenu ce succès en cultivant ses trente arpents de terre. Il l'avait fait avec minutie, ne laissant aucune parcelle de cette terre non productive, contrairement à François Allard qui s'était plutôt endetté en achetant de nouvelles terres.

Thomas possédait aussi une terre à bois qui comprenait une érablière. Il aurait toutefois été injuste de lui accorder tout le mérite de sa réussite sans considérer l'apport incontesté de son épouse Catherine, une femme douée d'un sens de l'organisation remarquable et d'une vision élargie des conditions de vie de sa famille.

Thomas se serait contenté de sa maison initiale à colombages, composée d'une seule pièce avec âtre, dont la structure faite de poteaux verticaux aux angles reposait sur de grosses poutres qui soutenaient un toit à deux pentes et dont le mobilier ne comprenait qu'un coffre en guise de table et trois chaises pour les neuf membres de la famille. L'unique cheminée avait peine à réchauffer le sol en terre battue en hiver sur lequel on couchait à quatre, à même une paillasse. Seuls les parents bénéficiaient d'un matelas de plume et d'une tenture amovible pour protéger leur intimité.

Leurs moyens financiers avaient permis à Catherine Pageau d'exiger une maison à carré massif avec toit pentu en bardeaux de cèdre[65], plus grande et plus confortable, construite avec de grosses pièces de bois équarries, déposées à l'horizontale les unes sur les autres et appelées « pièces sur pièces ». La jonction aux angles par des tenons et des mortaises caractéristique de cette technique d'assemblage à queue d'aronde faisait la fierté des Pageau.

Catherine avait voulu un confort moderne. Un plancher en madrier d'érable reposait sur des solives robustes et une trappe donnait accès à un caveau qui permettait de conserver au frais les légumes, les herbes, les viandes, les confitures et les poissons salés. La porte d'entrée avait son linteau et la façade en pierre des champs, une seule fenêtre munie de son contrevent à battant unique. La maison possédait une galerie qui permettait de se débarrasser de la neige et de la boue avant d'entrer. De plus, cette galerie avait l'avantage de protéger portes et fenêtres doublées contre les rigueurs de l'hiver.

Une annexe dotée d'une porte d'entrée à l'extérieur et d'une autre qui donnait accès à la pièce principale servait de cuisine d'été. Le fournil ne servait plus qu'à abriter le four à pain. Des vitres avaient remplacé le papier huilé, permettant à la lumière et à la chaleur du soleil d'inonder la pièce. Un exhaussement permettait un deuxième étage avec sa lucarne, qui était utilisé à la fois comme grenier pour la conservation de la farine et des grains et comme dortoir pour les invités. Une étroite échelle de meunier permettait d'y accéder. Les murs intérieurs de la maison étaient blanchis. Une table de cuisine parait la pièce principale. André Allard avait fabriqué un coffre aux pieds tournés et ornés de losanges ainsi qu'un bahut qui servait de garde-manger et de vaisselier. Catherine et Thomas Pageau avaient leur chambrette dans l'angle arrière d'un des pignons.

Catherine pouvait s'enorgueillir d'être la seule maîtresse de maison de Charlesbourg à posséder deux poêles, un petit en tôle pour la cuisine d'été adjacente à la maison et un autre, en fer, adossé au mur opposé à celui du foyer, leur cheminée émergeant

---

65. Thuya.

des pignons. Habituellement, les habitants les mieux nantis avaient un poêle en tôle et un autre en fonte. Ces deux poêles étaient utilisés pour le chauffage ; celui en fer servait aussi de cuisinière. Leur tuyau permettait non seulement à la fumée de s'échapper à l'extérieur, mais aussi de répandre un maximum de chaleur dans la maison.

Contrairement aux autres cultivateurs de Gros Pin et même de Charlesbourg, les quelques moutons de Thomas fournissaient assez de laine pour vêtir la famille au complet. Il projetait d'agrandir son troupeau ovin. Ce projet avait suggéré à sa fille Isa l'idée de démarrer un jour ou l'autre une entreprise de tissage, comme l'avait fait l'épouse de Pierre Legardeur, de Repentigny, le maire de Québec.

Comme Isa en avait parlé ouvertement à Jean au printemps dernier, celui-ci, qui manquait de confiance en lui, s'était mis en tête qu'il n'était plus le parti qui conviendrait à sa fiancée, lui, un simple habitant, jusqu'à ce qu'il apprenne que Nicolas Bellanger, du bourg du Fargy de Beauport, se cherchait une relève pour sa fabrique de rouets et de métiers à tisser.

Jean y vit l'occasion d'accéder au statut d'artiste dans la famille Allard. Son projet d'apprendre l'art de fabriquer un rouet avait enthousiasmé Isa, qui nourrissait secrètement le désir d'associer son mari à son entreprise. La demande en mariage concrétisait ses deux souhaits, celui d'épouser l'homme de sa vie et celui de travailler en partenariat avec lui.

Les deux jeunes gens avaient décidé de ne pas en parler tout de suite à leurs parents de peur de les affoler. Jean craignait surtout que sa mère Eugénie ne vienne étouffer dans l'œuf le projet ou qu'elle s'ingère dans sa réalisation.

Pour les fiançailles, parmi les invités, l'on retrouvait André Allard et son épouse, Marie-Anne, enceinte, ainsi que Georges et Simon-Thomas, qui s'étaient joints à Jean et à Eugénie. Jean Joubert, le meunier et parrain de Jean Allard, était présent aussi. Il avait pris soin de ne pas se faire accompagner par son fils qui venait de se faire damer le pion par Jean Allard dans la conquête d'Isa Pageau.

Du côté des Pageau, il y avait les frères d'Isa, Viateur et Paul, ainsi que ses sœurs Margot et Marion, et les cousins Vivier, dont la mère était la sœur de Catherine Roy Pageau.

Déjà, Georges Allard reluquait Margot Pageau, âgée de dix-huit ans, sous le regard inquiet d'Eugénie qui ne voulait pas risquer de se retrouver seule avec Simon-Thomas pour s'occuper de la ferme.

Le mariage fut célébré au milieu de la matinée du lundi 23 février 1705, dans la petite église de Charlesbourg, par l'abbé Jean-François Allard, arrivé le matin de Québec avec Anne et Thomas Frérot, puisque la tempête de neige de la veille avait compromis son arrivée chez sa mère, à Bourg-Royal, immédiatement après la grande messe à la basilique Notre-Dame. Odile et Germain Langlois étaient aussi de la noce.

L'abbé Allard fut enchanté de recevoir la délicate invitation d'Anne et de Thomas Frérot d'aller le chercher le lendemain, pratiquement aux aurores, pour l'amener à Charlesbourg dans la berline luxueuse aux armoiries du procureur général de la colonie.

Anne et Thomas s'étaient fait une joie de retrouver Eugénie et sa famille à l'occasion d'un événement aussi heureux et aussi inattendu, comme l'avait souligné Anne à son mari :

— J'aurais parié que celui-là serait resté vieux garçon, avec ses cicatrices de variole.

— Voyons, Anne, Jean est un parti intéressant.

— Alors, il y a une autre raison.

— Quelle est ton explication ? reprit Thomas, inquiet, qui savait sa femme capable de vérités parfois malicieuses.

– Tu ne trouves pas que la nouvelle est venue un peu vite? C'est quand même curieux.

– Que veux-tu dire?

– Pourquoi était-il si pressant de se marier avant le carême? Même l'abbé Jean-François ne se souvient pas de cette belle-sœur.

– C'est normal qu'il ne s'intéresse pas aux filles, c'est un ecclésiastique!

– Mais il ne l'a pas toujours été. Et cette petite Pageau, il aurait pu la reluquer!

– Donc, personne ne la connaissait depuis longtemps dans la famille d'Eugénie. Et subitement, comme un cheveu sur la soupe, elle arrive, comme ça.

– Jean a sans doute été très discret.

– Ou très pressé de la demander en mariage... Ou très obligé.

– Anne, voyons!

– Ça s'est déjà vu.

– Tu veux parler de qui?

– Je parle ici de notre cousine Eugénie. Qu'elle doit donc être malheureuse de la situation! Je me demande comment elle va camoufler cette épreuve. Elle qui est si orgueilleuse!

– Et toi si commère! Attendons de connaître la vérité avant de faire du tort à la réputation de nos parents.

– J'ai bien hâte de faire la connaissance de cette petite. Je lui souhaite du tempérament, elle qui aura à vivre chez Eugénie.

— Ne trouves-tu pas que tu exagères toujours tout? s'impatienta Thomas.

Isa et Jean se tenaient dans la nef, près de la balustrade, accompagnés de leurs témoins, Thomas Pageau et André Allard à la place de François, son père décédé. Pour la première fois, Eugénie, assise sur le banc d'à côté, entendait l'air nuptial joué à l'harmonium par une autre. Mentalement, elle jouait la pièce, désirant qu'elle soit exécutée de façon parfaite.

L'officiant, l'abbé Jean-François Allard, coiffé de sa barrette et vêtu de son surplis et de son étole blanche des cérémonies de mariage, s'avança vers eux. Un servant de messe l'escortait avec le *Rituel* et le bénitier. Les anneaux des promis avaient été déposés sur la balustrade, à la portée du prêtre qui invita les fiancés à s'unir pour la vie.

— Jean Allard, consentez-vous à prendre Élisabeth Pageau, ici présente, comme légitime épouse pour la vie, d'après les liens sacrés du sacrement du mariage?

— Oui, je le veux! claironna Jean.

— Et vous, Élisabeth Pageau, consentez-vous à vous unir pour la vie à Jean Allard, ici présent, dans le respect des liens du sacrement du mariage?

— Oui, je le veux! répondit Isa, de façon plus discrète.

— Alors, pour le meilleur et pour le pire, comme représentant de Dieu, je vous déclare mari et femme pour le restant de vos jours. Que votre amour puisse vous faire grandir dans votre idéal chrétien. Amen!

Aussitôt, l'abbé Jean-François bénit les anneaux nuptiaux en les aspergeant d'eau bénite. Ensuite, les nouveaux époux les glissèrent chacun au doigt de l'autre.

— Soyez heureux, termina l'officiant.

À ces mots, Élisabeth adressa un sourire fier et amoureux à Jean, qui le lui rendit. Anne Frérot, qui surveillait attentivement l'attitude des nouveaux mariés, en conclut qu'elle venait d'assister à un mariage d'amour. Cette impression fut confirmée par l'abbé Jean-François Allard à l'homélie, pendant la messe, qui plaça les vertus de l'amour conjugal au rang des vertus théologales. L'officiant souhaita une nombreuse famille aux nouveaux mariés, élevée d'après les préceptes de l'Église catholique.

Comme la période de l'année ne permettait pas de féliciter les nouveaux mariés sur le perron de l'église, ils eurent la joie de recevoir une pluie de confettis près des fonts baptismaux. Ce qui amena Thomas Frérot à hasarder cette remarque humoristique :

— C'est de bon augure !

Tout le monde en rit, surtout Eugénie, qui était si fière de ce fils dont elle se sentait coupable d'avoir retardé le bonheur conjugal.

La Providence est miséricordieuse. Jean, marié, et avec une fille dépareillée. Que souhaiter de mieux !

— Bon, Jean, ai-je la permission d'embrasser ma nouvelle bru ? De toute façon, monsieur l'abbé va me le permettre ! s'écria Eugénie tout heureuse.

— C'est beaucoup plus facile quand cette dernière est la nouvelle belle-sœur de l'officiant. À cet égard, je vais demander l'autorisation à mon frère de pouvoir en faire autant.

Isa fut à la fois impressionnée et gênée par l'accueil de sa nouvelle famille. Les autres invités lui firent la bise à leur tour et offrirent leurs vœux de bonheur aux nouveaux mariés. Le retour à la maison se fit au tintement des grelots des carrioles, lesquelles glissaient allégrement à la queue leu leu sur la neige fraîchement tombée. Les chevaux se suivaient, marchant dans les pas du vigoureux cheval de Thomas Pageau, si fier de mener ses invités à Gros Pin.

Les nouveaux mariés avaient pris place dans la berline, convertie en traîneau pour l'hiver, de Thomas Frérot, le procureur général, avec Catherine Pageau et Eugénie Allard, emmitouflés dans leur couverture de carriole. À la maison des Pageau, l'ambiance était à la fête. Comme c'était la coutume, la plupart des participants festoyaient depuis le jeudi précédent, date des fiançailles. Même le notaire Duprac avait été sollicité avec empressement pour rester quelques jours avec les fêtards, avant de retourner chez lui, à Beauport.

L'idée d'exiger de son fils Jean qu'il se souvienne de son statut et qu'il modère sa consommation d'alcool avait traversé l'esprit d'Eugénie.

Je connais trop le penchant de Thomas Pageau. Je ne veux surtout pas qu'Isa s'inquiète à propos de mon fils et d'une tendance à la bouteille, ce qui n'a jamais été le cas de toute façon.

Mais elle se retint. Par contre, comme Jean voulait passer le plus de temps possible avec sa belle famille, elle l'avait aussitôt sommé de revenir tous les soirs à Bourg-Royal, assez tôt dans la veillée.

– Écoute-moi ! Isa a besoin de se sentir réconfortée par ses parents et d'écouter les recommandations que sa mère a sans doute à lui faire. Et puis, tu auras amplement le temps, la vie durant, de connaître ta nouvelle famille… De toute façon, vous allez venir demeurer ici avant d'aller à Beauport. Notre maison n'a peut-être pas de poêle en fer, mais elle est beaucoup mieux meublée. Vous pourrez coucher dans un vrai lit puisque je vais vous prêter mon lit à baldaquin. Isa va se sentir comme une vraie princesse chez nous. Tu verras !

Ce ton de reproche intimida Jean, qui respecta les consignes de sa mère. Il s'était dit que ce n'était qu'un mauvais moment à passer.

Les noceurs, et surtout les femmes, furent impressionnés par le poêle en fer qui répandait une chaleur réconfortante. Des marmites et des poêlons, des fumets de mets préparés, des ragoûts de porc et de mouton, des grillades de viandes et de charcuterie qui grésillaient excitaient l'appétit des convives. L'impression de modernité qui régnait dans la maison avait même piqué la curiosité d'Anne Frérot qui ne possédait pas chez elle, dans sa maison de fonction de procureur général de la colonie, autant de commodités.

Elle en avait fait la remarque à son mari :

– Comment se fait-il que les habitants se gréent de luxe, alors que ça devrait nous revenir à nous, les notables ? Je parie que tes censitaires de la seigneurie de la Rivière-du-Loup en font tout autant. Il faudra remédier à cela, Thomas, et le plus vite possible. Ce n'est pas un poêle dernier cri des forges du Roy qui va mettre le trésor de France en souffrance !

Les festivités commencèrent par la tournée des liqueurs de seigle et de blé d'Inde, du cidre, du vin et de la bière, que Thomas Pageau avait sorties de sa réserve. Il était particulièrement fier d'avoir distillé un alcool fermenté avec la baie du genévrier, comme les habitants de la Nouvelle-Angleterre le faisaient.

Jean Allard avait demandé à son frère André d'apporter les tables pliantes qu'ils devaient aller livrer à Québec, les beaux jours revenus. Les victuailles prirent place sur cette rangée de tables. Plusieurs chaises fabriquées à l'atelier des Allard étaient disposées autour. Comme il n'y en avait pas assez pour tout le monde, seuls les dignitaires purent s'asseoir. En plus des nouveaux mariés, on y retrouvait l'abbé Jean-François Allard en tant qu'officiant, Eugénie Allard, Catherine et Thomas Pageau, Anne et Thomas Frérot en qualité de procureur général de la colonie.

Voyant que son mari et elle ne figuraient pas parmi les invités d'honneur, Odile s'en offusqua :

— C'est encore Anne Frérot qui fait partie des honneurs. C'est à croire que le petit monde est condamné presque à mourir debout puisque les sièges des dignitaires ne lui sont pas réservés.

Sitôt la table mise, l'abbé Jean-François fut invité à réciter le bénédicité. Il termina sa prière en félicitant une nouvelle fois les jeunes mariés, en leur souhaitant longue vie et une nombreuse lignée. La remarque fit la joie des assistants, mais elle intimida Isa.

Catherine Pageau avait fricoté avec ses filles ce qu'elle avait proclamé : un banquet de noces d'habitant. Le cochon gras avait été tué, mais la viande d'agneau était à l'honneur avec gigot, côtelettes, sautés, jarrets et filets apprêtés à la menthe et aux fines herbes. Il y avait aussi du dindon sauvage, de la tourte et de la perdrix.

À l'exception des invités de la table d'honneur, les convives étaient debout, leur assiette à la main, récupérant dans les marmites et les récipients disposés sur la table les morceaux de choix qu'ils avaient repérés. Les sœurs d'Isa, Margot et Marion, s'affairaient à cuisiner et à faire le service, tandis que leurs frères Viateur et Paul remplissaient les gobelets dès qu'ils étaient vides. Les dignitaires eurent droit à du vin du Saint-Onge, qu'ils burent du bout des lèvres. Thomas Frérot se conforma à cette cérémonie, quoiqu'il étanchât sa soif avec les bolées de cidre qu'il réclamait en tant que Normand.

— Ne crois-tu pas, Thomas, qu'en qualité de procureur général tu devrais donner l'exemple ? Eugénie, ta cousine, ne s'attend à rien de moins de ta part, s'inquiéta son épouse Anne.

— Mais je suis le cousin de Jean, le fils de François !

— Et aussi le procureur général. Je suis certaine que pour Eugénie ton statut est très important. Alors, un peu de décorum et de tenue, je t'en prie !

Comme dessert, un gâteau de noce fit son apparition sur la table au sommet duquel trônaient deux mariés en pain d'épice. Après l'émerveillement des convives, un des leurs suggéra que le nouveau marié embrassât sa douce, sous les applaudissements de tous. Jean se pencha vers Isa qui lui présenta la joue. Un tollé provoqua une allégresse généralisée. Isa dut coller ses lèvres à celles de Jean, sous une autre vague d'applaudissements.

Après une dernière tournée de liqueurs, qui continua à échauffer l'humeur des noceurs, l'on fit place à la musique, à la danse et au chant. Catherine Pageau avait invité un violoniste et un tambourineur qui permirent aux invités d'exécuter des danses vives sur des mesures à deux temps. Eugénie dut se produire malgré elle. De sa jolie voix que les années n'avaient pas altérée, elle entonna quelques airs de sa Touraine natale.

Il avait été décidé que les nouveaux mariés passeraient leur nuit de noce à Gros Pin. Et la cuisine d'été avait été aménagée pour eux à cet effet.

— Le poêle en tôle va les tenir au chaud, avait dit la mère d'Isa aux invités.

Ce à quoi Eugénie répliqua à l'oreille d'Odile Langlois :

— Ils auraient mieux fait de coucher à Bourg-Royal dans mon lit à baldaquin. Je n'ai pas encore de poêle, mais le matelas en plume d'oie est des plus confortables. Tu sais que c'est le même que celui que François nous avait fabriqué pour notre mariage.

— Pas dans le même lit où Jean a été conçu ! se scandalisa Odile.

— Tu l'as bien fait avec Germain !

— Oui, mais ma mère était morte.

— François aussi est décédé. C'est pareil… En tout cas, mon lit est plus confortable que le fournil.

— Raison de plus pour se coller l'un contre l'autre, si tu vois ce que je veux dire…

— Odile! répliqua Eugénie avec un sourire mal camouflé.

— Oui, oui, c'est compris. Inutile d'insister. En tout cas, je n'aurais pas agi de la sorte.

Pendant la réception, Eugénie s'offrit d'accueillir Anne et Thomas chez elle, ce qu'ils acceptèrent d'emblée. Anne en profita pour demander à Eugénie comment elle allait se débrouiller sans son fils Jean, parti à Beauport.

— Ma chère cousine, le pari n'est pas gagné d'avance. Les garçons, Georges et Simon-Thomas, ne sont pas si vieux, et André est trop occupé avec ses travaux à l'atelier.

— As-tu pensé à accueillir d'autres bras?

— Tu sais bien qu'un homme engagé coûte cher. André pourrait m'aider un peu, c'est sûr, en nous prêtant celui qu'il engage à longueur d'année, ce qui nous aiderait pour les gros travaux, mais je ne pense pas que cela soit suffisant.

— Ce n'est pas tout à fait ce à quoi je pensais!

Eugénie fixa du regard sa cousine, cherchant à deviner sa pensée.

— Anne Frérot, quel culot! Que je te prenne à vouloir régenter ma vie personnelle!

L'éclat de rire d'Anne attira l'attention de Thomas. Quand son épouse lui relata l'allusion, il opina en affirmant:

— J'ai bien peur qu'Eugénie ne manque de main-d'œuvre sous peu. Déjà que notre filleul Simon-Thomas caresse des projets de navigation.

En disant cela, Thomas indiqua de la tête à sa femme de regarder en direction de Georges qui dansait une sarabande avec Margot Pageau, qui semblait apprécier la compagnie du fils Allard.

Anne et Thomas n'étaient pas les seuls à observer le couple. Catherine Pageau envisageait déjà un second mariage avec la famille de son amie Eugénie, tandis que cette dernière se disait:

Non, non et non. Pas un deuxième déjà… En tout cas, pas avant le retour de Jean de Beauport. Elles ont beau être gentilles et jolies, les demoiselles Pageau, il y a aussi d'autres bons partis à Charlesbourg.

Dès que le repas du soir, aussi copieux que celui d'après la cérémonie religieuse, fut terminé, Eugénie demanda à Georges d'atteler le cheval. Eugénie avait plusieurs raisons de vouloir partir. La principale était de refroidir les ardeurs de Georges. Elle prétexta qu'elle souhaitait préparer la chambre d'Anne et de Thomas Frérot, désireux de loger chez leurs parents. Ces derniers offrirent plutôt à Eugénie de l'amener dans leur carriole et de laisser leurs cousins Georges et Simon-Thomas fêter un peu plus, au grand soulagement des garçons.

Connaissant le caractère d'Eugénie, cette initiative de Thomas Frérot aurait pu provoquer une riposte de la part de cette dernière. Mais Thomas se doutait bien que son cousin François agissait autrefois comme intermédiaire pour adoucir la fermeté de sa femme envers les garçons. François décédé, Eugénie était seule à user de son autorité parentale. Thomas avait même convaincu Anne que le départ de Jean vers Beauport était dû à la gouverne serrée de sa cousine.

— Ces garçons-là n'ont pas la possibilité de jeunesser. Eugénie est trop stricte. Tu verras, il y aura de la dissidence, peut-être bien de la rébellion. François était le modérateur.

— L'absence de Marie-Chaton doit y être pour quelque chose.

— L'absence d'un homme, plutôt. Eugénie devrait se remarier. Ça n'a pas de sens, à son âge, de manier les instruments aratoires comme elle le fait. Et sa santé peut lâcher à tout moment.

— En connais-tu un notable, un membre du Conseil souverain ou un artisan de grand renom qui aimerait sa compagnie ? Ne m'as-tu pas dit toi-même qu'elle a été courtisée par le gouverneur de Courcelles à son arrivée ?

— Il lui faut quelqu'un de bien placé, cela va de soi !

— Parce que, vois-tu, Eugénie n'acceptera pas n'importe qui !

— Alors qui ? Le comte Joli-Cœur est déjà pris !

— Thomas !

— Alors qui ? Probablement un seigneur terrien ! Mais Jean Talon n'est plus là.

— Thomas ! Sois moins sarcastiquc !

— Un seigneur terrien ou un riche marchand.

— Eugénie ne se fera pas acheter. Donc, un seigneur. La plupart vivent à Québec, hors de leur seigneurie. Tu les connais par la congrégation de la Sainte-Famille.

— Oui, par leur femme. Mais c'est un veuf qu'il faut à Eugénie.

— Or, il faudra qu'elle quitte sa ferme et aille s'installer ailleurs parce qu'ici, il n'y en a pas.

— Jamais elle ne quittera Charlesbourg. Ses enfants, ses souvenirs sont là.

— Mais il va bien falloir, un jour, que notre cousine fasse des concessions !

– Cette éventualité n'arrivera peut-être jamais!

– Alors, elle mourra d'épuisement sur sa ferme, une fois que ses garçons seront partis.

– Et peut-être plus vite qu'elle ne le croit!

– En effet! répondit Anne, quand, reprenant sa place après la danse, Georges demanda à Margot Pageau s'il pouvait lui faire la conversation. Pour toute réponse, cette dernière lui adressa un large sourire approbateur.

Sur le chemin du retour, l'humeur d'Eugénie s'était assombrie. Thomas Frérot cherchait bien à lui faire retrouver son sourire, mais le cœur d'Eugénie n'était plus à la fête. Arrivé à la maison de Bourg-Royal, qu'Anne et Thomas connaissaient bien, ce dernier offrit à Eugénie d'allumer le foyer. Quelques bûches d'érable réussirent à réchauffer la maison devenue très froide.

Pour sa part, Anne prépara un chocolat chaud à Eugénie, sa boisson préférée, auquel elle ajouta un doigt d'alcool de pomme.

– Tu vois bien que nous ne t'avons pas oubliée, chère cousine. Tiens, laisse-toi gâter, toi qui te dépenses tellement pour ta famille.

Anne versa le liquide chaud et savoureux, nappé d'une couche de crème fouettée. La chaleur de la boisson eut l'effet de détendre Eugénie et de la porter à la confidence. Pendant ce temps, Thomas Frérot s'était versé quelques doigts de calvados, qu'il sirotait devant le regard inquiet de sa femme.

– Si j'avais davantage choyé Jean, il serait resté ici, plutôt que de nous quitter pour Beauport.

– Eugénie, Thomas et moi pensons que Jean cherche avant tout à s'affirmer. C'est normal. Depuis le décès de François, il assume les responsabilités de la ferme familiale.

– Qui va prendre la relève, ici ? Moi, pour un bout de temps, le temps qu'il revienne de sa lubie de vouloir fabriquer des rouets.

– Qui lui a mis cette idée en tête ?

– Paraît-il que c'est moi qui désire que toute ma famille soit exceptionnelle… Il veut devenir un artisan reconnu, et comme Isa a l'intention de fonder un atelier pour tisser et fabriquer des vêtements avec la laine des moutons de l'élevage de son père, alors Jean s'est dit qu'il deviendrait celui qui fabriquerait des rouets et des métiers à tisser. Quelle drôle d'idée pour une jeune femme que de vouloir entreprendre un métier d'homme en même temps que d'élever sa famille !

Anne regarda Eugénie et touilla son chocolat avec une cuiller en bois en prenant bien son temps pour répondre :

– N'est-ce pas toi qui avais démarré une fabrique de têtes de lit en osier, en plus de teindre les meubles de François et d'avoir une jeune famille[66] ?

– Il y a de cela bien longtemps !

– Probablement à l'âge d'Isa.

– Peut-être bien, mais à une autre époque.

– Comme tu étais en avance sur ton temps, peut-être qu'Isa te ressemble.

– Peut-être bien.

– Et Jean, son comportement ne ressemble-t-il pas à celui de François, mon regretté cousin ? avança Thomas à son tour.

Eugénie les regarda tour à tour, pensive, et finit par conclure :

66. Voir *Eugénie de Bourg-Royal,* tome 2.

— Voulez-vous dire par là que mon temps est fait et que mon rôle de mère de famille ne me convient plus?

Plus sérieusement et reprenant sa contenance de notable de Québec, Thomas ajouta :

— Nous voulons dire, Eugénie, que tes garçons sont en âge de tracer leur propre destin et que tu ne dois pas les influencer plus qu'il ne le faut. Tes deux plus vieux sont casés et Jean vient de se marier. C'est une belle réussite, non?

— Et c'est moi qui ai la responsabilité de la ferme maintenant, et probablement pour longtemps. Vous avez vu, aussi bien que moi, l'attitude de Georges avec Margot Pageau…

— Mais c'est normal que deux jeunes gens se plaisent. Il n'y a pas encore de promesse de mariage.

— Il ne manquerait plus que ça, ils viennent à peine de se connaître.

— Alors, si Jean vole ailleurs de ses propres ailes, c'est peut-être Margot qui vivra ici.

— Mais j'ai promis à Thomas Pageau de me donner à Jean!

— Pour Thomas Pageau, Margot ou Isa, c'est pareil. Il cherche à bien caser ses filles.

— Et pourquoi pas mon filleul Simon-Thomas avec la belle petite Marion, la rouquine?

— Thomas! J'aime bien les rouquines puisque la femme d'André en est une, mais commençons par Isa.

— Tu vois, Eugénie, l'avenir n'est pas aussi sombre!

— N'empêche que je m'ennuie de mon bébé. De Marie-Renée.

— Tu n'as pas eu de nouvelles ? Évidemment, nous l'aurions su !

Eugénie ne répondit pas. Elle était au bord des larmes. Cependant, elle réussit à contenir son chagrin.

Anne et Thomas comprirent que le départ de Marie-Chaton avec Mathilde et Thierry, le comte Joli-Cœur, avait créé un trou béant dans l'âme d'Eugénie.

— Tu verras que tu auras de ses nouvelles par le premier bateau arrivé au quai. L'hiver s'achève et les beaux jours s'en viennent !

Comme Eugénie restait silencieuse, Anne ajouta :

— Et si, par malheur, les nouvelles ne venaient pas assez rapidement à ton goût, nous irons les chercher sur place.

Eugénie sortit soudain de sa torpeur.

— En France ? Qui ?

— Mais toi, sa mère !

— Mais vous n'y pensez pas ! Qui va s'occuper de ma maisonnée ? Et jamais je ne partirai seule, pas à mon âge.

— Qui parle de partir seule ? Nous t'accompagnerons.

— Nous ?

— Thomas et moi. Et peut-être bien notre Marie-Renée[67].

— Vous viendriez voir notre petite ?

— Et rendre aussi visite à Mathilde et à Thierry.

---

67. Marie-Renée Frérot, la marraine de Marie-Renée Allard.

– Oui, bien sûr.

– Quand ?

– Thomas pourrait se rendre cet automne à la cour de Versailles afin de représenter le Conseil souverain. Il parle aussi de fonder une nouvelle société de commerce. Il veut sonder de nouveaux partenaires.

– Cet automne ? À la fin des récoltes ? Sur la terre d'un habitant, il y a tellement de travaux à terminer avant les neiges, avança Eugénie.

– Pas pour une femme ? ajouta Thomas.

– Pour une femme qui fait l'ouvrage d'un homme, oui ! répondit sèchement Eugénie.

– Nous en reparlerons, Eugénie. Pour le moment, allons nous coucher, trancha Anne.

La perspective de retrouver Marie-Chaton en France avait permis à Eugénie de faire un beau rêve et d'oublier les nuages sombres qui planaient sur son quotidien. Son sommeil profond avait aussi permis à Georges et à Simon-Thomas de revenir au milieu de la nuit sans déranger la maisonnée. Eugénie se leva tôt, comme à l'accoutumée. Elle s'empressa de réveiller ses garçons pour qu'ils aillent faire le train. Ils durent mettre les bouchées doubles afin de compenser l'absence de Jean.

Quand ils revinrent de l'étable les traits tirés, Eugénie, convaincue que seule la charge de travail, et non la nuit de sommeil écourtée, était responsable de la fatigue de ses garçons, claironna :

– Vous devrez vous habituer maintenant. Vous êtes mes hommes de confiance.

Ils bâillèrent toute la matinée.

– Vous irez vous coucher après le souper, les garçons. Pas de pipée, ce soir. Un bon sommeil réparateur.

Anne et Thomas, sur leur départ pour Québec, se regardèrent. Après avoir assuré à Eugénie qu'ils la tiendraient au courant du premier courrier venant de France et qu'ils reparleraient de leur projet de voyage, Thomas prit les commandes de la berline et Anne, assise près de lui, mit son gros manchon de fourrure sous le menton. Celle-ci déclara alors :

– Décidément, François apportait un équilibre dans la manière qu'avait Eugénie de traiter ses enfants. Pour elle, quoique plus âgés, ils n'ont pas vieilli !

– Pauvre Eugénie. Je suis certaine qu'elle est beaucoup plus tolérante avec ses petits-enfants qu'avec ses propres enfants.

– Tu veux dire, Anne, qu'avec ses « garçons ».

– Pourquoi ses garçons uniquement ? Et sa fille ?

– Justement, elle n'a jamais pu venir à bout de sa Marie-Chaton. Pas plus que nous, d'ailleurs !

Anne regarda son mari d'un air contrarié. Elle répondit :

– Remarque qu'elle a tout un caractère ! Je me demande bien comment Mathilde peut réussir à la contrôler.

– Je ne suis pas très inquiet, Thierry est quand même là !

– Mais nous le connaissons à peine.

– C'est le mari de Mathilde. À eux deux, ils en viendront à bout.

– C'est à souhaiter. Souviens-toi qu'avec notre Marie-Renée nous n'étions pas trop de trois.

– Et nous n'étions pas à Paris, mais à Québec.

– Imagine-toi, à Paris! Comme elle doit être fière de pouvoir exprimer tout son talent!

– Pour autant qu'elle ne le gâche pas.

– C'est pour cela que nous irons lui rendre visite, Thomas. Avec Eugénie ou pas. C'est notre devoir et notre responsabilité puisque nous avons convaincu Eugénie de la laisser partir pour la France.

– Oui, mais Guillaume-Bernard[68] l'avait lui aussi fortement suggéré à Eugénie. Tu te souviens? Hélas, il est mort…

Après quelques secondes de silence, Thomas annonça à Anne :

– Alors, nous irons les visiter, Anne, aussitôt que mes affaires me le permettront. Comme le cours du castor est au plus bas, je me dois de relancer mes marchands de La Rochelle et d'aviser Thierry de leurs intentions.

– Thierry?

– Tu sais qu'il est toujours ambassadeur du Roy auprès des Sauvages.

– N'est-il pas gentilhomme des menus plaisirs du Roy?

– Cette fonction lui permet d'influencer le pouvoir royal dans ses décisions politiques et économiques. Tu vois, il agit sur la scène de l'Amérique avec le castor et sur la scène européenne avec la zibeline. C'est de cette façon qu'il fait fructifier son immense fortune.

– En plus de profiter des plaisirs de la cour?

– C'est la rançon de la gloire et du succès.

---

68. Guillaume-Bernard Dubois de l'Escuyer, le premier mari de Mathilde. À son décès, alors qu'il était procureur général de la colonie, Thomas Frérot lui a succédé.

— Toute une rançon !

— Oui, et qui demande de la volonté et de la discipline pour rester fidèle à son épouse. Justement, Thierry me disait qu'il désirait nommer un assistant et que mon nom lui était immédiatement venu en tête.

— Tiens donc ! Alors, dans ce cas, tu te rendras en France comme célibataire. Eugénie t'accompagnera. Et, tout compte fait, ne reviens plus à Québec.

— Anne !

— Arrête de louvoyer et choisis ton camp.

— Mais mes menus plaisirs sont à la maison, pas à Paris.

— Le crois-tu ?

— Puisque je te le dis.

— Le jures-tu ?

— Juré !

— Alors, je t'accompagnerai en France.

CHAPITRE VIII
Isa

Le lendemain des noces, Jean revint à Bourg-Royal avec Isa. Eugénie avait bien hâte de faire davantage connaissance avec sa nouvelle bru et de l'intégrer rapidement à la famille. André était venu passer l'après-midi avec sa famille, c'est-à-dire Catherine et ses quatre enfants. Même qu'Eugénie avait tenu à ce qu'ils restent tous à souper. Comme Catherine, enceinte de huit mois, se déplaçait avec peine, Isa se proposa de la remplacer et d'aider sa belle-mère à servir et à desservir. Cette attention n'échappa pas à Eugénie qui voyait déjà en elle une compagne de tous les jours des plus agréables et serviable.

— J'ai la conviction que nous deviendrons rapidement de grandes amies, madame Allard.

— Mais Isa, c'est déjà le cas, répondit Eugénie.

Après le repas, Isa demanda à Eugénie de fredonner des airs de Touraine et d'autres cantiques qu'elle avait appris au couvent des Ursulines avec Marie de l'Incarnation.

— Isa, je ne me doutais pas qu'une jeunesse puisse apprécier ces chants célestes.

— Madame Allard, je n'ai pas votre voix, mais ma mémoire est assez bonne pour me souvenir de tous les cantiques que vous avez chantés les dimanches, à la messe.

— Vous m'étonnez, Isa !

— Allez, je préfère *Panis Angelicus* !

— Vraiment, vous me surprenez.

Eugénie entonna aussitôt le cantique avec ferveur, de sa voix céleste. Pendant sa prestation, elle entendait un filet de voix qui réussissait à suivre la mélodie. Eugénie se retourna et aperçut Isa qui fredonnait, les mains jointes et les yeux fermés.

Décidément, cette nouvelle belle-fille me plaît. Elle est déjà un rayon de soleil dans cette maison.

— Vous savez que j'ai promis à Jean que vous dormiriez dans ma chambre, dans le lit à baldaquin.

— Mais nous ne voulons pas vous enlever votre confort, madame Allard.

— Au contraire, votre intimité est plus importante.

— Maman, la chambre d'amis, celle qu'ont occupée Catherine et André, nous conviendra très bien, reprit Jean.

— C'est votre préférence, mes enfants. Mais vous me le dites si ça ne vous convient plus.

Décidément, le mariage semble avoir une bonne influence sur Jean. À bien y penser, si Margot Pageau est aussi avenante que cette Isa, elle mettrait du plomb dans la cervelle de Georges, c'est certain…

Eugénie Allard, tu devrais écouter les conseils d'Anne et laisser plus de corde à tes garçons. Après tout, ils ne se débrouillent pas si mal. Faut croire que je les ai bien élevés ! Avec François, leur père, il va sans dire. Isa et Margot Pageau, les filles de Catherine, mon amie… Et moi qui m'en faisais pour eux… Bon, nous verrons plus tard pour Georges. Il vient à peine de la connaître. Ensuite, Marion et Simon-Thomas…

Eugénie, tu délires. Tu sais bien que trop de mariages dans les mêmes familles provoquent l'émulation et la chicane. Mais elles sont si agréables, les demoiselles Pageau, comme Catherine, leur mère. Leur père, Thomas, est plutôt vantard et ratoureux, mais ça ne veut pas dire qu'il est un mauvais père… Différent de mon défunt François, c'est certain. Mais, plus d'affaires… Isa semble tenir ça de lui, l'esprit d'entreprise…

Ah, Beauport, pourvu qu'ils en reviennent vite ou, de préférence, qu'ils n'y aillent jamais. Mais Jean l'a tellement dans la tête. Et Isa l'aime plus que tout. Elle le suivrait partout. Quant à cela, c'est une bonne nouvelle! Bah! Je devrais suivre les conseils d'Anne et Thomas, et les laisser vivre leur propre expérience. Après tout, ils commencent leur lune de miel. Ici ou à Beauport, ils ne seront jamais vraiment quelque part, sinon que centrés sur eux. Faut les comprendre. Les amoureux sont seuls au monde, comme on dit!

La période de relâche des travaux de la ferme permit à Isa et à Jean de visiter leur parenté, à Charlesbourg et dans les environs, ainsi qu'à Québec. Eugénie avait permis à Jean d'amener Isa chez ses parents aussi souvent qu'elle le désirerait. Thomas Pageau leur avait aménagé la petite cuisine d'été avec son poêle en tôle en guise de chambre à coucher, à l'abri des oreilles indiscrètes de Margot et de Marion, cette dernière ayant un tempérament espiègle.

À la fête de Pâques, à la mi-avril, Isa annonça fièrement à ses parents qu'elle croyait être enceinte. La joie démontrée par son mari, Jean, témoignait de sa fierté de continuer, lui aussi, la race des Allard en Amérique, d'autant que Marie-Anne, la femme d'André, venait de donner naissance à un petit garçon prénommé Jacques, comme le père de son grand-père François.

Eugénie avait eu la réaction suivante :

– Il deviendra un sculpteur réputé, comme mon beau-père, son aïeul !

Quant à Jean, lorsque Isa lui apprit la bonne nouvelle, il s'exclama :

– Ce sera un garçon, j'en suis convaincu.

– Et si nous avions une fille ? s'inquiéta Isa.

– Aussi jolie et gentille que sa mère ?

– Peut-être bien, répondit Isa, toute gênée.

– Dans ces conditions, je l'accepterai.

Eugénie fut ravie de savoir sa bru enceinte et la traita aux petits oignons. Déjà, le couple se préparait à se rendre à Beauport et parlait autant de leur départ que de la venue du bébé. Eugénie décida de rendre visite aux Pageau, à Gros Pin, avant la fin d'avril, quand les chemins le lui permettraient. Elle demanda à Georges d'atteler, ce qu'il fit avec plaisir.

Simon-Thomas voulut les accompagner. Eugénie, qui craignait une romance avec Marion Pageau, lui intima de rester à la ferme. Mais Simon-Thomas insista et Eugénie céda. Elle avait à régler une priorité. Quant à Georges, qui filait sur ses vingt-quatre ans, elle se disait qu'il devait s'établir un jour et que cette Margot avait l'étoffe d'une bonne épouse.

Sitôt arrivé à Gros Pin, avec la permission des parents Pageau, Georges invita Margot pour une balade en berlot. Marion et Simon-Thomas les accompagnèrent.

– Fais attention de ne pas caler, Georges. Les chemins sont boueux. Essaie de ne pas verser ou de provoquer un accident. Je te fais confiance.

Elle allait dire qu'il suppléerait à l'absence de Jean, mais elle se ravisa. Eugénie entra rapidement dans le vif du sujet de sa visite quand elle fut seule avec Catherine et Thomas Pageau.

— Vous ne trouvez pas risqué qu'Isa vive sa grossesse chez des étrangers ? D'autant que la bourgeoise va la faire travailler. Même de légers travaux pourraient l'indisposer. Et allons-y voir pour la charge de travail ! Elle pourrait souffrir de chaleur, même avant leur retour pour les foins ici. Une canicule au printemps tardif, c'est possible !

— Vous avez bien raison, Eugénie. Nous en parlions justement, Thomas et moi. Il serait recommandé qu'ils n'aillent pas à Beauport.

— Mais Jean s'est lié par contrat devant le notaire Duprac, un ami de Nicolas Béllanger, observa Thomas Pageau.

Eugénie réfléchit et ajouta :

— Je vais demander à mon cousin, le procureur général, d'y voir clair. Vous savez qu'il est aussi notaire. Il saura comment agir.

— Tant mieux, Eugénie, car cette histoire m'inquiète, ajouta Catherine, plaintive.

— Vous n'êtes pas la seule. Je vais parler à Jean.

— Et moi, à Isa.

— Mais tu sais bien, ma femme, qu'elle doit se soumettre dorénavant à la décision de son mari.

Eugénie grimaça. Elle se hâta d'ajouter, pour ne pas indisposer Thomas Pageau :

— Je vais m'entretenir avec Jean ; il comprendra.

— C'est à souhaiter, Eugénie! répondit Catherine, bouleversée par les événements.

Quand Eugénie aborda le sujet avec Jean, qu'elle avait rejoint à la grange alors qu'il était en train de vanner le grain, celui-ci réagit fortement :

— Maman, vous n'avez pas le droit de vous immiscer dans mes affaires. On en avait déjà discuté entre nous.

— Mais la situation n'est plus la même. Ta femme est enceinte. Il vaut mieux pour elle qu'elle soit proche de ses parents.

— Et moi de vous! Je vous connais assez pour savoir que vous avez tout manigancé.

Eugénie, ahurie, sortit de ses gonds.

— Jean Allard, je te demande le respect que tu dois à ta mère. Ce n'est quand même pas moi qui ai engrossé Isa!

Rouge de colère, Jean conserva le silence. Ce silence, Eugénie le perçut lourd de reproches envers elle. Elle ajouta :

— Je te demande d'y réfléchir, mon garçon. Il y va de la santé de ta femme.

— Et de mon avenir, ne l'oubliez surtout pas.

— Oh, ne crains rien, je ne l'oublie pas. C'est moi qui te consolerai si le pire… Enfin!

— Que voulez-vous dire, au juste?

— Ton avenir n'appartient plus qu'à toi, Jean!

— Isa était pourtant d'accord.

– Et le bébé, y as-tu pensé ? Comme il ne peut pas s'exprimer, on s'entend que ce sont ses grands-parents qui doivent prendre la parole pour lui.

– Alors, c'est une collusion… Pire, une conspiration ?

Ne se contenant plus, Eugénie hurla :

– Tiens, je préfère dorénavant m'entretenir avec Isa ; elle est beaucoup moins obstinée… Ce que tu peux être bourru et désagréable !

Eugénie quitta précipitamment la grange. Mal lui en prit, car elle glissa sur l'humus détrempé et tomba, en gémissant.

Isa avait entendu des éclats de voix et était sortie pour en connaître l'origine.

– Doux Jésus, madame Allard, rien de cassé, j'espère ?

Eugénie ne répondait pas. Elle feignait l'inconscience. Jean arriva de l'étable à ce moment-là.

– Vous êtes-vous disputés ?

– Mais Isa… Laisse-moi t'expliquer.

– Aide-moi à transporter ta mère à la maison et cours vite chez le docteur Estèbe. Regarde, elle est encore inconsciente. Ah, oui, le curé, peut-être, ordonna Isa.

Quand Eugénie reprit ses esprits, Manuel Estèbe venait de mettre un emplâtre à son épaule et des éclisses de bois pour solidifier sa jambe droite.

– Vous avez eu de la chance, madame Allard. Aucune fracture, seulement des contusions. Mais, à votre âge, vous n'avez pas à tenter le sort et à vous esquinter encore plus. En conséquence, le repos le plus complet jusqu'en août.

— Et mon ouvrage, docteur, qui va s'en occuper?

— Mais vous semblez avoir à vos côtés une bru dépareillée. N'est-ce pas dans les obligations d'une bru de s'occuper de sa belle-mère?

— Quand elle est aussi aimable que madame Allard, ce n'est pas une obligation, mais un plaisir! répondit Isa.

— Manuel, vous devriez examiner ma bru, demanda Eugénie. Vous saviez qu'elle était enceinte? Je trouve qu'elle est pâle, avec toutes les émotions que je lui ai causées.

— Si vous insistez, madame Allard, lui répondit Isa.

— Profitez de la venue du docteur, Isa. Il est de bon conseil.

Une fois l'examen terminé, Manuel Estèbe conclut:

— La mère et l'enfant se portent bien. La grossesse est normale… euh… je n'en suis pas tout à fait certain, il faudra attendre…

— Attendre quoi, docteur? demanda Jean, affolé.

— Attendre que le ventre devienne énorme.

— Énorme?

— Oui, Jean. Je crois que votre femme attend des jumeaux.

Consternation générale. C'est Eugénie qui se dépêcha de prendre la parole.

— Nous devrons prendre soin d'Isa, et rapidement.

— En effet, Eugénie. Quand vous serez remise sur pied, vous prendrez le relais pour votre bru.

– C'est donc dire qu'elle devra veiller sur moi pour un temps et moi sur elle jusqu'à l'accouchement, et même jusqu'à l'an prochain?

– Tout juste, Eugénie. Vous ne participerez pas beaucoup aux travaux cet été, et Isa, pas davantage.

– C'est dommage, Manuel, parce que Jean doit travailler comme apprenti chez Nicolas Bellanger dans quelques semaines, à Beauport. Évidemment, Isa, en tant qu'épouse, se doit de le suivre.

– C'est hors de question. C'est risquer la vie de la mère et de ses jumeaux! J'irai moi-même rencontrer Nicolas, un de mes patients en l'occurrence, et je lui expliquerai que c'est une ordonnance médicale. Il comprendra. Passer outre à ma prescription médicale serait un crime, passible de condamnation dans mon pays!

– Il n'y a pas à avoir peur, madame Allard. Jean et moi venons de décider que nous n'irons pas à Beauport.

Eugénie regarda en direction de son garçon. Surpris, ce dernier opina du chef. Il questionna sa femme, cependant, sur le point qui lui tenait tellement à cœur.

– Et mon projet de fabriquer des rouets, Isa, pour ton entreprise de tissage?

– Chaque projet en son temps! La santé de ta mère et la venue des jumeaux d'abord. Nous verrons par la suite. Doué comme tu l'es pour l'ébénisterie, je n'ai aucun doute que tu puisses toi-même en fabriquer.

Jean se trouva flatté dans son orgueil. Isa le trouvait aussi doué que son frère André. Eugénie regarda sa bru avec admiration. Quant à Jean, il dédommagea le docteur en lui offrant une longe de porc. Ce dernier ajouta:

– Isa ne pourra pas participer aux travaux du potager et encore moins s'occuper de la lessive, il va sans dire. Ces ouvrages risquent de compromettre l'arrivée des bébés. Il va falloir de l'aide aux femmes de la maison, Jean.

– Et ce ne sera pas ma belle-sœur Catherine ! Elle vient d'accoucher.

Eugénie baissa les yeux d'un air entendu. Elle réagit toutefois subitement quand Isa lui demanda :

– J'y pense tout à coup, madame Allard, ma sœur Margot pourrait venir nous aider ? Elle est tellement dévouée.

– Nous n'en doutons pas, Isa. Mais elle manquera à ta mère ?

– Pas du tout ! Marion sera là pour mes parents. Et même que, s'il le fallait, mes deux sœurs pourraient venir nous secourir.

– Nous en reparlerons, Isa. Il faut vous reposer. Merci, Manuel.

– Vous aussi, Eugénie, il faut vous reposer.

– Vous avez raison, je me sens vieillir.

– Vous êtes encore coriace pour votre âge.

– Vous trouvez ? Des fois, j'ai l'impression que je n'ai plus la même poigne.

À ces mots, Jean regarda sa mère avec consternation. Il préféra reconduire le médecin à son cabinet. Le lendemain matin, Eugénie, à qui on avait fabriqué des béquilles, se leva d'elle-même pour prendre le petit-déjeuner. Isa avait déjà servi le repas aux hommes et s'affairait à mettre de l'ordre dans la maison.

– Ah, madame Allard. Comment vous sentez-vous ce matin ?

— Beaucoup mieux, beaucoup mieux.

— Je m'apprêtais à me rendre à Gros Pin pour discuter de l'aide de mes sœurs, comme nous en avons parlé hier.

Une fois assise, après avoir avalé une gorgée de chocolat, Eugénie prit son air sérieux :

— Vous savez, Isa, je suis presque convaincue que je vais me rétablir très rapidement. Déjà, mon épaule est plus mobile. Dans deux semaines, je vous assure, je ne me porterai plus sur ces béquilles. Peut-être même avant. Alors, attendons pour impliquer vos deux sœurs.

— En êtes-vous certaine ? Cela me fait tellement plaisir de vous accommoder, vous savez.

— Vous le faites très bien en portant ces chers jumeaux. Nous verrons plus tard pour Margot et Marion. Pour le moment, restons toutes les deux à nous épauler.

— Si c'est votre décision, ce sera aussi la mienne.

— Isa, je n'aurais pu espérer une meilleure bru !

— Et moi, une plus aimable belle-mère, madame Allard.

À la Saint-Jean-Baptiste, Eugénie, qui travaillait dans son potager appuyée sur sa canne, vit arriver la berline aux armoiries du procureur général de la colonie.

— Anne, Thomas, quelle belle visite ! Êtes-vous venus fêter la Saint-Jean à Bourg-Royal ?

Eugénie les embrassa. Elle les invita aussitôt à entrer dans la maison. N'y tenant plus, Anne sortit de son porte-document une lettre parcheminée au sceau fleurdelisé. Elle agita la missive en clamant :

— Thomas agit comme postier royal, aujourd'hui.

— Ne me dites pas ! Serait-ce de… ? Vierge Marie, priez pour nous !

— Ça en a tout l'air ? De ta chère Marie-Chaton. Imprimé sur le papier de correspondance du premier gentilhomme des menus plaisirs du Roy.

Eugénie faillit s'évanouir. Elle s'appuya sur sa béquille pour rétablir son équilibre. Quand Anne lui demanda :

— Dis donc, toi, serais-tu blessée ?

— C'est un bâton qui me barrait la route dans l'allée du potager. Rien de plus, répondit-elle avec enthousiasme.

Eugénie claironna en prenant une grande inspiration :

— Au contraire, tout va pour le mieux. Entrez donc et lisons cette lettre. Il n'a jamais fait aussi beau qu'aujourd'hui.

Arrivée à l'intérieur, Eugénie, fébrile, se dépêcha de prendre leurs manteaux, leur indiqua des chaises et, avant même de leur offrir à boire, leur dit :

— Vous m'excuserez, j'ai trop hâte de lire la lettre.

Elle décacheta l'envoi avec précaution et se mit à lire rapidement, faisant vibrer le papier-parchemin froissé qui avait parcouru tant de distance. Sur son visage, des expressions de joie et de surprise, de satisfaction et d'inquiétude se manifestèrent.

Soudain, un nuage de bruine embruma son regard. Elle s'empressa d'essuyer ses yeux avec le revers de sa manche.

Anne s'enquit de la missive avec précaution :

— Les nouvelles sont bonnes, Eugénie ?

Cette dernière regarda ses cousins et les rassura avec un sourire.

– Je vais vous la lire, cette lettre tant attendue. Mais, avant, je vais vous servir à boire. Il faut toujours célébrer un heureux dénouement. Vin, cidre, bière et même du chocolat ! Que prendrez-vous ?

– Lis d'abord, Eugénie. Nous célébrerons après, répondit Anne, qui était curieuse.

Avec fierté, Eugénie s'exécuta, exagérant un peu les intonations, comme si elle voulait montrer à Anne et Thomas que le talent théâtral de Cassandre était héréditaire.

Chère Maman,

Vous recevrez cette missive le plus rapidement possible après la fonte des glaces, à l'arrivée du premier bateau en provenance de France. C'est mon souhait, car moi aussi, j'aimerais avoir des nouvelles de vous tous.

Mon entrée au pensionnat de Saint-Cyr s'est déroulée comme prévu et je me suis fait d'excellentes amies, dont Alix, qui partage ma chambre. Imaginez-vous que j'ai eu la possibilité d'obtenir cette chambre, car notre Supérieure se souvenait d'avoir assisté à l'un de vos concerts chez les Ursulines de Paris, alors qu'elle était jeune novice.

Le mois passé, j'ai eu la chance de personnifier Élise dans la pièce Esther *de monsieur Racine, devant le Roy, à Versailles. Sa Majesté m'a félicitée pour mon talent et m'a demandé de te rendre ses hommages quand je lui ai dit que tu étais, avec Mathilde, une fille du Roy. Il a bien aimé mon nom de scène, Cassandre, alors que Madame de Maintenon, notre bienfaitrice, a pris ma défense lorsqu'il a cru que « Cassandre » était un prénom italien. Moi non plus, je n'aime pas les Italiens, car l'un d'entre eux m'a manqué de respect à l'occasion d'une réception à mon arrivée à Paris, chez Mathilde et Thierry. Nous n'aurions pas vu ça à Québec. Le monde* est bien différent ici. Tout est grandiose à Versailles, mais à Paris, hormis le quartier où demeure Thierry, c'est la misère qui règne.

J'ai d'excellents professeurs, et certains sont amoureux de moi. Deux d'entre eux, plutôt de mon âge, m'ont promis d'écrire un opéra qu'ils intituleront Cassandre et dont je serai la vedette. Je ne sais pas s'ils tiendront parole, mais, en attendant, j'essaie d'entretenir leur flamme.

Un virtuose du clavecin, un Dijonnais, Jean-Philippe Rameau, vient à l'occasion remplacer madame de la Guerre. Ce garçon de vingt-deux ans est un génie de la musique. J'aimerais davantage le connaître, mais le règlement nous le défend. En revanche, notre aumônier, l'abbé Pellegrin, qui nous enseigne la poésie, les psaumes et les cantiques, m'a promis de me présenter un directeur de troupe de théâtre forain, Carolus Allard, de Blacqueville, en Normandie. Serait-il le parent de papa? J'ai posé la question à Thierry qui vient de ce village, mais il ne m'a pas répondu. Plusieurs grands noms du théâtre viennent de Blacqueville, comme Pierre et Thomas Corneille, et la Champmeslé. Paraît-il que je pourrais commencer à jouer sur les tréteaux dès cet été, si Mathilde et Thierry sont d'accord, bien entendu. Cet ecclésiastique est bien différent du chanoine Martin.

Et puis, comment allez-vous? Mes frères prennent bien soin de vous, j'espère! Et Catherine et mes autres nièces? Anne, Marie-Renée et Thomas? Avez-vous eu des nouvelles d'Étiennette de la Rivière-du-Loup? Est-elle amoureuse?

Depuis le bal chez le Roy, je n'ai pas eu de nouvelles de Mathilde et de Thierry. Ce dernier me manque beaucoup. Il me rappelle papa.

J'attends impatiemment de vos nouvelles, je pense à vous tous les jours et je prie pour papa chaque soir.

Votre fille qui vous aime et qui souhaite vous revoir le plus rapidement possible,

Cassandre

Après la lecture de la lettre, Eugénie oublia son flegme coutumier et embrassa le parchemin.

— Alors, qu'en pensez-vous, c'est une belle lettre, n'est-ce pas? Je savais que je pouvais faire confiance à mon bébé.

— Ce sont en effet de bonnes nouvelles, Eugénie. Tout va pour le mieux dans le meilleur des mondes. Le Roy se souvient encore de nous avoir dotées. Pour ma part, en tout cas, parce que j'en connais une qui attend encore sa dot!

— Laquelle? demanda Eugénie.

— Hélène Calais. Elle est arrivée deux ans après moi. Elle s'est mariée avec Blaise Belleau dit Larose. Ils sont installés maintenant à la seigneurie des jésuites, à Sillery. Je la vois à l'occasion.

— Hélène Belleau? Bien entendu que je la connais! Ils demeuraient à Petite Rivière, à Charlesbourg, sur les bords de la rivière Saint-Charles. Blaise a acheté sa concession des jésuites, à Notre-Dame-des-Neiges, quelque temps après notre mariage. Si je me souviens bien, leurs quatre enfants sont presque du même âge que mes quatre premiers garçons. Après, ils ont déménagé au faubourg Saint-Jean-Baptiste. En a-t-elle eu d'autres?

— Oui, six autres. Hélène m'a dit, la dernière fois, que toute la famille se portait bien.

— Blaise Belleau dit Larose est un ancien soldat de régiment de mon ami Alexandre de Berthier. Il l'a même suivi à Berthier-sur-mer, reprit Thomas.

— Alexandre de Berthier... Ah oui, Thomas, as-tu connu ce Carolus Allard? Il me semble que François m'en avait déjà parlé comme de son cousin.

Eugénie avait voulu faire digression pour ne pas parler davantage de son ancien amoureux, Alexandre de Berthier[69].

— Carolus Allard? Il était de mon village, Carville-sur-Folletière! Un peu plus vieux que nous. La sœur de François, Marie, et mon frère Jacques y habitent aussi. Du moins, y habitaient. Carolus s'occupait d'organiser les fêtes du village. Mais le théâtre forain? Première nouvelle!

— Marie-Renée tient sans doute son talent pour le théâtre d'un ancêtre Allard, avança Anne.

La remarque déplut à Eugénie, qui conclut:

— D'un côté ou de l'autre, ça n'a pas d'importance en ce qui me concerne, pour autant qu'elle l'ait, n'est-ce pas?

Anne se rendit compte de sa méprise. Pour se racheter, elle ajouta:

— C'est merveilleux, Eugénie, on se souvient encore de toi, en France. Imagine!

Simulant la modestie, cette dernière répondit:

— Il faut croire que mon destin était ici, au Canada. Laissons Marie-Chaton vivre le sien… Encadrée, bien entendu, par Mathilde! Si vous le voulez bien, relisons cette lettre.

Eugénie reprit la lecture du parchemin, puis le déposa sous la statue de la Vierge.

— Comme ça, les garçons pourront la lire aussi souvent qu'ils le voudront. Chère enfant. Maintenant, c'est à moi de lui répondre. J'aurais dû lui écrire bien avant. Elle serait en train de lire ma lettre. À propos, Thomas, avez-vous eu des nouvelles des

---

69. Voir *Eugénie, Fille du Roy*, tome 1.

Banhiac Lamontagne? Pour que la petite sache ce qui arrive à son amie Étiennette.

— Non. Mais je me proposais de me rendre aux Trois-Rivières et à Berthier sous peu.

— Berthier?

— Oui, j'ai à discuter avec mon ami Alexandre.

— Bon, eh bien, j'attendrai encore un peu pour poster ma lettre.

— Alors, Eugénie, n'as-tu pas le goût d'aller rendre visite à ta fille?

— Non, pas cette fois-ci. À moins que la situation ne l'exige de façon urgente. Mathilde est là pour la surveiller...

Eugénie, toute à sa rêverie, continua :

— Imaginez, un opéra pour elle, et avec l'approbation du Roy! Ma petite est déjà une grande artiste.

— Toujours en formation, Eugénie!

— Elle le deviendra, vous verrez. Pour autant qu'elle conserve sa bonne morale et ses principes religieux.

À ce moment, le visage d'Eugénie exprima de l'inquiétude.

— Un Italien qui lui a manqué de respect. Qu'a-t-elle voulu dire? J'espère qu'elle ne l'a pas provoqué avec les décolletés plongeants des Parisiennes. En plus, les Italiens ont le sang chaud!

Eugénie regardait Anne qui ne lui répondit que par une mimique obligée.

— Toi, tu me caches quelque chose, Anne.

– Seulement que la mode de Versailles convient aux courtisanes, et non pas aux couventines.

La remarque d'Anne imposa quelques instants de silence. Eugénie se souvint que le décolleté de sa tenue de concert, à son arrivée, en 1666, avait provoqué le gouverneur de la Nouvelle-France, de Courcelles, qui lui avait manqué de respect[70]. Mais c'était du passé et il s'agissait maintenant de la vertu de sa fille.

– Mathilde aurait dû le savoir ! Là-dessus, elle ne peut pas avoir le jugement qu'il faut puisqu'elle n'a pas élevé de filles, comme nous !

Sur cette lancée, Eugénie continua :

– Et cet aumônier ? Est-ce un ecclésiastique fiable ? Il me paraît louche. Enseigner autant la poésie que les psaumes ! Comment peut-il encourager le profane de la poésie et les confesser ? Ça ne me paraît pas possible. Enseigner le chant et le clavecin comme le chanoine Martin, passe encore. Mais la poésie ! En tout cas, je préfère que l'abbé Jean-François ne l'apprenne pas.

Connaissant le rigorisme et la dévotion du fils d'Eugénie, Anne et Thomas se dirent intérieurement qu'il ne valait mieux pas.

Quand les garçons revinrent des champs, avant de les inviter à passer à table et même de leur demander de saluer leurs parents, Eugénie, tout excitée, leur lança :

– Tenez, venez lire la lettre de Marie-Chaton. Et pourquoi pas, je vais vous en faire la lecture.

Eugénie déclama la lettre qu'elle connaissait par cœur, de façon théâtrale. Sur le chemin du retour, Anne se confia à Thomas :

---

70. Voir *Eugénie, Fille du Roy*, tome 1.

– Sa Cassandre ! Je crois que c'est sa préférée !

– C'est normal, c'est sa seule fille. Et son bébé, en plus.

– N'as-tu pas remarqué qu'elle n'a jamais commenté le passage sur l'attachement de la petite pour Thierry, le comte Joli-Cœur ?

– Pourquoi ? Thierry est nouveau marié… Et de la famille, ou presque.

– Ce n'est pas de Thierry dont je me méfie, mais de la petite !

– Comment ça ?

– Elle a mentionné qu'elle s'ennuyait de lui parce qu'il ressemble à François.

– C'est normal, c'étaient deux amis.

– Voyons, Thomas, ce n'est pas normal qu'une jeune fille s'ennuie d'un homme qui a plus que trois fois son âge, alors qu'elle est entourée de jeunes hommes déjà illustres par leur talent.

– Ce qui veut dire ?

– Vous autres, les hommes ! Vous n'êtes pas très clairvoyants en matière de sentiments[71]… C'est peut-être mieux ainsi. Ce qui veut dire qu'il y a un risque que Marie-Chaton soit entichée de Thierry.

– À l'insu de Mathilde ?

– Tu la connais ? Toujours ingénue !

– Et Thierry ?

---

71. Anne se souvint alors de la naïveté de Thomas concernant le chevalier de Troyes. Voir *Eugénie de Bourg-Royal*, tome 2, et *Cassandre, fille d'Eugénie*, tome 3.

— Le connaissons-nous vraiment ! Sa réputation le précédait avant son mariage. Et sa liaison avec l'Iroquoise, l'aurais-tu oubliée ?

— Une erreur de jeunesse ! Nous avons gagné notre cause et Thierry a été gracié.

— Une erreur de jeunesse qui a laissé des traces, je te le rappelle ! J'aimerais mieux ne pas être à sa place.

— Mais tu n'y es pas, je te le rappelle, tu es bien mariée.

Anne ne voulut pas tomber dans l'intimité de son union.

— Sois sérieux, Thomas ! La situation ne m'apparaît pas très nette. Avec Guillaume-Bernard, Mathilde a toujours su à quoi s'en tenir.

— Oui, mais Guillaume-Bernard est décédé et Mathilde est remariée avec Thierry. Et ce ne sont pas de nos affaires. Ce sont des adultes consentants.

Le ton de Thomas ne parut pas modérer sa femme.

— Pas Marie-Renée.

— Elle le deviendra, facilement ou pas. Au fait, tu ne sembles pas faire confiance à Thierry. Pourtant, tu le trouvais charmant.

— Un séducteur !

— À ce chapitre, une femme mûre n'est-elle pas aussi une adolescente ?

Anne ne répondit pas. Elle pensa à sa confession devant Monseigneur de Laval et à la présence soudaine de François Allard[72].

---

72. Voir *Cassandre, fille d'Eugénie*, tome 3.

– Devrait-on le mentionner à Eugénie ? demanda Thomas pour se faire pardonner sa remarque.

Anne en profita pour prendre le dessus :

– Qu'est-ce que je disais ? Que toi, Thomas Frérot, tu ne connaissais rien aux femmes ! Que je te voie apeurer Eugénie de la sorte ! Le feu n'est pas encore pris dans la demeure. Ce ne sont que des suppositions, des hypothèses, sans plus.

Thomas faillit dire « sans fondement », mais il ne s'y risqua pas.

CHAPITRE IX
Les fréquentations du forgeron

Pierre Latour Laforge semblait harassé par son travail, tant les commandes de toutes sortes affluaient de la part des habitants. Tantôt on lui demandait des cerceaux pour les tonneaux, tantôt il devait fabriquer des anneaux pour le charronnage.

Mais ce qui le préoccupait particulièrement, c'était de fabriquer les outils agricoles qui exigeaient un soin particulier, comme les bêches, les faux, les faucilles, les haches, les marteaux et les socs de charrue. Ces outils demandaient d'être fortement chauffés et rougis, martelés et trempés afin qu'ils puissent résister aux divers travaux.

Ce travail de taillandier avait exigé qu'il s'équipe d'un soufflet plus fort et d'une table d'enclume plus étroite. Il avait dû agrandir sa forge en empiétant sur son propre logis. Il avait ajouté un autre banc dans la salle d'attente de ses clients qui devenaient de plus en plus nombreux et restaient de plus en plus longtemps, débordant sur ses soirées déjà courtes.

Les habitants aimaient se réchauffer et s'éclairer au feu puissant de la forge. Cette ambiance surchauffée ainsi que les conversations qu'on entretenait dans ces lieux avaient créé un carrefour où circulaient les nouvelles et les potins de toutes sortes.

En cette journée de début mai 1705, alors que la fonte des glaces venait de libérer la gorge naissante du lac Saint-Pierre, le seigneur Alexandre de Berthier vint, en barque, visiter son ami le forgeron. Il était armé d'une paire de pistolets et d'un mousquet de longue portée avec une mire extrêmement précise lorsqu'il se présenta à la forge de «Vulcain».

— Laforge, mon ami, es-tu là? Dieu du ciel, qu'il fait chaud ici.

Le feu de la forge ronflait depuis le matin et la chaleur, étouffante, réchauffait instantanément le visiteur et brûlait celui qui s'approchait trop de cet enfer.

— Pierre, es-tu là? Tu sais que j'aurais pu passer par les terres, tellement la crue des eaux est importante. Encore plus, cette année, je pense, avec le froid qui a gelé le chenal deux fois plutôt qu'une.

— Latour, ne joue pas à la cachette. Où es-tu, bon sang! C'est moi, ton capitaine.

Berthier[73] aimait se nommer lui-même capitaine, ainsi que l'appelaient ses anciens compagnons d'armes. Il prit cette habitude lorsqu'il s'installa d'abord à Berthier-sur-mer, en bas de Québec, avec quelques-uns d'entre eux, comme Blaise Belleau dit Larose, lequel s'était établi par la suite à Petite Rivière, près de Charlesbourg. Plus tard, ayant suivi son fidèle ami et beau-frère, Pierre de Sorel, il s'était installé en face de l'embouchure de la rivière des Iroquois, de l'autre côté du fleuve.

---

73. Isaac Berthier, né à Bergerac aux alentours de 1638, débarqua à Québec à la tête de sa propre compagnie en provenance des Antilles, le 30 juin 1665. Ce huguenot d'origine se convertit au catholicisme quelques mois après son arrivée. Il retourna en France avec les soldats du régiment de Carignan, mais revint en 1670. En 1672, Alexandre Isaac Berthier épousa Marie Le Gardeur de Tilly à la basilique Notre-Dame de Québec et tous les notables de la place assistèrent à la cérémonie. Comme cadeau de noces offert par le Roy de France, il reçut de l'intendant Talon une partie de la seigneurie de Bellechasse, qu'il nomma «Berthier-sur-mer». En 1673, il acheta la seigneurie de Villemure, sise entre le fief Chicot et le fief Dorvilliers, sur la rive nord du fleuve, en face de Sorel, aujourd'hui à cheval entre les paroisses de Berthier et de Saint-Cuthbert, qu'il agrandit et nomma «Berthier-en-haut».

Alexandre de Berthier contourna la fournaise et aperçut le géant en train de ferrer un étalon.

— Ma parole, Pierre, il va te défigurer. Fais attention !

Trop occupé à retenir l'énorme bête qui se cabrait de douleur dans la stalle, Latour releva à peine la tête avant d'apercevoir Berthier. Cela aurait pu lui être fatal, car le cheval envoya une ruade que le forgeron évita de justesse.

— Il va te tuer ! Quel est le maquignon qui t'a vendu cette bête de somme tout droit sortie de l'enfer !

S'approchant un peu plus près, Berthier fronça les sourcils :

— Mais tu ne l'as même pas attaché !

Berthier disait vrai. Latour Laforge prenait de moins en moins de précautions. S'il se fiait à son gabarit pour résister aux colosses équins, il était évident qu'il avait la tête ailleurs. Le fouillis qui régnait dans la forge laissait à penser que le géant délaissait l'ordonnancement de ses commandes.

De fait, le forgeron travaillait tellement à fabriquer toutes sortes d'outils qu'il n'avait pas le temps de ranger ses ouvrages. Si Latour était un excellent maréchal-ferrant, il n'était pas l'administrateur idéal pour son commerce. Il était le premier à s'en rendre compte. Cette situation appuyait l'importance de la décision qu'il s'apprêtait à prendre.

Cette journée-là, le charron de Berthier venait d'apporter quelques essieux à réparer.

Quand Berthier mit le pied sur une jauge à bandage[74], il entendit une voix venue du fond de la pièce :

— Elle est à moi !

---

74. Roulette de charron qui servait à mesurer la circonférence d'une roue.

– Oh là, qui va là ? Avec cette fumée, on ne voit pas plus loin que le bout de son nez !

– Alors, capitaine, vous voyez plus loin que les autres parce que vous avez le nez plus long. C'est connu !

– Quel malappris m'insulte de la sorte ! Je vais t'apprendre, sale Iroquois ! Quand les balles te troueront la peau, tu regretteras tes paroles.

En disant cela, Berthier pointa ses pistolets au hasard. Aussitôt, une grosse main lui retint l'avant-bras. Saisi, Berthier fit un pas en arrière.

– Calmez-vous, capitaine. C'est Ducharme. Vous deux, vous feriez mieux de venir m'aider à tenir l'étalon pour que je l'attache, dit calmement le forgeron.

– Ducharme, le charron ? Mon censitaire ? Tu es bien le seul de qui je vais tolérer une telle impertinence.

– Viens aussi Ducharme. À trois, nous ne serons pas de trop.

Quand Ducharme se pointa dans la stalle, Berthier le regarda de manière assassine. Comme l'étalon était sa propriété, Ducharme s'en approcha, lui flatta l'encolure pour le calmer. La bête le reconnut et hennit légèrement. Alors, le géant appuya sa forte carrure contre l'animal, déplaça le cheval du côté de la stalle, assez pour que Berthier l'attachât à l'anneau de fer.

– Grands dieux ! Dia[75] ! J'ai l'impression de mettre les fers à un prisonnier. Pourtant, il est assez fort pour s'échapper. Regardez-moi la taille de cette bête ! Ça y est !

Fier de son exploit, Berthier cracha par terre. Il avait pris cette mauvaise habitude à l'armée.

---

75. Cri des charretiers pour diriger leurs chevaux à gauche.

– Mais pas avec ces sabots-là ! ajouta Latour, d'habitude taciturne.

Aussitôt, Latour alla chercher un petit pot d'onguent sur une tablette noircie par la fumée. Il appliqua généreusement la pommade sur la blessure, près du sabot. Le cheval hennit comme s'il voulait remercier le forgeron.

– Pierre, tu es plus qu'un maréchal-ferrant, tu es, ma foi, un guérisseur !

Alors, Ducharme lâcha une boutade qui fit réagir le forgeron, au naturel si calme.

– Il est meilleur avec les chevaux qu'avec les créatures !

Latour se retourna prestement, les pinces à fer à la main. Apeuré, Ducharme saisit aussitôt une barre de métal pour se défendre.

– Voyons, Pierre, qu'est-ce qui te prend ? Je voulais seulement te taquiner. Pas plus que ça.

Voyant que Latour n'avait pas apprécié la plaisanterie, Berthier décida d'intervenir, à sa façon.

– Holà, les amis, vous n'êtes plus des gamins ! On ne joue pas avec ces joujoux-là. Reprenez-vous, sinon je vous tire aux pieds.

Penaud, le forgeron au grand cœur comprit la démesure de son geste et alla tapoter l'épaule de son ami Ducharme :

– Oublie ça, Victorin, j'ai été un peu trop *prime*.

– Pardonné, Pierre. Tu devrais arrêter un peu. J'ai de la bière assez fraîche dans un fût. Ça nous remettra de nos émotions.

Le forgeron enleva son épais tablier de cuir sali par les tisons et la sueur de cheval. Le trio gagna la petite cuisine d'été, réduit où Latour prenait ses repas. L'endroit était en désordre.

– Ma foi, Pierre, on vient de quitter la Géhenne pour se retrouver à Capharnaüm. Tu devrais te faire assister par un apprenti. Il n'y a même pas de place pour s'asseoir dans ta boutique !

– Ce n'est pas un apprenti qu'il faudrait à Pierre, mais une femme !

Latour fusilla du regard Ducharme, qui se dépêcha de servir la bière dans des gobelets à la propreté douteuse.

– Ça prend du métier pour réparer une arme à feu. Moi, je ne fais confiance qu'à ceux qui l'ont appris en France[76]. Pierre est de ceux-là. Goûtons à ce délice ! Ouais ! ajouta-t-il en fixant la couleur incertaine du liquide.

Latour regardait Alexandre de Berthier avec étonnement. Ce dernier tenta de se justifier.

– Il fait tellement chaud que ce n'est pas de la bière de colon qui va me tuer, même si j'ai déjà promis à ma femme de me contrôler.

Berthier prit une gorgée de bière et la recracha aussitôt.

– De la petite bière de contrebande. Certainement pas parfumée au houblon. Ni de l'orge de ta concession, non plus. Plutôt de la bière frelatée ! Ma foi, voudrais-tu nous empoisonner ? Je devrais te faire mettre au pilori pour ça !

---

76. En France, les corporations d'artisans, ou confréries, avec leurs comités de jurés et leurs règles d'apprentissage régissaient l'embauche des apprentis, censuraient les étapes de leur formation pratique et exigeaient la création d'un chef-d'œuvre en plus d'une redevance de la part des compagnons qui désiraient accéder à la maîtrise. Même si la structure hiérarchique – apprenti, compagnon, maître – demeurait au Canada, la formation sur le tas était cependant moins rigoureuse, car la colonie avait trop besoin de main-d'œuvre spécialisée pour la trier sur le volet.

Ducharme regarda Berthier avec indulgence.

— Cette fois-ci, ça ira, mais prends garde. Le capitaine Généreux, de la milice, t'a à l'œil.

— Généreux est un des amis de Pierre !

Berthier rougit. Laforge et Ducharme savaient pertinemment
que le capitaine faisait mouche à tout coup et qu'il avait la
gâchette rapide.

Après la Grande Paix de 1701, signée par Louis-Hector de
Callière pour la France et trente-neuf nations amérindiennes,
seuls les Mohawks, l'une des Cinq Nations de la Confédération
iroquoise, avaient refusé de faire la paix. En 1702, ils avaient
incendié le fort Chambly, le long de la rivière Richelieu, se
laissant ainsi le chemin libre jusqu'au fleuve Saint-Laurent, à la
croisée de Sorel. Berthier qui avait été chargé de la défense du
fort de Sorel après la mort de son beau-frère, en 1682, avait
renouvelé son armurerie, maintenant composée de mousquets et
de canons de modèles récents. Par ailleurs, il préférait porter ses
anciens pistolets de campagne.

Quand sa belle-sœur, la veuve de Pierre de Sorel, lui avait
demandé s'il ne prenait pas un risque en privilégiant un ami,
Berthier lui avait répondu, tout de go, avec une assurance incon-
testable :

— Pierre Latour Laforge, de la rivière Chicot, est le meilleur
de tous les forgerons de la région. Sa réputation va bien au-delà
des Trois-Rivières.

Une fois la tension tombée, Berthier profita de l'occasion
pour apostropher Ducharme.

— Toi, Ducharme, j'ai à te parler. J'en profite parce que nous
ne te voyons pas souvent au moulin. Manquerais-tu à tes
obligations ? Et en quoi ton cheval peut-il te servir ? Certainement
pas à labourer.

Ducharme ne répondit pas. Berthier savait pertinemment que Ducharme faisait du commerce de fourrure et sur son territoire de traite, le long de la rivière Bayonne, qui plus est !

— Je vais être obligé en tant que seigneur de te départir de ton lopin de terre et de le confier à un autre censitaire.

— Ne faites pas ça ! J'ai une femme et un enfant à nourrir.

— Alors, je les plains de ne pas manger de pain.

Berthier continua :

— J'ai une proposition à te faire, Ducharme, pour te mettre du plomb dans la tête.

Ducharme devint subitement effrayé en voyant les pistolets du capitaine.

— Ah, ah ! Tu as peur que je tiraille, n'est-ce pas ? Tu as raison, tu as plus de chance de mourir d'une balle perdue qu'à l'ouvrage. Tu es bien différent de Latour, lui qui s'acharne au travail.

Ni ce dernier ni Ducharme ne relevèrent la comparaison. Latour et Ducharme étaient voisins et amis. Leur différend de tout à l'heure s'était estompé comme chez deux gamins qui se chamaillent et oublient aussitôt leurs petits travers.

— Mon ami Thomas Frérot, le sieur de Lachenaye, m'a demandé d'inciter mes censitaires à cultiver le chanvre pour la fabrication des cordages et des voiles à Berthier. Ma seigneurie sera en avance sur celles de Batiscan et de Champlain. Tu sais qu'il est maintenant procureur général de la colonie ?

— Non, depuis quand ?

— Depuis la fin de l'été dernier. Je l'ai appris de ton beau-frère, François Banhiac Lamontagne de la Rivière-du-Loup.

Pierre Latour Laforge acquiesça de la tête, rêveur. Il se délectait du souvenir du baiser qu'il avait échangé avec Étiennette Lamontagne.

Tu n'as pas à t'en faire, Pierre, ce baiser était on ne peut plus chaste ! se dit-il.

Berthier continua :

— Eh bien, Thomas m'a fait savoir qu'il reviendrait sous peu discuter des nouvelles attentes du Conseil souverain concernant le chanvre. Sa missive portait le sceau des armoiries du procureur général de la colonie. Mais j'ai l'idée qu'il n'a pas abandonné le commerce. Je l'attends ces jours-ci.

Sous son intendance, Jean Talon avait introduit la culture du chanvre. Après son départ, la production avait diminué parce que le gouverneur Frontenac avait davantage encouragé la traite de la fourrure, notamment pour payer ses propres dettes et s'enrichir. La Compagnie de la Colonie du Canada était au bord de la faillite. Thomas Frérot avait reçu la tâche de la redresser ou de la vendre.

Ducharme ne connaissait pas Thomas Frérot.

— Il paraît que la Compagnie de la Colonie du Canada est en difficulté financière. Alors toi, Ducharme, tu ne pourras plus leur vendre les peaux qui sont les miennes, je te fais remarquer. Je pourrais te faire mettre au pilori pour ça aussi. Mais compte-toi chanceux parce que tu nous seras plus utile comme cultivateur que comme prisonnier.

Berthier s'adressa à nouveau à Latour, ignorant sciemment Ducharme pour lequel il n'avait pas particulièrement de sympathie :

— Connaissant Thomas Frérot, un commerçant dans l'âme, j'ai l'idée qu'il ne laissera pas passer une occasion pareille et se portera acquéreur de la Compagnie de la Colonie. J'ai de la difficulté à me l'imaginer autrement qu'en train de brasser des affaires, celui-là.

Berthier dissertait pendant que Ducharme et Latour étanchaient leur soif. À petites gorgées, tout en grimaçant, le seigneur de Berthier avalait la boisson proscrite du charron Ducharme.

— À mon dire, la France ne peut se permettre de laisser tomber la traite des fourrures en nous empêchant de vendre notre butin aux commerçants de La Rochelle. Imagine, Pierre ! Les sauvages, aller vendre leurs peaux aux Anglais ! Le Roy n'autorisera jamais ça ! Sans compter qu'ils s'allieraient par la force des choses avec les Anglais de la Nouvelle-Angleterre contre nous, alors que la paix vient d'être signée. Et quelle est la route la plus directe pour se rendre au fleuve Saint-Laurent ? La rivière des Iroquois, bien sûr. Et qui seraient attaqués en premier ? Nous, à Sorel et à Berthier.

Ce discours lui avait donné soif. Il prit une autre lampée du liquide infect et s'essuya la bouche avec la manche de sa veste. Il continua :

— Oh, j'ai bien confiance en mes anciens soldats, des braves, convertis en miliciens ! Il est grand temps que l'on reconstruise le fort Chambly. Nous pourrons arrêter momentanément ces damnés Iroquois et aurons le temps de les voir venir… Je me suis laissé dire que les Anglais ne se gênaient pas pour vendre leur alcool aux Peaux-Rouges. Tu en as certainement entendu parler à Michillimakinac, hein, Pierre ?

— Tout juste, capitaine. Même que l'eau-de-vie était la monnaie de contrebande des Iroquois, qu'ils obtenaient des Anglais ! Ils réussissaient avec leur alcool à s'approprier les fourrures des tribus des Pays-d'en-Haut et à les revendre à un bon prix aux chapeliers de la Nouvelle-Angleterre.

— De l'alcool de contrebande ! Voyez-vous cela. De vrais suppôts de Satan. Comment peut-on avoir la conscience tranquille en encourageant ces sauvages et en buvant de leur fiel !

En faisant ces remarques peu flatteuses, Berthier se rendit compte que lui aussi buvait de l'alcool de contrebande. Il jeta aussitôt par terre la bière qui restait dans son gobelet, se leva et intima à Latour :

– Les répares-tu mes pistolets ou préfères-tu encourager tes amis contrebandiers, Pierre ?

Le regard de reproche que Berthier adressa à Ducharme en aurait troublé plus d'un.

– Quand on pense que votre vie de colon est agréable si on la compare à celle du paysan français qui doit payer des impôts[77] et loger gratuitement les soldats ! Certains ne connaissent pas leur chance ! Je ne vous demande pratiquement pas de rentes et pas souvent de corvées.

De fait, l'habitant de la seigneurie de Berthier vivait à l'aise sur sa terre en conservant un tiers de la superficie en bois debout, un tiers en pâturage, pour le foin entre autres, et un tiers pour la culture du blé, de l'orge, de l'avoine et du seigle. Quant à la dîme à remettre au curé de l'île Dupas, elle n'était que du vingt-sixième des récoltes, payable en minots de grain.

Berthier ajouta :

– J'ai bien hâte d'en parler à Thomas, il n'oublie jamais ses amis ! As-tu su qu'il avait rencontré ce noble français, cet énigmatique comte Joli-Cœur, l'an passé, Pierre ? C'est Judith Rigaud qui me l'a dit. Il paraîtrait que ce sont de vieux amis qui se sont retrouvés ! Elle a même ajouté que tu fréquentais ce comte, toi aussi !

Devant le silence de Latour, le capitaine ajouta :

---

77. Impôts sur le sel et, aussi, la taille, qui était un impôt direct.

— Pour te rafraîchir la mémoire, Pierre, Thomas était venu avec Marie-Renée Allard, une jolie blondinette délurée, la fille d'une connaissance à moi, Eugénie Languille.

Comme Latour ne réagissait pas aux propos du seigneur de Berthier, ce dernier haussa le ton.

— Elle était accompagnée de la fille du sabotier de la Rivière-du-Loup, François Banhiac Lamontagne, ton ancien beau-frère ! Tu ne peux pas l'avoir oublié, celui-là !

Berthier commençait à perdre patience devant l'amnésie du forgeron. Ce fut l'occasion que choisit Victorin Ducharme pour taquiner de nouveau Latour.

— Je ne sais pas s'il se rappelle du père, mais il me donne l'impression qu'il pense souvent à la fille pour être aussi distrait.

— Quelle fille ? demanda Berthier avec curiosité.

— Étiennette, voyons !

— Étiennette… Étiennette… Ah oui, celle qui accompagnait la fille d'Eugénie…

Aussitôt, Berthier se racla la gorge.

— La grande brunette aux longues tresses. Je l'ai bien aimée, celle-là. Plus réservée que l'autre… Mais c'est ta nièce, du côté de Madeleine, ta défunte… La religion ne le défend pas, Latour. Tu es veuf et c'est un joli brin de fille.

Pierre Latour observait ses deux compères sans dire un mot. Il se revoyait en train de se pencher vers Étiennette, préoccupée, qui lui présentait ses lèvres refroidies et fermées, et qui craignait que ses sœurs ne les observassent à travers les planches de la cabane à sucre. Puis Pierre avait eu l'impression que leur baiser devenait un peu plus sensuel. À ce moment-là, il devint plus insistant, mais Étiennette l'avait repoussé.

— Non, Pierre !

Depuis lors, Latour revoyait cette scène de manière perplexe. L'avait-il brusquée ? Sans doute pas puisqu'Étiennette avait accepté qu'il revienne la voir.

Le forgeron ne réagit pas à la recommandation du seigneur de Berthier. Il ajouta machinalement :

— Vous viendrez chercher vos pistolets, capitaine, et toi, tes essieux, demain au plus tard, Victorin.

— Mais ce n'est pas si pressé que ça, Pierre ! Les Iroquois ne sont pas à l'embouchure du fleuve.

Latour se leva de son siège. La chaise craqua comme le bois de la coque d'un vaisseau malmené par la tempête, soulagée du poids du géant. Le forgeron déposa son gobelet et avisa sa clientèle :

— Il est grand temps que j'aille chasser au lac avant une vraie menace iroquoise.

— Tiens, tiens, notre doux géant qui a peur maintenant. Ce n'est pourtant pas ton genre ! s'inquiéta Berthier.

— À moins que son gibier ne porte le jupon ! ironisa Ducharme.

Sans relever la remarque insidieuse, Latour fit un barrage de sa corpulence devant la porte.

— Demain, au plus tard.

— Je ne reviendrai pas demain, Pierre. Je préfère les attendre, maintenant.

— À votre guise, capitaine. Mais je ne pourrai pas vous tenir compagnie.

— C'est entendu, Pierre.

Berthier regarda alors Ducharme.

— Quant à toi, le charron contrebandier, nous allons discuter de ton emploi du temps.

— C'est que ma femme m'attend! Elle est seule avec le bébé. Je dois aller la rejoindre.

— L'entendez-vous, celui-là? Te préoccupes-tu autant de ton absence quand tu te rends au lac Maskinongé? Allez, va, au moins tu ne pourras pas accuser ton seigneur d'abuser de ton temps avec ta famille. Mais ce n'est que partie remise, parce que nous en reparlerons, du chanvre, quand le procureur général Frérot m'en fera la demande de façon officielle! Tu ne t'en tireras pas constamment comme ça, coquin!

Le charron s'inquiéta auprès du forgeron:

— Et mon percheron, penses-tu qu'il va guérir bientôt?

— Laisse-le ici pour la nuit. Il ne faut pas qu'il marche sur ses plaies. Demain, ça devrait aller. Mais arrive tôt.

— Alors, à demain, Pierre.

Ducharme partit et Berthier patienta, tout en commentant:

— Regarde celui-ci, le canon a été écorché. Je pense que tu es capable de le réparer. Quant à l'autre, la crosse est à rajeunir. Fais quand même attention. Elle est plaquée argent. Mais ce n'est pas moi qui vais t'apprendre que ce métal est précieux!

— Ne vous inquiétez pas, capitaine. L'acier me semble toujours solide. Quant à l'argent, il est aminci. Je ne pourrai pas faire de miracle. Le forgeron accomplit bien des métiers, mais, dans mon cas, je ne suis pas orfèvre.

– Alors, fais ce que tu peux, Pierre. Que veux-tu, ces pistolets m'ont déjà sauvé la vie plus d'une fois. Un militaire comme moi ne peut quand même pas les refondre en chandeliers. Un peu de reconnaissance, tout de même!

Derrière son attitude fanfaronne, le seigneur de Berthier cachait la sensibilité d'un capitaine d'armée au grand cœur qui plaçait la défense du pays au premier plan de ses valeurs personnelles. Ses compagnons d'armes ne l'auraient jamais trahi parce que Berthier avait pour code d'honneur de venir en aide à ceux qu'ils aimaient appeler «sa famille».

– Comme ça, Pierre, tu reluquerais la petite Lamontagne! Je suis convaincu qu'elle te ferait une bonne femme. Qu'est-ce que tu attends pour te décider! Remarque que François Banhiac Lamontagne a plusieurs filles en âge de se marier. Tu as l'embarras du choix…

Latour fixa le seigneur de Berthier d'un regard plein de reproches.

– Oh, je sais, je ne me mêle pas de mes affaires… C'est ce que tu penses, n'est-ce pas? Que je souhaiterais être à ta place? Tu n'as pas tout à fait tort!

Berthier se mit aussitôt à rire de son propos douteux. Latour le regardait sans mot dire. Se reprenant, Berthier continua:

– Trève de plaisanteries, vois-tu, moi, si je rajeunissais, c'est la petite Cassandre qui m'intéresserait. Elle a du caractère et est moins guindée que ne l'était sa mère, presqu'au même âge… Je me demande si elle a changé… Thomas m'a dit qu'elle était veuve… Des fois, j'aimerais revenir en arrière. Mon Dieu que le temps passe vite! Dépêche-toi, Pierre, sinon il sera trop tard pour fonder une famille. C'est un ami qui te le dit.

Latour était toujours silencieux. Il venait de terminer la restauration des pistolets. Il les remit à Berthier. Ce dernier les examina avec attention, y prenant un plaisir évident.

— Beau travail, Latour, ils sont comme neufs. Merci. Bon, il faut que je me sauve avant la noirceur. Ça sera frisquet, en barque, sur le chenal. En plus du vent qui semble vouloir se lever.

Sitôt le départ du capitaine Berthier, Pierre Latour Laforge commença à ralentir le feu. Les braises serviraient à chauffer sa forge jusqu'au lendemain.

Quand Ducharme revint dans la matinée, le forgeron avait revêtu ses plus beaux habits. Ce dernier le regarda d'un air narquois.

— Je m'en vais à la chasse.

— Pour quelqu'un qui va à la chasse au canard et à la bernache, tu es plutôt bien vêtu. Tu n'as pas peur de les salir, tes belles fringues, couché dans ton embarcation?

L'éclat de rire du charron n'ébranla pas la concentration du forgeron qui avait bien planifié son périple.

— Bon, allons voir ton percheron.

Les deux hommes se rendirent à la stalle. L'animal reconnut son maître. Latour prit un premier sabot en levant la lourde patte, sans effort apparent. Il ausculta les trois autres sabots avec la même aisance. Ducharme se fit la réflexion que son ami pourrait faire le métier de charron, qui demandait également beaucoup de force pour lever les charrettes et les berlots.

— Les plaies sont pratiquement guéries. Tu pourras le ramener chez toi demain. Les blessures cicatrisent bien.

— Quand reviens-tu?

— Ce soir, peut-être demain, si je dors dans la barque pour surprendre le gibier à la barre du jour.

Latour mentait ou se mentait à lui-même.

Peut-être aurais-je l'occasion de coucher à la maison et de voir Étiennette plus longtemps! se dit-il.

— Alors, je te jure que tu n'auras pas le même costume propre que tu as porté à notre mariage.

— Que décides-tu, Victorin?

— Si tu me promets quelques tourtes et un ou deux canards, ma femme te les préparera en pot-au-feu.

— Sois sérieux! Oui ou non? Évidemment, tu surveilleras aussi la maison, au cas où des sauvages viendraient.

— C'est oui, tu pourras chasser ton gibier en paix, quel qu'il soit.

Latour prit son fusil de chasse, sa cartouchière et sa gibecière, et se rendit jusqu'au quai où l'attendait sa barque à fond plat. S'il avait en tête de chasser en cours de route, son véritable objectif, cependant, consistait à naviguer jusqu'à la maison des Banhiac Lamontagne, à la Rivière-du-Loup. Trois heures de trajet avec le courant fort de la saison en longeant le chenal du Nord et la petite baie, et il ferait face à son destin.

Est-ce que je demande d'abord à parler à Étiennette ou à ses parents, Marguerite et François? Et s'ils refusent?

Quand Latour arriva à la ferme de François Banhiac Lamontagne, avant l'heure du dîner, après avoir accosté au petit quai, il put apercevoir les filles Lamontagne qui travaillaient à assécher le sol du jardin. Il en dénombra cinq. Il fit mentalement le décompte de ses nièces Lamontagne, Geneviève, Marie-Anne, Agnès, Madeleine, Antoinette et Étiennette. Une d'entre elles n'était pas au jardin. Il chercha du regard la silhouette d'Étiennette, qu'il remarqua au fond du potager alors qu'elle retournait la terre avec une bêche dont il connaissait bien la résistance, pour en avoir forgé des dizaines.

S'il tentait d'apercevoir Étiennette, toutefois, c'est cette dernière qui reconnut son imposante silhouette au loin. Elle arrêta momentanément son travail, le temps de se rendre bien compte de la réalité du mirage. À ce moment-là, Agnès, qui observait le manège de sa sœur, se retourna aussi. Croyant reconnaître celui qui avait retenu ainsi l'attention d'Étiennette, elle dit à cette dernière :

— Ma foi, c'est un revenant. Vient-il pour toi, Étiennette ?

— Toi, Agnès, la commère, mêle-toi de tes affaires !

— Quoi ! Moi, une commère ? Tu sauras que l'oncle Pierre ne vient pas pour moi.

— Tiens, tiens, qu'est-ce que je te disais ? Toujours à essayer de mettre les autres dans une situation inconfortable. C'est de la médisance !

— Moi, médire ? Ce n'est quand même pas moi qui lui ai donné un p'tit bec sucré, il y a quelques semaines, derrière la cabane ! Nous vous avons toutes vus !

— …

— Ah, ah, tu ne dis rien ? Tu as peur qu'on l'ait dit à mère, avoue-le.

Sur ce, Agnès se mit à rire de façon insolente.

— N'aie pas peur, Étiennette ! Nous avons fait le serment que personne n'en dirait rien à mère. Agnès est mieux de tenir parole, s'empressa d'ajouter Geneviève.

Cette prise de bec qui pimentait habituellement le quotidien des sœurs Lamontagne, surtout quand elles n'avaient pas eu l'occasion de recevoir récemment la visite de leur amoureux, avait attiré l'attention de Marie-Anne qui, elle aussi, bêchait le sol du potager.

— Encore en train de vous chamailler ? Qu'y a-t-il cette fois-ci, Agnès ? Tu as peur qu'Étiennette te vole ton Zénon Branchaud ?

— Oh, toi, avec ton Gustave Charron, tu n'as pas de leçon à donner. D'ailleurs, tu devrais t'ouvrir les yeux davantage et mieux le surveiller.

— Que veux-tu dire, Agnès ? Allez, jette-le ton fiel !

Marie-Anne avait subitement laissé tomber sa bêche et pointait du doigt sa sœur, de façon menaçante.

— Oh, là, qu'elle me fait peur, la belle Marie-Anne, pas encore mariée !

— Si je ne suis pas encore mariée, c'est que je le veux bien !

— Ou plutôt que tu n'as pas encore reçu la grande demande ! Si tu veux mon avis, ton amoureux, Gustave Charron, serait bien plus intéressé à faire la cour à Isabelle Couc !

— Oh toi, je ne sais pas ce qui me retient ! rétorqua Marie-Anne, en furie, avançant de quelques pas.

À ce moment, Étiennette intervint :

— Allons, ça suffit, vous deux ! Qu'est-ce que je te disais, Agnès Lamontagne, que tu étais une commère ! Tu n'arrêtes pas. D'ailleurs, tu n'as pas trop de reproches à faire à Marie-Anne avec ton… Zénon !

— Laissez-moi donc tranquille, vous deux !

Agnès se mit alors à pleurer. Aussitôt, Marie-Anne et Étiennette s'approchèrent d'elle pour la consoler.

— Nous ne voulions pas être méchantes avec toi, Agnès, nous voulions seulement te taquiner.

Agnès n'avait pas reçu la visite de son amoureux, Zénon Branchaud, depuis déjà un mois et cette attente devenait intenable.

— Il va revenir bientôt, ne t'en fais pas, il est parti à la chasse au canard avec son père et son frère.

— Si, tout d'un coup, il était parti courir les bois dans les Pays-d'en-Haut avec les sauvagesses.

— Alors, père l'aurait fait savoir à mère, qui te l'aurait dit !

— Mais il ne peut pas savoir que je suis amoureuse de… puisque je n'en ai jamais parlé à personne !

— Il suffit de te regarder pour le savoir, tu sais ! Alors, pourquoi pleures-tu maintenant ? lui demanda tendrement Marie-Anne, comme une grande sœur peut le faire.

— Et pourquoi es-tu si malcommode depuis quelques semaines ? ajouta Étiennette, avec moins de compassion.

— Étiennette, je t'en prie, ce n'est pas le moment ! répliqua Marie-Anne.

Agnès ne releva pas la remarque de sa sœur plus jeune. À ce moment, Antoinette, qui aidait sa mère à préparer le repas du midi, arriva en courant au jardin.

— Étiennette, mère veut que tu ailles dès maintenant à la maison.

— Le dîner est prêt ? s'informa Agnès, qui avait séché ses pleurs.

— Non, pas encore. Mais dans peu de temps. Les hommes ne sont pas encore arrivés du champ.

— Je te l'avais bien dit, Étiennette ! avança ironiquement Agnès.

– Commère ! Je ne change pas d'avis. Tu en es une vraie !

– Pas si commère que ça, j'ai l'impression.

Étiennette rattrapa facilement sa sœur Antoinette en faisant de grandes enjambées.

CHAPITRE X
La grande demande

Quand Latour arriva à la maison des Banhiac Lamontagne, Marguerite feignit d'être surprise par la visite de son beau-frère.

— Bonjour Marguerite, comment va la maisonnée ? Bonjour… Antoinette, n'est-ce pas ?

—Antoinette, mon oncle. Pas Étiennette, mais Antoinette. J'ai une année de plus que ma sœur !

— Bien entendu, Antoinette, je te reconnais, dit le géant en rougissant.

Marguerite Lamontagne terminait la préparation des légumes qui lui restaient de la dernière récolte, avec Antoinette. Maniant son couteau contre la planche de bois franc de la table, qui lui servait aussi d'étal, elle n'avait pas entendu entrer le visiteur. Ses jumeaux, Charles et François-Aurèle, jouaient à ramasser les débris de légumes qui tombaient. En se retournant, elle fut étonnée d'apercevoir Pierre Latour Laforge, vêtu de ses habits du dimanche.

— Pierre, mais quelle bonne surprise ! Mon Dieu, que j'ai eu peur ! Je me demandais justement quel géant était entré dans ma demeure ? Et un beau géant, dans ses plus beaux habits. Reviens-tu des noces ? Nous ne sommes pas dimanche à ce que je sache… Tu t'es fait bien discret ces derniers temps. À quand remonte ta dernière visite ?

— Presque une année, Marguerite. Par la suite, j'ai reçu la visite d'Étiennette. Elle accompagnait le seigneur de Berthier, le sieur de Lachenaye et la filleule de ce dernier, Marie-Renée Allard.

— Ah oui, celle qui est allée étudier à Paris ? Étiennette a assisté à son départ pour la France. Tout un talent ! Étiennette est revenue enthousiasmée de son séjour à Québec. Aimerais-tu la revoir, Étiennette ?

Marguerite Lamontagne se souvenait que le forgeron était timide. Elle se doutait bien qu'il n'était pas venu uniquement pour les saluer, comme ça, à l'heure du dîner. Elle soupçonnait un autre motif à sa venue.

— Oui, oui, bien sûr… C'est beaucoup à cause d'elle que je suis ici.

— Je m'en doutais, Pierre.

— Mais avant de revoir Étiennette, j'aimerais parler à François.

Antoinette et sa mère se regardèrent, tirant la même conclusion :

Il n'est pas venu uniquement parce qu'il s'ennuyait de nous, celui-là !

— Bien entendu, François doit revenir du champ qu'il est en train de labourer avec Symphorien, notre homme engagé. Tu peux attendre qu'il arrive, il ne devrait pas tarder pour venir dîner. Ça nous permettra de jaser un brin.

Marguerite avait fait exprès de forcer Latour à évoquer le motif de sa visite.

– Non, non, je préfère aller le rejoindre.

Aussitôt, Latour se retourna et s'apprêtait à quitter la maison quand Marguerite lui lança :

– Tu me sembles bien pressé, Pierre. Mais sache que tu restes, bien entendu, à dîner avec nous.

Mais il était déjà parti à grands pas. Marguerite n'obtint pas la réponse du forgeron. Chez les Canadiens français, l'hospitalité était proverbiale, encore plus entré parents.

– Antoinette, va chercher ta sœur Étiennette au jardin. Fais vite. Je t'expliquerai, à moins que tu n'aies déjà compris.

Comme Antoinette opinait de la tête avec un sourire, Marguerite lui replaça sa coiffe.

– Antoinette, c'est toi qui me remplaceras comme sage-femme… Heureusement que je n'ai pas d'autre beau-frère. Aimerais-tu faire le même travail que ta mère et ta grand-mère avant toi ?

– Oui, mère, beaucoup.

– Alors, il est grand temps que je te forme. Tu pourrais ainsi accoucher tes sœurs, le moment venu. Allez, va chercher ta sœur. Et ne te trompe pas. C'est Étiennette.

Marguerite n'avait pas aussitôt terminé sa phrase qu'Antoinette quitta la maison.

Arrivée à la maison, Étiennette fut prise à part par Marguerite Banhiac Lamontagne :

— Ma fille, j'ai à te parler ! Viens dans la laiterie, il faut qu'on finisse l'écrémage et le barattage avant que le soleil soit trop chaud.

Comme Antoinette suivait la conversation d'un peu trop près, Marguerite l'apostropha :

— Toi, surveille la cuisson. Ajoute un bon morceau de viande de bœuf salé et un gros chou de l'an passé qui reste au caveau. Nous avons un gros appétit de plus à servir ce midi. Tant qu'à y être, une tarte de plus ne fera pas de tort.

Une fois qu'elles furent à la laiterie, Marguerite aborda immédiatement Étiennette :

— C'est ton oncle Pierre qui vient d'arriver.

— Ah oui ? répondit hypocritement Étiennette.

Marguerite observa sa fille.

— Tu devrais faire un brin de toilette ! Regarde tes cheveux ! Tu devrais mettre ta robe du dimanche, tu sais, la verte, qui met si bien ton teint mat en valeur ! Et te nettoyer la figure !

Comme Étiennette restait muette, sa mère ajouta :

— Tu ne me demandes pas pourquoi ? Tu n'es pas curieuse, ma fille !

— Le devrais-je, mère ?

— Oh oui ! parce que je crois que tu vas recevoir une demande en mariage, aujourd'hui même !

Étiennette conserva le silence.

— Ne me fais pas le jeu de la devinette, Étiennette ! Tu sais sans doute de qui je veux parler.

— D'oncle Pierre, le forgeron?

— Qui d'autre? Il tourne autour de toi depuis son retour dans la famille… Vous êtes-vous revus depuis ton retour de Québec?

— …

— J'imagine que oui! Alors?

— Il est venu me retrouver à la cabane à sucre, fin mars.

— Et j'imagine que tu as des complices, tes sœurs, pour que je ne l'aie pas su, bien entendu!

— …

Marguerite allait lui demander ce qui s'était passé, mais elle se ravisa.

— T'a-t-il parlé?

— Il m'a demandé s'il pouvait me revoir.

— Et tu lui as répondu oui?

— Oui, mère.

Marguerite resta un instant silencieuse.

— Sais-tu ce que ce oui implique?

— …

Marguerite prit alors tout son temps pour instruire sa fille.

— Une jeune fille n'épouse pas un oncle seulement par compassion, mais par amour, tu me comprends?

Marguerite Pelletier Lamontagne raconta les circonstances de la mort tragique de sa sœur Madeleine, enceinte de huit mois, qui était la marraine de Madeleine, la sœur d'Étiennette, ainsi que le deuil difficile de son beau-frère, Pierre Latour. Elle lui mentionna que le couple respirait le bonheur avant la tragédie et que le géant s'était comporté en mari aimant et responsable.

– Son commerce est bien établi et tu ne manquerais de rien. Même qu'il te traiterait en princesse. Seulement, il est plus âgé que toi ! Tu dois en tenir compte avant de donner ton accord… Mais ton père et moi avons déjà parlé de l'éventualité de la demande du grand Pierre et nous avons conclu que nous n'influencerions pas ta décision. Alors, si c'est bien le motif de sa visite, tu décideras par toi-même.

Comme Étiennette ne disait toujours rien, sa mère ajouta :

– Je comprends que ce ne soit pas facile de décider de son destin aussi rapidement. Nous le connaissons, mais pas toi. Il serait alors plus prudent qu'il te demande la permission de te fréquenter… Après tout, il ne demeure pas si loin. Il pourrait venir aussi souvent que tu le souhaiterais… Dis-moi au moins si tu le trouves de ton goût ?

Alors, Étiennette sortit de son mutisme en déclarant :

– Je l'aime bien, mère.

– Pas seulement comme un oncle, dis ?

– Pas seulement comme un oncle.

– Parfait ! Tu sais, tu es en âge de te marier. Plus jeune que d'habitude, peut-être, mais avec ta maturité, je ne suis pas inquiète. Je ne le conseillerais pas à Agnès, disons pour le moment, avec son étourdi de Branchaud… Dorénavant, tu resteras avec moi pour tenir la maison. Antoinette ira à l'extérieur. Le temps chaud s'en vient bientôt, il n'y a pas de crainte à avoir pour sa santé fragile… Tu verras, tu apprendras à l'aimer rapidement.

– Je l'aime déjà, mère.

– Dans ce cas, ne va pas trop vite en affaires, tu me comprends ? Un veuf est quand même un homme qui a de l'expérience. Il pourrait être pressé de te prouver ses sentiments.

Devant le regard incrédule d'Étiennette, Marguerite ajouta :

– À partir du moment où Pierre te fréquente, il va se considérer comme ton amoureux et agir comme tel.

Étiennette acquiesça.

– Bon, tu m'as comprise ! Maintenant, allons les rejoindre à la maison en attendant de savoir ce que Pierre avait de si pressant à dire à ton père.

Pierre Latour Laforge connaissait bien le trajet qui menait de la maison aux champs de la ferme des Banhiac Lamontagne. Il s'apprêtait à faire de plus longues enjambées quand il croisa son beau-frère François et son employé, Symphorien.

– Pierre, quel bon vent t'amène, si tôt dans la saison ? Et dans tes habits du dimanche, alors que nous sommes au milieu de la semaine ! On ne chasse pas avec des vêtements pareils ! C'est toujours un heureux événement pour nous de t'accueillir. Alors, tu te joins à nous pour dîner ? Je vais aviser Marguerite d'ajouter un couvert… ou deux. Pardonne ma plaisanterie, les filles sont impressionnées par ton appétit.

– J'en reviens, de la maison, et Marguerite a eu la gentillesse de m'inviter aussi.

– Tu vois ! Ça nous fait le plus grand plaisir.

– François, j'aimerais te parler.

– Moi aussi, après le dîner. Nous en profiterons pour fumer une bonne pipe.

— Non, François, avant.

— Maintenant?

— Maintenant, seul à seul.

— Rien de grave, au moins? Allons dans mon atelier… Toi, Symphorien, rends-toi à la maison.

François Banhiac Lamontagne était le sabotier de la région de la Rivière-du-Loup, mais sa clientèle venait aussi des Trois-Rivières, jusqu'à Pointe-du-Lac. François travaillait les soirs de semaine et les dimanches, quand il ne recevait pas de clients. Son atelier était adjacent à la maison. L'hiver, cependant, il aimait raboter son bois plus au chaud, à l'intérieur, au grand dam des femmes de la maison qui voyaient d'un mauvais œil le ramassage des sciures et du bran de rabotage. Par ailleurs, c'était aussi l'occasion pour ses filles de voir arriver une clientèle masculine composée de beaux garçons à l'orée de la vingtaine.

— Oui, Pierre. Assieds-toi sur le banc des clients et raconte-moi. Ça va bien à la forge?

— Très bien, sois sans crainte… Je dirais presque trop bien!

— Alors, qui peut s'en plaindre?

— Parce que j'ai du travail plus qu'il m'en faut. Mais tu sais bien que l'ouvrage ne me fait pas peur.

— Ça, tout le monde le sait. Alors, pourquoi ne pas embaucher un assistant?

— Euh… C'est plutôt une assistante qu'il me faudrait.

— Pour ferrer les chevaux et manier le soufflet? Voyons donc.

Latour ne répondit pas. Banhiac Lamontagne continua:

— J'y suis! Ce n'est pas de l'aide à la forge, mais à la maison qu'il te faut.

— C'est exact, François, je veux me remarier.

— Bravo! En voilà une excellente décision! Depuis le temps que tu es veuf. Marguerite comprendra.

— Je l'espère.

— Elle l'aimait beaucoup, sa sœur Madeleine, et c'est vrai que le bon Dieu est venu la chercher beaucoup trop tôt… avec son bébé… Excuse-moi de ressasser d'aussi cruels souvenirs, mais la vie doit se poursuivre. Je suis sûr que Madeleine, du haut du ciel, approuvera ton remariage.

— Elle m'a sans doute beaucoup aidé parce que je l'ai trouvée. Il ne me reste qu'à demander sa main à son père.

— Pierre, tu vas plus vite en affaires que je le croyais. Et en quoi puis-je t'aider? Je ne peux quand même pas faire la demande à ta place, à ton âge! Qui plus est, à un père que je ne connais pas!

Pierre Latour n'osait pas révéler le secret de l'énigme. Il préférait que Lamontagne fît lui-même la déduction. Mais comme le temps filait, il alla directement au but.

— Oh si, tu le connais, et très bien. Alors, j'aimerais te faire ma demande.

— En mariage? L'une de mes filles? Laquelle?

— Étiennette.

— Étiennette? Mais tu as le double de son âge.

— Mais je l'aime. Je sais qu'elle sera pour moi une bonne épouse et qu'elle me donnera de nombreux enfants.

— Étiennette! Elle a de grandes qualités. Pourquoi pas Agnès ou Marie-Anne, ma plus vieille?

— C'est Étiennette que j'aime.

— Lui as-tu dit? Et elle, est-ce qu'elle t'aime?

— Je ne lui ai pas encore avoué mon amour, mais il y a des silences qui en disent long.

— Je pense, cher beau-frère, qu'avant de devenir mon gendre, nous devrions avoir l'avis de la principale intéressée. Ce sont les aveux qui alimentent un amour, pas les silences! Tu devrais savoir ça, Pierre... D'autres peuples arrangent leurs mariages, mais pas ici. Commence par la fréquenter de façon assidue et nous verrons par la suite. Qu'en dis-tu?

— Quand pourrais-je venir la voir?

— Allons d'abord lui demander si elle le désire et vous déciderez.

— Quel est ton avis?

— Aussi souvent qu'il te plaira. Pour autant que ce soit plus qu'une fois par année.

Là-dessus, pour se faire pardonner sa boutade, François Banhiac Lamontagne mit son bras autour des larges épaules du géant, si larges qu'il ne put en faire le tour, et ajouta en souriant:

— Allons retrouver nos femmes. Cette conversation m'a creusé l'appétit. Dire que je vais perdre mon Étiennette plus vite que je ne le pensais!

— Mais, nous ne serons quand même pas si loin!

— Tut, tut, Pierre, ne mets pas la charrue avant les bœufs. Étiennette n'a pas encore dit oui.

Comme seule réponse, le forgeron soupira d'appréhension. Si François Banhiac Lamontagne avait donné à Pierre Latour l'impression qu'il lui causait toute une surprise en lui avouant sa flamme pour sa fille Étiennette, il considérait cependant le mariage de façon très sérieuse et ne donnerait pas la main de sa fille Étiennette à n'importe qui.

De retour à la maison, Pierre aperçut Étiennette vêtue de sa robe de couleur printanière. Son cœur se mit à battre la chamade, tant il la trouva belle, avec ses beaux cheveux bruns, défaits, qui flottaient sur ses épaules, et son teint mat. Comme il n'osait la saluer par timidité, Marguerite fit un signe de la tête à Étiennette, lui intimant d'abréger l'inconfort du moment.

– Bonjour, mon… Pierre. Je suis bien contente de votre… ta visite !

Ce dernier la regarda et lui sourit, sans plus. Mais, déjà, Étiennette avait perçu dans ce sourire l'aveu qu'elle attendait.

C'est un début, se dit pour sa part Marguerite.

– Et si nous passions à table ? Le repas va refroidir… Pierre, prends donc place ici, et toi, Étiennette, la chaise d'à côté.

Les jeunes filles Lamontagne regardaient Étiennette, leur sœur, avec respect et admiration. C'était la première fille de la famille à être courtisée de façon officielle. Quant aux jumeaux, ils observaient le géant avec inquiétude.

Après le bénédicité récité par François Banhiac Lamontagne, Antoinette servit les assiettes remplies d'un bouilli digne des jours de fête. Pierre Latour Laforge reçut sa portion, qu'il attaqua de belle façon. La maisonnée eut l'impression qu'il n'avait pas mangé à sa faim depuis des semaines. Ce qui était vrai, puisqu'il ne prenait pas le temps de cuisiner. Comment aurait-il pu ? D'abord, il n'avait pas le temps, et l'art culinaire ne faisait pas partie de ses talents. Marguerite se souvenait que sa sœur

Madeleine prenait quelques heures par jour à cuisiner pour le géant, tant son appétit était féroce.

Pauvre petite fille, se dit-elle, en pensant à ce qui attendait Étiennette.

Juste avant le dessert, François prit la parole, alors que sa femme lui avait fait un signe de la tête pour manifester son approbation. Il se racla la gorge, prit une grande inspiration et annonça :

— Nous sommes heureux d'avoir l'oncle Pierre à notre table aujourd'hui. Mais il est ici aussi pour une autre raison. Il veut devenir un membre à part entière de notre famille en fréquentant Étiennette et, si elle le désire, la marier.

Quand François eut prononcé le mot « mariage », les jeunes filles s'exclamèrent avec un oh! admiratif. Étiennette rougit aussitôt, tandis que Latour cacha sa gêne en se redressant sur sa chaise, ce qui donna l'impression qu'il était encore plus grand.

Le père de famille continua :

— Alors, nous verrons Pierre plus souvent et, dorénavant, nous l'appellerons par son prénom… Alors, Pierre, sois le bienvenu en tant que soupirant d'Étiennette !

Aussitôt que François Banhiac Lamontagne fut assis, Marguerite, sa femme, annonça :

— Que diriez-vous d'une pointe de bonne tarte aux pommes, avec de la crème et du fromage ? Elle est toute chaude, et Étiennette et moi revenons de la laiterie.

Sitôt la deuxième portion de dessert avalée, François Banhiac Lamontagne fuma sa pipe, accompagné de Pierre Latour. Étiennette était avec eux, tandis que ses sœurs s'occupaient d'aider leur mère à desservir la table et à nettoyer les assiettes. Marguerite en avait décidé ainsi. Jean-Jacques Gerlaise, de Saint-Amant, arriva sur ces entrefaites saluer ses amis. Marguerite lui proposa le dernier morceau de dessert, qu'il refusa, malgré l'insistance de la maîtresse de la maison.

— Nous avons une bonne nouvelle à t'annoncer, Jean-Jacques.

— Ah oui, laquelle ?

— Étiennette a un cavalier.

— Alors, tous mes vœux de bonheur, Étiennette.

— Attention, elle ne se marie pas encore. Seulement des fréquentations.

— Bon, j'ai compris. Est-ce que je le connais ?

— Pour sûr ! Il est assis tout près d'Étiennette.

Saint-Amant haussa les sourcils de surprise.

— Pierre Latour ? Mais, moi aussi, je suis veuf. Alors, laquelle parmi ces jeunes filles voudrait d'un célibataire comme moi ?

Cette dernière réplique déclencha un rire général. Il fallut que Marguerite sonne la fin de la récréation. François retourna aux champs avec son ami Gerlaise après avoir salué Pierre Latour. Ce dernier demanda à Étiennette si elle pouvait l'accompagner au bord de la rivière. Marguerite donna son autorisation. Gauchement, Étiennette prit le bras de son cavalier et le couple commença à discuter.

— Étiennette, depuis que tu es venue à la forge, l'an passé, je n'ai pas cessé de penser à toi. Alors, je me suis dit : « Pierre, il doit y avoir une bonne raison ! » La vraie raison, c'est que je t'aime, Étiennette.

La jeune fille écoutait en silence.

— Et toi, as-tu pensé à moi pendant l'hiver? Je sais que j'ai le double de ton âge et que des garçons plus jeunes viennent le dimanche. Je comprendrais si…

— Je t'aime aussi, Pierre.

— En es-tu certaine?

— Aussi certaine que tu l'es envers moi!

Le forgeron jubilait en son for intérieur. Il en était venu à penser qu'il ne vivrait plus jamais une telle joie.

— Alors, voudrais-tu m'épouser?

Étiennette se souvint de la recommandation de sa mère à la laiterie: si votre amour grandit et se confirme de plus en plus, vous serez capables de dire le oui définitif à l'église cette année. Fréquentez-vous pendant l'été et, si tout va bien entre vous, il demandera ta main à ton père et, s'il est d'accord, nous annoncerons vos fiançailles en septembre, après les récoltes.

— Et puis? s'inquiéta Latour.

— Oui!

Latour resta chez les Lamontagne aussi tard que la prudence exigée pour faire le trajet de retour le lui permit. Marguerite ne lui offrit pas de dormir à la maison. Les convenances défendaient à un soupirant de passer la nuit sous le même toit que sa belle.

Lorsqu'il revint à la brunante à sa maison de la rivière Chicot, Ducharme était en train d'éteindre les braises du feu de la forge.

— Est-ce que la chasse a été bonne? Où sont donc tous tes trophées?

Latour lui répondit par un sourire. Il eut le goût d'être loquace, mais il se retint.

– Ouais ! J'ai l'impression que la chasse a été bonne. Mais laquelle ? D'habitude, un chasseur ne fait pas de cachotteries avec ses exploits… Quel est son prénom ? ajouta Victorin.

– Étiennette ! répondit Latour. Une des filles de François Banhiac Lamontagne.

– Étiennette, je m'en doutais. Quand Agathe va apprendre ça ! Les noces sont pour quand ?

Le forgeron était en train de regarder les plaies du cheval. Elles étaient guéries. Elles n'étaient, en fait, que superficielles. L'onguent avait fait son travail.

– Ramasse ton barda, Victorin, le cheval est guéri et prêt au travail. Par contre, je te conseillerais de le ménager pour les prochains jours. Autrement, c'est au vétérinaire que tu devras t'adresser, pas à moi !

– Le seul qui existe est à Québec. Merci. À quand les noces, déjà ? Parce qu'Agathe va certainement me le demander. Elle est toujours à l'affût d'une nouvelle marraine.

Pierre Latour prit un instant avant de répondre. Il souhaitait pouvoir faire de même dans un avenir prochain. Il avait encore en tête la hardiesse d'Étiennette sur les berges du lac Saint-Pierre, la douce sensation du corps de sa fiancée sur son torse et la peau mate de son épaule et de ses seins, qu'il avait plaisir à deviner.

– Pour le moment, je dois dormir. Je dois me lever tôt, comme à l'accoutumée.

– Et rêver à ta belle ! Je te comprends. Alors, tu nous tiens au courant, n'est-ce pas ? Pour les noces, on s'entend !

– Bonsoir, Victorin.

Cette nuit-là, les cauchemars qu'il avait l'habitude de faire en repensant à l'assassinat de sa femme Madeleine se transformèrent.

Il rêvait maintenant à son mariage avec la jolie Étiennette, à la petite chapelle de l'île Dupas, sa seigneurie. Sa vie, qui avait basculé, était en train de se redresser.

Le forgeron fréquenta Étiennette à la Rivière-du-Loup les samedis et les dimanches des semaines suivantes. Pendant la récolte des foins, à la fin de juillet, il proposa ses services à François Banhiac Lamontagne. Quelques voisins, en plus de la famille Lamontagne, s'arrangèrent pour venir observer le géant attraper d'une seule main les ballots de foin pour, ensuite, les lancer au sommet de la charrette.

Marguerite surveillait les fréquentations de sa fille. Elle ne voulait surtout pas devenir responsable d'un mariage douteux. Elle avait l'œil de la marieuse, mais elle ne se serait jamais pardonné de compromettre le bonheur d'une de ses filles afin de tester son intuition.

Lorsqu'elle demanda à Étiennette :

— Puis, ma grande fille, penses-tu toujours au mariage ? Parce qu'il est toujours temps d'arrêter vos fréquentations, sinon. Se marier si tôt, ce n'est pas une obligation. Il y en aura, d'autres garçons.

— Je sais, mère.

— Alors, vous êtes-vous avoué votre amour ?

— Oui, mère !

— Tant mieux, ma fille. T'a-t-il demandé de nouveau en mariage ?

— Il me le demande à chaque visite.

Marguerite se rendit compte que Pierre Latour avait certainement fait son deuil de la mort de sa sœur Madeleine et qu'il était prêt à se remarier.

– Il n'est pas trop insistant, au moins ? Tu me comprends, n'est-ce pas ?

Étiennette tardait à répondre. Marguerite eut peur de l'impensable.

– Tu ne réponds pas, Étiennette ? Devrais-je lui parler ? Tu sais qu'il a été le mari de ma sœur !

– Non, non, mère. Il a toujours été bien correct !

– Alors ?

– Mais c'est de moi que j'ai peur. Je fais des rêves équivoques.

– Dans le sens de… la pureté, ma fille ?

Par crainte de la réaction de sa mère, Étiennette n'osait répondre franchement.

– C'est ça, mère !

Marguerite blêmit. Elle prit une grande inspiration et ajouta de manière décidée :

– Il est grandement temps que Pierre fasse sa demande officielle à ton père. Il dira oui, sois sans crainte, j'y veillerai. Le mariage doit se faire avant les neiges. Peut-être même en septembre… Non, les gens vont jaser… En octobre, ça laisse assez de temps pour les fiançailles et le mariage.

– Mais, aussi tôt, Cassandre ne sera pas de retour pour chanter à mon mariage !

– Ma petite fille, nous n'en avons pas eu de nouvelles. Elle ne t'a jamais écrit. Nous ne pouvons pas nous fier sur elle pour fixer la date du mariage.

– Je préférerais attendre le plus tard possible dans la saison. De toute façon, Pierre doit prospecter quelques gisements de fer par ici, à l'automne, pour ses provisions de forge.

– Raison de plus, vous pourriez, une fois mariés, coucher ici, à la maison !

– Mais ça ne donnera pas le temps à Cassandre de revenir de France.

Marguerite haussa les épaules. Elle se rendait compte que sa fille, qui n'était encore qu'une adolescente, était sur le point de se marier avec un veuf deux fois plus vieux qu'elle.

– Pauvre petite fille ! Tu vas vieillir, un jour ! En attendant, tu vas aller te confesser au curé et nous en profiterons pour voir avec lui les possibilités d'une date pour le mariage. À l'avenir, je demanderai à Antoinette de te chaperonner plus sérieusement parce que tu me sembles précoce pour une fille qui n'est pas trop pressée de se marier. C'est la condition.

– Et Pierre ?

– Il devra continuer à se morfondre et à vivre avec la décision que vous allez prendre. Mais c'est toi qui vas le lui annoncer !

Pierre Latour Laforge était un sentimental. Il lui aurait donné la lune si Étiennette le lui avait demandé. Quand cette dernière lui répondit positivement à sa nième demande en mariage, le géant commença à pleurer de bonheur. Mais, rapidement, il s'essuya les yeux et voulut embrasser sa promise, passionnément. Cette dernière mit plutôt ses avant-bras devant le torse du forgeron pour éviter un contact compromettant. Antoinette les observait, à distance. Sa présence dérangeait Pierre.

– Mais que se passe-t-il, Étiennette ?

– Antoinette nous regarde… Et puis, je viens de me confesser. Nous devons nous respecter jusqu'à notre nuit de noces.

– Alors, pourquoi ne pas nous marier le plus tôt possible? Tu te souviens de cet après-midi, le long de la baie des amoureux?

Latour avait toujours en tête la fois où Étiennette, profitant d'une randonnée le long de la baie, en barque, avait demandé à son amoureux d'aller observer le chenal de la rive, à l'endroit que la population appelait « la baie des amoureux » parce que les couples allaient y prendre du soleil, cachés dans les hautes herbes de la berge.

Sitôt le pied mis par terre, Étiennette prétexta un léger malaise et s'allongea sur la rive, parmi les foins sauvages. Elle demanda au géant la permission de blottir sa tête dans le creux de son épaule. Il ne se fit pas prier. Mais Étiennette préféra plutôt se caler contre le torse de ce dernier en roucoulant.

Latour comprit à ce moment le manège de sa jeune amie. Son sang ne fit qu'un tour. Il se mit à haleter. Son puissant torse se gonflait et se dégonflait au rythme de sa respiration saccadée. Étiennette prit alors sa grosse main et la déposa sur sa poitrine. N'y tenant plus, Latour glissa ses doigts dans le corsage de l'instigatrice, qui rencontrèrent rapidement les seins, puis remontèrent jusqu'à toucher les mamelons.

Étiennette commença à se tortiller de plaisir, une nouvelle sensation qu'elle trouva déconcertante. Mais ce ne fut pas sa seule surprise, lorsqu'elle se rendit compte de l'effet de tourmente que les mouvements de son corps avaient suscité chez le géant. Appréhendant les conséquences de son impudeur, Étiennette chercha à se dégager de l'étreinte du forgeron. Peine perdue. Tout au plus réussit-elle à se retourner face contre lui et à ramener ses mains dans une position plus acceptable. Il lui appliqua alors un baiser, un vrai, qu'elle ne refusa pas. Étouffée par l'étreinte du géant, elle sentit qu'elle ne pourrait pas résister au désir de Pierre, si ce dernier insistait.

Étiennette croyait profondément au péché et à l'enfer. Elle entrevoyait maintenant sa damnation si elle continuait à exciter les ardeurs de son amoureux. Elle se libéra dès qu'elle le put, et le couple s'en tint au baiser. Latour ne cessa de penser à cet épisode d'excitation, qui lui rappela les douceurs du mariage.

Quant à Étiennette, une fois confessée et pardonnée par Dieu durant l'absolution du prêtre, elle continuait de tressaillir, la nuit venue, en rêvant à la forte nature de son amoureux. Cette pensée la ravissait et l'inquiétait à la fois.

— Mais oui, je m'en souviens, Pierre.

— Tu n'aimerais pas continuer là où nous en étions, une fois mariés, bien entendu.

— Oui, mais il paraît que l'attente est plus excitante que l'acte.

— Il ne faut pas attendre trop longtemps, Étiennette. Sinon, l'arbre se dessèche.

La jeune fille ne répondit pas et cette perspective ne l'inquiétait pas vraiment de la part de son géant d'amoureux.

— Nous nous marierons le 1er décembre, Pierre, tel que nous l'avons dit. J'attendrai le retour de Cassandre.

— Mais si elle ne vient pas?

— Elle viendra, elle me l'a promis, avant de partir.

Pierre ne put que constater le caractère volontaire d'Étiennette. Mais, connaissant bien la détermination de sa Marguerite Pelletier Lamontagne, il se dit : « Telle mère, telle fille. » Il décida de ronger son frein et de rêver à sa future nuit de noces.

Pierre Latour Laforge demanda la main d'Étiennette à François Banhiac Lamontagne, qui la lui accorda aussitôt.

— J'aimerais encourager le notaire Daniel Normandin, que j'ai connu à Champlain, Pierre.

— Ça tombe bien, il réside à l'île Dupas, maintenant.

Comme Étiennette souhaitait ardemment la présence de Cassandre Allard à son mariage, elle exigea d'être la dernière mariée de l'année, le 1er décembre.

Dès son retour à la forge, Pierre Latour s'empressa d'annoncer à son ami Victorin Ducharme qu'il se marierait le 1er décembre à la petite église de l'île Dupas.

— Alors, toutes mes félicitations, Pierre… Mais, avec qui? demanda Ducharme pour le déconcerter.

— Étiennette Lamontagne, voyons.

— La grande perche?

— Toi, fais attention à ce que tu dis, sinon, je sors les pinces. Non, je t'étrangle.

Latour fit un geste agressif à l'endroit de Ducharme.

— Hé, hé! Tu n'as pas le droit.

— Oh, c'était seulement pour te taquiner. Aimes-tu ça, Victorin?

Blanc de peur, l'autre ne répondit pas. Latour continua:

— Alors, il ne faut pas faire aux autres ce qu'on ne veut pas que les autres nous fassent!

Mais, pour alléger l'ambiance, Latour s'empressa de demander:

— Il en reste encore de ta bière? J'ai un événement heureux à fêter ce soir!

CHAPITRE XI
L'intruse

Comme le carrosse du procureur général s'apprêtait à quitter Bourg-Royal[78] en direction de la rivière Saint-Charles, il faillit entrer en collision avec un cheval et sa diligence qui arrivaient en trombe. Le cocher de Thomas tira aussitôt sur les guides de son cheval pour éviter de justesse l'accident. La secousse projeta aussitôt Anne et Thomas dans le fond de l'habitacle fermé.

— Tu n'es pas blessée, Anne?

Cette dernière réussissait avec peine à se relever.

— Non, rien, et toi?

— Heureusement, rien non plus. Plus de peur que de mal.

Anne dépoussiéra son manteau.

— Encore un jeune étourdi! Il aurait pu nous tuer! J'espère que ce n'est pas notre filleul Simon-Thomas.

— Voyons, Anne, nous venons de le quitter.

---

78. Bourg-Royal était le nom donné au Trait-Carré de Charlesbourg.

– Ah, oui, c'est vrai ! J'y pense, il paraît que le jeune Villeneuve est un mordu de la vitesse. C'est ce qu'Eugénie m'a dit.

– Il ne courserait quand même pas à Bourg-Royal ? Il choisirait une autre route.

– On ne sait jamais, pour impressionner. J'y pense, Thomas, la voirie et la justice sont les responsabilités de quelles autorités au Conseil souverain ?

Thomas prit bien son temps avant de répondre de façon timorée :

– Ces ministères sont sous la surveillance du procureur général. Tu as raison, nous devrions poursuivre les contrevenants à la nouvelle loi.

– Tu agis comme un homme de loi. C'est leur mettre la main au collet qu'il faudrait, et tu devrais commencer dès maintenant. Allez ouste, avant qu'il ne s'échappe.

Thomas ne se doutait pas que sa femme pût être aussi agressive. Il descendit du carrosse, replaça sa veste, ajusta sa cravate à la nouvelle mode de Paris et alla rejoindre le chauffard. Quelle ne fut pas sa surprise d'apercevoir un couple, à l'orée de la soixantaine, qui reprenait son souffle après avoir cru que sa dernière heure était venue !

L'humeur de Thomas changea du tout au tout lorsqu'il aperçut la dame au fond du siège. Saisi, Thomas y regarda par deux fois, se frotta les yeux pour plus de certitude, et se dit : « Ça alors. C'est à peine croyable ! »

Aussitôt, Thomas dit à l'homme qui le regardait :

– Je vais aviser ma femme et je reviens avec elle ! Anne donnera les secours nécessaires à votre épouse. Quelques minutes, sans plus !

Thomas Frérot se dépêcha de retourner vers sa femme et lui dit :

— Viens nous aider. Il y a une dame d'un certain âge qui me semble avoir besoin de toi.

— Est-elle blessée ?

— Non, je ne crois pas. Plus de peur que de mal.

— Alors je ne bouge pas. Qu'elle vienne me voir, elle ! Après tout, je suis la femme d'un dignitaire, officier du Conseil souverain… Est-ce que je la connais ?

— Non, je ne crois pas… Du moins, je ne le pense pas.

— Alors pourquoi irais-je ?

— Parce que, quand tu la verras, tu te féliciteras d'être venue !

— Qu'a-t-elle de si particulier ?

— La ressemblance !

— Avec qui ?

— Viens constater par toi-même. Je pourrais me tromper. Tu sais, les airs de famille, des fois…

— Tu commences à m'intriguer, Thomas Frérot. Je te suis.

Arrivée à l'endroit où était stationné l'autre carrosse, Anne jeta un coup d'œil à l'intérieur et s'exclama :

— Thomas, tu as raison, mais jamais je n'aurais cru que les sosies existaient.

— Qu'est-ce que je t'avais dit, Anne ? Mais…

— Mais, quoi ?

— Sosie, peut-être, mais… il y a une autre hypothèse.

— Laquelle, dis-le ?

— Sa jumelle.

— Mais voyons donc, Thomas. Elle va en mourir ! Tirons ça au clair. Tiens, l'homme veut nous parler.

L'homme sortit de la voiture, remit son bonnet et ses vêtements en place, et se présenta :

— Je me présente, Honoré Du Sablon, du rang Saint-Casimir, de la seigneurie de Portneuf. Et, dans la berline, ma femme, Rose. Nous apprécions grandement votre aide. Mon cheval, qui ne connaît pas la route, a fait une embardée et est parti à l'épouvante. Nous avons failli tous y passer. Je vous présente mes excuses, madame et monsieur…

— Thomas Frérot et ma femme, Anne.

— Mes hommages, madame.

— Mon mari est le sieur de Lachenaye et le procureur général de la Nouvelle-France, monsieur Du Sablon.

— Je m'en doutais, car j'ai remarqué les armoiries de la France sur les portes du carrosse. Nous considérons comme un honneur, mon épouse et moi, d'avoir croisé votre route, et nous aurions espéré l'avoir fait en des circonstances plus heureuses.

Anne regarda Thomas. Elle paraissait étonnée de rencontrer un homme si distingué et si poli venant du fond de la vallée du Saint-Laurent. Honoré Du Sablon s'était endimanché pour venir en visite. Grand, élancé, il portait une moustache épaisse, poivre et sel. Anne se fit la réflexion que cet homme-là avait de la classe, sans doute un noble terrien qui avait décidé d'émigrer pour gagner plus d'argent ou payer ses anciennes dettes.

— D'où venez-vous, monsieur Du Sablon ?

— De la seigneurie de Portneuf. Nous cultivons un lopin de terre dans le rang Saint-Casimir. Tenez, ma femme semble aller mieux. Je vais vous la présenter.

La curiosité d'Anne s'amplifia lorsqu'elle fut présentée à Rose Du Sablon.

Mais ce n'est pas possible, même tête, même maintien, même regard !

— Bien chers samaritains, j'ai le plaisir de vous présenter ma chère Rose !

Instruit, galant et amoureux, en plus d'être de belle apparence. En plein le type qu'il faudrait à Eugénie, s'il n'était pas marié, se dit Anne.

— Rose, madame et monsieur de Lachenaye, notre procureur général.

Rose Du Sablon les regarda avec reconnaissance. L'azur de ses yeux projetait une bonté qui n'échappa pas à Anne et à Thomas.

Cette femme-là irradie un je ne sais quoi qui pousse à bien faire ! pensa Thomas.

— Mes hommages, madame et monsieur de Lachenaye. Votre réputation de seigneur de la Rivière-du-Loup et celle de votre dame en tant que zélatrice de la congrégation de la Sainte-Famille sont parvenues à nos oreilles, même si nous sommes à mi-chemin des Trois-Rivières et de Québec.

— Nos hommages, madame Du Sablon... Vous connaissez l'œuvre de Monseigneur de l'archevêché de Québec ? demanda Anne, curieuse.

— Mais nous en sommes les responsables pour le rang Saint-Casimir, répondit Rose Du Sablon.

— Tu es trop modeste, comme à ton habitude, ma chérie. Nous représentons tout le comté de Portneuf.

Anne s'approcha de la femme pour replacer sa coiffe. Par mégarde, une gerbe de cheveux encore blonds s'en échappa. Thomas les remarqua aussi et croisa le regard d'Anne. Un regard entendu.

— Merci, ma bonne dame, c'est trop de gentillesse.

Thomas décida d'élucider le mystère.

— Monsieur Du Sablon, Portneuf n'est pas à la porte. Comment êtes-vous venus à Bourg-Royal?

— Oh, nous sommes venus en barque jusqu'à Québec. De là, nous avons loué cet attelage chez un maquignon. À l'évidence, nous n'avons pas choisi le bon cheval. Trop rétif.

— Et que venez-vous faire à Bourg-Royal? demanda Anne qui n'en pouvait plus.

C'est alors que Rose Du Sablon prit la parole:

— Cela va vous paraître étrange, peut-être insensé... Je recherche ma sœur.

Anne s'en allait dire: «Arrêtez de chercher, elle est ici, à Bourg-Royal», mais elle se retint. Elle préféra questionner, afin d'être certaine de ce qu'elle soupçonnait:

— Nous sommes de Québec, bien entendu, mais nous avons déjà demeuré à Bourg-Royal et nous avons de la parenté ici. D'ailleurs, nous en revenons. Si nous pouvons vous aider... Qui cherchez-vous?

— Nous ne connaissons pas son nom de mariage, mais certains nous ont dit qu'elle s'était installée à Bourg-Royal.

— Mais qui, doux Jésus, dites-le !

La réaction impulsive d'Anne venait de mettre un bémol sur ses titres de noblesse. Thomas lui sauva la face en disant :

— Veuillez pardonner Anne pour cette saute d'humeur. La collision l'a ébranlée.

Honoré Du Sablon vint à la rescousse de sa femme, qui avait mal compris la réaction intempestive d'Anne Frérot.

— Vous comprendrez, sans doute, l'appréhension de Rose, qui tente de retrouver sa jeune sœur depuis si longtemps. Elle craint, en prononçant son nom de famille, de se faire dire que celle qu'elle recherche leur est inconnue…

Comme son mari allait dévoiler le nom fatidique, Rose Du Sablon se décida :

— Je porte le nom de mon mari, mais mon nom de jeune fille est Rose Languille, et je cherche ma petite sœur, Eugénie.

Alors, en chœur, comme deux gamins qui pensaient avoir la bonne réponse à la question du professeur, Anne et Thomas répondirent :

— Mais elle demeure ici, Eugénie, c'est notre cousine ! Nous revenions tout juste de chez elle au moment de l'accident.

Aussitôt, Rose Languille se mit à pleurer à chaudes larmes. Son mari la prit dans ses bras et tenta de la calmer. Anne et Thomas ne savaient que dire et préférèrent conserver le silence. Après un moment, Honoré demanda :

— Serait-ce trop vous demander que de nous présenter à votre cousine ?

— Nous en serions honorés, sans jeu de mot, bien entendu !

Le calembour parut plaire à l'homme, qui demanda à Thomas :

— Alors, serions-nous cousins, sieur de Lachenaye ?

— Malheureusement, non. J'étais le cousin de François Allard, le défunt mari d'Eugénie.

— De vous savoir les cousin et cousine de la sœur de Rose nous donne la conviction qu'elle est bien entourée. Nous en sommes ravis et réconfortés.

Anne Frérot n'en revenait pas de la courtoisie de cet Honoré Du Sablon.

Mais comment Eugénie va-t-elle réagir ? Il lui arrive de plus en plus souvent, depuis la mort de François, d'être soupe au lait ! se dit-elle. Il serait peut-être mieux de l'aviser avant. Si, tout à coup, ces personnes étaient des imposteurs ? Je vais demander à Thomas ce qu'il en pense.

— Me permettez-vous, madame et monsieur Du Sablon, de dire quelques mots à mon mari ?

— Cela est normal. Mais appelez-nous Rose et Honoré, madame de Lachenaye, nous serons plus à l'aise puisque nous sommes pratiquement de la même famille ! répondit l'homme.

Poli, mais vite en affaires. Cela ne sentirait-il pas l'arnaque ? Thomas, comme avocat et avoué, est plus habitué à ce genre de dossiers.

Thomas regardait les nouveaux venus avec un sourire admiratif.

Décidément, il a l'air de les apprécier rapidement.

— Tu n'as pas peur, Thomas, que ce soit un peu précipité de présenter ces gens à Eugénie, des gens que nous ne connaissons même pas ?

– Mais ils ont l'air honnêtes et sympathiques.

– Des gens bien élevés peuvent aussi être des filous. Y a-t-il moyen de vérifier ce qu'ils avancent ? Jamais Eugénie ne nous a parlé de l'existence d'une sœur !

– Oui, mais elle lui ressemble tellement. C'est à s'y méprendre.

– De toute façon, quelqu'un de Charlesbourg leur donnera bien l'adresse d'Eugénie, sans doute aujourd'hui même. Ils seraient peut-être en train de frapper à sa porte à ce moment-ci.

– Probablement, mais de là à faire les présentations, il y a une marge !

– Tout juste ! Laisse-moi réfléchir…

Thomas interrogea le couple.

– Dites-nous, de quel coin de France venez-vous ?

– Nous sommes tous les deux de la vallée de la Loire.

Ça semble correspondre au pays d'Eugénie.

– Plus précisément ?

– Oh, moi, d'Orléans, et Rose… disons de Tours. Certainement de la Touraine.

– Vous n'en êtes pas certaine, madame Du Sablon ? demanda Anne.

– C'est l'histoire de mon enfance, chère dame de Lachenaye. J'ai été confiée à une famille adoptive, alors que j'étais une toute jeune enfant, à Tours. Plutôt, dans la campagne environnante.

– Et que savez-vous de votre mère ?

— C'était une femme bien fragile de santé, ce qui ne lui permettait pas d'élever elle-même ses filles. C'est ce que ma nourrice m'a dit.

— Et?

— Rien de plus, sinon que ma petite sœur d'une année ma cadette, Eugénie, aurait été confiée à des religieuses, dans un monastère, m'a-t-on dit.

— Et votre père? s'aventura Anne.

— Anne, je t'en prie, laisse à Eugénie le soin de questionner sa sœur! Viens ici, exigea Thomas.

Thomas prit sa femme à part.

— Ça me semble suffisant comme indice. Pas complet, mais c'est un bon début. Nous devrions agir. Nous sommes en train de faire d'une enquête préliminaire un procès. Nous ne sommes quand même pas les jurés pour décréter la culpabilité ou l'innocence de ces braves gens.

— Ça m'apparaît de plus en plus compliqué. Il y aurait sans doute moyen de savoir s'ils disent la vérité par la congrégation de la Sainte-Famille. Ils ont dit qu'ils en faisaient partie.

— Ça demande du temps!

— Et ton ami René Robinau de Portneuf? Même s'il demeure à Québec maintenant, il doit encore connaître ses censitaires.

— J'ai su qu'il préparait une prochaine campagne militaire.

— Contre quels ennemis? Sommes-nous en guerre?

— Portneuf voit des ennemis partout. Comme Berthier. Que veux-tu, l'agriculture les ennuie. Tu vois, Anne, je ne suis pas le seul. Mais Portneuf est suspicieux. Il ne dira rien sans faire une enquête approfondie.

— Je suis d'accord avec lui dans ce cas-là !

Excédé, Thomas intima à sa femme de laisser le destin suivre son cours :

— Personne n'en mourra ! conclut-il.

— Espérons qu'Eugénie tiendra le coup, répondit Anne, ébranlée par la situation.

Prenant son courage à deux mains, Anne regarda son mari droit dans les yeux et dit d'une voix feutrée :

— Bon, Thomas, il est grand temps d'aller annoncer cette nouvelle, quelle qu'elle soit, à Eugénie !

Thomas s'aperçut de l'embarras qu'exprimait le visage de sa femme. Il savait qu'elle était ambivalente quant à la décision qu'il était en train de prendre, lui, le représentant de la justice suprême en Nouvelle-France.

Par souci de considération pour les nouveaux venus autant que par curiosité personnelle, Thomas s'exclama :

— Madame et monsieur Du Sablon, nous vous demandons de bien vouloir nous suivre. Ce sera un plaisir pour nous de vous présenter à notre cousine, madame Eugénie Allard.

Anne prit le relais de son mari et continua, par mesure de précaution :

— Il vaudrait mieux, dans un premier temps, que nous en informions Eugénie. Des fois…

— Est-elle malade ? s'inquiéta Rose Du Sablon.

– Pas à ce que nous sachions, mais le choc d'une nouvelle si inattendue ! Elle en a déjà vécu un à l'annonce du décès accidentel de François, son mari, il y a quelques années. Le cœur a ses limites.

– Nous comprenons, ajouta Honoré Du Sablon. Nous resterons à l'extérieur en attendant qu'elle nous invite à entrer.

– J'ai tellement hâte de la connaître, ma sœurette !

– Je comprends, moi aussi. Mais ce serait plus sage et plus poli, ma chérie.

Ce disant, les deux attelages empruntèrent le bras de chemin qui menait à la ferme des Allard et s'arrêtèrent devant la demeure. Eugénie était en train de réciter son chapelet. Elle prenait un peu de répit, tout en relisant encore et encore la lettre de Marie-Chaton. Eugénie était seule avec Isa, qui faisait sa sieste, comme sa belle-mère le lui avait recommandé. Isa, au son métallique que faisaient les roues du carrosse et entendant le hennissement des chevaux, s'était levée et regardait déjà par la fenêtre, intriguée.

Quelle ne fut pas sa surprise d'apercevoir le convoi devant sa porte, mené par le carrosse aux armoiries royales ! Encore plus d'en voir descendre Anne et Thomas, qui allèrent prêter main-forte à un couple d'inconnus.

– Qui est-ce ? demanda Eugénie, encore tout absorbée par la nième lecture de la lettre.

– Vous ne le croirez pas, madame Allard, c'est monsieur et madame Frérot qui reviennent.

– En effet, Isa, c'est surprenant. Ils viennent juste de nous quitter. Anne a dû oublier quelque chose. Peut-être un vêtement… Elle s'habille tellement depuis qu'elle est l'*épouse* du procureur général de la colonie qu'elle en est rendue à oublier son linge. Ce n'est pas à nous que ça arriverait ! Les cultivateurs sont bien trop pauvres pour ça. Enfin, à chacun ses misères !

— Mais ils ne sont pas seuls.

— Les garçons ? Marie-Anne d'à côté qui s'en vient lire la lettre de Marie-Chaton avec Catherine ? Tant mieux, parce que j'allais oublier de les aviser… Des fois, je me dis que je suis égoïste. Catherine est capable de lire.

— Mais non, madame Allard, s'il y a une femme au grand cœur, c'est bien vous. Vous êtes si courageuse ! ajouta machinalement Isa.

— Isa, tu es trop indulgente. J'en ai des défauts, tu sais. Seulement, une femme seule… à gérer la ferme…

Trop intriguée par ce qu'elle voyait, Isa ne releva pas la remarque d'Eugénie.

— Tu ne m'as pas encore dit avec qui ils sont ?

— Mais… j'ai la berlue.

— Tu veux dire « berline » ! Parle, Isa, sinon je vais aller voir moi-même.

— Ils sont avec vous, madame Allard.

Eugénie se dit aussitôt :

Elle déraisonne ou bien elle est somnambule. Je vais demander à Manuel de l'examiner.

— Tu devrais retourner à ta sieste, Isa. Tu sais, des jumeaux, c'est très exigeant pour le corps de la mère qui les porte. Tu as besoin de beaucoup de repos.

— Vous êtes sur le point de cogner à la porte, madame Allard.

Pauvre petite! Elle est en train de perdre l'esprit. Le reflet du soleil de la fenêtre déforme même son jugement. Je devrais l'amener à sa chambre.

Comme Eugénie se levait de sa chaise, on frappa à la porte.

Bon, saluons d'abord Anne et Thomas. Ils comprendront qu'Isa aille se recoucher.

Eugénie se dépêcha d'ouvrir tout en criant, sans avoir vu les arrivants :

— Entrez, entrez, vous êtes toujours les bienvenus.

Eugénie fronça les sourcils lorsqu'elle vit Anne et Thomas, sur le pas de la porte, avec des inconnus. Elle chercha à reconnaître les nouveaux venus, lorsqu'elle entendit Isa lui dire :

— Madame Allard, c'est votre fantôme qui arrive.

Isa venait à peine de terminer sa phrase. Eugénie resta figée quand elle entendit Anne lui dire avec une certaine retenue :

— Rebonjour Eugénie.

— Vous n'avez pas été longs à revenir. Avez-vous oublié quelque chose ?

— Non. Nous sommes revenus parce que nous sommes accompagnés par des gens qui souhaitent fortement te rencontrer.

— Ah ! Qu'ils entrent, qu'ils entrent. J'étais en train de faire mes dévotions… Qui est-ce au juste ?

Anne prit son temps, pesant chacun de ses mots :

— Si tu es d'accord, Eugénie, ta sœur Rose et son mari Honoré Du Sablon aimeraient faire ta connaissance.

Un ange passa. Secouée, Eugénie balbutia de manière incohérente:

— Ma… sœur… Rose. J'ai… une sœur… moi? Mon Dieu!

Et elle s'évanouit.

CHAPITRE XII
Le malaise d'Eugénie

Aussitôt, Anne se précipita pour empêcher Eugénie de s'affaler et tenta de l'asseoir sur une chaise.

— Il serait préférable, madame Frérot, de l'amener sur son lit plutôt que sur le lit à baldaquin, conseilla Isa.

Dans sa nervosité, Anne répliqua, cinglante :

— Ne me dites pas qu'elle se prive de son lit à baldaquin ? Regardez dans quel état elle est maintenant !

Alors, Anna tapota le visage d'Eugénie pour la réanimer.

— Vite, quelqu'un, allez chercher les sels.

— Nous n'en avons pas, madame Frérot.

— Comment ça, pas de sels ?

— Madame Allard n'y croit pas.

— Eh bien, elle devrait commencer à y croire. Elle serait la première à en bénéficier, répondit sèchement Anne.

Thomas proposa d'aller chercher le docteur Estèbe.

— Excellente idée, Thomas. En passant, pourrais-tu emmener nos invités-surprises avec toi, à l'auberge ? Eugénie, Eugénie, reviens à toi.

— C'est étrange. Le docteur vient tout juste de lui dire que son état de santé était excellent ! déclara Isa.

— Eh bien, il ne l'est plus. Eugénie, Eugénie… Reviens à toi !

Comme Thomas observait sa femme essayant de réanimer Eugénie, elle le toisa en disant :

— Qu'est-ce que tu attends pour aller le chercher, le docteur ?

Sur l'injonction de sa femme, Thomas bafouilla :

— C'est comme si c'était fait !

Sur ce, Thomas quitta la maison et se dirigea vers le berlot des Du Sablon.

— Et puis, sieur de Lachenaye, quelle a été sa réaction ?

Thomas les regarda, malheureux pour eux, car il les trouvait charmants, et répondit en se grattant la tête :

— Pas très bien… Elle s'est évanouie !

— Oh, pauvre petite ! Je vais aller la voir. Elle a certainement besoin du secours de sa grande sœur, affirma Rose.

— Je ne crois pas que ce soit une bonne idée, pas pour l'instant, répondit Thomas.

— Ah non ? ajouta Rose, déçue et peinée.

— Pour le moment, ma femme et la bru d'Eugénie sont à son chevet et essaient de la réanimer. Je vais chercher le docteur du village. Il serait préférable que vous veniez à l'auberge. Vous déciderez de ce qu'il y a de mieux à faire un peu plus tard, continua Thomas.

— Évanouie, vous dites. Avez-vous essayé les sels marins ? demanda Rose.

— Euh… pas encore. Justement, j'allais en chercher.

— Ne prenez pas cette peine, sieur de Lachenaye, j'en ai toujours avec moi.

Comme Thomas la regardait, incrédule, Rose Du Sablon avoua timidement :

— Vous savez, j'ai la mauvaise habitude de m'évanouir souvent, pendant la saison estivale. Je suis allergique au pollen des fleurs… Si vous n'avez pas d'objection, je pourrais les appliquer à ma petite sœur. Ça ne pourrait pas nuire. Qu'en pensez-vous, Monsieur le procureur général de la colonie ?

— Euh…

— Rose a raison. Ça pourrait réanimer Eugénie… Et l'aider à mieux respirer… En attendant le docteur, bien entendu.

— En effet, ça ne pourrait que l'aider. Je vais avertir ma femme.

— Ce n'est pas la peine, sieur de Lachenaye. Allez chercher le médecin, nous vous attendrons au chevet d'Eugénie. Nous nous ferons discrets, suggéra Rose.

— Discrétion absolue ! ajouta Honoré.

Alors que Rose récupérait les sels de réanimation dans son sac de voyage, Thomas demanda à son cocher de prendre la route du village et lui dicta le trajet jusqu'à la résidence du docteur Estèbe.

Quand Rose et Honoré Du Sablon entrèrent dans la maison, Anne était au chevet d'Eugénie. Isa venait d'allumer un lampion devant la statue de la Vierge et aspergeait la maison d'eau bénite, en récitant un *Ave*. Les fleurs de la saison, qu'elle avait coupées pour sa belle-mère, embaumaient la maison.

Quand Rose aperçut le bouquet de lilas, elle ordonna aussitôt à Isa :

— Je vous demande, mademoiselle, de mettre ces fleurs à l'extérieur de la maison. C'est essentiel, pour que ma sœurette guérisse ! Le pollen de fleurs est mortel pour nos poumons, à nous, les Languille. Nous y sommes allergiques. Je ne comprends pas que le médecin ne le lui ait pas dit. Il devrait le savoir ! Et où est-elle, cette chère petite ?

Comme Isa restait muette d'étonnement, Honoré renchérit :

— Allez, ma femme a raison. Je vais vous aider. Ce pollen est mortel pour elles. Voyez, Eugénie en est devenue malade.

Déjà, Honoré avait commencé à rassembler les fleurs, qu'il mit sous son bras, puis jeta dans l'âtre.

Rose avait repéré la chambre d'Eugénie. Anne l'apostropha :

— Vous ? Que faites-vous ici ? Et Thomas ?

— Oh, c'est que j'ai toujours avec moi des sels de réanimation... Imaginez-vous, à cause de mes poumons fragiles, alors, nous avons suggéré, Honoré et moi, d'en faire profiter ma petite sœur... N'est-ce pas une merveilleuse idée, madame de Lachenaye ?

Une idée, oui, merveilleuse, on verra! Elle aussi, ses poumons! Si elle n'est pas la sœur d'Eugénie, en tout cas, elle est bien renseignée, la Rose! se dit Anne intérieurement.

— Et mon mari?

— Il est parti chercher le médecin. C'est ce que nous lui avons recommandé, Honoré et moi!

— Bon, les sels, ça ne pourra pas lui nuire.

— Mon Dieu, qu'elle est bien meublée, la maison d'Eugénie! Un lit à baldaquin, ce n'est pas un petit habitant qui pourrait se payer ça!

Anne regarda la nouvelle venue avec suspicion.

— Vous les avez, ces sels?

Rose détaillait la chambre avec minutie quand elle réalisa qu'Anne lui parlait.

— Ah, oui, les sels marins. Tenez, les voilà! À moins que vous ne préfériez que je les applique moi-même. Après tout, Eugénie est ma sœur.

Perplexe, Anne répondit:

— Ce sont vos sels, alors administrez cette médecine vous-même, Rose.

Cette dernière s'exécuta. Eugénie se mit à réagir, d'abord de façon involontaire. Rose lui parlait comme à sa petite sœur.

— Allez, reviens à toi, Eugénie. Ton mauvais rêve vient de se terminer.

Il est peut-être en train de commencer, justement, se dit Anne.

— Eugénie, Eugénie, c'est moi, Rose, ta grande sœur !

Décidément, cette Rose est le portrait tout craché d'Eugénie, songea Anne.

— Eugénie, réveille-toi ! Nous venons enfin de nous retrouver. Cela fait si longtemps que j'espère ce jour !

Tout à coup, Eugénie ouvrit les yeux, cireux, presque opaques. Rose lui caressait les cheveux avec tendresse.

— Pauvre petite. Que tu as donc été maltraitée ! Être si mal en point. Heureusement que Rose est là, maintenant pour bien prendre soin de toi !

Non, mais, pour qui se prend-elle, celle-là ? Allez faire croire à Eugénie que nous sommes des tortionnaires ! Anne garda cette réflexion pour elle-même.

— Mais qui êtes-vous ? Suis-je au paradis ? Suis-je devant le miroir de ma vie ? Êtes-vous ma conscience ? Ai-je fait du mal ? François, François ! Il n'est pas là. Je n'ai pas été une bonne épouse. Dieu n'a pas voulu m'accueillir au paradis.

Eugénie avait le front tout en sueur.

— Pourriez-vous aller me chercher des compresses, madame de Lachenaye ? Tièdes, de préférence. La pauvre petite transpire. Elle se remet difficilement.

— Elle délire plutôt, madame Du Sablon. Ce n'est pas l'état mental d'Eugénie, ça !

Rose n'écoutait pas. Elle épongea plutôt le front d'Eugénie avec les compresses qu'Isa avait préparées.

— Maintenant que Rose t'a retrouvée, plus personne ne te fera de mal. Le médecin s'en vient. Nous te soignerons et tout ira mieux, tu verras.

– Dites-moi, conscience, ai-je été une bonne chrétienne? Parce que je me suis consacrée si longtemps à l'œuvre de la congrégation de la Sainte-Famille!

– Toi aussi, Eugénie? Je le savais que nous avions le même sang, juste en te voyant. Ça ne pouvait pas mentir, tes poumons, ta foi chrétienne, ton apparence! J'ai retrouvé la petite fille que j'ai toujours imaginée en rêve. Douce, docile, fragile. Ta grande sœur va te prendre sous son aile, continua Rose, tendrement, comme une petite fille qui console sa poupée.

Elle a bien changé celle-là, Rose. Quand tu la connaîtras vraiment, tu te rendras vite compte qu'elle n'est pas facile à manœuvrer, crois-moi, précisa Anne pour elle-même.

Sur ces entrefaites, Thomas arriva avec le docteur Estèbe, qui se dépêcha d'ausculter Eugénie.

– Laissez-moi l'examiner, madame!

– Je suis sa grande sœur, docteur.

Manuel Estèbe regarda Anne Frérot, qui lui fit un haussement d'épaules ainsi qu'une moue réprobatrice.

C'est alors qu'Honoré Du Sablon s'adressa à sa femme:

– Laisse le médecin examiner Eugénie, ma chérie, il possède la science.

Comme Rose prenait tout son temps pour laisser la place au médecin, Honoré voulut protéger son épouse.

– Vous savez, docteur, Rose a tellement grand cœur.

– Est-ce toi, François? Dis-moi, ai-je été à la hauteur comme épouse et comme mère de tes enfants?

Manuel Estèbe avait déjà commencé l'examen de sa patiente.

— Ne dis rien, je sais que j'ai trop gâté la petite. Toi parti, je n'ai pas pu en venir à bout ! J'ai manqué à mon devoir. Je n'aurais pas dû laisser partir Marie-Chaton. Mais Anne et Thomas le voulaient tellement ! Je n'ai pas eu la force de m'y opposer. Elle me manque tellement. Si elle ne revient pas le plus rapidement possible, je vais en mourir d'ennui. Mais tu ne voudrais pas qu'elle devienne orpheline aussi de sa mère… François, demande à Thomas de la faire revenir.

Anne et Thomas se regardèrent avec surprise et confusion, surtout que Rose Du Sablon venait de lancer une œillade de reproche à Anne.

En quoi ça la regarde, celle-là ! Elle vient juste de débarquer et elle entend tout régenter avec ses petits airs de dame patronnesse.

Comme Manuel Estèbe s'apprêtait à ausculter le cœur d'Eugénie, il dénoua le cordonnet de la chemise de sa patiente et découvrit son épaule jusqu'à la naissance des seins. Il colla son oreille sur la peau nacrée d'Eugénie afin de mieux entendre les battements de son cœur. Il se remémora un précédent examen, durant lequel il avait quelque peu failli à son serment d'Hippocrate. Cette fois-ci, il prit bien soin d'agir avec tout le respect requis, d'autant que Rose l'observait d'un air soupçonneux.

— Allez-y avec délicatesse, docteur, Eugénie est très pudique.

Ce dernier aurait voulu lui répondre : « Ça, madame, j'en suis bien informé ! »

Mais ce fut plutôt Eugénie qui répondit dans son délire :

— Arrière, Satan. Je sais que tu te caches encore derrière Manuel Estèbe, cet impur. Avoir déjà osé attenter à ma pudeur et en l'absence de François, mon mari ! Enlève tes mains, Lucifer ! Tu ne m'emmèneras pas avec toi en enfer. Laisse Manuel Estèbe brûler, si tel est son péché de concupiscence.

Honteux, puisque tous les regards accusateurs s'étaient portés sur lui, le docteur Estèbe termina aussitôt son examen afin de stopper l'opprobre qui gagnait la petite assistance :

– Elle délire. Son état mental m'inquiète grandement. Elle a dû subir un choc nerveux, puissant. Quelqu'un pourrait-il m'en informer ? À ce que je sache, c'est très récent, puisque je l'ai examinée il y a peu de temps après sa chute.

Personne n'osait prendre la parole. Soudain, Honoré Du Sablon interpella son épouse :

– Rose, ma chérie, nous devrions aller loger à l'auberge. Partons maintenant au cas où il n'y aurait plus de place. Laisse Eugénie se reposer. Le docteur vient de le dire, notre venue l'a secouée.

– Mais, Honoré, qui va s'occuper de ma sœurette ?

Anne en profita pour déclarer tout haut ce qu'elle avait envie de dire à Rose depuis l'arrivée de cette dernière dans la vie d'Eugénie :

– Isa et moi, madame Du Sablon, en prendrons soin, comme nous l'avons toujours fait d'ailleurs.

– Mais…

Honoré Du Sablon prit énergiquement l'avant-bras de sa femme.

– Rose, il est temps d'aller te reposer, sinon tes fièvres vont revenir et te malmener encore. Tu sais bien que le pollen a la fâcheuse habitude de faire vaciller la raison. Eugénie en est à son tour victime. Nous reviendrons demain et tu pourras t'occuper de ta petite sœur.

Sur ces bonnes paroles, Rose suivit docilement son mari, non sans avoir, au préalable, embrassé Eugénie sur le front. Cette dernière se redressa sur ses oreillers, en transe, et se mit à vociférer :

— Va-t-en, conscience, et emmène avec toi Manuel Estèbe, ce pécheur ! J'ai honte de moi, François.

En voyant Honoré Du Sablon, Eugénie s'exclama :

— François, François, pardonne-moi, donne-moi le baiser de la paix.

C'est alors que Rose, de façon surprenante, hurla à son tour :

— Méchante sœur, Eugénie, tu n'as pas honte, d'abord le docteur, et puis mon mari ! Pécheresse ! Je ne veux plus jamais te revoir. Tu es la honte de la famille. Je ne te laisserai pas me voler mon mari. Tu l'as bien cherché, je ne reviendrai plus jamais te revoir. Adieu… Viens-t-en, Honoré. Ma véritable sœur n'agirait pas de cette façon-là.

Honoré Du Sablon n'eut pas l'odieux de forcer sa femme Rose à quitter la chambre. C'est elle qui l'entraîna vers l'extérieur de la maison. Avant que le petit groupe ait eu le temps de réagir, l'attelage des Du Sablon était déjà parti.

Ressaisi, Thomas demanda au docteur :

— Pensez-vous qu'il vaudrait mieux aller au presbytère chercher le prêtre ?

Content de l'incartade des Du Sablon, qui avait fait digression, Manuel Estèbe répondit :

— Son cœur est normal et ses poumons ne m'inspirent pas d'inquiétude. Mais son état mental dépasse mes compétences.

Inquiète, Anne demanda :

— Qu'est-ce à dire, docteur ?

— Qu'il lui faut le plus grand repos et les meilleurs soins psychiatriques !

— Quoi, Eugénie serait devenue folle?

— On peut craindre un dérèglement de son état mental, léger ou sérieux. Elle a reçu un violent choc nerveux. Il vaut mieux la tenir à l'écart de toute activité, même familiale.

— Voulez-vous dire… à l'hôpital?

— Oui, à l'Hôtel-Dieu. Le docteur Michel Sarrazin la soignera. Seulement Manuel Estèbe prit une respiration avant de continuer. Seulement… je ne peux vous garantir qu'il puisse accueillir notre patiente maintenant.

Manuel n'osait plus prononcer le nom d'Eugénie, de peur que l'on donne raison au délire de cette dernière.

Thomas affirma aussitôt:

— Ne vous inquiétez pas, docteur, Michel Sarrazin est le médecin attitré des membres du Conseil souverain. À ce titre, il trouvera une place de choix à Eugénie. Faites-moi une ordonnance à cet effet et l'ambulance du gouverneur viendra la chercher dès ce soir. Je l'accompagnerai.

— Très bien. Entre nous, je ne savais pas que madame Allard avait une sœur?

— Nous non plus, docteur Estèbe. Rose Du Sablon me disait qu'elles ne se connaissaient pas et qu'Eugénie ignorait complètement son existence. Croyez-vous que la venue de cette dernière ait pu provoquer ce choc chez Eugénie? demanda aussitôt Anne.

— C'est fort possible… Une telle surprise serait suffisante, en particulier après le décès de son mari, qu'elle semblait fortement aimer… Et, en plus, avec le départ de sa petite dernière!

— Croyez-vous que le retour de Marie-Renée pourrait aider Eugénie à retrouver la raison?

— Je ne suis pas psychiatre, mais un autre choc, positif, celui-là, rééquilibrerait sans doute sa tension mentale.

Alors, Thomas s'empressa d'ajouter :

— Dès ce soir, Eugénie sera internée à l'Hôtel-Dieu.

Comme Isa commençait à pleurer et qu'Anne regardait son mari, désespérée par le peu de compassion qu'il manifestait à l'égard de sa cousine, Thomas ajouta, penaud :

— Par mesure de prévention, devrais-je ajouter.

— Justement, Thomas, par précaution, nous devrions attendre le retour de ses garçons et prévenir, dès que nous le pourrons, l'abbé Jean-François Allard. Tu sais à quel point il est à cheval sur les principes, s'il apprenait que nous avons fait interner sa mère sans son consentement, nous aurions l'archevêché sur le dos.

— L'abbé Jean-François, je l'avais oublié celui-là. S'il fallait qu'il apprenne l'existence de Rose, il en ferait tout un plat !

— D'autant que nous ne sommes que ses cousins et amis. Nous ne pouvons pas décider à la place de ses enfants !

Alors, Anne tira son mari à part :

— Thomas, ça n'a pas de sens de condamner Eugénie à l'aile des fous ! Qui nous dit que son état est si désespéré ? Ce n'est peut-être qu'un malaise passager.

— Mais le docteur…

— C'est sans compter sur l'instinct de survie d'Eugénie.

— Que veux-tu dire ?

— Elle vient de nous accuser de l'avoir forcée à donner son accord pour que Marie-Renée étudie à Paris.

— Mais c'était dans son délire !

— Certains croient que le délire est l'expression inconsciente de la vérité que l'on n'ose pas énoncer ouvertement. Il faut délirer pour avouer ce que l'on pense vraiment.

— Pourquoi ne croirions-nous pas aussi ce qu'elle a dit à propos du docteur Estèbe ?

— Il veut envoyer Eugénie à l'asile ! Et je ne veux pas le cautionner en le laissant faire.

— Voyons, Anne. Il est médecin !

— Mais, pas spécialiste de l'état mental ; il vient de nous le dire !

— Quant à ça !

— Donc, Eugénie, selon moi, guérirait si sa Marie-Renée revenait. As-tu vu combien de fois elle a relu la lettre ? Il y a des signes qui ne mentent pas. Mais comme nous ne voulions rien comprendre, elle a pris les grands moyens.

— Tu as sans doute raison. Mais qui va aller l'annoncer à Marie-Renée ?

— Mais toi, voyons !

— Tu ne viendras pas avec moi ?

— Non, moi, je m'occupe de mon amie Eugénie. Elle a besoin de moi plus que jamais. Regarde dans quel état lamentable elle est. Et sa bru qui attend des jumeaux !

— Et sa sœur, ne pourrait-elle pas s'en occuper à ta place ?

— Rose ? C'est à cause d'elle qu'Eugénie a subi ce choc nerveux ! D'ailleurs, je ne suis pas absolument certaine qu'elle soit sa sœur, ni même une parente. Les sosies ne sont pas obligatoirement de la même famille. Plus souvent, c'est le contraire!

Thomas se passait la main dans les cheveux, réfléchissant. Anne continua sur sa logique.

— D'ailleurs, nous aurions dû faire enquête sur la véritable identité de Rose Languille Du Sablon avant de la présenter à Eugénie. Regarde le résultat désastreux! Il est grandement temps que tu mettes tes limiers sur cette affaire. Il en va de la santé mentale de notre cousine… et… et de ta réputation comme procureur général, Thomas. N'oublie pas que si tes détracteurs apprenaient que le haut commissaire à la justice de la colonie…

— Ça va, Anne, inutile d'insister. Demain, je dois rencontrer Berthier pour affaires. Je serai de retour dans quelques jours, le temps de prendre le bateau pour la France. Aussitôt de retour, avec un peu de chance, nous saurons véritablement qui est Rose Du Sablon et si Eugénie reverra Cassandre en septembre.

— Les garçons d'Eugénie viendront me reconduire à Québec pour ton départ. Je reviendrai tout de suite après à Bourg-Royal. Vite, le temps presse si tu veux attraper ton prochain bateau pour la France.

Jean Allard arriva sur ces entrefaites des bâtiments, accompagné de ses frères André, Georges et Simon-Thomas. Thomas Frérot leur expliqua la situation, corroborée par Isa.

Le docteur Estèbe accepta de venir assidûment visiter la malade, le temps de laisser Anne et Isa lui prodiguer leurs bons soins.

— Elle s'en remettra peut-être! avait-il dit.

— Notre mère n'est pas folle, elle est seulement secouée, comme nous le sommes tous, affirma André.

— Les Du Sablon ne remettront pas les pieds ici tant que nous ne serons pas certains de leur identité, et pas avant que notre mère guérisse et qu'elle souhaite les revoir. Je vais dès maintenant au village les en informer, ajouta Jean, à la grande fierté d'Isa et d'Anne, qui approuvaient de la tête.

Dès que ce dernier fut rapidement revenu de l'auberge, il avisa Anne et Thomas que les Du Sablon avaient quitté Bourg-Royal.

— Tout ça me semble louche, Thomas, fit remarquer Anne.

— Nous allons immédiatement tirer ça au clair.

Quelques jours plus tard, de retour de son périple dans la région des Trois-Rivières et de Berthier, Thomas revint à Bourg-Royal.

— Est-ce qu'Eugénie a pris du mieux ?

— Elle prend du mieux, quoique encore faible, mais elle est consciente et nous reconnaît. Par contre, elle ne se souvient pas du tout de ce qui a pu provoquer son malaise. Elle croit qu'elle a encore une fois fait une chute. Ce qui est plausible puisqu'elle ne peut pas se servir de sa main droite.

— Paralysie ?

— Je ne le sais pas, et le docteur non plus, pour le moment. Mais c'est certain qu'elle fait de l'amnésie, en tout cas, pour ce qui est de Rose… Ah, celle-là ! Tu comprendras que la consigne est de ne plus en parler.

— Délire-t-elle ?

— Elle ne délire que la nuit, mais très peu. Le docteur dit que son pouls est régulier. Elle devrait se rétablir. Je vais rester encore quelques jours avec elle.

— Et que dit-elle dans son délire ?

— Qu'elle souhaite le retour de sa fille.

— Elle ne nous l'a pas laissé dire.

—Elle était inconsciente… À propos, as-tu eu des nouvelles de Rose ?

— Oui. Elle est bien l'épouse d'Honoré Du Sablon, du rang Saint-Casimir, de la seigneurie de Portneuf. Cependant, son nom de fille est Rose Després, et elle est reconnue comme étant une dérangée mentale. Ils ont bien voulu œuvrer pour la congrégation de la Sainte-Famille, mais le diocésain les a refusés à cause de l'état de santé mentale de Rose. Donc, une tromperie que nous avons évitée *in extremis*.

— Nous, oui, mais pas Eugénie… Comment se fait-il qu'elle ait choisi le nom de Languille ?

— C'est vrai qu'elle vient de la Touraine et c'est aussi vrai qu'elle a été séparée de sa jeune sœur, étant enfant. Elle ne l'a jamais retrouvée d'ailleurs. Elle est arrivée dans la colonie avec son mari en 1668. Ils se sont installés à Portneuf aussitôt, mais pas avant de se faire dire qu'elle était le sosie d'une certaine Eugénie Languille. Par la suite, elle a élevé sa famille nombreuse. Elle a perdu la raison après le décès accidentel de sa dernière fille. Un artisan itinérant leur a appris, depuis, qu'Eugénie Languille vivait par ici. Voilà, je n'en sais pas plus.

— Donc, nous nous sommes fait berner. Honoré le savait.

— Ça en a tout l'air.

Anne regarda son mari et dit avec sarcasme :

— Pourtant, tu avais l'air bien sûr de ton coup ! Maintenant, que fait-on pour Marie-Renée ? Son retour précipité va-t-il nuire à sa carrière, alors qu'Eugénie se remet ?

— Tu sais bien, Anne, que la petite ne voudra pas qu'Eugénie reste diminuée !

— Mais ce danger est écarté, je pense. Doit-on faire porter la responsabilité d'une circonstance malencontreuse sur les épaules d'une jeune fille de dix-huit ans ? Si tu veux mon avis, certainement pas. Mais, de savoir que sa mère a eu des ennuis de santé, oui. Alors, quand tu la verras, dis-le-lui, avec douceur. Et ne lui parle pas de l'épisode de Rose. Ça n'en vaut pas la peine. Tu sais que la petite est à la fois très sensible et explosive. Elle pourrait mal le prendre.

— Tu peux compter sur moi. Mais penses-tu que je devrais lui annoncer que son amie Étiennette se marie et que nous sommes invités à la noce ?

— Avec qui ?

— Le forgeron du coin. Un veuf, son oncle.

— Elle est pourtant jolie ? Comment sa mère peut-elle permettre ça… à moins que…

— Anne, je t'en prie. Pierre Latour Laforge est un homme honnête, et ils s'aiment.

Anne se dépêcha de continuer.

— À quand le mariage ?

— Le 1er décembre prochain.

— C'est bien trop tard. Tu as pensé aux glaces sur le fleuve ? Nous n'irons sûrement pas en traîneau. Et même si le fleuve n'est pas encore gelé, nous ne prendrons pas un tel risque, en naviguant… Qui te l'a dit ?

— Étiennette Lamontagne elle-même, qui souhaite au plus haut point la présence de son amie Cassandre. C'est la raison pour laquelle elle a retardé la date du mariage jusqu'au 1er décembre.

— Ces deux jeunes filles-là étaient inséparables, je me souviens. À propos, voudrais-tu dire un mot à Eugénie? Isa vient de me dire qu'elle s'était réveillée.

Quand Thomas entra dans la chambre, Eugénie reposait sur son lit, la tête appuyée sur des oreillers que sa bru venait de remonter. Sa pâleur indiquait au visiteur que la malade nécessitait des soins prolongés. En apercevant Thomas, Eugénie lui sourit.

— Bonjour Eugénie, je suis heureux de te voir. Ça va mieux, on dirait?

— J'ai fait une autre vilaine chute. Tiens, je ne peux plus me servir de ma main droite. Si ça continue, je vais y laisser tous mes morceaux. Isa m'a dit qu'Anne était à mon chevet depuis cet accident bête.

Thomas sourit à Eugénie, en guise d'approbation. Cette dernière apprécia et le lui rendit. Elle poursuivit:

— Thomas, je te remercie de me laisser Anne pour s'occuper de moi et de mes hommes… Alors, quelles nouvelles?

— Je vais à Paris pour affaires.

— Seul?

— Oui, Anne préfère rester à Bourg-Royal.

Eugénie sourit. Comme Anne était près de Thomas, Eugénie ajouta:

— Comment te remercier pour tout ce que tu fais pour moi, Anne?

— En guérissant vite, ma bonne amie.

— Je te le promets.

Se tournant du côté de Thomas, elle ajouta :

— N'oublie pas d'embrasser Marie-Renée de notre part. Je m'ennuie tellement d'elle. Mais… je m'en veux de l'avoir laissée partir étudier en France. Je sais que vous m'avez conseillée avec les meilleures intentions pour que son immense talent puisse s'épanouir, mais si François avait été là, jamais il ne l'aurait laissée partir. Même avec Mathilde. Elle a seize ans, mais elle se conduit comme une enfant gâtée, impolie, insolente même, m'a-t-on dit ! L'aviez-vous déjà remarqué quand vous l'aviez si aimablement hébergée ?

Aussitôt, Anne et Thomas se regardèrent de manière entendue. Eugénie continua sa confession :

— Depuis la mort de François, je n'ai pas été à la hauteur, je pense bien. Et Marie-Chaton, avec son caractère…, a pris un mauvais pli. Ce n'était pas une enfant facile. Quelle adulte sera-t-elle ?

À ce moment précis, Eugénie se mit à pleurer à chaudes larmes. Devant le désarroi de sa cousine, Anne lui prit la main avec tendresse. Elle tenta de la consoler :

— Eugénie, tu es fatiguée… Il faut te reposer. Tu as fait tout ce qui était en ton pouvoir pour l'élever, la petite !

— Non, Anne ! J'ai trop écouté ses caprices. J'ai péché par orgueil. Je me flattais d'être la mère d'une petite fille talentueuse. Je l'ai admirée, alors que j'aurais dû plutôt sévir lorsqu'il le fallait. Et le couvent…, ça ne remplace pas une mère !

Eugénie, inconsolable, pleurnichait en reniflant.

— Je ne lui ai pas rendu service à ma petite fille !

Anne lui présenta un mouchoir.

— Merci, Anne. Que puis-je faire maintenant ? Mathilde est trop douce pour en venir à bout toute seule.

— Mais tu sais bien, Eugénie, que les religieuses vont pouvoir l'encadrer.

— Les Ursulines ne l'ont pourtant pas fait à Québec ! Pas assez, en tout cas. Je n'ai sans doute pas assez insisté.

Voyant Eugénie, bouleversée, Anne ajouta pour l'aider à se déculpabiliser :

— Et nous non plus, d'une certaine manière, lorsqu'elle est demeurée à la maison.

— Et c'est la petite qui en a profité.

Troublé, Thomas demanda :

— Voudrais-tu que je la convainque de revenir à Québec, Eugénie ?

Cette dernière prit son temps pour répondre, déchirée :

— Non, qu'elle finisse ses études d'abord et après, on verra. Mathilde est là pour la guider.

— Même en lui disant que son amie Étiennette se marie ?

— Non ! Quand ?

— Le 1er décembre prochain.

— Tu peux le lui dire, mais il serait préférable qu'elle ne revienne pas pour chanter au mariage. Surtout pas à cette période de l'année… Dis-lui qu'elle en aura d'autres, occasions. Tu pars à quel moment ?

— Très prochainement.

— Alors, excuse-moi auprès de Marie-Chaton de ne pas avoir eu le temps de répondre à sa lettre. Salue bien Mathilde et Thierry, et…

Eugénie fit signe à Thomas de se rapprocher. Ce dernier se pencha vers elle.

— Essaie donc de savoir qui est ce prêtre au couvent français qui se permet d'enseigner la poésie ? Ce n'est pas très régulier, à mon avis. Il ne faudrait pas que l'abbé Jean-François l'apprenne !

— J'y veillerai, Eugénie.

— Alors bonne traversée, Thomas. Prends soin de toi.

À ce moment précis, Eugénie prit la main de Thomas et la serra fortement.

Quand Anne suivit Thomas dans la cuisine, elle lui dit :

— Tu as vu, nous venons de savoir à quoi nous en tenir à propos de Marie-Chaton. Le délire est donc l'expression de la vérité !

Thomas se mordit les lèvres.

Quelques jours plus tard, quand Thomas informa Anne qu'il tenterait d'acheter à rabais la Compagnie de la Colonie du Canada et de relancer ses comptoirs de fourrures, elle lui fit la recommandation suivante :

— Tu as déjà oublié toute la tension que les fluctuations des cours de la fourrure t'ont causée, en plus des importantes responsabilités actuelles ? Parles-en à Thierry, il est de bon conseil, et c'est un homme ! Tu l'écouteras, sans doute, plus que moi.

Mais Thomas ne partit pas pour la France. Il eut un malaise cardiaque, le matin du départ. Il fut hospitalisé à l'Hôtel-Dieu pendant les mois d'été. Il resta paralysé. Anne, qui était rentrée avec lui à Québec pour l'accompagner au quai de départ, ne put revenir, tel que promis, à Bourg-Royal. Elle avisa cependant Eugénie de la gravité de l'état de santé de son cousin.

Cette dernière avait dit à sa famille, lorsqu'elle avait appris la triste nouvelle :

— Pauvre Thomas ! Il était bien trop entreprenant. Comme je le plains d'être devenu infirme. Lui, si actif ! Quand mon état de santé le permettra, j'irai les visiter à Québec. Lui qui devait visiter votre sœur à Paris ! Et je n'ai même pas pu lui écrire une lettre. Ça s'est fait trop vite ! D'ailleurs, encore aujourd'hui, je m'en sens incapable. Qui pourrait écrire à Marie-Chaton ?

— J'aimerais bien le faire, madame Allard, mais je ne sais pas écrire, je n'ai pas été souvent à l'école, avança Isa.

Eugénie la regarda, déçue.

— Ah, je croyais… Et les garçons, vous avez appris à écrire au Petit Séminaire, n'est-ce pas ? Simon-Thomas, il s'agit de ton parrain !

— Oui, mais écrire, ça regarde les femmes, pas les habitants, répondit ce dernier.

— Il faudra bien que Marie-Renée sache ce qui est arrivé à Thomas ! Au moins, qu'elle écrive à Anne ! Il y a aussi le mariage de son amie Étiennette. C'est important qu'elle puisse la féliciter !

Si aucun des fils n'osa contester sa mère, aucun non plus ne lui proposa d'écrire la lettre.

— Je vais demander à votre frère, l'abbé Jean-François, d'informer sa petite sœur. Lui le fera pour moi. D'ailleurs, il ne devrait pas tarder à venir à Bourg-Royal ! ajouta Eugénie, contrariée.

L'abbé Jean-François Allard, pris par son ministère, bien qu'ayant été avisé par Jean de l'état de santé de sa mère, n'avait pas encore eu le temps d'aller à son chevet.

— Il y a tellement d'âmes en perdition dans la colonie que je n'arrive plus à gérer mon temps pour les secourir toutes. Tu sais bien que mes charges m'accaparent au plus haut point. Quand Dieu me fera signe, je me rendrai à Bourg-Royal. Dis-le-lui et embrasse-la pour moi. Pour le moment, j'ai le sermon de ma prochaine grand-messe à préparer, mais, si tu veux que je t'entende en confession, il me reste un peu de temps !

Jean déclina l'offre, prétextant un retour hâtif à Bourg-Royal. Finalement, l'abbé Jean-François rendit visite à sa mère à la fin de l'été. Il lui apporta aussi des nouvelles de Thomas Frérot.

— Bonjour mère, vous prenez du mieux ?

— Si tu savais à quel point tu m'as manqué, Jean-François. J'aurais aimé te voir plus vite.

— Vous savez bien, mère, que mon ministère doit primer dans mes obligations. Je l'ai juré lors de mon ordination.

— Je le sais bien… Oui, ça va beaucoup mieux, hormis cette paralysie de la main droite. Selon le docteur Estèbe, je serai remise sur pied définitivement l'an prochain. Il vaudrait mieux avant, parce que les jumeaux d'Isa vont naître avant la fin de l'année. Pauvre petite, elle a déjà de la difficulté à bouger… J'ai tellement hâte aussi d'aller réconforter Anne ! As-tu eu des nouvelles de Thomas ?

— Oui, par l'évêché. Elles ne sont pas très bonnes, mère. Son état est stable. Il est revenu chez lui, à la maison du chevalier, rue Royale.

— Pourquoi n'irais-tu pas le visiter de ma part ? C'est dans ta paroisse. Au lieu de te rendre constamment un peu partout et de revenir à l'épouvante à la basilique. Tu me ferais tellement plaisir.

Tu sais, Anne et Thomas t'ont toujours bien considéré. Qu'en dis-tu, mon garçon?

– J'irai leur rendre visite, mère.

– Tu me le promets?

– Vous savez bien que je ne pourrais pas vous refuser cela, vous, ma mère, qui êtes si bonne!

Eugénie reçut le compliment comme un baume sur les souffrances qu'elle venait d'endurer.

– Là, tu me gâtes, mon garçon. Aussi, j'aimerais que tu écrives deux lettres, l'une à notre Marie-Chaton, à Paris. Tu sais que c'est sa fête aujourd'hui? Je le ferais bien, mais je ne suis pas ambidextre... De plus, ça lui fera du bien de reconnaître ton écriture. Elle saura ainsi que Dieu la protège du péché... parce que tu sais qu'à Paris et à Versailles... Enfin, que nous la surveillons de loin et que nous avons hâte qu'elle nous revienne.

– Oui, mère. Et l'autre lettre?

– À l'amie de Marie-Chaton, Étiennette Lamontagne, de la Rivière-du-Loup, qui se marie au début de l'hiver.

– Quand? À quel moment?

– Anne a dit le 1er décembre.

– Mais c'est insensé. Le fleuve sera peut-être gelé et il faudra alors y aller en raquettes, par la rive. S'il ne l'est pas encore, y aller en barque, dans les courants de cette période de l'année, est très risqué.

– Ou en berlot, entre les bourguignons[79].

---

79. Aux mois de janvier ou de février, les glaces bousculées se formaient en bancs sur le fleuve.

— Les bourguignons viennent plus tard, en hiver ! Non… Il faut quelqu'un d'opiniâtre pour risquer ce voyage.

— Il n'y a rien d'impossible pour le Seigneur !

— Que voulez-vous dire ?

— Étiennette espère de tout cœur que Marie-Renée sera de retour pour chanter à son mariage. Lis, je viens de recevoir l'invitation.

Jean-François parcourut des yeux le faire-part.

— La famille Banhiac Lamontagne ainsi que Pierre Latour Laforge nous invitent tous. C'est bien le 1er décembre prochain.

— Elle n'y sera pas, bien entendu, mais j'aimerais bien que quelqu'un de notre famille puisse nous représenter ! Je pense à Thomas aussi qui a été le seigneur de la Rivière-du-Loup et qui est resté ami avec les parents d'Étiennette. Il faudrait bien qu'ils apprennent ce qui est arrivé à Thomas ? Tu sais que Marguerite Lamontagne, la mère d'Étiennette, m'a accouchée de ton frère André ? La famille Allard est liée d'une certaine façon à la destinée de la famille Lamontagne.

Comme son fils ecclésiastique ne réagissait pas à ses allusions, Eugénie précisa :

— Tu pourrais chanter à la cérémonie de mariage d'Étiennette ? Qu'en penses-tu ? Pour remplacer notre Marie-Renée ! J'ai demandé à Jean d'y être, mais Isa sera sur le point d'accoucher. Et… il n'a pas ta voix, disons-le entre nous, sous cape. Ton père François, lui, aurait franchi mers et monts pour représenter la famille, il n'y a aucun doute là-dessus.

— Le pensez-vous ?

— Mon petit garçon, il n'y avait pas plus brave que ton père. Sur le bateau, pendant notre traversée de 1666, il y avait un mauvais garçon, je me souviens, du nom de Gros-Louis, qui voulait faire des ennuis à ton oncle Germain… Imagine-le plus jeune, et avec son gabarit. Eh bien, ton père François a apostrophé l'escogriffe et l'a tenu au-dessus des flots, d'une main. Gros-Louis s'est excusé auprès de Germain, qui était manifestement impressionné par la force de ton père.

— C'est pour son courage que vous l'avez aimé ?

— Oui, mais pas seulement pour ça. Ton père, mon petit garçon, était un homme honnête, pieux et respectueux. Il était responsable. Comment te dire… Tiens, il ne se défilait pas devant une dette d'honneur. Pour lui, l'amitié était une valeur sacrée.

— Je vais tout faire pour vous accommoder. Si Étiennette le souhaite, j'irai chanter à sa cérémonie de mariage. Et… si jamais l'officiant était absent, je le remplacerai pour la célébration !

L'abbé Jean-François se surprit à sourire d'espoir, malgré lui. Eugénie feignit de ne pas s'en être aperçue. Elle ajouta :

— Ça vaut le coup de le lui proposer dans la lettre ! Ainsi, nous n'aurons pas manqué à nos liens d'amitié. Merci beaucoup, mon fils. Si tu le veux, j'aimerais réciter une dizaine de chapelets avec toi, pour remercier la Vierge de cette grâce.

Aussitôt, Eugénie récupéra son chapelet de la main droite et le présenta à l'abbé Jean-François.

— Mère ! Vous vous êtes servie de votre main droite.

— Quoi ? Tiens, je n'y avais pas prêté attention. Mais c'est un miracle ! Quoiqu'elle ne soit pas tout à fait à son meilleur ! Raison de plus pour remercier le Ciel. Après, je te dicterai les lettres.

— *Pater noster qui es in caelis…*

— Amen ! Maintenant, mon garçon, si tu pouvais récupérer l'encrier, du papier et la plume d'oie dans l'armoire, la rédaction de la lettre nous attend. Nous aurons droit à une grosse pointe de tarte aux bleuets, avec de la crème d'habitant, meilleure, sans doute, que celle des religieuses de l'archevêché.

— Mais, mère, le docteur vous a déconseillé la crème pour votre paralysie. D'ailleurs, je n'en prends jamais, en expiation pour les fautes de nos colons.

— Mais c'était avant le miracle ! Je suis en train de guérir, Jean-François ! Je suis en train de guérir. Ce n'est pas un peu de crème d'habitant qui va me tuer, n'est-ce pas ? Un tantinet, Jean-François. Même pour toi.

— Un tantinet, un tantinet, c'est vrai que ce n'est pas beaucoup. Alors allons-y pour un tantinet de crème. Après tout, ce n'est pas un gros péché.

— Tu en as entendu des pires, sans doute, au confessionnal !

Comme l'abbé Jean-François fronçait les sourcils, Eugénie réagit :

— C'est vrai, le secret du confessionnal. Alors, la tarte, avant ou après les lettres ?

— Après, mère, en guise de récompense pour le labeur accompli, comme il est dit dans les Saintes Écritures.

— C'est écrit dans ton bréviaire ?

— Ce sont plutôt les valeurs d'éducation que père et vous nous avez inculquées. De la discipline, même de la mortification, le sens du devoir. Et, surtout, une grande foi, de l'honnêteté et de la franchise.

Eugénie regrettait d'avoir menti à son fils à propos de l'exploit de François qui avait prêté main-forte à Germain.

— Un petit mensonge n'est que véniel… Et sans doute moins que ça, s'il est pieux.

— De la piété. C'est ce que je retiens le plus de mes parents comme vertus, l'amour et la piété.

— Que tu me rends heureuse, Jean-François. Donc, au travail.

CHAPITRE XIII
La correspondance

Quand Étiennette reçut la lettre estampée de Bourg-Royal, que vint lui remettre le postier Jean-Baptiste Da Silva, fils de Pierre Da Silva[80], premier postier de la Nouvelle-France, la famille Banhiac Lamontagne s'occupait de récolter les dernières citrouilles et courges du potager et de les rentrer dans le caveau. Marguerite avait donné ses directives à Étiennette:

— N'oublie pas, ma petite fille, que la citrouille, en automne, est un cadeau du ciel. Tu peux la servir en potage, en faire de la tarte ou d'autres desserts et même la servir en pâté.

Comme Étiennette semblait incrédule, sa mère ajouta:

— Ça te surprend? Avec du bœuf ou du cochon haché, bien étagé avec du navet, tu verras que tu vas nourrir ton homme. Tiens, à ta réception de mariage, nous allons offrir des graines de citrouilles grillées avec les boissons.

Marguerite Pelletier Lamontagne fut agréablement surprise de la venue du facteur.

---

80. Comme la première route terrestre entre Québec et Montréal allait être inaugurée en 1734, le «chemin du Roy», les lettres étaient livrées par bateau.

— Et puis, quelles sont les nouvelles de Québec, jeune homme ?

— Le Séminaire de Québec[81] vient de brûler, madame. J'ai quitté Québec, les décombres fumaient toujours ! répondit Jean-Baptiste Da Silva.

— Encore ! C'est tellement dommage ! Pauvre monseigneur l'Ancien[82] ! s'exclama Marguerite.

Cette dernière prit la lettre que lui tendit le facteur.

— Tiens, déjà une réponse à notre invitation. Voyons voir ! De Bourg-Royal.

Aussitôt, Étiennette lui arracha la lettre des mains.

— Étiennette, elle m'est adressée !

— Oui, mais c'est la réponse de Marie-Renée.

Marguerite s'empressa de remettre une pièce de monnaie au facteur pour le pourboire.

Comme ce dernier reluquait du côté d'Étiennette, Marguerite lui dit :

— Tu n'es pas pressé de partir ! Tu as certainement beaucoup de courrier à remettre dans les parages, mon garçon. Nous venons de recevoir une réponse à l'invitation au mariage d'Étiennette.

Étant donné que le jeune Da Silva continuait de regarder Étiennette du côté du jardin, Marguerite ajouta :

---

81. Fondé en 1663, le Séminaire connut son premier incendie le 15 novembre 1701 et le second, le 1er octobre 1705.
82. Qualificatif donné affectueusement par la population de la Nouvelle-France à monseigneur de Laval, à la suite de la consécration épiscopale de monseigneur de Saint-Vallier, en 1688.

— Ma fille Étiennette, celle-là, se marie à la fin de l'automne.

Soudain, Marguerite vit Étiennette qui se mit à pleurer.

— Mais que se passe-t-il, ma petite fille ? On dirait que tu prépares tes funérailles !

— Cassandre ne pourra pas venir chanter à mon mariage. Pourtant, elle me l'avait promis !

Marguerite prit la lettre qu'Étiennette inondait de ses pleurs et se mit à la lire.

— Sa mère préfère qu'elle termine ses études de belle façon. Tu vois, Cassandre s'est déjà illustrée au théâtre de son couvent. Tu sais que j'ai accouché sa mère de son premier. C'est une femme bien, qui veut le meilleur pour sa fille. Il faut respecter sa décision. Dis-toi qu'elle a encore plus hâte que nous de revoir sa fille !

Marguerite poursuivit sa lecture.

— Mais ce n'est pas la seule nouvelle… Il y en a une autre, plus triste. Le sieur de Lachenaye, notre ami et notre seigneur, est gravement malade. Tu te souviens ? Il est venu avec Cassandre. C'est ton père qui sera secoué. Et ton Pierre l'estime beaucoup, je pense. Ils se connaissent depuis longtemps !

Marguerite regarda Jean-Baptiste Da Silva.

— Tu le savais, toi ! Tu ne voulais pas nous le dire. Secret professionnel ? Alors tant mieux, comme ça, nos lettres ne seront pas lues par le facteur !

Comme Étiennette continuait de pleurer, sa mère la semonça :

— Je t'en prie, cesse de pleurnicher comme une fillette. Si Pierre te voyait ! Il y a au moins une bonne nouvelle. Le frère de Cassandre, tu sais, celui qui est curé, eh bien, il s'offre à venir chanter à ton mariage, à la place de sa sœur. Ça devrait te rendre le sourire, ma fille ? Tiens, sèche tes pleurs. Ton mariage ne sera pas raté à cause de l'absence de Cassandre... J'en parlerai à notre missionnaire, il devançera cette date facilement, il a beaucoup d'estime pour toi. Et puis, nous n'avons invité, pour le moment, que les gens de Québec ! Heureusement ! Avant que la situation s'embrouille davantage et devienne délicate, ma fille... Il faut prendre une décision. Qu'en penses-tu ?

— La date ne peut pas être changée parce que Pierre s'occupe de ses gisements de fer. Et puis...

Marguerite fixa sa fille.

— Toi, tu me caches quelque chose. N'ai-je pas raison ? questionna Marguerite, défiante. Tu sais, tu peux tout me confier, je suis ta mère et je suis passée par là avant toi.

— Parce que Pierre et moi avons décidé de nous marier à l'île Dupas, dans sa paroisse.

Marguerite se sentit trahie.

Quoi ? On va nous prendre pour de vraies girouettes !

Sur un ton à peine plus calme, Marguerite continua :

— Et c'est maintenant que tu en parles ? De quoi aurons-nous l'air, ton père et moi, devant le missionnaire et la population de la paroisse ? Sans compter l'insulte faite au clergé des Trois-Rivières !

— Mais la Rivière-du-Loup et l'île Dupas relèvent du même diocèse[83]. Il ne devrait pas y avoir de protestation !

---

83. Le vicariat apostolique de Québec fut érigé en diocèse par Benoit X, le 1er octobre 1674. Monseigneur de Laval en fut le premier évêque. Le diocèse s'étendait d'Halifax (Nouvelle-Écosse) à Windsor (Ontario). Les diocèses de Montréal et de Trois-Rivières furent érigés respectivement en 1836 et 1852 par détachement de celui de Québec.

— Quant à ça… Je vois que vous avez fait le tour de la question… À propos, si vous vous permettez de choisir votre paroisse, vous avez sans doute aussi la possibilité de choisir votre célébrant, n'est-ce pas?

La liberté qu'avaient prise Étiennette et Pierre Latour irritait Marguerite au plus haut point.

— Pierre dit que nous n'avons pas le choix. Ça sera le curé desservant l'île Dupas, qui réside à Sorel, et il ne pourra pas venir avant que le fleuve soit gelé.

— Et si le fleuve ne gèle pas? À cette date, tu sais!

Prenant difficilement sur elle, cette dernière ajouta:

— Encore un missionnaire récollet itinérant[84]! Comment s'appelle-t-il? rétorqua ironiquement Marguerite.

— L'abbé Chaigneau, un sulpicien! C'est lui qui est censé nous marier. Pour votre gouverne, Sorel a son curé permanent depuis 1700[85]. Il dessert même les seigneuries de l'île Dupas et de Berthier.

— Ah bon! Mais on ne peut être certain de rien. Et nous avons un autre curé, l'abbé Allard! Qu'en dis-tu?

— Il faudra que j'en parle à Pierre.

Il était manifeste que Marguerite était contrariée par la décision des futurs mariés.

— Tu sais, ma fille, un curé ou un autre, c'est le même bon Dieu. Parle-lui-en à ton Pierre! Mais la venue de ce prêtre Allard est une bonne idée, pour mon dire, au cas où… Par contre, le lieu de la cérémonie poserait un autre problème.

---

84. Un récollet, Hilaire de Saint-Hilaire, a été missionnaire à Sorel de 1698 à 1700.
85. Les révérends Roy et Droières furent curés de 1700 à 1702, les sulpiciens Le Breton et Léonard Chaigneau, respectivement de 1702 à 1704 et de 1704 à 1708.

— Lequel, mère ?

— La publication des bans. Puisque vous avez décidé de vous marier à l'île Dupas, il faudra ménager la chèvre et le chou.

— Que voulez-vous dire, mère ?

— Comme vous devrez faire publier les trois bans[86] là-bas, dans la paroisse de Pierre, à l'île Dupas, il vous faudra payer une plus forte somme qu'ici pour qu'il n'y ait qu'une seule publication... Savoir, ne serait-ce qu'une fois, que vous faites un pied de nez à notre paroisse est déjà une fois de trop ! Je ne pourrais pas en supporter davantage.

Puisqu'Étiennette ne semblait pas trop comprendre, Marguerite tint à lui expliquer :

— Il faudra que ton père amadoue notre vicaire général, monsieur de Belmont, des Trois-Rivières, en payant un bon prix pour la dispense des bans, sinon il sera vexé. Et mettre aussi des gants blancs avec notre missionnaire de la Rivière-du-Loup pour lui en expliquer les raisons... mais ça devrait s'arranger avec ce dernier, parce qu'il t'aime bien, comme tu sais.

Déjà, Étiennette n'écoutait plus. Ces tractations et calculs d'adultes ne l'intéressaient pas. Elle se voyait déjà vêtue de sa robe de mariée, à la cérémonie. Elle questionna sa mère :

— Et Cassandre, devrais-je espérer qu'elle soit présente quand même ? Est-il encore possible qu'elle revienne de Paris ?

Marguerite regarda sa fille de manière incrédule en dodelinant de la tête.

— Cassandre ignorait que tu te marierais cette année lorsqu'elle t'a fait cette promesse ! Considère-toi privilégiée que Cassandre soit remplacée par son frère le curé. Il paraît qu'il a

---

86. La publication des trois bans se faisait à l'église, à la messe du dimanche, durant le prône. On pouvait obtenir la dispense de publication des deux derniers bans.

une voix remarquable. Il y aura bien d'autres occasions pour elle, lorsqu'elle sera de retour, crois-moi ! Tiens, au baptême de ton premier.

À Étiennette qui faisait de grands yeux d'étonnement, Marguerite martela ses mots :

— Étiennette, le mariage est un engagement sérieux. Si tu ne réalises pas dans quoi tu t'embarques, ma petite fille, tu auras des surprises. D'autant que tu maries un veuf. Dois-je te faire un dessin ? Dès la prochaine année, tu berceras ton premier, tu verras ! Commence à y penser maintenant.

Marguerite continua :

— Au moins, vous aurez la certitude qu'un des deux prêtres sera présent pour vous marier. Le sens pratique, ma fille, fait rapidement partie de la vie de couple, tu auras très vite l'occasion de t'en rendre compte.

Quand Marguerite apprit à son mari la nouvelle de la maladie du seigneur de la Rivière-du-Loup, celui-ci la répandit tout de suite aux habitants des environs. Même Judith Rigaud se permit de confirmer l'information auprès de Jean-Jacques Gerlaise, de Saint-Amand.

Quand Pierre Latour apprit la nouvelle en venant visiter sa fiancée, il fut attristé. Il regretta de ne pas avoir vendu, dans le temps, son domaine de Pointe-du-Lac à Thomas. Et lorsqu'il la transmit au seigneur de Berthier, à la boutique de forge, ce dernier eut la réflexion suivante :

— Ce sont les meilleurs qui tombent au combat. Les lâches ne s'illustrent jamais. Plus tu montes, plus tu fais des envieux. C'est ce qui est arrivé à notre ami Thomas Frérot.

Berthier expliqua à Victorin Ducharme et à Pierre Latour que Louis-François Aubert, un marchand français établi à Amsterdam, et deux bourgeois de Paris, Jean-Baptiste Néret et

Jean-Baptiste Gayot, venaient de racheter la faillite de la Compagnie de la Colonie du Canada et qu'ils avaient négocié avec le Roy un bail de cession jusqu'au 31 décembre 1717 pour l'exclusivité du commerce du castor.

— J'ai su que Thomas venait tout juste d'apprendre cette nouvelle par le bateau qui devait l'amener à Paris et à Versailles. Il a été pris de court dans ses intentions d'acheter la faillite de la Compagnie. Il n'a pas pu supporter la tension de la mauvaise nouvelle.

Berthier continua :

— C'est triste, Pierre, parce qu'il serait venu à ton mariage, crois-moi.

— Nous allons avoir un autre prêtre pour le mariage, capitaine. Le frère de la petite Allard, celle-là qui devait chanter, mais qui restera à Paris, va la remplacer.

— Eugénie a un fils curé ? J'aurais dû m'en douter. Le contraire m'aurait surpris. Et il va chanter ? Il tient ce don de sa mère.

Berthier se mit à ressasser ses souvenirs. Il reprit ses esprits cependant.

— Pourriez-vous, capitaine, donner le gîte au curé Allard à votre manoir pour les quelques jours où il restera ici ?

La demande prit Berthier au dépourvu.

— Il faudra que j'en parle à ma femme avant de te donner une réponse… Euh… as-tu eu des nouvelles d'Eugénie ?

— Il paraît qu'elle a été gravement malade dernièrement.

Subitement, le capitaine devint plus sérieux, même contrit.

– Qu'est-ce qui se passe dans la colonie, Latour, pour que nos meilleurs faiblissent? Thomas… Eugénie… Va-t-elle mieux?

– Il paraît que oui!

– Tant mieux!

Berthier marmonnait. Après quelques instants, il s'exclama:

– Mon épouse se fera un plaisir d'accueillir l'abbé Allard. Depuis le temps que notre chapelle privée n'a pas reçu la visite d'un curé! Qu'en penses-tu, Latour?

– En tout cas, ma boutique n'est pas meublée pour accueillir un curé!

– Sais-tu que leur père était un artisan sculpteur?

– J'ai été son apprenti au Petit Séminaire de Québec lorsque je suis arrivé au Canada.

– Ah oui! Tu me l'avais déjà dit! Et s'il y en a d'autres qui l'accompagnent, ils pourront tous être hébergés au manoir. Tiens, qu'en penses-tu? Ta fiancée pourra l'écrire à Eugénie dans sa lettre.

– Capitaine…

– Qu'y a-t-il, Latour? s'inquiéta Berthier.

– Le curé Chaigneau, notre desservant, celui qui est censé nous marier… Je ne voudrais pas qu'il soit obligé de naviguer entre les glaces si le fleuve n'a pas pris. Il risquerait de se noyer.

– Tu as raison. Nous l'accueillerons volontiers au manoir. Ma femme, qui est dévote, se fera une fierté de recevoir deux curés, affirma Berthier.

— Je n'en attendais pas moins de votre part, capitaine au grand cœur !

— Pas de flatterie, Latour, pas de flatterie. Ce n'est pas à un perruquier que tu as affaire, mais à un militaire, ne l'oublie pas.

Pierre Latour aimait bien le seigneur de Berthier. Il sourit à la remarque du capitaine et continua à tremper le métal incandescent pour le refroidir. La vapeur fit un écran entre les deux hommes. Berthier quitta la forge.

À sa visite suivante, Pierre Latour informa Étiennette de la proposition du seigneur de Berthier. Cette dernière en fit part à sa mère.

— C'est une excellente idée, ma fille, mais… tes sœurs sont suffisamment excitées comme ça.

— Mais voyons, maman, ce n'est qu'un prêtre !

— Étiennette, un peu de respect pour la soutane ! Ce n'est pas le langage d'une jeune fille qui va recevoir le sacrement du mariage par un homme de Dieu ! Ce n'est pas de lui que je me méfie !

— Alors de qui ? D'Agnès ?

— Étiennette ! Maintiens-tu toujours la date du 1er décembre ?

— Oui, mère. Le curé Chaigneau viendra en traîneau de Sorel, si les glaces sont prises, bien entendu.

— Et si fleuve n'est pas assez gelé ? s'inquiéta Marguerite.

— Pierre a déjà demandé au capitaine Berthier d'accueillir le curé Chaigneau au manoir avant, comme l'abbé Allard. Il a dit oui. Donc, nous sommes certains qu'il sera là.

Marguerite observa sa fille, laquelle venait de démontrer son esprit astucieux.

— Décidément, Étiennette, tu as de la suite dans les idées. Je ne suis pas en peine pour toi, tu t'en sortiras bien en ménage !

Quand Eugénie reçut la réponse de Marguerite et de François Banhiac Lamontagne lui disant que les familles Allard et Frérot étaient invitées à loger au manoir de la seigneurie de Berthier, si elles le désiraient, son fils Jean-François fit le commentaire suivant :

— Je ne me serais pas vu, mère, loger dans une maison remplie de jeunes filles.

— Mais ce sont les sœurs d'Étiennette, tes cousines !

— Vous savez bien, mère, que le malin cherche à s'infiltrer dans les meilleurs foyers chrétiens. Vous me l'avez souvent répété à la maison !

Eugénie se souvint de ses échanges avec son confesseur, le prêtre dominicain Claude Martin[87].

— Et vous, mère, m'accompagnerez-vous ?

— Ce n'est pas possible, mon garçon, ma main n'est pas encore tout à fait guérie. Je vais te demander, encore une fois, d'écrire pour moi.

— Pourtant, vous me sembliez guérie ! Un miracle ! Je vous encourage à faire une neuvaine.

— D'autant que les jumeaux d'Isa vont arriver bientôt ! Non, je ne peux la laisser sans m'en occuper, répondit Eugénie, heureuse.

---

87. Voir *Eugénie, Fille du Roy*, tome 1.

— Je suis certain qu'avec plus de prières vous serez guérie complètement !

— Si un prêtre tel que toi me le dit, sans doute… mais, mon garçon, j'ai un secret à te confier. Toi seul pourras me comprendre !

Tout excité, l'abbé cherchait à récupérer son étole.

— Non, non ! Ça n'a rien à voir avec une confession ! D'ailleurs, jamais je ne me confesserai à toi, tout saint homme que tu sois !

Peiné, l'abbé Jean-François replaça le vêtement sacerdotal dans son nécessaire de voyage, avec le Saint-Viatique.

— Alors, quel est ce secret, mère ? demanda-t-il, impatient.

— Il s'agit de ton père.

— De père ? Un scandale ?

— Non, mais avant d'être demandée en mariage par ton père, je l'ai été par le capitaine Berthier. Mais j'ai refusé sa proposition. Alexandre en a été fortement chagriné.

— L'avez-vous aimé ?

Eugénie prit son temps pour répondre. Trop de temps.

— L'avez-vous aimé ? reprit l'abbé, d'un ton dur et insistant.

Sentant l'orage sur le point d'éclater, Eugénie se ravisa.

— Ton père fut le seul que j'aie aimé et à qui je me sois donnée.

— J'aime mieux ça. Alors ?

— Par contre, j'ai peur que lui m'aime encore.

— Alors, c'est mieux que vous ne veniez pas. Il est marié.

– C'est ce que je pensais ! D'autant plus que…

– Que… ajouta aussitôt l'abbé, en suspectant son interlocutrice.

– Que je me sens toujours mariée avec ton père.

L'abbé bondit de sa chaise.

– Si vous saviez à quel point vous me rendez heureux, mère ! Mais il serait normal que vous pensiez à refaire votre vie.

– Lorsqu'on a aimé autant que j'ai aimé ton père, mon garçon, les sentiments sont éternels !

– Mais père ne pourrait pas vous en vouloir. Après tout, là où il est, il vit en union avec Dieu, désormais. Personne ne vous en voudrait, même pas moi.

– Si tu le dis mon garçon. Mais il faudrait que ce soit un homme dépareillé !

– Personne ne contestera votre choix, mère. Vous, une femme de jugement.

– Alors, nous l'écrivons, cette lettre confirmant ta présence au mariage ?

Quand les gens de la Rivière-du-Loup et de Berthier reçurent la réponse de la famille Allard, le capitaine en informa son épouse.

– Nous recevrons la visite d'un abbé de l'évêché de Québec. Il s'est offert pour chanter et jouer de l'harmonium. Vous savez qu'il a remplacé le chanoine Martin aux grandes orgues ?

– Et comment s'appelle cet ecclésiastique ?

– L'abbé Jean-François Allard. Son père était sculpteur.

– Ah oui, c'est lui qui a sculpté les ornements de la chapelle du Petit Séminaire de Québec, je pense! Un des artistes réputés de Québec, avec le frère Luc[88]. J'espère que leurs œuvres ont pu échapper au récent incendie. Elles avaient pu être sauvées la dernière fois. L'écho de l'incendie du Séminaire de Québec était parvenu rapidement aux oreilles des seigneuries de la vallée du Saint-Laurent.

– J'espère que oui! Pierre Latour, le forgeron qui se marie, a travaillé pour lui comme apprenti, il y a de ça de nombreuses années, à son arrivée dans la colonie.

– Et son épouse? Est-ce à cause d'elle que vous avez alimenté les chroniques scandaleuses de Québec? Je me souviens que père n'était pas très heureux de votre réputation gaillarde. Heureusement que vos faits d'armes vous ont racheté.

Berthier se racla la gorge.

– Ma tendre amie, le passé, c'est le passé. C'est vous que j'ai épousée et, d'ailleurs, je ne regrette pas mon choix.

– Devrons-nous accueillir aussi sa mère?

– Dieu nous en garde, ma chère. Elle ne viendra ici que si vous la connaissez un jour, et avec votre assentiment. Je me suis laissé dire, d'ailleurs, qu'elle était malade.

Là-dessus, Berthier s'avança et fit le baisemain à sa femme. Rassurée, cette dernière sourit à son mari. Ce dernier ajouta:

---

88. Le récollet, frère Luc, né Claude François, nommé peintre du Roy pour son travail de décoration au Louvre, accompagna Jean Talon en Nouvelle-France d'août 1670 à octobre 1671. Il peignit l'Assomption de la Vierge pour le retable de la chapelle des Récollets et d'autres œuvres pour l'église de Sainte-Anne-de-Beaupré et de Saint-Philippe des Trois-Rivières. On lui attribue aussi quelques portraits, dont ceux de Jean Talon et de Monseigneur de Laval.

– Nous devrions aussi offrir l'hospitalité à l'officiant, le desservant monsieur Chaigneau[89]. Cela nous permettra de mieux le connaître. Qu'en pensez-vous ?

Madame de Berthier répondit à son mari :

– Nous accueillerons volontiers ces prêtres qui sanctifieront de leur présence le petit oratoire de notre manoir… Certains de ses occupants devraient être plus enclins à la dévotion.

Berthier savait que le reproche de sa femme lui était adressé. Il n'en laissa rien paraître.

Les fiançailles d'Étiennette et de Pierre Latour furent célébrées à la Rivière-du-Loup, au domicile de François Banhiac Lamontagne, à la fête de la Sainte-Catherine, le 25 novembre, en présence des amis de la famille et de la seigneurie. Le missionnaire de la paroisse avait accepté de bénir les fiançailles quand le père d'Étiennette lui avait offert de réparer gratuitement le toit de la chapelle et sa femme, de confectionner une nappe d'autel. Marguerite avait exceptionnellement fait faire boucherie[90] un peu avant pour bien accueillir ses invités.

Les trois bans furent publiés à la chapelle de l'île Dupas. L'abbé Jean-François Allard prit soin de faire demander la permission au vicaire général Belmont des Trois-Rivières d'assister à la cérémonie de mariage de deux de ses paroissiens. La question était délicate, car il s'agissait de deux ecclésiastiques de communautés religieuses différentes, les jésuites de Québec et les sulpiciens de Montréal, de surcroît rivales.

Le chanoine Belmont accepta à condition d'obtenir l'aval des sulpiciens de Montréal, lesquels prêtaient un des leurs comme desservant pour les populations de Sorel, de l'île Dupas et de

---

89. Monsieur Léonard Chaigneau, sulpicien, a été le curé desservant de Sorel, de l'île Dupas et de Berthier de 1704 à 1708. Il fut inhumé à Montréal, le 24 décembre 1711, à l'âge de 49 ans.

90. Les habitants de la Nouvelle-France avaient l'habitude d'abattre les animaux de ferme propres à leur consommation de viande pour l'hiver, au début de décembre. On appelait cette pratique « faire boucherie ».

Berthier. La réponse fut claire : « À moins d'une raison majeure qui compromettrait la cérémonie, il n'était pas question qu'un Jésuite prenne la place d'un sulpicien. »

Pour faire plaisir à sa mère, le Jésuite Jean-François Allard lui fit part de son intention de représenter sa famille. Eugénie lui recommanda d'en informer la famille Lamontagne. Jean-Baptiste Da Silva ne rechigna pas à remettre une nouvelle lettre à Marguerite Banhiac Lamontagne, qui mentionna à son mari :

— Si cette correspondance continue, Madeleine voudra imiter Étiennette !

— Et elle ira demeurer à Québec, dans la famille de son mari. Ça nous donnera l'occasion d'aller la visiter.

— Déjà que je considère que Berthier-en-haut est loin d'ici.

— Tout de même, Étiennette demeurera à la rivière Chicot. Nous pourrons y aller aussi souvent que tu le souhaiteras.

Marguerite prit cette remarque au sérieux.

— C'est une promesse ? Parce que, franchement, je la trouve un peu jeune pour le mariage, notre Étiennette !

— Dis-tu ça parce que Pierre est un veuf plus âgé qui va refaire sa vie ?

— Je la trouve jeune pour lui. Un veuf ayant deux fois son âge !

— Moi aussi, j'étais veuf lorsque nous nous sommes mariés, ne l'oublie pas. Et j'avais plus que deux fois ton âge[91].

---

91. François Banhiac Lamontagne, originaire de Chantrezac, en Angoumois, soldat du régiment de Carignan, Compagnie de La Fouille, se maria une première fois en 1677, à l'âge de 36 ans, à Marie-Madeleine Doyon, avec laquelle il eut un fils, François, et une seconde fois, en 1680, à Marguerite Pelletier, âgée de 18 ans.

Marguerite ne voulut pas commenter. Elle allait dire : « Il me semble que j'avais plus de maturité qu'Étiennette ! », mais elle se retint et ajouta plutôt :

— Accepter de se marier dans une autre paroisse que la sienne ! Elle va se faire mener par le bout du nez par Pierre.

— Au contraire ! Je pense qu'elle a défié notre autorité sans que nous lui en tenions rigueur. De l'audace et de la diplomatie. C'est de bon augure.

— Pour autant qu'elle n'ait pas donné le mauvais exemple à ses sœurs !

Comme les invités allaient être accueillis au manoir de Berthier, après en avoir discuté avec sa femme et Pierre Latour, puisque le mariage devait être célébré à la chapelle de l'île Dupas, François Banhiac Lamontagne mentionna qu'il serait plus raisonnable de se rendre au manoir directement plutôt que de faire prendre des risques aux invités qui auraient à longer le chenal du Nord, sur les glaces, en carriole.

L'accord du père d'Étiennette enchanta Alexandre de Berthier, qui s'ennuyait depuis un certain temps d'événements festifs dans son manoir. Il avait dit à son ami le forgeron :

— Un peu plus d'entrain, dans cette demeure, ne serait pas de refus !

CHAPITRE XIV
Le mariage d'Étiennette

— Il serait sans doute temps, ma petite fille, d'établir avec Pierre votre liste d'invités pour le mariage. Les gens de Québec ont reçu la leur, mais pas ceux d'ici. Surtout que Pierre sera absent pour son travail ! Quant à vos fiançailles, comme Pierre a déjà été marié avec ma sœur, nous les célébrerons ici, dans l'intimité, avec les voisins et les amis de la Rivière-du-Loup, conseilla Marguerite Banhiac Lamontagne à sa fille Étiennette.

Nous étions déjà au début d'octobre 1705, et le mariage d'Étiennette et de Pierre Latour avait été prévu pour le 1er décembre suivant.

Pierre Latour se rendit, comme chaque mercredi, auprès de sa promise, qui l'attendait, le cœur battant, toujours coquette, habillée de sa plus belle robe, sous le regard envieux de ses sœurs, qui voyaient grandir leur amour. Comme la date du mariage approchait rapidement, Étiennette, qui comprenait l'importance de l'organisation de l'événement, demanda à son fiancé :

— Pierre, qui va-t-on inviter à nos noces ?

Le forgeron avait déjà pensé à sa liste d'invités et ne prit que peu de temps pour la suggérer à Étiennette.

— Ma clientèle de la forge…, mes meilleurs clients, qui sont en même temps mes amis…, Victorin Ducharme, tu sais, le charron, et sa femme Agathe Piet Trempe, en premier. Aussi, les parents de ma filleule Angélique Piet Trempe, Pierre, le frère d'Agathe, et sa femme Marie-Jacques Ariel… Il faudra inviter aussi Pierre Généreux, le chef de la milice de la seigneurie de Berthier. C'est lui qui surveille la forge d'un œil professionnel, mieux que Victorin, quand je m'absente pour venir te voir, et qui le fera aussi quand j'irai prospecter les gisements de fer. Mais c'est aussi un ami. Sa femme, Françoise Duscheneau, ne pourra pas venir, parce qu'elle va avoir son bébé dans quelques mois. Peut-être même le jour de notre mariage. Si c'est une petite fille, elle s'appellera Étiennette et si c'est un petit garçon, ils le prénommeront Étienne.

— Même si son parrain ne s'appelle pas Étienne?

— Hum… Hum!

— Comme c'est touchant!

— N'est-ce pas? Dans tous les cas, tu seras la marraine de l'enfant. Ils me l'ont promis. Tout le monde a bien hâte de te connaître.

— Est-ce que ta liste est complète?

— J'aimerais inviter aussi mes autres amis, Claude Dudevoir et sa femme Angélique Ducharme, la sœur de Victorin, et Pierre Loiseau dit Francœur. Des amis qui demeurent près de la rivière Bayonne.

— C'est tout?

— Le prêtre et le seigneur Dandonneau, de l'île Dupas.

— Et le capitaine Berthier, n'est-il pas aussi seigneur?

– Je sais que ces deux-là ne s'entendent pas plus qu'il le faut. Il paraîtrait que ça remonte au temps où ils étaient officiers dans le régiment de Carignan ! Mais Berthier n'a pas le choix, sinon qu'il doit maugréer juste à l'idée de recevoir Dandonneau à son manoir ! Et surtout de devoir faire traverser tous ces gens-là en bac, aller-retour... Louis Dandonneau Du Sablé ne viendra pas sans Jacques Brisset de Courchesne, son beau-frère et coseigneur. Et ce dernier, sans François Hénault dit « Canada »... Berthier va certainement accueillir de ses amis, pas de doute là-dessus, mais qui ? Des gens de la Grande-Côte[92], des pionniers, ses premiers concessionnaires, comme Jean Piet dit Trempe[93], le beau-père de Victorin et, peut-être, la veuve de Jean Beaugrand dit Champagne[94].

– Et l'abbé Allard ?

– Il s'est montré enthousiaste à l'idée de le recevoir... Madame de Berthier aussi, paraît-il. Et de ton côté ?

Étiennette se sentit gênée de répondre :

– Mes parents n'inviteront que quelques voisins et amis à la maison, pour nos fiançailles. Ma mère dit que c'est à cause de ton premier mariage avec ma tante... Mais ça ne me dérange pas... Mes sœurs non plus, parce qu'elles auront l'occasion de présenter officiellement leurs cavaliers.

Pierre Latour ne répondit pas. Le souvenir de ses premières fiançailles avec Madeleine Pelletier, la fille du forgeron des Trois-Rivières, Nicolas Pelletier, dit Antaya, lui revint en mémoire. Des festivités qui ne présageaient en rien l'atroce cauchemar qu'il vivrait subséquemment, lors de l'assassinat de son épouse. Cette pensée l'assombrit.

---

92. Les premières terres concédées dans la seigneurie de Berthier le furent sur le bord du fleuve, dans la Grande-Côte, du côté nord-ouest, en longeant progressivement la rivière La Chaloupe.
93. Jean Piet dit « Trempe » avait épousé à Sorel, Marguerite Chemereau, une fille du Roy arrivée en 1669.
94. Jean Beaugrand dit « Champagne », décédé en 1699, s'était établi à Berthier-en-haut après son mariage avec Marguerite Samson, une fille du Roy arrivée en 1670.

— Mais, Pierre, tu sembles déçu. Espérais-tu plus de gens?

Le forgeron sortit de sa torpeur.

— L'important, c'est de se marier. Du monde, nous en aurons à nos noces! J'aime autant fêter avec des gens qui nous apprécient.

— C'est ce que j'ai dit à ma mère et à mes sœurs.

L'abbé Jean-François Allard arriva à la Rivière-du-Loup avec le postier Jean-Baptiste Da Silva. Les deux hommes étaient partis tous les deux en raquettes de Québec, en longeant le fleuve, et le voyage avait pris moins d'une semaine. Ils furent hébergés dans les presbytères lorsqu'il y en avait ou chez l'habitant, comme à Champlain, dans la parenté de Jean Beaugrand dit Champagne.

L'arrivée de l'ecclésiastique suscita un émoi dans la maison des Banhiac Lamontagne qui grouillait de monde au moment des fiançailles. L'abbé Jean-François Allard voulut revêtir une nouvelle soutane à la mission de la Rivière-du-Loup. Mais, comme le missionnaire desservant[95] était déjà chez Étiennette, le domestique ne crut pas à l'identité du prêtre dont l'apparence reflétait la fatigue d'une si longue randonnée, même si elle fut corroborée par le postier royal. Déçu de l'accueil, l'abbé Jean-François se rendit à la résidence Lamontagne.

À la vue du postier, accompagné d'un ecclésiastique, Marguerite Lamontagne parut surprise. Elle invita les deux hommes à se réchauffer.

— Mais, monsieur l'abbé, je m'en voudrais de vous laisser à l'extérieur par un temps pareil. Et toi aussi, mon jeune postier. J'imagine que tu nous apportes de bonnes nouvelles!

Comme Jean-Baptiste Da Silva semblait gêné de répondre, Jean-François Allard prit la parole.

---

95. Prêtre qui dessert une paroisse.

— Moi, en tout cas, madame Lamontagne, je vous apporte un présent de mariage de la part de ma mère, Eugénie Allard, ainsi que celui de madame de Lachenaye. Elles vous prient de les excuser de leur absence pour cause de maladie et veulent offrir aux futurs mariés leurs meilleurs vœux de bonheur.

Marguerite resta immobile, sans dire un mot. Puis, se reprenant, elle ajouta :

— C'est vous, l'abbé Allard, qui allez chanter sous peu au mariage ? Que je suis heureuse de vous accueillir ! Entrez donc que je vous présente à ma famille et à nos amis. Et surtout, aux fiancés. Vous avez fait une si longue route… et en raquettes, avec cette neige si abondante pour ce début d'hiver. La saison promet ! Venez me parler de votre mère et de votre famille. Nous connaissons déjà votre petite sœur, s'exclama Marguerite, enchantée.

— Je suis heureux de faire votre connaissance, madame.

— Remettez-vous un peu et je vais vous demander de bénir nos fiancés.

— Mais, madame, je croyais que cela avait été fait !

— Une fois de plus, monsieur l'abbé, ça ne pourra que les rendre davantage heureux.

— Leur bonheur est maintenant entre les mains du Seigneur, madame !

Marguerite fut impressionnée par le vocabulaire évangélique de l'ecclésiastique. L'abbé Jean-François fut présenté à la maisonnée, d'abord au chef de famille, François, ainsi qu'à Étiennette et à Pierre Latour, les fiancés, qu'il bénit.

— *In nomine Patris, et Filii et Spiritus Sancti.*

— Amen !

Ensuite, Jean-François Allard fut présenté à Jean-Jacques Gerlaise, de Saint-Amand, ainsi qu'aux sœurs et aux petits frères d'Étiennette. Il s'attarda un peu plus quand son regard rencontra celui de Geneviève. Elle devint subitement troublée par la présence du jeune homme. Sa mère s'en rendit immédiatement compte.

Non, pas ça. Il faut faire en sorte qu'elle s'intéresse au postier. Ils sont du même âge, et puis plutôt la perdre à Québec qu'en enfer!

Marguerite le mentionna à son mari et suggéra à ce dernier de demander à Pierre Latour de raccompagner l'ecclésiastique à Berthier après la signature du contrat de mariage chez le notaire.

— C'est clair que Geneviève n'a d'yeux que pour le bel ecclésiastique. Tu l'as vue, notre fille, lorsqu'il a chanté aux fiançailles? Il faudra la surveiller, celle-là! Elle va le revoir au mariage. Même le jeune Jean-Baptiste, qui lui a tourné autour avec mon assentiment, n'a pas pu attirer son attention.

L'abbé Jean-François Allard était un jeune homme svelte, plutôt grand. Ses cheveux châtains auraient été bouclés, comme l'avaient été ceux de son père François à son âge, quoique plus foncés, mais il préférait les porter plutôt courts. Jean-François avait hérité des yeux bleus de sa mère, des yeux qui scrutaient les âmes, et d'un cou assez long. Il portait la tête bien haute, de manière inspirée. Il marchait à grands pas, de façon décidée. Il avait toujours en main soit son bréviaire, soit son chapelet. Il ne sortait jamais sans apporter son étole, au cas où un pénitent manifesterait l'intention de se confesser.

— Bah, ce n'est pas un péché de regarder. Et puis, le jeune curé n'est que de passage. As-tu parlé à Geneviève?

— Non, mais je vais le faire avant le mariage. Ce sera plus prudent. Le meilleur moyen de les éloigner, c'est d'accaparer le jeune curé.

Marguerite demanda à l'abbé Allard des nouvelles de sa mère. Tant et si bien que Geneviève Lamontagne n'eut pas l'occasion de saluer Jean-François avant son départ pour Berthier.

— Et puis, monsieur l'abbé, comment se porte votre mère Eugénie? Et votre sœur, en avez-vous eu des nouvelles?

À l'arrivée de Jean-François Allard et de Pierre Latour au manoir seigneurial, la veille du mariage, le capitaine Alexandre de Berthier les accueillit avec enthousiasme au salon. Le drapeau du régiment de Carignan-Salières, tracé d'une croix blanche sur fond de losanges bleus et rouges, était bien en évidence, installé dans un coin de la pièce.

— Latour, le futur marié, ainsi que monsieur le curé…

— L'abbé Jean-François Allard, monsieur le militaire.

— Oh, oh, il y a bien longtemps que je n'ai pas fait de vraies campagnes militaires pour le Roy. À part bloquer la rivière à ces Irinakhoiw[96]!… Entrez donc que je vous présente à ma famille et à mes invités. J'ai promis à Latour de faire les choses en grand, je ne manquerai pas à ma promesse. À moins que je vous fasse reconduire à vos chambres! Ce n'est pas à la boutique de forge que vous trouverez le plus grand confort!

Comme Pierre Latour jetait un regard sombre à Berthier, celui-ci se reprit en disant:

— Dans quelques jours, madame Latour lui aura redonné le lustre qui convient à la maison d'une nouvelle mariée. Maintenant, nous vous attendons dans la salle de séjour. Demain, Latour, ce sera le grand jour.

Les nouveaux arrivés furent présentés tour à tour à la famille du capitaine, son épouse Marie Le Gardeur, leur fille Charlotte-

---

96. Irinakhoiw, ou langues de serpents, était le surnom donné aux Iroquois par les autres nations amérindiennes.

Catherine et leur belle-fille Françoise Viennay Pachot, veuve d'Alexandre fils[97], sieur de Villemure.

— Notre famille est heureuse de vous accueillir dans notre manoir, monsieur l'abbé, ainsi que vous, monsieur Latour. Nous pouvons dire, depuis le décès de notre fils il y a deux années, le manoir de notre belle-fille.

— Nous en sommes honorés, mesdames! répondit Jean-François Allard, qui avait davantage l'habitude des civilités, contrairement au forgeron, qui opina de la tête en guise de réponse.

— Permettez-moi de vous conduire à notre petit oratoire, là où vous pourrez vous recueillir à votre guise quand vous le désirerez. Vous pourrez vous retirer dans votre chambre après.

L'abbé Jean-François Allard ne put qu'admirer la civilité de la fille de Charles Legardeur[98], ancien gouverneur des Trois-Rivières. Âgée de cinquante-quatre ans, Marie Legardeur était une femme mince. Son port de tête, superbe, donnait de l'envergure à son regard dominant. Jean-François Allard en pensant à sa mère Eugénie se dit que le capitaine Berthier avait su s'entourer de femmes de caractère.

Après que l'abbé et Latour eurent fait un brin de toilette, madame de Berthier les accueillit dans la pièce de séjour du manoir.

— Puisque, monsieur Latour, vous connaissez sans doute déjà mes invitées, monsieur l'abbé, j'aimerais que vous fassiez connaissance avec deux personnes qui me sont chères.

---

97. Ce fils unique du seigneur de Berthier était mort en 1703, trois mois à peine après son mariage. Dans la même année, Berthier légua à sa belle-fille les deux seigneuries. Elle en devint ainsi le troisième seigneur. Berthier-en-haut comptait 128 habitants en 1706.

98. Charles Legardeur de Tilly, écuyer, et son frère, Jean-Baptiste Legardeur de Repentigny, descendaient de la noblesse normande. Navigateur, commandant militaire, gouverneur des Trois-Rivières, membre de la communauté des Habitants, Charles siégea au Conseil souverain. Il épousa Geneviève Juchereau de Maur et le couple eut sept enfants, dont Catherine et Marie, les deux plus vieilles.

Madame de Berthier continua, observant intensément les deux nouveaux venus.

— Elles ont accepté avec plaisir d'assister au mariage et à la réception des noces qu'il nous fait plaisir, mon mari et moi, monsieur Latour, de vous offrir en gage de notre amitié.

Marie Legardeur pointa son regard en direction de Pierre Latour. Ce dernier la remercia d'un signe de la tête. Madame de Berthier parut satisfaite de la réaction du forgeron.

— Nous croyons que le bon voisinage d'un bord à l'autre du fleuve crée des liens d'amitié, si nécessaires à l'entraide dans notre beau pays.

Deux dames d'un certain âge étaient assises dans leur fauteuil, devant le feu ronflant de l'âtre. Madame de Berthier continua :

— Voici ma sœur Catherine, madame de Sorel[99]. Elle nous fait le plaisir de sa visite pour la saison d'hiver.

— Mes respects, monsieur l'abbé. J'ai eu le privilège de conduire aux fonds baptismaux le petit Jean Allard, à Québec. Oh, il devrait être âgé de près de vingt-cinq ans, maintenant ! Son père s'appelait Julien et sa mère, Marie Mercier. Serait-ce de votre parenté ?

La femme de cinquante-six ans tendit sa main gantée. L'abbé Jean-François se rendit compte rapidement que la distinction était un trait caractéristique des deux sœurs.

— Sans vouloir vous décevoir, madame, mon père s'appelait François et il était sculpteur, répondit l'abbé.

---

99. Catherine Le Gardeur était veuve de Pierre de Sorel depuis treize ans. Le couple n'eut pas d'enfants. Après sa rencontre avec Bâtard Flamand, chef des Agniers (voir *Eugénie, Fille du Roy*, tome 1), Sorel fit partie de l'expédition de Tracy contre les villages iroquois, en compagnie de son futur beau-frère, Alexandre de Berthier. Pierre de Sorel profita du licenciement du régiment de Carignan-Salières pour se marier, le 10 octobre 1668, avec Catherine Le Gardeur. Il s'établit sur la terre de Sorel, qui lui fut officiellement concédée en seigneurie en 1672. Il mourut le 26 novembre 1682.

— Oh, un artiste ! Et vous, monsieur l'abbé, avez-vous hérité de son talent ?

Avant qu'il eut le temps de répondre, Marie Legardeur trancha :

— Monsieur l'abbé nous donnera, Catherine, l'occasion d'apprécier sa voix !

Jean-François ne sut que dire :

— Mes hommages, madame ! fit-il à l'endroit de Catherine Legardeur.

Marie Le Gardeur poursuivit :

— Et maintenant, voici ma bonne amie, Louise Margane de Lavaltrie[100]. La veuve de Séraphin, un ami de nos maris et un brave militaire.

Les trois dames eurent un sourire complice. Madame de Berthier continua :

— Nous venons d'apprendre l'épouvantable nouvelle de l'incendie du Séminaire de Québec. Monseigneur de Laval doit en être grandement peiné, n'est-ce pas, monsieur l'abbé ? demanda madame de Sorel

— Peiné n'est pas le mot, madame. Monseigneur l'Ancien ne quitte presque plus sa chambre depuis. Cet incendie est une épreuve pour sonder sa foi immense, le saint homme. C'est le deuxième incendie en quatre ans. C'est l'empreinte de Lucifer, sans aucun doute, répondit Jean-François.

---

100. Officier du régiment de Carignan, Séraphin Margane de Lavaltrie participa à la construction du fort Richelieu (Sorel). Au licenciement du régiment, il épousa, le 16 août 1668, Louise Bissot, fille de François, sieur de La Rivière, premier colon de Lévis. En 1672, il reçut une colonie, voisine de celle de Berthier, mais il exerça toujours son métier de militaire, se distinguant, avec Alexandre de Berthier, dans des engagements contre les Iroquois. Il fut promu capitaine en 1698 et mourut en 1699. Le couple eut onze enfants et leur fils Pierre agrandit la seigneurie.

Les trois dames acquiescèrent de la tête. Latour restait immobile.

— Que c'est triste! Et vous, pouvez-vous être logé convenablement, monsieur l'abbé? demanda madame de Sorel, qui avait le sens pratique.

— L'aile des résidants a été épargnée, ainsi que la chapelle, madame. Ce sont les dépendances qui ont été incendiées. Pour le moment, nous partageons l'espace qui reste du Séminaire pour que l'instruction de ses futurs prêtres et des élèves du petit Séminaire puisse continuer jusqu'à la reconstruction.

Madame de Berthier décida d'orienter la conversation différemment.

— Mon mari devrait se joindre à nous bientôt. Alors, monsieur le maréchal-ferrant, demain sera le grand jour?

— Oui, madame. En effet!

— Nous avons bien hâte de connaître votre fiancée. Elle est de la Rivière-du-Loup, n'est-ce pas?

— Son père, François Banhiac Lamontagne, est sabotier là-bas, madame, répondit le forgeron.

— Et j'aimerais ajouter: un ami! Un de nos vaillants soldats qui ont délogé ces vauriens, avec Pierre et Séraphin. Il faut reconnaître leur courage! s'exclama Berthier à l'intention des trois dames.

Berthier venait d'emplir la pièce de sa voix de stentor.

— Pouvons-nous vous servir à boire, monsieur l'abbé?

Comme Jean-François Allard avait entendu dire que le capitaine Berthier y allait fort sur la bouteille, il s'empressa de répondre:

— Pas maintenant. D'ailleurs, je ne bois pratiquement jamais d'alcool. Excepté lors de la sainte Eucharistie, bien entendu… Mais, comme demain est un jour béni, nous verrons au cours de la réception, pas avant en tout cas.

Les dames ne purent qu'apprécier la vertu de l'ecclésiastique.

— C'est comme moi, j'essaie d'être raisonnable! ajouta Berthier en regardant sa femme avec crainte.

Il continua cependant:

— Et vous, mesdames, un doigt de vin de Porto? C'est mon ami Da Silva, le postier royal, qui le fait venir de son pays natal et qui me l'achemine. Allez, dites oui, ce sont des jours de réjouissances.

La réponse négative des dames, qui voulaient se montrer vertueuses devant l'abbé, ne découragea pas le seigneur de Berthier.

— Mais, toi, mon ami Latour, tu as notre permission de fêter tes derniers moments de vie de garçon! Alors, qu'est-ce que je te sers? Tu ne peux pas me refuser ça! De la bière, du rhum? Rien de contrefaçon. Le rhum vient de la Jamaïque.

Pierre Latour n'avait pas l'habitude de boire non plus. Mais, devant l'insistance de Berthier, il accepta un doigt de rhum.

Le capitaine se tourna de nouveau vers l'abbé.

— J'insiste. Entre nous! continua Berthier.

À ces mots, sa femme lui fit de gros yeux de réprobation.

— J'ai peur de donner le mauvais exemple aux âmes pures, monsieur, répondit timidement l'abbé Jean-François, qui continua pourtant:

— Vous me tentez, capitaine Berthier, je ne sais si je devrais.

Madame Berthier prit la défense de l'ecclésiastique :

— Il a déjà refusé, Alexandre, n'insiste pas !

Mais Berthier continua :

— Allez, monsieur le curé, une tentation pas si pécheresse que ça ! Surtout après la rude randonnée en raquettes que vous avez faite. Ne vous inquiétez pas, ces âmes pures vont nous accompagner.

Jean-François Allard flancha et accepta un doigt de rhum... puis un autre, comme Pierre Latour, tandis que les sœurs Le Gardeur et Louise de Lavaltrie, ainsi que la belle-fille de Berthier, dégustèrent le vin portugais. Quant à Berthier, il vidait son verre à la même cadence qu'il offrait de nouvelles rasades à ses invités.

Comme madame de Berthier regardait son mari avec reproche, ce dernier lui répondit, guilleret :

— Il faut toujours bien fêter le mariage d'un ami. C'est un jour heureux.

Au moment du repas du soir, Marie Le Gardeur décida de s'imposer.

— Alexandre, ça suffit. Maintenant, la sobriété est de mise. Retenons ces moments d'allégresse pour demain, alors que ce sera la réception de noce.

Mais, à la surprise de tous, madame de Berthier demanda après le souper à l'abbé Allard de chanter.

— Nous n'avons pas de clavecin, mais un petit harmonium. Si cet instrument peut vous convenir, monsieur l'abbé.

– Il sera parfait, madame. Il faudrait bien que j'exerce ma voix pour demain, le grand jour. N'est-ce pas, monsieur Latour?

L'abbé s'exécuta, s'accompagnant à l'harmonium. D'abord, un psaume et, par la suite, une cantate. Il termina par un air folklorique normand, appris de son père François. Les demoiselles Le Gardeur reprirent le refrain en chœur, les larmes aux yeux. Elles se souvenaient de l'avoir fredonné sur les genoux de leur père, étant enfants.

Pour sa part, Berthier put apprécier le talent musical et vocal de l'abbé. Il le mentionna à son ami le forgeron:

– Il me rappelle sa mère!

– Sa petite sœur aussi chante merveilleusement bien. Je l'ai entendue, l'an passé. Étiennette n'arrête pas de m'en parler.

Berthier regarda son ami.

– Et toi, chantes-tu, Pierre? Je ne t'ai pas encore entendu. Tu préfères roucouler.

Là-dessus, Berthier se mit à ricaner.

Dès l'aube, Pierre Latour se fit réveiller par la voix de stentor de Berthier.

– Tu ne penses quand même pas que je vais te faire arriver en retard le jour de ton mariage!

L'odeur du café brûlant acheva de stimuler les sens du forgeron.

– C'est jour de fête, mon ami. Ta fête. Allez, je te laisse revêtir tes plus beaux habits pour que tu sois le plus beau pour ta promise.

Le costume trois-pièces que Latour avait apporté avait été confectionné à partir de celui qu'il avait déjà porté au pied de l'autel à son premier mariage. Il comprenait une chemise en toile de lin et de coton jaune, cousue aux épaules avec une pièce de renfort, appelée « fer à cheval », une veste longue, brune, en lin, lacée aux manches, nommée « mantelet » et un pantalon de lin lacé aux genoux. Un manteau en feutre complétait sa tenue vestimentaire. Madame de Berthier avait fait nettoyer et repasser le costume, de sorte qu'il était maintenant propre comme un sou neuf. Pierre Latour avait acheté une cravate de soie blanche et s'était fabriqué des chaussures en cuir, qu'il avait imperméabilisées. Il était coiffé du tricorne.

Quand il se présenta à la salle à manger du manoir pour déjeuner, l'abbé Allard était en train de bénir le repas, composé d'œufs, de pain grillé et de confiture.

La maîtresse de la maison indiqua que les véritables agapes commenceraient après la cérémonie du mariage, à la petite église de la paroisse de l'île Dupas.

Elle demanda à son mari :

— C'est quand même une température douce pour un début de décembre pour se rendre à l'île. Je me demande, Alexandre, si la glace est assez solide pour y aller en carriole.

— Nous pourrions toujours passer par le chenal en chaland, répondit Berthier.

— Je pense bien que oui. Mais il vaudrait mieux tester la glace avant. De toute manière, François, le père d'Étiennette, va nous donner son avis, lui qui vient en longeant le chenal, renchérit Latour.

— Sinon, il faudra avoir recours au passeur[101], comme vous dites, Alexandre ! précisa Marie Le Gardeur à son époux.

---

101. Celui qui conduit un bac ou une embarcation pour traverser un cours d'eau.

Le pont de glace sur le fleuve entre Berthier et Sorel était le chemin naturel en hiver pour établir la communication entre les rives. Mais, à la fin de l'automne comme au printemps, des embâcles se formaient et rendaient la traversée risquée pour les voyageurs imprudents. Il en était de même pour traverser le chenal du nord qui séparait Berthier de l'île Dupas comme pour l'ensemble des réseaux des îles de Berthier et de Sorel.

– Ça dépend où nous traverserons, ma chère. Un passeur ne serait valable que pour une courte distance. N'oublions pas que le câble suspendu ne doit pas toucher l'eau.

Berthier se retourna aussitôt vers Pierre Latour pour l'enguirlander :

– A-t-on idée de se marier un jour aussi incertain que le 1er décembre ! C'est l'hiver et ça ne l'est pas. Qui de vous deux a choisi cette date ?

Pierre Latour n'eut pas le temps de se sentir mal à l'aise, car madame de Berthier intervint.

– Tu devrais trouver une solution et non un coupable, Alexandre !

Ce dernier pencha la tête, contrit.

Sur ces entrefaites, la cousine de Marguerite Pelletier Lamontagne, Agnès Pelletier, et son mari, Charles Boucher, habitant de la Grande-Côte[102] de Berthier-en-haut, arrivèrent au manoir. Pierre Latour n'avait pas entretenu de liens, après le décès de sa femme Madeleine, la plus jeune des sœurs Pelletier, avec les Boucher. Mais Étiennette jugeait important de renouer les attaches familiales et invita ce cousinage au mariage.

---

102. Les premières terres concédées dans la seigneurie de Berthier-en-haut le furent sur le bord du fleuve, dans la Grande-Côte, située près de la rivière La Chaloupe.

— Bonjour Pierre. Tu nous reconnais, c'est nous, Agnès et Charles. On ne se voit pas souvent… Uniquement à tes noces, semble-t-il.

Agnès Pelletier n'avait pas la langue dans sa poche. Elle avait déjà reproché à Pierre Latour sa négligence lors du décès de sa cousine Madeleine. Ce dernier lui en avait voulu pendant longtemps.

Berthier tenait à saluer de façon particulière Agnès Pelletier Boucher, dont le père avait été un de ses grands amis.

— Agnès, comment allez-vous ? Madame de Berthier et moi-même vous avons vue grandir à la seigneurie d'Antaya[103]. Vous savez que la fille d'un seigneur, qui plus est un ami, sera toujours une seigneuresse… Et toi, Boucher, de la famille du gouverneur de Boucherville ! Bienvenue au manoir. Nous ne t'avons pas vu souvent au moulin, cette année ?

C'était de cette façon que le seigneur de Berthier interpellait ses censitaires, avec bonhomie et de manière directe.

— Vous patrouillez trop souvent la rivière Bayonne, avec le Basque, capitaine Berthier.

Alexandre de Berthier avait réussi à convaincre Martin Casaubon, un Basque, sergent dans les troupes de la Marine, marié à Françoise Lepellé dite «Desmarais» et domicilié aux Trois-Rivières, de devenir son censitaire. Martin Casaubon venait de s'installer le long de la rivière Bayonne, d'après le projet d'expansion de sa seigneurie vers l'intérieur des terres. Berthier aimait tellement Casaubon qu'il l'avait déjà recommandé au marquis de Vaudreuil comme prochain commandant de la milice des habitants de la seigneurie de Berthier. Martin Casaubon était âgé de quarante ans.

---

103. François Pelletier acheta la seigneurie de Dorvilliers, ou d'Antaya, à Philippe Gauthier de Comporté en 1675. Il devint alors sieur François Pelletier d'Antaya. Il s'était marié une première fois en secret, dans le scandale, en 1660, avec une sauvagesse de Tadoussac. L'année suivante, il se présenta à l'autel pour épouser cette fois-ci, au vu et au su de tous, Marguerite-Madeleine Morrisseau. Il mourut en 1697.

L'enthousiasme de Berthier pour Casaubon alimentait les rumeurs de favoritisme parmi les censitaires.

— Ouais! T'es venu comment, Boucher?

Berthier ne voulait pas que l'on abordât ses activités douteuses de traite de fourrures.

— Sur le chenal, en face de la maison, en berlot! La glace est assez épaisse pour une carriole avec quatre passagers.

— Sans danger? Vous étiez deux!

— Non, nous étions quatre. Nous sommes venus avec François, qui a dix-huit ans, et Charles, qui en a quinze, mais il en vaut bien deux, je vous le dis. C'est lui qui a testé la glace. Ils tenaient absolument à revoir leurs cousines… et à connaître un revenant, qui demeure toujours leur oncle.

Marié depuis vingt ans, le couple Boucher avait eu neuf enfants. Charles, le plus vieux, était mort à la naissance. Agnès prénomma son troisième Charles pour oublier son immense peine d'avoir perdu son aîné.

— Alors ton jeune sera mis à profit, Boucher, parce qu'il faudra vérifier la glace.

— Sans problème, capitaine. La glace du chenal est tout ce qu'il y a de plus solide.

— Ça dépend où l'on passe. Il y a toujours moyen d'enjamber l'île Randin[104]. Un meneur de bac pourrait nous y faire passer, ajouta Berthier.

— On pourrait aussi contourner les bourguignons en canot si la glace craquait, reprit Boucher.

---

104. Du nom du premier seigneur de l'île Dupas.

– Mais il n'y a pas de bourguignons maintenant! Tu te moques de moi! s'offusqua Berthier, qui continua:

– Vois-tu mesdames de Berthier et de Sorel en canot, Boucher? Et la future de Pierre, dans sa robe de mariage? Si la glace craque! Des plans pour qu'elles nous en veuillent le restant de nos jours. Viens avec moi, nous allons y voir plus clair.

Aussitôt, Berthier encercla les épaules de Boucher de son bras puissant. Ce dernier s'apprêta à suivre son seigneur.

Avant que Berthier ne parte, vers les dix heures, un convoi de plusieurs carrioles se présenta au manoir, venant de la Rivière-du-Loup. François Banhiac Lamontagne arrivait avec toute sa famille, excepté les jumeaux que gardait Jean-Jacques Gerlaise, de Saint-Amand. Le seigneur de Berthier et sa femme les accueillirent chaleureusement.

Étiennette fut introduite dans la chambre réservée aux futurs mariés afin qu'elle puisse se changer. Sa mère et sa cousine Agnès, heureuses de se revoir, s'occupèrent d'ajuster la robe de la mariée.

– Mais, maman, laissez-moi saluer Pierre!

Comme Marguerite Lamontagne s'en voulait de ne pas y avoir pensé, Agnès Boucher répliqua:

– Chère Étiennette! Le futur ne doit pas voir sa fiancée avant la cérémonie de mariage, c'est la coutume! Viendra un temps… C'est ta cousine qui te le dit, pour avoir eu huit enfants en quatorze ans! Et avec un homme aussi en santé, j'ai bien peur que ce ne soit pas encore fini!

Devant le regard interrogateur d'Étiennette, Marguerite crut bon de dire:

– Voyons Agnès! Ne la décourage pas le matin de ses noces!

– Au moins, elle sera prévenue! Tu sais ce que je veux dire, Marguerite? rétorqua la cousine. Elle le verra bien assez tôt, au pied de l'autel, le grand Pierre!

Devant l'étonnement d'Étiennette, Marguerite fit signe à sa cousine de quitter la pièce et aborda sa fille.

– Maintenant, je me dois de te parler de manière sérieuse. Tu as l'impression d'être devenue une vraie femme, n'est-ce pas?

– Je pense bien que oui! répondit Étiennette, gênée.

– Laisse-moi te dire que tu te trompes. C'est demain matin que tu le seras pleinement. Enfin, si ce que je pense se passe. Tu me vois venir?

Étiennette feignait l'innocence.

– Non? Alors, je vais te l'expliquer une fois pour toutes. C'est simple, mais c'est aussi plus complexe que ça en a l'air. Ta robe est belle, mais tu n'es pas censée dormir toute la nuit avec... Tu me suis? Elle doit émerveiller ton époux, c'est certain, mais...

Étiennette écoutait sa mère, sans dire un mot. Cette dernière poursuivit:

– Donc, tu dois te dévêtir pour accomplir ton devoir conjugal. Pierre a déjà été marié, il t'indiquera ce qu'il faut faire. Laisse-toi aller à ses désirs, il en sera content. Mais si jamais il te faisait mal..., tu comprendras si c'est le cas..., tu pourras toujours lui demander de prendre son temps. Ce qu'on t'a défendu t'est maintenant permis... Mais personne ne peut t'obliger à agir à l'encontre de ta volonté, m'entends-tu? Personne, pas même ton mari. Seulement, le mariage a été créé pour avoir une famille. Tu ne peux pas aller contre la religion. C'est là que ça se complique. Écoute ta mère, il ne faut jamais s'abandonner complètement à ses sens. Sinon, tu auras deux douzaines d'enfants, surtout en commençant à ton âge... Tu me comprends, Étiennette?

— Je pense bien que oui! Et vous, maman, vous aviez mon âge, n'est-ce pas?

Marguerite observa sa fille. *Elle n'est pas bête, Étiennette. Elle saura mener sa barque.*

— Ton père, ma fille, a toujours été correct. Je n'ai jamais eu à m'en plaindre. Je te souhaite que ton Pierre lui ressemble, dans ce domaine-là... Maintenant, c'est le temps pour ton père de demander à Pierre de venir te rejoindre. Bonne nuit de noces, mon poussin! ajouta sa mère avec tendresse.

La cousine Agnès fut particulièrement fière de revoir sa filleule, Agnès Lamontagne, en train de coiffer Étiennette. Agnès qui, toutefois, aurait bien aimé faire la causette à son cousin François eut la maladresse de tirer les cheveux de sa sœur.

— Aie! Fais attention! Veux-tu mon scalp, Agnès?

Profitant de cette bévue, la cousine Agnès dit à sa filleule:

— Laisse, je vais finir de la coiffer. Ça nous donnera le temps de bavarder un peu. Qu'en dis-tu, Étiennette?

— C'est une excellente suggestion. Qu'est-ce qui peut te rendre aussi malhabile, ma sœur Agnès, pour me maltraiter de la sorte?

Marraine et filleule se sourirent comme deux complices. Agnès Lamontagne se faufila pour aller rejoindre François Boucher.

Pour sa part, le jeune Charles Boucher devint écarlate lorsqu'il rencontra Antoinette Lamontagne, qui avait son âge. Quant à Geneviève, elle n'avait d'yeux que pour l'abbé Jean-François Allard, qui conversait avec François Banhiac Lamontagne et le seigneur de Berthier.

À un moment propice, surmontant sa gêne et ayant vérifié que sa mère habillait Étiennette, Geneviève aborda l'abbé.

– Bonjour, monsieur l'abbé. Vous me reconnaissez ? Geneviève, la sœur d'Étiennette ! J'ai tellement hâte de vous entendre chanter. Si vous chantez aussi bien que Cassandre, nous nous croirons au paradis.

Jean-François, troublé, serra bien fort son chapelet. Le fait de confondre la vision de l'enfer et du paradis le dérouta sérieusement. Il répondit, gauchement :

– Vous me donnerez sans doute vos impressions durant la réception.

Geneviève vit dans cette réponse le désir de l'abbé de mieux faire sa connaissance. Elle rougit et ajouta en souriant :

– À tout à l'heure, après le mariage.

Quant à Pierre Latour, il discutait avec Charles Boucher[105].

– Je suis content de te revoir dans la famille, Pierre. Mais en tant que résidants du même patelin, nous aurions dû nous parler plus souvent. Agnès l'aimait tellement sa petite cousine Madeleine ! Mais c'est toi qui en a le plus souffert ! Alors, bienvenue le plus souvent possible à la Grande-Côte, avec Étiennette !

– Et toi, Charles, au fief Chicot, avec toute ta marmaille.

– Étiennette et toi aurez l'occasion de les connaître bientôt… Nous allons agrandir dès le printemps prochain. Il y aura de la place pour tout le monde.

---

105. Charles Boucher était le petit-fils de Marin Boucher, frère de Pierre Boucher, recruteur de la Nouvelle-France et ancien gouverneur des Trois-Rivières. Ces deux frères étaient venus du Perche avec Robert Giffard. Voir *Eugénie, Fille du Roy*, tome 1.

Aussitôt, les deux hommes se serrèrent la main. Leurs retrouvailles auguraient un renouveau dans les relations de la famille Pelletier.

Quand Étiennette parut enfin dans sa robe longue de satin blanc garnie de dentelle à l'encolure, avec des manches étroites et boutonnées jusqu'au coude, agrémentées au niveau de l'avant-bras de volants de dentelle, noués par des rubans, à tour de rôle, les dames vinrent admirer sa toilette. Elle portait en dessous de sa robe une chemise en coton et en lin ainsi qu'un corsage de fin lainage à courtes basques à la taille. Des bas de laine écrue couvraient ses jambes jusqu'aux genoux. Elle était chaussée de botillons de cuir doublés de feutre, à la mode française, que son père lui avait fabriqués pour la protéger de la froidure de l'hiver. Une étole de fourrure de renard lui couvrait les épaules. Un manchon de la même fourrure complétait sa toilette.

La coiffure de la promise comportait une fontange de fine dentelle, garnie de boucles sur les côtés. Quelques mèches de ses cheveux sombres, bouclées avec soin, couvraient son front. Le capitaine Berthier, qui la croisa dans l'escalier du manoir, fit un signe de tête et une mimique admirative en la voyant.

— Eh bien, mademoiselle, Pierre fera l'envie de bien des messieurs !

Les censitaires invités par Berthier arrivèrent les uns après les autres. Juste avant de partir pour la cérémonie, fixée à midi, Berthier demanda à Pierre Latour :

— J'espère que tu n'oublies pas tes alliances, mon grand, parce qu'en tant que témoin, je serais embêté d'avoir à venir les chercher.

— Ne vous en faites pas, capitaine, je les porte sur mon cœur depuis qu'Étiennette m'a dit oui officieusement.

— Alors, ne les échappe pas, vous serez mariés dans moins d'une heure. Officiellement !

Pierre Latour avait demandé à Berthier d'être son témoin, alors que François Banhiac Lamontagne serait celui de sa fille Étiennette. Berthier avait répondu :

– Par amitié pour toi, Latour, bien entendu. Seulement, je ne pourrai pas signer le registre des témoins pour ne pas froisser les seigneurs de l'île Dupas et du fief Chicot… Attention, Latour, de ne pas les irriter, surtout Dandonneau, il n'est pas toujours d'humeur commode.

Le convoi de carrioles se mit en route pour l'île Dupas par une journée froide du début de l'hiver laurentien, celle du seigneur de Berthier en second, amenant le futur marié ainsi que l'abbé Allard. Charles Boucher et ses fils avaient voulu précéder le cortège. Étiennette prenait place dans la carriole de ses parents. La glace fut suffisamment résistante pour que chaque berlot arrivât sans incident.

Durant le trajet, Berthier interpella l'abbé Jean-François :

– Avez-vous la permission de votre évêque, monsieur l'abbé ?

Jean-François Allard regarda Berthier. Il lui répondit avec circonspection :

– Le vicaire général des Trois-Rivières a été informé que ma présence était autorisée.

– Connaissez-vous le curé Chaigneau de Sorel ? C'est un sulpicien !

– Il sera nommé sous peu, nous a-t-on dit à Québec, curé résident de la paroisse de Notre-Dame-de-la-Visitation[106] de l'île Dupas. Mais rien n'est officiellement confirmé.

– N'allez pas trop vite ! Pour l'instant, il dessert toujours les communautés de Sorel, l'île Dupas et Berthier-en-haut. Ah… les

---

106. L'ouverture des registres de cette paroisse se fit en 1704. Par ailleurs, le premier curé résidant sur l'île Dupas fut nommé en 1720.

ecclésiastiques en politique ! Ne le félicitez pas trop vite... Se mêler de la juridiction d'une autre seigneurie, même avec l'aval de vos autorités ecclésiastiques, reste toujours risqué. Vous êtes mieux de vous entendre entre prêtres, pendant la cérémonie. En cas de mésentente, je ne voudrais pas avoir maille à partir avec mes voisins... surtout pas avec ma belle-sœur ! s'exclama Berthier en ricanant.

Arrivées devant le parvis de la petite église paroissiale, d'autres carrioles attendaient patiemment, leurs chevaux ayant été dételés et conduits à l'abri qui servait de refuge pour les animaux durant l'office. Les hommes avaient déposé leurs armes dans le tambour qui protégeait la nef des intempéries.

L'église en bois était située sur la pointe supérieure de l'île Dupas, en face de Berthier. Elle contenait vingt-quatre bancs, dont l'un appartenait aux coseigneurs et l'autre au capitaine de la milice. Comme le vent frais du large pénétrait dans les interstices des planches des murs, le célébrant Chaigneau avait dû allumer un feu dans le poêle de fonte.

Dans la nef avaient déjà pris place, sur le banc seigneurial, le représentant de la seigneurie de l'île Dupas, Jacques Dandonneau, le frère d'un coseigneur, Louis Dandonneau Du Sablé, ainsi que son épouse, Catherine Duteau. Le chef de la milice, Pierre Généreux, sur son banc, Claude Dudevoir et sa femme Angélique Ducharme, Pierre Loiseau dit Francœur ainsi que tous les amis de Pierre Latour avaient déjà pris place derrière les notables.

Pierre Loiseau dit Francœur était le fils de Jeanne-Léonarde Genest, une fille du Roy arrivée en 1669. Son père était sergent royal. Elle se maria une première fois à Noël Cardin et devint veuve deux ans plus tard. Elle se remaria une seconde fois à Pierre Loiseau dit Francœur, soldat du régiment de Carignan. La famille Francœur demeurait à l'île Dupas et son fils Pierre, un ami de Pierre Latour, était âgé de vingt-huit ans. À ce jeune homme toujours célibataire, on prêtait à la fois les patronymes de Francœur et de Cardin.

On y retrouvait aussi Viateur Dupuis, trente-cinq ans, un ami de la famille Banhiac Lamontagne, résidant de Champlain. Marguerite et François Banhiac Lamontagne avaient jadis habité la seigneurie de Champlain après leur mariage. Leur plus vieille, Marie-Anne, y était née. Le couple avait tissé des liens d'amitié avec cet engagé, qui devint par la suite un habitant respecté.

L'abbé Jean-François Allard s'empressa d'aller saluer le célébrant Chaigneau dans la sacristie, tout en lui demandant s'il pouvait l'aider d'une quelconque façon. Comme l'un des enfants de chœur n'était pas encore arrivé, il habilla l'officiant de ses vêtements sacerdotaux et en profita pour discuter avec lui. Puis, Jean-François monta au jubé pour s'installer à l'harmonium.

Pierre Latour Laforge et son témoin, Alexandre de Berthier, se dirigèrent immédiatement vers leur prie-Dieu, près de la balustrade, à gauche de l'autel. Aussitôt agenouillé, Berthier chuchota au futur marié, nerveux :

— J'espère que tu as enlevé les alliances de ton scapulaire, Pierre.

Ce dernier ne répondit pas. Il préféra vérifier encore une fois que les anneaux étaient bien dans le fond de sa poche de gilet.

Puis, il tourna la tête du côté du prie-Dieu des Banhiac Lamontagne, à la recherche d'Étiennette. Berthier, aussi fébrile que lui, ajouta pour se donner contenance :

— Elle n'est pas encore arrivée… Ça ne devrait pas tarder… Mais tu ne perds rien pour attendre, mon gaillard. Elle est resplendissante dans sa robe. Mais je ne t'en dis pas plus.

Lorsque Pierre remarqua un gonflement de la veste du capitaine sous l'aisselle, ce dernier avoua, gêné :

— C'est la crosse de mon pistolet. On ne sait jamais avec ces serpents d'Iroquois. Leur attaque est sournoise. Vos armes sont à l'avant ; ils peuvent les saisir. Leur rivière est juste en face.

Pierre Latour fit une mimique de désapprobation qui déplut à Berthier.

Quand la famille Banhiac Lamontagne prit place du côté droit de la nef, Marguerite en tête, Pierre Latour sut que, très bientôt, Étiennette serait sienne pour la vie. L'émotion commença à l'envahir. Berthier lui fit un sourire pour le rassurer.

Agnès et Charles Boucher ainsi que les sœurs d'Étiennette et ses cousins Boucher suivirent. Viateur Dupuis vint prendre place à côté de Marie-Anne, la plus vieille des sœurs, qu'il trouvait à son goût ainsi endimanchée. Quand Loiseau dit Francœur la vit, il eut envie, lui aussi, de changer de côté de nef, mais se ravisa.

L'odeur âcre de l'encens et des cierges de suif embaumait la chapelle à la place de la fragrance des fleurs. Les rayons du soleil, reflétés à travers le vitrail des fenêtres, don des familles Courchesne et Dandonneau, illuminaient l'intérieur de la chapelle de leurs couleurs irisées. Le feu de l'astre radieux éclairait le petit retable et inondait de feuilles d'or le bois d'érable de l'autel de la chapelle de Notre-Dame-de-la-Visitation de l'île Dupas.

Marguerite eut le réflexe de se retourner pour vérifier si Étiennette et son mari étaient toujours à l'arrière de l'église. Quand elle aperçut Viateur Dupuis, près de Marie-Anne, elle se dit : *Décidément, nous les femmes de notre famille, nous attirons les hommes plus âgés.*

Étiennette et son père François avancèrent lentement, sur l'invitation du célébrant, jusqu'au pied de l'autel, au son de l'harmonium qui couvrait les chuchotements des membres de l'assemblée, debout devant leur banc.

N'y tenant plus, Pierre Latour regarda, admiratif, Étiennette qui s'avançait, gracieuse, au bras de son père, tout fier d'accompagner sa fille au pied de l'autel. Il trouva sa promise fort élégante dans sa robe blanche qui découpait avantageusement ses formes. L'envie de lui dire qu'il la trouvait belle lui effleura l'esprit. Il décida cependant de se retourner vers le célébrant qui faisait signe à l'assistance, qui contemplait l'arrivée de la mariée, de s'agenouiller.

Père et fille prirent place sur leur prie-Dieu. Étiennette lorgna du côté de sa mère, qui lui sourit et lui fit signe de se retourner du côté de son fiancé. Ce qu'elle fit. Elle le trouva impressionnant avec sa haute stature, à côté du seigneur de Berthier qui, lui aussi, en imposait par sa grande taille. Elle lui sourit. Il lui rendit son sourire.

— À genoux tout le monde, dit le prêtre. Nous sommes ici réunis pour sacraliser un serment d'amour que Dieu, dans son plan céleste, a considéré comme un sacrement. Mais, tout d'abord, commençons par célébrer le miracle de la vie éternelle par la messe quand, par l'eucharistie, le Christ s'est donné corps et sang à ses fidèles.

Dominus vobiscum, tonna le prêtre, pour intimer à l'assemblée l'ordre de s'agenouiller.

Durant l'offertoire, au moment où Étiennette confia à Dieu son fiancé, l'abbé Jean-François Allard entonna un cantique *a cappella* qui fit frémir l'auditoire. Geneviève Lamontagne se mit à envier sa sœur Étiennette d'être au pied de l'autel. Quant à sa mère Marguerite, elle se fit la remarque que l'abbé Allard pouvait aspirer à devenir le chantre de la basilique Notre-Dame.

Avec une voix comme celle-là, il remplace de belle façon sa sœur.

Étiennette, elle, aurait tout de même préféré la présence de son amie.

Après l'Évangile, le prêtre fit signe à Pierre Latour de lui remettre les alliances, qu'il déposa sur un petit plateau d'argent et qu'il aspergea d'eau bénite.

— Étiennette Banhiac Lamontagne, désirez-vous prendre comme légitime époux Pierre Latour, dit Laforge, ici présent, et lui jurer fidélité et obéissance, afin de le chérir jusqu'à son dernier souffle?

— Oui, je le veux, répondit-elle d'une voix à peine audible.

L'officiant Chaigneau lui sourit pour lui donner confiance.

— Et vous, Pierre Latour dit Laforge, souhaitez-vous prendre comme légitime épouse Étiennette Banhiac Lamontagne, ici présente, et lui jurer de la chérir et de pourvoir à tous ses besoins la vie durant, pour le meilleur et pour le pire?

Un « Oui, je le veux » sonore retentit dans le silence de la petite église.

— Alors, au nom de Notre-Seigneur Jésus-Christ, je vous déclare mari et femme. Ces alliances sont le gage de votre amour qui sera, avec votre foi en Dieu et la pratique des sacrements, le ciment de votre mariage. Amen, continua le célébrant Chaigneau.

— Amen, répondit l'assemblée.

Aussitôt, Pierre passa son anneau au doigt d'Étiennette, qui fit de même à l'annulaire de son mari. Étiennette remarqua que Pierre avait le bout des doigts brûlé par la morsure du feu de la forge et de son métal rougi.

L'officiant reprit la parole.

— Je demanderais maintenant aux nouveaux mariés de s'embrasser puisque, aux yeux des fidèles de l'Église, ils ne font dorénavant qu'un.

Pierre Latour Laforge releva de ses gros doigts la voilette qui cachait le visage d'Étiennette et l'embrassa sur les lèvres. Timidement, cette dernière, après le court baiser, lui sourit.

— Maintenant, chers nouveaux époux et chers fidèles, qui d'autre qu'un ami de la famille, et aussi le mien, dois-je dire, depuis longtemps, puisque nous avons déjà eu l'occasion de nous apprécier lors d'une retraite diocésaine, pour prononcer l'homélie. L'abbé Jean-François Allard a gentiment offert de vous adresser la parole.

Aussitôt, l'abbé Allard arpenta l'allée jusqu'au transept et se dirigea vers la chaire.

Chers nouveaux époux, Pierre et Étiennette, et bien chers fidèles, parents et amis des mariés.

C'est en tant qu'ami de la famille Banhiac Lamontagne que je suis parmi vous aujourd'hui. D'abord, pour représenter ma mère, Eugénie Allard, retenue pour cause de maladie et, aussi, ma petite sœur Marie-Renée, qui fait des études à Paris et qui sera heureuse d'apprendre le mariage de son ami Étiennette, même si elle regrettera de ne pas avoir pu y assister puisqu'elle ne sera pas au courant avant la fin du printemps ou le début de l'été, le temps que la nouvelle lui parvienne.

Étiennette fixait intensément les yeux du prêtre. Elle se revoyait avec Cassandre en train d'échafauder des projets d'avenir. Déjà, le destin les avait menées à des lieues de distance. L'abbé Allard poursuivit :

Je me fais également le porte-parole de la famille de Lachenaye, que la maladie vient de toucher durement. Madame de Lachenaye, l'épouse du seigneur de la Rivière-du-Loup qui est gravement malade, vous prie de recevoir, au nom des siens, ses meilleurs vœux de bonheur.

François Banhiac Lamontagne exprima son approbation en jetant un coup d'œil à sa femme.

Mais c'est comme le pasteur qui mène son troupeau au pré d'abondance que je veux vous livrer le message évangélique qui prévaut durant le sacrement du mariage.

Inspiré, l'abbé Jean-François avait les deux mains crispées sur le rebord de la chaire. Il haussa le ton :

Jésus a dit : « Les époux ne font plus qu'un. Croissez et multipliez-vous. L'œuvre de chair est désormais au service de la gloire de Dieu, dont vous êtes les instruments. Laissez-vous guider par ses desseins divins. Prenez garde, toutefois, au péché capital de l'impureté qui tend un piège aux époux de la foi… »

Le prédicateur pesa ses mots. Il les martela, d'une voix saccadée :

« Satan cherchera à vous éloigner de la vertu cardinale de la tempérance qui vous donnera la force de reconnaître le bien du mal. »

L'abbé scrutait l'assistance en quête d'âmes en perdition et conclut en ajoutant :

« Agissez dans le respect des commandements de l'Église, qui veut que la femme soit soumise à l'autorité de son époux. Pour sa part, ce dernier a juré devant Dieu et devant les hommes de l'aimer, de lui être fidèle et de la protéger.

Si vous agissez de la sorte, vous serez récompensés par une famille heureuse et nombreuse pour votre plus grand bonheur et la plus grande gloire de notre Mère, la sainte Église. Amen. »

Le silence régna dans l'assemblée. Chacun y alla de ses réflexions pour lui-même.

Berthier se dit que l'abbé avait la pudibonderie de sa mère Eugénie. Les dames Le Gardeur furent gênées d'entendre dire qu'une famille nombreuse répondait aux souhaits de l'Église. Marguerite Lamontagne se dit que sa fille Geneviève ne pourrait être qu'impressionnée par un prédicateur aussi éloquent et convaincant. Elle préféra regarder Étiennette.

Une première de mariée ! Et bien mariée ! Bon, il a deux fois son âge, mais ce fut pareil pour moi, et j'ai bien réussi ma famille. Étiennette fera de même. Pierre est un bon garçon, responsable. Je n'ai aucune inquiétude. Mais Geneviève…, ce serait un scandale.

Les jeunes filles Lamontagne souhaitèrent toutes de se marier le plus rapidement possible, excepté Geneviève qui se sentait tourmentée par son amour impossible. Elle voyait le malin l'entraîner vers l'enfer.

Non, dit-elle, je ne peux pas l'aimer, c'est un sacrilège.

L'officiant Chaigneau continua la messe, tandis que l'abbé Allard entonna un *Agnus Dei* mémorable. L'abbé Chaigneau invita les témoins à se rendre à la sacristie pour la signature des registres. François Banhiac Lamontagne, Pierre Généreux, Claude Dudevoir et Pierre Loiseau dit Francœur déclarèrent ne pas être en mesure de signer. Seuls Jacques Dandonneau et l'abbé Chaigneau signèrent. Pendant ce temps, Jean-François Allard chanta un cantique à la gloire de Marie, composé par le chanoine Charles-Amador Martin. Les nouveaux mariés sortirent de l'église au son de la marche nuptiale, jouée par l'abbé Allard.

Sur le parvis de la petite église, les sœurs Lamontagne s'affairèrent à inonder les nouveaux mariés de confettis. Si le temps était assez froid, le plein soleil commençait à chauffer. Le seigneur de Berthier annonça à la ronde :

— Vous êtes tous nos invités à notre manoir pour la réception des noces. Cependant, partons vite avant que la glace cède sous notre passage.

Le cortège nuptial se mit en route vers Berthier. L'abbé Chaigneau dit à son ami l'abbé Allard :

— Vous êtes le bienvenu en tout temps, monsieur l'abbé. Mon harmonium s'ennuiera de vous. Lorsque nous aurons notre presbytère, il sera facile de vous y accueillir.

— J'en parlerai à ma mère. C'est elle la véritable organiste de la famille. Sait-on jamais ?

— Il faudrait convaincre notre conseil de fabrique. Je vais tout faire pour le persuader. Pour votre part, je compte sur vous pour vendre l'idée à votre mère.

Puis, prenant quelques secondes de réflexion, le sulpicien continua :

— La paroisse vous en serait reconnaissante, Jean-François. Et vous pourriez venir visiter votre mère aussi souvent que votre évêque le permettrait… Un presbytère sans ménagère, c'est comme un curé sans presbytère. Nous allons prier, monsieur l'abbé.

La réception des noces se fit dans l'allégresse. Berthier invita Jacques Dandonneau, qui déclina l'invitation. Le sulpicien Léonard Chaigneau accepta volontiers de nocer et de continuer à loger pour quelques jours encore au manoir de Berthier. Madame de Berthier et sa bru, l'héritière des seigneuries de Berthier-en-haut et de Berthier-sur-mer, offrirent les mets raffinés dont elles avaient supervisé la préparation. Les rôtis de porc et de volaille ainsi que les poissons du fleuve, esturgeons, brochets et anguilles, garnirent les assiettes. Quant à Berthier lui-même, il s'occupa de faire servir la bière, le vin, le cidre et le rhum, qu'il conservait précieusement dans son cellier.

Les bons vœux de bonheur aux nouveaux mariés furent le prétexte de nombreuses libations pour Berthier, qui supportait de plus en plus mal l'alcool. Il ennuyait, de surcroît, ses invités en répétant sans cesse son intention de voir à la reconstruction du fort de Chambly, incendié par les Iroquois en 1702.

— Quand on pense que ces suppôts de Satan sont encouragés par les Anglais qui ont des visées sur l'Ouest. Si je m'écoutais, je reprendrais du service dans les compagnies franches de la Marine[107]. Comme mon ami[108] Margane, j'irais les en empêcher.

---

107. En 1683, la France envoie trois compagnies franches en Nouvelle-France pour protéger le commerce des fourrures et les habitants de la colonie. Les troupes s'établissent de façon permanente. C'est le début de l'armée coloniale française, ancêtre de nos forces armées.
108. Le 13 mai 1702, La Grande Alliance européenne de La Haye, composée de l'Angleterre, de la Hollande, de l'Allemagne et de l'Autriche, déclare la guerre à la

Quand je pense qu'ils sont obligés de faire alliance pour nous combattre!

Quand son épouse se rendit compte des propos hargneux de Berthier et de son élocution pâteuse, elle demanda au petit orchestre d'amorcer la musique de danse.

Étiennette et Pierre durent ouvrir la danse en exécutant un menuet, au son d'un théorbe et d'une viole de gambe. Le corps balourd de Pierre s'empêtrait dans ses mouvements, à l'inverse d'Étiennette qui glissait avec grâce sur la piste. Très vite, Marguerite incita ses filles à se joindre aux nouveaux mariés. Elles se cherchèrent un compagnon. François Boucher escorta Agnès, Viateur Dupuis, Marie-Anne et, finalement Pierre Francœur, Madeleine, sous le regard approbateur de leur mère. Geneviève entraîna sa sœur Antoinette sur la piste. Mais elle avait une idée derrière la tête. Elle tomba devant l'abbé Allard, en grande conversation avec monsieur Chaigneau, feignant de s'être tordu le pied.

— Ooooh! s'écrièrent ceux et celles qui la virent. L'orchestre s'arrêta.

Jean-François coupa court à la conversation et s'accroupit devant la jeune fille étendue. Il lui enleva la chaussure et ausculta sa cheville pour connaître la gravité de la blessure. La jeune fille le rassura. Alors, le prêtre lui massa le pied. Marguerite, qui nota le zèle de l'abbé, fit la remarque suivante:

— Êtes-vous aussi médecin, monsieur l'abbé? Geneviève a besoin de repos. Elle ne dansera plus de la soirée, c'est triste pour elle.

Marguerite se doutait que le manège de sa fille Geneviève n'était qu'un prétexte pour attirer son attention. Elle aida Geneviève à se relever et, la tenant par la taille, elle la conduisit à sa chambre.

France et à l'Espagne, dont le roi est le petit-fils de Louis XIV. Cette guerre de dix ans fut la plus pénible de toutes celles qui furent soutenues par le souverain français.

– Tiens, ma fille, tu dois te reposer. Ton pied ne te permet plus de danser. Mais il guérira vite, j'en suis certaine.

– Je me sens déjà mieux, mère. Je pourrais…

– Mais qu'est-ce qui te prend! Un prêtre, Geneviève, n'y pense pas! Tu serais excommuniée… Et notre famille aussi! Je ne veux plus que tu lui tournes autour, compris? Pour Étiennette, le jour de son mariage, c'est le plus grand jour de sa vie, ne le gâche pas!

Geneviève se mit à pleurer. Elle enfouit son visage dans le traversin du lit.

Marguerite en fit part à son mari:

– Décidément, le jeune abbé l'attire. Il faut mettre un terme à ce jeu dangereux. Il ne faut plus qu'ils se voient.

– Il repartira bientôt, de toute façon, poursuivit François.

– J'ai hâte que le postier revienne. Et dire que je l'ai invité à la maison pour quelques jours en attendant le retour du jeune Da Silva. Que peut-on faire?

– Il pourrait être hébergé à la mission de la Rivière-du-Loup…

– Ou chez Jean-Jacques. Notre voisin pourrait nous rendre ce service. Pourrais-tu le lui demander? demanda Marguerite, inquiète.

– Bien sûr. Il y a plus de place chez lui que chez nous. Il est seul dans sa grande maison. Il va sûrement s'ennuyer du départ des jumeaux, se plut à répondre François Banhiac Lamontagne.

– Oh toi! Je ne trouve pas cette situation si drôle… Quant à Geneviève…, s'inquiéta de nouveau Marguerite.

— Pourquoi ne demandes-tu pas à Agnès Boucher, ta cousine, de l'inviter ? Son plus vieux, François, est de l'âge de Geneviève.

— Tiens, tiens ! C'est une excellente idée. Merci. Tu sais, Geneviève me surprend… Et un abbé reste toujours un homme ! reprit Marguerite, pinçant la joue de son mari, rassurée.

— Et un mari, encore plus !

En disant cela, François Banhiac Lamontagne sourit à sa femme et l'invita à danser une sarabande que l'orchestre avait commencé à jouer. Marguerite se laissa entraîner dans le tourbillon de gaieté et tâcha d'oublier son inquiétude concernant Geneviève.

Au milieu de la soirée festive, quand le seigneur de Berthier invita les hommes de la noce à danser la gigue, Marguerite fit signe à Étiennette que le moment était venu d'aller se préparer pour la nuit. La mère accompagna la fille, sous le regard attendri du nouveau marié. Arrivées à la chambre, Marguerite présenta son cadeau de noces : une tenue de nuit.

— Tiens, ma fille. Pour que tu sois la plus belle épousée… Un homme est sensible à de beaux vêtements, surtout à sa nuit de noces.

Aussitôt dit, Marguerite se mit à pleurer, au grand étonnement d'Étiennette.

— Pourquoi pleurez-vous, maman ?

Se reprenant et tentant d'essuyer ses larmes, Marguerite hoqueta :

— Je pleure de joie et je suis heureuse pour toi. Seulement, je viens de perdre ma première fille, mon premier bébé. J'avais eu l'impression jusqu'à maintenant que toutes mes filles resteraient toujours à la maison. Et voilà que mon Étiennette, qui n'a pas encore dix-sept ans, convole en justes noces. Je m'attendais à ce que ce soit Marie-Anne qui parte la première, étant donné qu'elle est la plus vieille.

Marguerite reniflait toujours quand Étiennette répliqua :

— Vos prédictions vont peut-être se confirmer si le beau Viateur Dupuis continue à la faire danser.

— Toi, Étiennette, ne commence pas à m'énerver. Geneviève se charge de le faire.

— Son pied ?

— Non, son cœur !

— Que se passe-t-il ?

— Voici ta robe de nuit et dis-moi ce que tu en penses.

— Oh, maman, elle est magnifique ! Regardez-moi cette dentelle à l'encolure et aux poignets. D'où vient-elle ?

— De Paris, ma fille, de Paris. Je l'ai fait acheter par une amie des Trois-Rivières chez un fripier de Québec.

— Et cette passementerie…

— Elle mettra en valeur les frisons[109] de ta coiffure.

— Voulez-vous que je l'essaie maintenant ?

— Non, non ! C'est ton mari qui devra te voir la porter en premier et te donner ses impressions.

Les deux femmes se mirent à rire comme deux complices. Marguerite eut l'impression qu'Étiennette n'était déjà plus une enfant.

---

109. Boucles de cheveux.

Ça doit être ça, la grâce sacramentelle. Il doit y avoir une explication théologique. À moins que ce ne soit un miracle!

Marguerite Lamontagne embrassa sa fille sur le front et s'en alla en fermant la porte derrière elle. Elle s'empressa de récupérer son mouchoir et, sans s'y attendre, se mit à pleurer abondamment. Une fois ses joues épongées, elle retourna à la fête et fit signe à son mari que le moment nuptial était venu. François Banhiac Lamontagne prit soin de déposer sa pipe dans un cendrier. Il se leva, risqua de mettre le pied dans un crachoir dont l'utilité ne faisait pas de doute, puis s'avança vers son gendre et lui dit:

– Étiennette t'attend, Pierre… C'est encore une enfant. Essaie d'être délicat.

Pour toute réponse, le forgeron mit sa main sur l'épaule de son beau-père pour le rassurer. Le souvenir du moment d'intimité avec Étiennette sur les berges du lac Saint-Pierre lui revint en mémoire.

Quand Pierre ouvrit la porte et entra dans la chambre, Étiennette était déjà étendue sur le lit, vêtue de sa robe de nuit toute neuve. Les courbes de son corps donnaient vie aux motifs de fleurs tissés sur le vêtement en lin et valsaient aux caprices du scintillement de la chandelle. La nouvelle mariée sourit à son époux. Ce dernier commença à se déshabiller dans la pénombre, Étiennette souffla sur la chandelle. Elle frémit quand Pierre s'étendit sur la couche et colla sa peau nue contre la sienne. Instinctivement, elle se blottit contre le torse velu de son mari et attendit. Elle pensa à ce que sa mère venait de lui dire: *Abandonne-toi à ton mari!* Cependant, elle s'activa plutôt à éveiller les sens de Pierre en laissant glisser sa main sur son corps.

Étiennette se laissa aller à l'ardeur du géant et tout son être ressentit l'extase de l'amour. Les nouveaux mariés s'endormirent dans les bras l'un de l'autre. Étiennette rêva à ses deux douzaines d'enfants qui les entouraient, Pierre et elle.

Le lendemain matin, quand Étiennette se réveilla, son mari était déjà levé. Il lui demanda si elle avait bien dormi. Gênée de se montrer nue devant lui, elle se dépêcha d'enfiler sa robe de nuit qui avait glissé sur le parquet et d'attraper le pot de chambre qu'il lui tendait. Elle revêtit par la suite la jupe et le chemisier que la cousine Agnès lui avait offerts en cadeau. Étiennette n'osait regarder Pierre en face. Elle se demandait si elle avait été à la hauteur des attentes de son mari.

Elle se sentait encore envahie par la timidité quand tous deux se rendirent à la salle à dîner. Les invités de la veille qui avaient, pour la plupart, passé la nuit au manoir, étaient en train de prendre leur petit-déjeuner. Le large sourire d'Étiennette rassura ses parents. Pierre Latour se vit offrir par Berthier une bolée de cidre et Étiennette, une tasse de lait au chocolat par la belle-fille de ce dernier.

Après le repas, les nouveaux mariés remercièrent parents et amis pour les cadeaux qu'ils venaient de recevoir. On y trouvait un rouet donné par les amis de l'île Dupas, de la vaisselle de grès et des gobelets en laiton offerts par la famille Boucher, un crucifix en zinc, présent de la famille Allard, des raquettes de la part de Ducharme, une courtepointe pour le lit et un tricot pour Étiennette, une nappe et des napperons, ainsi que des rideaux fabriqués par sa mère et ses sœurs, et des pots de confiture de fruits et de légumes.

Durant la soirée, François Banhiac Lamontagne et son épouse firent l'annonce de leur cadeau de mariage : un four à pain, déjà installé près de leur maison, à l'insu de Pierre. Ce dernier avait l'habitude de brûler la pâte à pain qu'il préparait à cause du feu trop intense de la forge.

Marie Le Gardeur offrit une soupière en porcelaine à Étiennette. La noble dame lui mentionna :

— Mon mari m'a souvent parlé de la rivière Chicot. J'aimerais aller vous visiter un jour, avec ma sœur. Vous savez, nous sommes natives des Trois-Rivières.

— Mais voyons, mamie, nous sommes voisins ou presque… Tandis que les Trois-Rivières… s'interposa Berthier, sans manières.

— Vous êtes les bienvenues en tout temps, répondit spontanément Étiennette, à la satisfaction de madame de Berthier.

Berthier offrit à Pierre Latour un pistolet militaire de campagne de la part de la dame de Sorel.

— C'est le marquis de Tracy qui l'a offert à mon défunt beau-frère, Pierre de Sorel. C'est avec ce pistolet qu'il aurait arraisonné Bâtard Flamand, ce vaurien. Si ces Mohawks reviennent encore, ce que je crois, il te servira à te défendre. Ma belle-sœur Catherine est très heureuse de te l'offrir comme cadeau de mariage.

Latour sourit à Catherine Le Gardeur, qui lui rendit son sourire. Berthier continua :

— Quant à moi, je tiens à te donner une concession sur la rivière Bayonne afin que Berthier-en-haut ait son maréchal-ferrant. Alors quand madame et toi serez prêts à vous rapprocher du manoir, vous serez déjà chez vous. Et nous irons vous visiter plus souvent.

La surprise fut générale. Après ses remerciements, Pierre Latour demanda au capitaine la raison de tant de générosité. Ce à quoi Berthier répondit :

— Si Courchesne et Dandonneau pensent qu'ils vont rapatrier mes amis, ils se trompent. Tous mes censitaires sont mes amis dans ma seigneurie.

— Même Victorin Ducharme, le charron ?

— Tu connais l'adage, Pierre. Les amis de nos amis sont nos amis.

— À propos, capitaine, Étiennette me demande où se situe notre concession ?

– Elle est voisine de celle de Casaubon, Pierre. Tu verras, c'est un coin de verdure, avec de grands arbres le long de la rivière. Les rapides sont plus loin, en amont. Elle est idéale pour élever une jeune famille.

La famille Lamontagne alla reconduire les nouveaux mariés au fief Chicot, les cadeaux de noces bien rangés à l'arrière de la carriole, et repartit pour la Rivière-du-Loup avec l'abbé Jean-François Allard. Marguerite avait pris soin de demander à sa cousine Agnès d'inviter sa fille Geneviève à la Grande-Côte, à la grande déception de cette dernière qui se doutait bien du manège de sa mère et de sa sœur Agnès qui, elle, aurait bien aimé connaître davantage son cousin François.

Parvenus à la Rivière-du-Loup, sur les instances de sa femme, François Banhiac expliqua à l'abbé qu'il serait plus raisonnable pour lui de loger chez leur voisin, Jean-Jacques Gerlaise de Saint-Amand, lequel n'y verrait sans doute pas d'objection. L'abbé rétorqua qu'en fait il serait préférable qu'il retournât aussitôt que possible à Québec, vu que sa belle-sœur était sur le point d'accoucher de jumeaux et qu'il voulait célébrer la cérémonie de baptême.

– Des jumeaux ? J'espère qu'elle aura une sage-femme compétente pour l'assister. Cette fois-ci, je ne peux malheureusement pas m'y rendre. Me voyez-vous en raquettes ?

– Le médecin de Charlesbourg sera à ses côtés.

– Alors vous saluerez votre mère pour nous. Et dites-lui qu'elle est la bienvenue, ainsi que votre sœur, à la Rivière-du-Loup.

Marguerite allait dire : « Ainsi que vous, monsieur l'abbé », mais elle se retint en pensant à sa fille Geneviève.

Après un repas consistant, composé de pâté de gibier et de poisson fumé, l'abbé Allard quitta la Rivière-du-Loup en direction des Trois-Rivières. Lorsqu'il arriva au Séminaire de Québec, dans l'aile qui n'avait pas été incendiée, il eut à peine le temps de défaire ses bagages qu'il vit arriver son frère Georges.

— Vite, je t'emmène à Bourg-Royal.

— Qu'est-ce qui se passe ? Isa… Où est mère ?

— C'est elle qui m'envoie te chercher. Isa…

— Quoi, Isa ? Lui est-il arrivé malheur ?

— Non, mais mère pense que la naissance approche.

— Et le docteur ?

— Comme sa femme est à l'agonie, il n'est pas disponible, ou très peu.

Jean-François repensa à l'invitation de Marguerite Lamontagne.

— Mais il doit bien y avoir une sage-femme à Charlesbourg.

— La mère d'Isa vient chaque jour. Mais si Isa meurt en couches ? Elle n'aura pas de prêtre à son chevet ?

— Alors je t'accompagne, le temps de me préparer et d'apporter les huiles pour l'extrême-onction.

Arrivé à Bourg-Royal avec son frère, l'abbé Jean-François se dirigea vers la chambre d'Isa, qu'il croyait à l'article de la mort, comme Jean l'avait laissé entrevoir. Au contraire, Isa était assise sur son lit et l'accueillit avec un sourire. L'ecclésiastique questionna du regard sa mère Eugénie.

— Nous pensions bien que le temps était venu pour Isa, pendant l'avent ! Mais le docteur croit plutôt que ce sera à la fin de janvier ou au début de février. Tout se déroule bien pour elle. Que je suis donc contente de te voir, mon garçon ! Parle-moi du mariage d'Étiennette. J'ai tellement hâte.

L'abbé Jean-François Allard se rendit compte que sa mère avait exagéré l'état de santé de la future mère.

— Alors, mère, comment va votre main ? demanda Jean-François d'un ton sec.

— Pas si mal. Mais l'épouse du docteur Estèbe est à l'article de la mort. J'aimerais que tu puisses lui rendre visite. Puisque tu as ton nécessaire pour l'extrême-onction. Tu comprends, Manuel est un ami de la famille. Et en apportant le soutien de Dieu à son épouse, il nous le rendra avec Isa… c'est sûr. Qu'en penses-tu, mon garçon ? s'enquit suavement Eugénie.

— J'irai la visiter dès demain, répondit l'ecclésiastique avec un certain détachement, encore vexé de s'être fait manipuler par sa mère.

— Merci…, mais ce serait mieux cet après-midi, si ça ne te dérange pas, bien entendu. Alors le mariage ? Raconte-moi !

Jean-François, en bon fils qu'il était, fit la narration du déroulement des fiançailles, de la cérémonie de mariage et de la réception de noces d'Étiennette et de son mari, Pierre Latour Laforge. Il décrivit l'accueil chez les Lamontagne et au manoir de la seigneurie de Berthier.

— Et la femme d'Alexandre, madame de Berthier, peux-tu m'en parler ?

Jean-François ne tarit pas d'éloges, vantant l'hospitalité, la distinction et l'envergure de Marie Le Gardeur. Eugénie écoutait en silence le panégyrique[110], sans sourciller. Seul un léger rictus à la commissure des lèvres trahit sa frustration.

— Vous saviez, mère, qu'elle est de souche noble ?

Eugénie préféra avoir des nouvelles de Berthier.

---

110. Discours à la louange de quelqu'un.

— Et lui, comment l'as-tu trouvé ?

— Affable, sympathique, jovial… Un boute-en-train, pour ne pas dire un gai luron. Heureusement que sa femme était là pour l'encadrer.

Eugénie réagit. Son froncement de sourcils indiqua à son fils de s'expliquer. Ce dernier continua de façon dithyrambique[111].

— Il se dit sobre, mais il aurait tendance à faire honneur à sa cave si madame de Berthier ne veillait pas sur lui. Ce mariage est édifiant d'harmonie et de complémentarité, mère.

Aurait-elle réussi là où j'ai abdiqué ? Nous nous aimions, mais je l'ai éconduit si rapidement, prétextant son manque de tempérance. Ai-je fait une erreur ? Ai-je été trop radicale ? On me disait : Qui a bu, boira… Mais je n'aurais pas pu épouser François. Voyons, Eugénie, ressaisis-toi ! Tu ne serais pas en présence d'un fils prêtre sans François, un être si raisonnable, alors qu'Alexandre est plutôt un passionné.

Eugénie préféra orienter la conversation différemment.

— Et puis, à la cérémonie du mariage, as-tu chanté ?

Jean-François lui fit la description de la petite église de Notre-Dame-de-la-Visitation de l'île Dupas et du déroulement de la cérémonie, et lui fit part de l'invitation du sulpicien Léonard Chaigneau.

— Moi, ménagère de presbytère ? Mais ma maisonnée a encore besoin de moi !

— Ce n'est pas pour maintenant, le presbytère n'est pas encore construit. Mais vous devriez voir la beauté de la nature, près du fleuve !

---

111. Qui fait des louanges avec emphase.

– Tu sauras, mon garçon, que ta mère a enseigné à l'île d'Orléans ! Ton père a même failli s'y noyer[112].

Comme Jean-François ne répondait pas, Eugénie se rendit compte de sa bévue puisque François Allard s'était noyé beaucoup plus tard, en face du Cap-Tourmente.

– Nous étions allés rencontrer mes amis hurons avec Anne et Thomas, continua Eugénie, nostalgique. Tu as bien dit l'île Dupas ? Thomas en a déjà été le seigneur. Le savais-tu ? C'est pour cela que Marie-Chaton l'a visitée avec lui et son amie Étiennette… Déjà mariée… Une enfant. Oui, finalement, ce serait une bonne idée pour l'été prochain. Ainsi, j'irais rencontrer Étiennette et ses parents. Pour autant que je sois guérie, bien sûr, et invitée, il va sans dire.

– Dans ce cas, j'aimerais vous accompagner, mère.

– Ton ministère se rendrait-il jusque-là ? Il me semble que c'est dans une autre région. Tu n'es pas un desservant missionnaire à ce que je sache !

– Non, mais je pourrais obtenir la permission de vous accompagner, vous êtes malade !

– Oui, mais pas au point de te détourner de tes obligations, mon garçon. Georges pourrait m'y reconduire.

Eugénie regardait son fils avec suspicion.

– Mère, chez les Lamontagne, j'ai rencontré leur voisin, un Belge, Gerlaise de Saint-Amand, un veuf d'âge mûr, formidable. Il vous ferait un bon compagnon.

– Mais il était sur notre bateau, durant notre traversée, en 1666[113]. Un jeune soldat, comme François Banhiac, son ami. Des garçons sympathiques envers les filles du Roy.

---

112. Voir *Eugénie de Bourg-Royal*, tome 2.
113. Voir *Eugénie, Fille du Roy*, tome 1.

— Ils sont toujours amis et, en plus, voisins. Cet homme vous ferait un mari exemplaire, j'en suis certain. Il y en a peu comme lui. Un être incomparable.

— Je me souviens, les autres garçons se moquaient de son accent. Pas ton père ni Germain, mais Thierry, le mari de Mathilde.

Eugénie continua en riant :

— Dis donc toi, comment se fait-il que tu emploies toujours le superlatif quand tu qualifies les gens de cette région ? Sont-ils plus intéressants que les gens de Québec et des environs ?

Plus sérieusement, elle poursuivit :

— Toi, tu me caches quelque chose… Une mère ressent ces mystères-là.

— Simplement, mère, que le mariage est un beau sacrement. Je vous verrais bien vous remarier… J'ai vu le bonheur dans les yeux d'Étiennette et de Pierre, son mari, dans ceux de ses parents Lamontagne et dans ceux de Marie et d'Alexandre de Berthier.

Eugénie regarda son fils de façon dure. Elle se méfiait de sa rhétorique. Il ajouta :

— J'ai aussi ressenti la solitude chez les veuves, mesdames de Sorel et de Lavaltrie, ainsi que chez monsieur Saint-Amand. Je me disais que deux belles âmes ne pourraient qu'agrémenter leur existence en se mariant.

Eugénie se dit intérieurement :

Qu'est-ce qui lui prend à vouloir absolument me marier à tout prix ? Si, un jour, cela se produit, je l'aurai décidé par moi-même !

— Quand nous irons à la Rivière-du-Loup, je le rencontrerai peut-être, Jean-Jacques... Et j'irai aussi saluer Alexandre, le fameux seigneur de Berthier-en-haut.

— Mais il n'est pas veuf !

Eugénie réagit vivement :

— Et puis ! Je ne lui demanderai pas de divorcer, ne crains rien, puisqu'il est si bien marié. Seulement, il est normal de revoir, à la fin de sa vie, ceux que l'on a mieux connus et appréciés. Pour qui me prends-tu, mon garçon ? Sache que ta mère a toujours su bien se tenir. Et si je me remarie, ce sera mon choix et non le tien. Mais je te jure que ce sera un bon chrétien.

— Il n'y a aucun doute dans mon esprit, mère.

— Bon ! Maintenant, parle-moi de la cérémonie du mariage.

— Mais je viens de vous en parler !

Eugénie se surprit elle-même. *Ça doit être l'arthrite de mon poignet,* se dit-elle.

— C'est vrai. Où ai-je la tête ! Et mon cadeau de noces ? Étiennette, a-t-elle apprécié mon carré de dentelle de Bruges ?

— Elle l'a porté sur sa robe. Je me souviens.

— Pourrais-tu me décrire sa robe... Mais non, je ne peux pas demander ça à un ecclésiastique, bien entendu.

— La robe de la mariée était en satin blanc, avec dentelle et passementerie, alors que celle de Geneviève était en velours vert émeraude, dentelle en moins...

— Mais qui est cette Geneviève ? Je ne la connais pas ! Toi, par exemple, depuis quand observes-tu les robes des demoiselles ?

– C'est une des sœurs d'Étiennette. Elle est un peu plus âgée qu'elle. Elle a dix-huit ans.

– C'est vrai, Marguerite est la mère de plusieurs filles. Marie-Chaton me l'avait dit. Mais qui t'a dit son âge?

– Elle-même. Durant la réception.

Eugénie devint jongleuse. Elle revint à la triste réalité.

– Il faut maintenant que tu ailles visiter madame Estèbe, avant qu'il ne soit trop tard.

L'abbé Jean-François eut le temps d'administrer les derniers sacrements à l'agonisante, puis elle mourut. Les funérailles furent célébrées dans une peine immense, car l'épouse du docteur était une paroissienne respectée et aimée.

Isa, la femme de Jean, donna naissance à un gros garçon le 10 février 1706, et non à des jumeaux, comme le docteur l'avait prédit. La fierté du père était manifeste. Après la naissance, le docteur Estèbe l'invita à aller retrouver Isa qui s'était endormie, épuisée. Jean l'embrassa sur le front encore imbibé de sueurs. Ensuite, il admira le nouveau-né. Il se rendit compte qu'il avait le front des Allard. Jean alluma un lampion devant la statue de la Vierge, placée près de l'écusson familial «Noble et Fort». Il n'aurait su dire si sa dévotion était consacrée à l'icône ou aux armoiries. Il se signa, tout en pensant à son père François.

Baptisé le lendemain par l'abbé Jean-François, le bébé fut prénommé François, comme son grand-père décédé, à la grande fierté d'Eugénie.

– J'aimerais tellement que mon François ressemble à votre mari, madame Allard. Je n'ai entendu que du bien le concernant.

Flattée, Eugénie lui répondit:

— Merci, Isa, mais je souhaite qu'il ait votre caractère plutôt que le côté grincheux de Jean.

— Je tiens mon entrain des Pageau, madame Allard. Mon père va en être fier de ce petit-là !

Un mois plus tard, Thomas Pageau, un des pionniers de Charlesbourg, mourait subitement. Bon nombre de jésuites assistèrent à ses funérailles en compagnie de l'abbé Jean-François Allard, qui les célébra. En plus d'avoir été un habitant avant-gardiste, Thomas avait travaillé à son arrivée en Nouvelle-France comme tailleur d'habits liturgiques au Grand Séminaire de Québec.

Au début de mai, Eugénie reçut la visite impromptue du docteur Estèbe, qui venait lui demander la permission de la fréquenter.

— Je suis veuf, maintenant, et vous êtes toujours veuve, Eugénie... Et je ne vous ai jamais vraiment oubliée.

— Auriez-vous déjà oublié le souvenir de votre défunte, Manuel ?

— Pas son souvenir, il restera toujours vivant dans mon cœur.

— Croyez-vous qu'il y aura encore de la place pour moi ?

— Il y a toujours eu de la place, vous le savez.

— Chut... ne ressassons plus le passé. Nous sommes veufs maintenant... Dans ce cas, je vous permets de me revoir, Manuel. Mais...

— Mais...

— Nous en reparlerons quand vous reviendrez... disons, dimanche, après la messe ?

— Dimanche, après la messe, Eugénie.

Manuel Estèbe partit tout heureux. Eugénie se fit la réflexion suivante :

Pourquoi Jean-Jacques Gerlaise de Saint-Amand, quand je connais Manuel Estèbe depuis longtemps! Et pas n'importe qui. Un médecin! Il a dû s'assagir avec l'âge. Nous verrons bien. Mais je ne suis pas la seule veuve. Catherine Pageau est une jolie femme! Évidemment, elle ne pense pas à refaire sa vie, son mari Thomas est à peine refroidi... Et avec le petit François, la maison devient plus petite. Il serait peut-être temps que je pense à mon avenir...

Mon Dieu, je suis en train d'oublier Marie-Chaton. Si elle revenait, où irait-elle si je l'abandonne? Non, Eugénie, tu n'abandonneras pas tes responsabilités familiales comme ça. De la même façon que je ne deviendrai pas ménagère en terre inconnue, si belle soit-elle!

Mes enfants ont encore besoin de moi. Même mon fils, le curé! Geneviève! C'est pourtant la sainte patronne de Paris. Notre prieur de Tours a toujours dit de se méfier de nos Ursulines parisiennes. Marie de l'Incarnation ne le disait pas, mais je suis certaine qu'elle le pensait. Quant à toi, mon garçon, c'est comme évêque que tu viendras assister ta mère sur son lit de mort. Et un prêtre digne du sacrement de l'Ordre ne pense pas aux filles, crois-moi!

Oh oui, Manuel... j'ai bien hâte de le revoir... Pour autant qu'il ne soit pas trop entreprenant. Manuel est prompt comme un méditerranéen, pour ne pas dire un chaud lapin.

CHAPITRE XV
Le retour de Cassandre

La comtesse et le comte Joli-Cœur reçurent, avec l'arrivée de l'été, à leur domicile de la rue du Bac, deux lettres en provenance de Québec, l'une qui leur était adressée et l'autre, pour Cassandre.

Le messager les remit au comte en lui disant :

— Elles nous arrivent du dernier bateau de La Rochelle en provenance du Canada.

Thierry rétribua le facteur et s'empressa de décacheter leur lettre. Après une première lecture rapide, il regarda Mathilde en silence.

— Et puis, rien de grave, j'espère ?

Il lui remit la missive.

— Rends-toi compte par toi-même. C'est Eugénie qui nous écrit.

Mathilde saisit la missive, qu'elle faillit déchirer tant elle était pressée, et la lut :

Chère Mathilde et cher Thierry,

Comment allez-vous? Ici, en Nouvelle-France, les nouvelles ne sont pas bonnes. Thomas et Anne devaient aller vous remettre eux-mêmes ma lettre, cet automne. Mais il a subi une attaque qui l'a rendu impotent. Il a dû abandonner sa charge de procureur général et Anne est en train de vendre ses commerces et de liquider ses affaires. Le médecin a prévenu Anne qu'il ne s'en remettrait pas et que ce n'était qu'une question de temps... une année, tout au plus, avant qu'il ne trépasse. Mon garçon, Jean-François, qui est allé le visiter, l'a trouvé presque à l'article de la mort et lui a même administré l'extrême- onction. Il reconnaît les siens, mais il est très diminué. Il n'est plus que l'ombre de lui-même. Nous allons perdre notre ami, j'en ai bien peur.

Si jamais vous reveniez par ici, avant que la session d'étude de Marie-Chaton soit terminée, je souhaiterais qu'elle puisse vous accompagner. Je m'en ennuie tellement. Je ne veux surtout pas compromettre sa carrière, et vous savez que son avenir me tient à cœur. Je vous laisse juger de la situation avec elle.

Vous avez sans doute remarqué que ce n'est pas mon écriture. C'est mon fils, l'abbé Jean-François, qui a eu la gentillesse d'écrire à ma place et qui vous bénit. Je ne peux pas encore me servir de ma main droite. J'ai fait une vilaine chute à l'étable. Je traîne cette incapacité depuis plusieurs semaines. Anne est venue s'occuper de moi avant l'attaque de Thomas. Je suis en quelque sorte infirme moi-même. La Providence me préserve que je ne devienne pas aussi gâteuse que Thomas! Je ne rajeunis pas, moi non plus... Mais je ne voudrais surtout pas que mon état de santé influence la décision de Marie-Chaton.

Anne ne me l'a pas encore dit, vous la connaissez, elle est si orgueilleuse, mais elle souhaiterait ardemment que vous veniez voir Thomas pendant qu'il est encore temps. Si vous pouviez aussi avertir son frère Jacquelin, en Normandie, ainsi que ma belle-sœur Marie, sa cousine, ils ont le droit de savoir. Si vous le pouvez, bien entendu.

Quant à moi, mon état de santé ne me permet pas encore d'aller visiter Thomas à Québec. J'irai l'été prochain, quand les chemins seront beaux, en espérant que nous nous retrouverons tous... Je vous transmets la lettre destinée à Marie-Chaton, que je vous demande de lui remettre. Ne lui dites pas mon envie de la revoir, elle en serait préoccupée.

Je vous embrasse tous les deux et espère vous revoir sous peu.

Votre amie, Eugénie.

— Oh, mon Dieu ! Pauvre Thomas ! Entre la vie et la mort, au tout début de la soixantaine ! s'écria Mathilde.

Aussitôt, des larmes coulèrent sur ses joues. Thierry s'approcha d'elle et les épongea avec son mouchoir. Il la prit dans ses bras et garda le silence.

À la lecture de la lettre, Thierry aussi était sous le choc. Il prit sur lui, pour ajouter :

— Thomas, aussi solide que le roc ! Et vlan, une attaque !

— Que s'est-il passé ? Et dire qu'ils étaient censés, Anne et lui, venir nous visiter.

— Difficile à dire ! De la surcharge, sans doute ! Les affaires, en plus de sa fonction de procureur général. C'est beaucoup à son âge ! J'ai entendu dire par des marchands de Paris qui viennent d'acheter la faillite de la Compagnie marchande du Canada que Thomas, avec d'autres, avait soumissionné dans l'intention, sans doute, de reprendre le commerce... Je ne suis pas certain que Thomas ait été heureux comme procureur général et administrateur colonial. C'est plutôt un entrepreneur dans l'âme.

— Alors, qu'est-ce qu'on fait, Thierry ?

— Nous allons lui rendre visite, bien entendu. Ça te permettra de revoir tes garçons avec leur famille. Ils seront si contents de revoir leur mère.

Mathilde regarda Thierry et ajouta :

— Et toi, Ange-Aimé ?

Pensif, Thierry répondit, évasivement :

— Peut-être bien.

D'un ton glacial, Mathilde continua :

— Et les parents de Thomas, en Normandie ?

Thierry se souvenait d'avoir informé la sœur de François Allard, Marie Dusquesne, la cousine de Thomas, du mariage de François, à son retour en France, en 1667[114].

— Nous verrons plus tard, à notre retour du Canada. Aller au chevet de notre ami est la priorité, ainsi que consoler Anne dans sa détresse.

— Et Cassandre ?

— Elle doit revenir de Saint-Cyr ces jours-ci. Nous irons la chercher. Cependant, une mauvaise nouvelle l'attend. Je préfère lui annoncer en ta présence.

— Bien sûr à propos de Thomas, son parrain !

— Il y a un autre motif qui va lui faire également une peine immense.

— Ah oui ? Pourrais-je le savoir ?

---

114. Voir *Eugénie, Fille du Roy*, tome 1.

— Il n'y aura pas de reprise à la cour ni d'autres représentations à Paris ou à Saint-Cyr de l'opéra *Cassandre*.

— Et pour quelle raison?

— Plusieurs critiquent la gestion du couvent de Saint-Cyr, tenu par des religieuses et parrainé par la marquise de Maintenon.

En qualité de gentilhomme des menus plaisirs du Roy, Thierry avait fait la promotion de l'opéra avec le vicomte de Chatou, son adjoint. Ce dernier avait appris que Madame de Maintenon avait été critiquée pour avoir permis à une résidente du couvent de Saint-Cyr, qu'elle parrainait, d'interpréter le rôle d'une princesse païenne[115], alors que la marquise de Maintenon avait une réputation de dévote.

— Pourtant, Cassandre a eu du succès avec *Athalie*, à Paris!

— C'est là toute la polémique. Tant que le théâtre reste un texte parlé et d'inspiration biblique, comme dans les pièces de monsieur Racine, le clergé ne formule pas trop de réserves. Mais, à partir du moment où le théâtre incorpore des costumes, des décors, des mouvements équivoques, de la musique et des textes chantés d'inspiration païenne, comme dans l'interprétation d'un opéra, le pouvoir religieux s'insurge.

— Cela veut-il dire que Cassandre ne pourra plus poursuivre sa formation de cantatrice à Saint-Cyr?

— J'en ai bien peur. Déjà, le jeune François Bouvard n'enseignera plus l'an prochain à Saint-Cyr. Il a été forcé de quitter pour l'Italie… Quant à l'abbé Pellegrin, son ordre de Cluny l'oblige désormais à s'en tenir à l'enseignement des psaumes et des cantiques.

---

115. L'opéra chante l'amour de Cassandre, fille de Priam, roi de Troie, pour Oreste, fils d'Agamemnon, roi de Grèce, dont Cassandre était captive.

— C'est Cassandre qui va être chagrinée… Et aussi Alix, je pense. Et que peut-on augurer de l'avenir de Cassandre maintenant ?

— Elle ne pourra s'être fait une renommée en une représentation seulement. Nous devrons lui trouver une autre école ou bien…

— Ou bien…

Mathilde trouvait que les nuages commençaient à voiler les perspectives de carrière de Cassandre.

— Le Théâtre de la foire de Paris, où l'on joue des auteurs de petite réputation, n'est pas du niveau de Cassandre. Son talent est bien supérieur… même si c'est chez son cousin Carolus Allard, qu'elle ne connaît pas encore. Chatou pourrait la lui présenter, mais…

— Pourquoi pas toi ?

— Parce que je ne veux pas qu'il reconnaisse le fils du boucher de Blacqueville. Tu comprends, Mathilde, j'ai honte de mes origines…, de mon père…, un soûlot !

Pour la première fois depuis leurs retrouvailles, Mathilde vit la profonde vulnérabilité de Thierry. Ce dernier avait réussi à se métamorphoser en personnage de richissime comte Joli-Cœur. Et voilà qu'elle retrouvait son *bel hardi* de la traversée de 1666 ! Elle le prit dans ses bras, pour le rassurer. L'inébranlable comte Joli-Cœur se mit à sangloter, comme il l'avait souvent fait dans sa cellule de la Citadelle et sur la place publique de Québec, près de la potence.

Les sanglots dans la voix, il hoqueta :

— Tu me surprends Mathilde ! Je ne veux plus être Thierry, l'irresponsable et l'étourdi de la place, qui sert de souffre-douleur aux autres. J'ai réussi et je veux que mon entourage me respecte pour cela…

Il conclut de façon presque inaudible tant il avait la gorge nouée par la peine:

— Mon père, que j'aimais tellement, ne m'a jamais respecté… aimé. Il m'a enlevé ce que j'avais de plus cher, ma mère, en la faisant mourir… à force de la rouer de coups.

Mathilde ne s'attendait pas à de telles révélations. Elle se sentit soudain fière d'avoir participé d'une certaine manière à façonner le destin particulier de l'homme qu'elle aimait[116]. Cette constatation la rendit très confiante en ses moyens. Elle qui se sentait, d'habitude, à la remorque de son mari, réalisa que le comte Joli-Cœur était redevenu Thierry Labarre. Elle l'invita à s'asseoir, lui servit à boire et, sur un ton calme, lui recommanda:

— Tu sais, Thierry, Cassandre ne connaît même pas ce cousin Carolus! De plus, Eugénie nous a demandé de veiller sur elle. Je ne crois pas qu'il soit sage de la laisser à Paris, seule, pendant notre absence. De plus, revoir Thomas avant…, enfin… est notre principale préoccupation. Cassandre viendra avec nous à Québec. Si elle en décide autrement, elle restera au couvent de Saint-Cyr pendant tout l'été, sans possibilité de sortir. Comme son amie Alix. Nous verrons bien quelle sera la décision de mademoiselle Cassandre!

Thierry regarda Mathilde, plein d'admiration. Il comprit pourquoi Guillaume-Bernard avait réussi une si belle carrière comme procureur général. Il avait dû consulter Mathilde au moment de prendre des décisions importantes. Elle avait été là pour le conseiller à bon escient.

Elle a du sang bleu de la noblesse dans les veines, se dit-il.

---

116. Voir *Eugénie, Fille du Roy*, tome 1.

Par ailleurs, il prit conscience qu'Anne Frérot, malgré sa force de caractère, n'avait pas su empêcher Thomas de mener deux carrières de front, l'une de procureur général et l'autre de commerçant prospère.

Sans parler de son implication comme notaire et juriste. Toutes ces charges l'ont tué !

Quand la comtesse et le comte Joli-Cœur se rendirent à Saint-Cyr chercher Cassandre, ils eurent l'inquiétante surprise de savoir leur protégée à l'infirmerie. Alix, l'amie de Cassandre, leur apprit qu'un mal soudain avait attaqué sournoisement la jeune fille. Alix ne voulut pas en dire davantage, malgré les questions répétées de Mathilde, au grand étonnement de celle-ci.

— Alix m'a paru effrayée. Il y a quelque chose qui m'échappe dans cette mystérieuse maladie.

— Demandons à la responsable de l'infirmerie, conseilla Thierry pour la rassurer.

Après avoir interrogé la sœur infirmière, cette dernière leur fit la remarque suivante :

— C'est le type de malaise qui survient souvent à la fin de l'année scolaire, madame la comtesse.

— Pouvons-nous la voir ?

— Je dois demander l'autorisation à notre Mère supérieure, qui aurait aimé vous parler.

Quand Mathilde et Thierry furent introduits auprès de la prieure, Mathilde s'inquiéta.

— Est-elle contagieuse et en quarantaine ? J'espère que ce n'est pas trop grave, ma mère ! Nous comptions la ramener en Nouvelle-France sous peu. Croyez-vous qu'elle sera capable de supporter la traversée ?

La Mère supérieure toisa Mathilde et lui répondit :

— Nous ne sommes pas médecins, madame la comtesse. En tant que religieuses, nous avons plutôt l'habitude de soigner l'âme et le cœur de nos protégées. Et, dans le cas de Marie-Renée…

La Supérieure continua sur le ton de la confidence :

— Je crois que l'annonce du retrait du programme d'opéra l'a fortement secouée. Nous avions d'ailleurs l'intention de vous faire demander dans les meilleurs délais. Cette chère petite souffre beaucoup qu'il n'y ait pas d'autres représentations de l'opéra *Cassandre*. Un de nos professeurs, monsieur Bouvard, celui qui a composé l'opéra, a décidé de poursuivre sa carrière en Italie, là d'où il vient ! Je pense que ce départ subit l'a atterrée.

La comtesse et le comte écoutaient avec la plus grande attention.

— Atterrée ? Serait-elle… ?

La religieuse continua, feignant de ne pas avoir entendu le commentaire de Mathilde.

— Oui, je pense bien que retourner dans son milieu familial l'aiderait à recouvrer la santé. Cependant, l'établissement ne pourra pas l'accueillir à la prochaine rentrée scolaire si elle ne se conforme pas à notre programme, désormais strictement réservé à la pratique instrumentale. En cela, Marie-Renée est en avance sur les autres élèves, selon ce que m'en ont dit madame de la Guerre et monsieur de la Doué. Concrètement, Marie-Renée n'a aucun intérêt à rester à Saint-Cyr. Et, à ce compte, elle prend la place d'une autre, nonobstant vos généreuses contributions, monsieur le comte !

La religieuse regarda intensément Mathilde de ses yeux perçants.

— Mais… cela étant dit, par respect pour mademoiselle Languille, sa mère, je crois que sa maladie tient à plus !

Mathilde paniqua.

— Est-elle en train de mourir, ma mère ?

La religieuse se surprit à sourire. Elle réprima aussitôt son laisser-aller, se mordit la lèvre inférieure pour se donner plus de sérieux et ajouta :

— Ne vous inquiétez pas pour sa santé. C'est plutôt son cœur, je pense !

— A-t-elle fait une attaque ?

— Non, non. Je vais être plus précise. Selon nous, Marie-Renée est amoureuse !

— Amoureuse, à dix-sept ans ? Vous n'y pensez-pas, ma mère.

Aussitôt, Thierry interrompit la conversation.

— Mais, voyons, Mathilde, dix-sept ans… le *Sainte-Foy*, tu te souviens ?

Devant le malaise de Mathilde, la religieuse continua :

— Je comprends votre surprise et votre embarras, mais elle n'est pas différente de nos autres pensionnaires du même âge. De plus, elle a été fort remarquée ces derniers temps. Toute la cour a parlé de sa prestation dans l'opéra *Cassandre*, joué devant le Roy.

— Est-ce… un courtisan… quelqu'un de connu ?

— Non, Mathilde, je ne le pense pas. Le vicomte de Chatou m'en aurait informé. A-t-elle reçu une ou des visites derniè-rement, ma mère ?

– Non, monsieur le comte. Vous avez été le dernier à lui rendre visite. À moins que le visiteur ne se soit introduit clandestinement. Mais notre sœur portière est un vrai cerbère ! Non, je ne le crois pas.

Mathilde regarda Thierry.

Est-ce possible que Cassandre soit réellement amoureuse de Thierry ? Elle en a déjà donné l'impression, mais c'était de la fanfaronnerie d'adolescente… Mais si cette attirance s'était transformée en véritable sentiment d'adulte ? Il est grandement temps qu'Eugénie la retrouve. D'ailleurs, c'est ce qu'elle souhaite au fond d'elle-même.

Se sentant jugé par sa femme, Thierry prit la parole :

– Et si le désarroi de Marie-Renée provenait de l'intérieur du couvent ?

Piquée au vif, la religieuse rétorqua de manière presque cinglante :

– Vous semblez dire, monsieur le comte, que le ver serait dans la pomme ? Sachez que notre couvent est au-dessus de tout soupçon en matière de désordre moral. Notre réputation est sans tache. Nous exerçons une surveillance permanente.

– Mais Marie-Renée partage sa chambre avec Alix Choisy de La Garde. Celle-ci est certainement la confidente de Cassandre. Elle pourrait nous éclairer !

– Madame la comtesse ! s'offusqua la Mère supérieure. Nous n'encourageons pas nos protégées à la délation, répliqua la religieuse en défiant le regard de Mathilde, qui baissa pavillon. La réaction de la Supérieure en disait long sur son indignation.

– Et, pourrais-je me permettre d'ajouter, ma mère, que votre corps professoral s'est fait remarquer par l'addition de virtuoses prometteurs, comme Bertin de la Doué, Bouvard et Rameau ?

— N'est-ce pas, monsieur le comte ? ajouta rapidement la religieuse.

Mathilde sursauta devant la réponse rapide de la Supérieure.

Décidément, son pouvoir de séduction touche toutes les couches de la société. Il m'étonnera toujours !

— Voilà à quoi je veux en venir, ma mère. Il serait tout à fait normal qu'une jeune fille de dix-sept ans tombe amoureuse de son professeur dans la vingtaine.

— Pourquoi pas ! Marie-Renée comme les autres sont des couventines, et non des postulantes… Donc, le ver insidieux de l'amour se serait introduit tout naturellement par des leçons de clavecin, d'opéra ou de poésie.

— C'est ce que je tends à démontrer, ma mère. Cassandre est probablement amoureuse d'un des trois, de la Doué, Bouvard ou Rameau. Vous nous le diriez si c'était le cas, n'est-ce pas ? demanda Thierry.

La Supérieure conserva le silence, qui parut inquiétant à Thierry.

Elle nous cache quelque chose, se dit-il. *Elle en sait beaucoup plus qu'il n'y paraît.*

— Il faut que je voie Marie-Renée et que je lui remette la lettre d'Eugénie. Ça ne pourra que l'aider. Nous verrons plus tard avec Alix. De toute façon, je ne pense pas qu'elle puisse trahir son amie. Le secret amoureux est bien gardé chez les jeunes filles, trancha Mathilde, qui venait de faire un pied de nez à la religieuse.

Thierry, qui ne voulait pas se mettre à dos la prieure, bien vue de Madame de Maintenon, atermoya :

— Croyez-vous que l'état de santé de Cassandre nous permette de la ramener avec nous à Paris et, si possible, en Nouvelle-France, si elle le désire, bien entendu?

— Dans les circonstances, je pense qu'un changement d'air lui fera le plus grand bien puisqu'elle ne peut rester ici... Pourrais-je vous poser une question... disons, personnelle?

— Bien sûr, ma sœur! répondit Mathilde.

— Pourquoi Marie-Renée décide-t-elle toujours de tout, en ce qui la concerne? Ça la rend très orgueilleuse et son attitude fait souffrir son entourage. Cela pourrait même lui nuire à la longue.

Mathilde et Thierry furent surpris par la question et ne surent quoi répondre. Thierry se risqua:

— Parce que sa mère nous a demandé de l'encadrer. Et votre couvent est là pour cela. Nous ne voulons pas nuire à son autonomie. Une grande carrière est à sa portée.

— Vous savez, nos religieuses guident nos orphelines, qui n'ont plus de parents. Ce n'est pas le cas de Marie-Renée, qui se moque de notre règlement. Elle n'en fait qu'à sa tête, elle crâne et, de ce fait, elle exerce une mauvaise influence sur nos couventines. Elle se fie à son talent, immense, dois-je le reconnaître, et sur sa beauté... remarquée. Je crois que son attitude a déçu Madame de Maintenon.

— Pourtant, ma mère, le Roy lui-même, il y a quelques jours à peine, l'a applaudie! Si elle est crâneuse et insolente, ma mère, vous n'avez qu'à la réprimander, répliqua Mathilde.

— Vous avez raison, madame la comtesse, mais c'est avant tout la responsabilité des parents ou des tuteurs... Autant vous dire toute la vérité, Marie-Renée est en pénitence. Elle a été un très mauvais exemple par sa conduite, disons... plus que répréhensible. Ella a mérité la quatrième coulpe, celle des dévoyées. Elle est au cachot.

Mathilde bondit de surprise.

— Quoi? Qu'a-t-elle fait?

Thierry renchérit:

— Un délit criminel? Mais dans quelle prison?

— Notre cachot, ici, à Saint-Cyr. C'est une chambre isolée, sans fenêtre. Ne vous en faites pas, elle a droit à tous ses repas. Mais elle n'a aucun contact avec les autres pensionnaires, seulement la préfète de discipline.

— Qu'a-t-elle fait de si répréhensible? demanda encore une fois Mathilde.

La religieuse prit un air grave. Mathilde et Thierry ne savaient pas à quoi s'attendre.

— Mes paroles seront directes, madame la comtesse. Elle a été surprise au lit avec son professeur d'opéra, François Bouvard, le concepteur de l'opéra *Cassandre*... Naturellement, nous l'avons immédiatement congédié et notre protectrice l'a fortement incité à quitter le pays, sous peine d'être accusé de détournement de mineure. Une peine possible de mort, je vous le mentionne. Dans les circonstances, il s'en tire à bon compte.

La consternation que la religieuse pouvait lire sur le visage de ses interlocuteurs ne faisait aucun doute.

— Il y a longtemps, ma mère? arriva à demander timidement Thierry.

— Hier. La sœur responsable du dortoir a entendu leurs chuchotements.

Mathilde se mit à pleurer. Étranglée par les sanglots, elle ne put que dire:

— J'espère qu'Eugénie n'en saura jamais rien. J'ai failli à ma promesse de la protéger !

La religieuse eut un bon mot pour Mathilde.

— Vous n'y êtes pour rien, madame la comtesse, et nous non plus ! Ces jeunes gens savaient très bien ce qu'ils risquaient. Il s'agit d'espérer que cette leçon lui serve pour le reste de ses jours. Quand le péché capital d'orgueil s'allie à celui de l'impureté, cette combinaison devient un pavé sur la route de l'enfer.

Mathilde se risqua, tout en ne voulant pas irriter davantage la susceptibilité de la Supérieure :

— Pourrait-il y avoir des conséquences fâcheuses pour elle ?

La prieure joignit les mains et leva les yeux au ciel.

— Vous voulez dire pour sa vertu… ou sa santé, madame la comtesse ?

— Euh… oui !

— Chère madame, nous n'en savons, à vrai dire, rien. La préfète de discipline, sœur Gertrude, ne nous a pas fait mention de détails scabreux dans son témoignage. De sorte que Dieu seul jugera leur conduite. Pour nous, c'est clair, ce scandale est impardonnable, et Marie-Renée doit quitter Saint-Cyr pour ne plus jamais y revenir. Je suis navrée de vous l'apprendre de cette manière, car je sais que vous avez, monsieur le comte, des responsabilités à la cour qui plaident pour votre respectabilité.

La religieuse fit une pause. Voyant que la comtesse et le comte Joli-Cœur étaient sous le choc, elle ajouta :

— Il vaudrait mieux qu'elle retourne au Canada… Après tout, elle n'est encore qu'une enfant qui s'emploie à vieillir trop vite. Sa conduite me porte à croire qu'elle devrait être encadrée par sa famille. Malheureusement, la carrière qu'elle souhaitait à Paris comporte des risques. Il faut une vertu à toute épreuve pour réussir, tout en conservant sa dignité. Et la scène est déjà trop garnie d'artistes de talent à la petite vertu. Prendre modèle sur ces divas, même si elles ont été admirées par les plus grands et se sont données à leur art jusqu'à mourir sur scène, ne ferait que corrompre davantage Marie-Renée.

La religieuse faisait référence à Marie Desmares, dite la Champmeslé[117], qui était morte durant les représentations d'*Oreste et Pylade*, tragédie de Lagrange-Chancel, à Auteuil, le 15 mai 1698. La Fontaine lui avait dédié sa fable *Belphégor* et Boileau l'avait immortalisée par ces vers :

Jamais Iphigénie en Aulide immolée,
Ne coûta tant de pleurs à la Grèce assemblée
Que, dans l'heureux spectacle à mes yeux étalés,
En a fait sous son nom verser la Champmeslé.

– Et Alix, s'inquiéta Mathilde.

La sollicitude, démontrée par la comtesse, plut à la religieuse.

– Elle a juré ne rien savoir. Même si cette petite nous cachait la vérité, ce n'est tout de même pas elle qui a fait le mal !… Non, Alix de Choisy de La Garde n'est ni coupable ni complice. Où irait-elle si nous la renvoyions ?… C'est une orpheline que le couvent de Saint-Cyr est fier d'héberger et qui épousera un des meilleurs partis de France dans quelques années… D'ici là, elle ne doit pas être corrompue.

---

117. Née à Rouen le 18 février 1642, Marie épousa à 15 ans l'acteur Pierre Fleurye, qui mourut quelques années plus tard. Elle se remaria en 1666 avec l'acteur Charles Chevillet, connu à la scène sous le nom de monsieur de Champmeslé. Se joignant à la troupe du Théâtre du Marais, elle incarna Hermione dans *Andromaque*, de Jean Racine, en 1669, qui lui permit de jouer devant la reine. Elle devint la maîtresse de Racine. S'ajouta *Bérénice*, en 1670, *Monime de Mithridate*, en 1673, *Iphigénie*, en 1674, et *Phèdre*, son plus grand succès, en 1677. Elle quitta Racine pour le comte Clermont-Tonnerre, qu'elle épousa. Elle se joignit, en 1679, à la troupe de Molière et continua à jouer le répertoire tragique que ce dernier mit à l'affiche, de même que la plupart des tragédies de Corneille. En 1680, à la création de la Comédie-Française, elle en fut l'une des principales sociétaires.

La dernière remarque, trop cinglante au goût de Mathilde, la fit réagir.

— Nous vous remercions, ma mère, pour vos précieux conseils et pour votre franchise. Nous ne voulons pas abuser davantage de votre patience avec Marie-Renée. Nous vous demandons de nous indiquer où elle se trouve pour que nous puissions la ramener. Le plus vite sera le mieux.

— Bien entendu, madame la comtesse. Maintenant, si vous le désirez. Je vais demander à notre sœur préfète de vous l'amener au parloir.

— Le plus rapidement possible, si vous le pouviez. D'ici là, le comte avait manifesté l'intention de contribuer au financement de votre nouvelle bibliothèque.

Surpris, Thierry regarda Mathilde, qui lui fit signe de délier les cordons de sa bourse.

— Cela va de soi, ma mère. Nous serions peinés, la comtesse et moi, de ne pas faire notre petite part pour la qualité de votre enseignement… Notre contribution vous permettra d'oublier, ne serait-ce qu'un peu, le tort que la conduite de Marie-Renée a pu vous infliger.

— Mais, monsieur le comte, c'est pratiquement oublié, comme on dit !

— J'en ajouterai un peu plus, ma mère, pour que tout soit effacé de votre mémoire et que, surtout, la mère de Marie-Renée n'en sache jamais rien.

— Comment le pourrait-elle ? Cet événement fâcheux ne sortira jamais de ce couvent, qui, je vous le répète, a toujours été au-delà de tout soupçon. Le Roy lui-même y veille… d'autant que Marie-Renée est la fille d'une de ses filles du Roy du Canada, n'est-ce pas ?

Le fait de parler ainsi de la condition des filles du Roy devant Mathilde, elle qui en avait été une, rassura Mathilde.

— Je vous remercie pour tout, ma mère.

— Vous connaître, madame la comtesse, a été une grâce.

Là-dessus, les deux femmes se saluèrent. Pendant que Thierry se rendait à l'économat, Mathilde attendit la venue de Cassandre au parloir. Quelle ne fut pas sa surprise de voir arriver Cassandre, en larmes, qui se jeta dans ses bras !

— Qu'est-ce qui se passe, Cassandre ? Raconte-moi. Mon Dieu, quelle est cette peine-là !

L'uniforme porté par la jeune fille était froissé, comme si elle avait dormi sans l'enlever. Ses cheveux étaient entremêlés. Ses yeux azur étaient inondés de larmes et son visage ruisselant exprimait toute sa détresse. Le rose naturel de ses joues avait disparu pour laisser place à une blancheur inquiétante, marbrée d'une ecchymose. Mathilde la serrait fort sur sa poitrine, comme elle l'aurait fait avec sa propre fille.

— Il est parti, sans venir me saluer. Il m'a quittée… Il m'a trahie… Et puis, la sœur… la Supérieure… est venue me mettre en réclusion, devant toutes mes amies… Après m'avoir giflée si fort que je suis tombée par terre… comme exemple d'immoralité… Emmenez-moi hors d'ici, tante Mathilde, le plus rapidement possible. Je ne veux plus rester dans ce couvent maudit.

Mathilde essayait de garder son sang-froid. Surtout, elle ne voulait pas exprimer toute sa colère devant les révélations de Cassandre. D'abord, il lui fallait consoler sa petite et, ensuite, y voir plus clair.

— Bien sûr, Cassandre, nous sommes venus te chercher ! Que s'est-il passé pour que tu sois en prison ?

Cassandre se cabra.

— Ne m'appelez plus jamais ni Cassandre, ni Monime, ni rien ! Je ne veux plus ni jouer au théâtre, ni chanter à l'opéra… Et dire que je pensais qu'il m'aimait ! Il a surtout voulu abuser de moi… Je veux retourner à Bourg-Royal, avec maman.

Mathilde se dit que le moment de lui remettre la lettre d'Eugénie n'était peut-être pas encore approprié. Il valait mieux que Marie-Renée évacue sa peine et arrête de pleurer.

— Allons, allons, Marie-Chaton, tu peux tout me dire ! Qui t'a trahie ?

— François… François Bouvard, ma tante… Je suis persuadée qu'il a écrit cet opéra pour mieux m'avoir dans son lit. Quel mufle !… Je l'aimais ! Et il m'a quittée puisqu'il n'a pas obtenu ce qu'il cherchait.

Marie-Renée recommença à pleurer de plus belle. Quand la jeune fille reprit son souffle, Mathilde lui prêta son mouchoir de dentelle. Puis, elle l'instruisit de la conversation qu'elle et Thierry avaient eue avec la Supérieure. Elle conclut :

— Il ne t'a pas quittée, ma petite fille. C'est le Roy lui-même qui l'a exilé. C'est quand même mieux que de moisir en prison ! Par ailleurs, s'il a voulu te manquer de respect, il n'a eu que ce qu'il méritait.

— Dans ce cas, il vaut mieux que je ne le revoie plus jamais !

Mathilde jugea que le bon moment était arrivé de lui remettre la lettre. Aussitôt, le sourire revint sur le visage de Marie-Renée.

— Une lettre de maman ? Permettez-vous que je l'ouvre tout de suite ?

— À ta guise ! Mais je pense que oui !

Aussitôt, Marie-Renée se dépêcha de décacheter l'enveloppe. Elle se mit à parcourir rapidement le texte avec les mimiques théâtrales qui convenaient à la rigoureuse formation qu'elle venait de recevoir à la prestigieuse institution qu'était le couvent de Saint-Cyr.

Bonjour mon chaton,

Tu es sans doute surprise de ne pas reconnaître mon écriture, n'est-ce pas? J'ai fait une vilaine chute et c'est ton frère, l'abbé Jean-François, qui écrit à ma place et qui pense souvent à toi. Ne crains rien, ma main droite va se rétablir bien rapidement.

Comment se déroule ta formation en théâtre? J'imagine qu'elle te destinera à une merveilleuse carrière en France…, et même en Europe… Si c'est ce que tu veux, je t'y encourage. Mais, par-dessus tout, reste une bonne chrétienne et pratique les sacrements. Ils t'aideront à le rester. Car, ce monde-là est sujet à la tentation. Le malin y rôde!

L'abbé Jean-François avait, de son propre chef, souligné cette dernière phrase.

Marie-Renée se mordilla les lèvres de dépit. *Si maman savait,* se dit-elle! Elle continua sa lecture.

Maintenant, je vais te donner des nouvelles en rafale, des bonnes et des tristes.

D'abord, tu as une nouvelle belle-sœur, la femme de ton frère Jean, Isa Pageau, de Gros Pin. Ils se sont mariés en février dernier. Des jumeaux s'en viennent pour la fête de Noël. Imagine, deux Jésus dans la crèche! Quand tu recevras cette lettre, ils seront déjà là. Marie-Anne, la femme d'André, attend son cinquième pour la même période. La maison va bien manquer d'espace. Ce sera un heureux prétexte pour agrandir.

Une nouvelle malheureuse, Thomas est devenu invalide dans son fauteuil d'infirme. Il a démissionné de toutes ses fonctions par la force des circonstances. Je souhaite fortement que Mathilde et Thierry reviennent pour le revoir avant qu'il ne décède, car, malheureusement, l'abbé Jean-François l'a déjà administré. C'est triste, n'est-ce pas ?

La grande nouvelle est quÉtiennette va marier son forgeron ! Elle a même retardé son mariage au 1ᵉʳ décembre pour que tu puisses venir chanter à la cérémonie, comme tu lui avais promis. Malheureusement, le bateau arrivera trop tard pour tu aies l'invitation à temps. Je sais que tu aurais aimé chanter pour ton amie Étiennette. Mais c'est ton frère, Jean-François, qui t'aura remplacée. Moi aussi, j'ai été invitée, mais avec ma paralysie momentanée, j'ai préféré ne pas y aller.

À part ça, tes frères se portent bien. Georges semble s'intéresser à Margot Pageau, mais c'est probablement une passade de jeunesse.

Ta mère te demande de te conduire en fille sage et bien élevée. Écoute les recommandations de Mathilde comme si c'étaient les miennes ! Je souhaite que tu aies tout le succès que tu souhaites. Mais, si tu préfères revenir à Bourg-Royal, sache que ta place est toujours avec nous et que tu me manques beaucoup.

Ta mère qui t'aime et qui pense constamment à toi ! Ta mère t'embrasse, mon bébé.

Après la lecture, la jeune fille plia délicatement la lettre et la serra sur son cœur. Elle se mit à sangloter. Mathilde se risqua à lui demander :

— Et puis, quelles sont les nouvelles ?

Marie-Renée s'essuya les yeux et, avec un sourire complice, affirma :

— Je retourne à Bourg-Royal le plus rapidement possible. Ma place est auprès de ma mère.

Mathilde prit Marie-Renée par les épaules et lui dit, pour la réconforter :

— Je crois que c'est sage. Maintenant, rassemble tes affaires et mets-les dans ta malle de voyage. Attends, j'y vais avec toi.

— Et Alix, ma tante ? J'aimerais l'embrasser avant de partir.

Mathilde prit quelques secondes de réflexion avant de lui répondre :

— Il serait plus prudent que tu lui envoies un petit mot. Thierry s'occupera de le lui acheminer en douce. Comme ça, personne ne lui fera de reproche.

Marie-Renée sourit à Mathilde. Cette dernière s'aperçut qu'une certaine sérénité était revenue sur le visage de la jeune fille.

— Bon, maintenant, montons à ta chambre et préparons ta valise. Le plus vite nous quitterons ce couvent, le mieux ce sera.

Quand Thierry alla retrouver Mathilde au parloir, là où ils avaient convenu de se retrouver, il aperçut Marie-Renée, laquelle avait eu le temps de sécher ses pleurs, de faire un brin de toilette et d'enfiler d'autres vêtements. La jeune fille avait retrouvé son sourire. Mathilde savait qu'une blessure d'amour l'habitait toujours et que sa sensibilité était à fleur de peau.

À la vue de Marie-Renée, Thierry fit une révérence courtisane, qui eut l'heur d'amuser l'adolescente.

— Je suis heureux de te voir en bonne forme, Cassandre !

La jeune fille resta saisie. Mathilde réagit alors promptement.

— Cassandre n'est plus, Thierry. Nous avons retrouvé Marie-Renée.

Devant l'étonnement de ce dernier, son épouse ajouta :

— D'ailleurs, nous n'avons plus de temps à perdre si nous voulons retourner ensemble au Canada. Les malles de Marie-Renée sont prêtes, il ne reste plus qu'à préparer les nôtres, dès notre retour à Paris.

Thierry restait muet. Marie-Renée osa :

— Ma compagnie ne vous convient pas, monsieur le comte ?

— Au contraire ! Le temps d'organiser mon départ de la cour et nous nous mettons immédiatement en route. Avec des vents favorables, nous arriverons à Québec à la fin de l'été.

— Dans une semaine, le 3 juillet, ce sera mon anniversaire, j'aurai dix-huit ans. Aurons-nous la possibilité de quitter La Rochelle à cette date ?

Thierry fit un calcul rapide et rétorqua :

— Ce sera trop juste. Mais si nous quittons maintenant, le temps de régler mes affaires à Versailles, qui est tout proche, nous arriverons à temps pour prendre la caravelle… Ça dépend de ta tante.

En entendant son nom, Mathilde sursauta.

— Pourquoi moi ?

— Est-ce que tes bagages sont complets pour une traversée de plusieurs semaines ?

Mathilde se mit à rire. Sa réaction soulagea l'appréhension de Marie-Renée.

— Depuis le temps que tu m'agaces, mon cher mari, avec ma mauvaise habitude d'apporter trop de bagages, je puis te rassurer à ce sujet. Je pourrai toujours demander à Anne de me prêter quelques robes. Sa garde-robe est pleine…

Soudain, le visage de Mathilde se rembrunit. Elle balbutia :

— Pauvre Thomas !

Cette remarque eut le don de stimuler l'esprit de décision de Thierry.

— Nous n'avons plus de temps à perdre. Vite, que j'avise Chatou de me remplacer aux menus plaisirs de la Chambre du Roy et de voir à la gérance de l'hôtel de la rue du Bac, et nous fonçons vers La Rochelle.

— Aurai-je le temps d'écrire un petit mot à Alix ? demanda Marie-Renée.

— À Versailles, aux Grandes-Écuries. Et surtout, ne quittez pas le carrosse de vue, nous n'y resterons pas longtemps.

Arrivée à Versailles, Marie-Renée prit soin d'imprégner dans sa mémoire l'immense château, ses jardins et ses fontaines. Elle se remémora son succès devant le Roy, sa balade en barque avec Alix et, surtout, les serments d'amour qu'elle avait échangés avec François Bouvard.

Tout ça est du passé, se dit-elle. Et elle se mit de nouveau à pleurer, le cœur brisé.

Comprenant sa peine, Mathilde la laissa à son chagrin. Puis, elle lui demanda :

— Alors, Marie-Renée, tu l'écris cette lettre à Alix ou pas ? Parce que, quand Thierry reviendra, il sera trop tard. Tu l'enverras de La Rochelle.

Devant la directive de Mathilde, la jeune fille, qui autrefois aurait rouspété, se conforma à l'injonction. Elle puisa, dans un coffret, le papier et l'encrier, et adressa ces mots à son amie Alix.

À mademoiselle Alix de Choisy de La Garde,

Ma chère Alix,

Quand tu recevras cette lettre, je serai déjà en partance pour le Canada. Comme tu peux l'imaginer, je n'ai pas pu supporter l'affront que la Supérieure m'a fait. Me gifler et m'imposer le cachot ! C'est ignoble de sa part. Je ne remettrai plus jamais les pieds à Saint-Cyr.

S'il y a une amie qui sait à quel point je l'ai aimé, François, c'est bien toi, ma grande confidente et ma grande complice. Je ne sais pas si les religieuses vont t'en tenir rigueur. Je souhaite pour toi que non ! François est en exil. Tu le reverras, sans doute, un jour, mais pas moi. Je ne serai plus la Cassandre de personne, désormais. Si jamais il parle de me revoir, alors qu'il vienne en Amérique et qu'il me mérite.

T'avoir connue fut un honneur ! Je te promets qu'un jour, si tu m'invites, ce que je souhaite, je puisse chanter à ton mariage.

Alors, je ne te dis pas adieu, mais au revoir.

Je t'embrasse bien amicalement.

Marie-Renée

P.-S. : Il n'est pas exclu que tu puisses venir te marier à Québec. Je te présenterai alors à ma famille et nous irons visiter mon amie Étiennette au lac Saint-Pierre. Elle aura sans doute plusieurs enfants, car je viens d'apprendre son mariage. Tu verras, ça sera chouette !

Quand Thierry revint au carrosse, Marie-Renée venait de terminer sa lettre. Il la remit au vicomte de Chatou, venu saluer ces dames. Ce dernier eut alors cette remarque:

— Nous espérons que vous reviendrez à Paris et à Versailles sous peu, mademoiselle. Sinon, la France pâtira d'avoir perdu une artiste si prometteuse!

Ce à quoi Marie-Renée répondit:

— Cassandre restera désormais la muse de Ronsard pour l'éternité. Quant à moi, j'entends, pour le moment, retrouver ma famille et mes amies.

Là-dessus, la diligence se mit en route vers La Rochelle.

CHAPITRE XVI
La disparition

Par bon vent, le *Sainte-Geneviève* accosta au quai de Québec pour la fête de l'Assomption. Du parvis de l'église Notre-Dame, la population endimanchée put voir arriver le trois-mâts au drapeau fleurdelisé. Déjà, une foule de badauds s'était attroupée sur le quai. De l'observatoire du dôme du couvent des Ursulines, rue du Parloir, une religieuse amérindienne scrutait l'horizon, utilisant sa main comme visière pour se protéger du soleil. Elle avait vu en songe le retour du chasseur solitaire qui revenait des territoires célestes, là où habitait le Grand-Esprit.

Sœur Thérèse-Ursule sut instinctivement que celui dont elle attendait impatiemment le retour, le père naturel de son fils, s'apprêtait à descendre de la passerelle du bateau pour venir la retrouver. Elle s'était préparée à ce moment depuis que son fils Ange-Aimé lui avait demandé de faire vie commune avec son père, un gentilhomme, le comte Joli-Cœur, il y avait deux années déjà.

L'Iroquoise Dickewamis doutait depuis ce temps de sa véritable vocation, même si elle avait pris la décision de confier son fils unique à Thierry Labarre pour mieux se consacrer à sa vie de cloîtrée. Cette douloureuse décision, prise spontanément, l'avait amenée dans un gouffre spirituel dont elle ne se sentait pas capable de sortir. Elle confondait dans ses songes la Femme du Ciel, la terre créatrice chez les Iroquois, avec la Vierge Marie, et ne savait plus à qui adresser ses *Ave*. Elle priait autant sur sa natte, dans sa chambrette, au monastère, qu'à la chapelle. Et comme elle n'avait pas revu son fils unique depuis longtemps, maintenant installé à Oka, sur les bords du lac des Deux Montagnes, elle avait décidé de quitter le cloître pour aller le retrouver.

La stratégie qu'elle élabora était simple et risquée à la fois. Elle s'était dit qu'elle irait retrouver Thierry au quai, dans ses habits de fille des bois qu'elle avait toujours conservés, afin que personne ne pût suspecter que Dickewamis l'Iroquoise, la fille de Bâtard Flamand, était en fait une Ursuline. Par la suite, le Grand-Esprit les amènerait tous deux au village de Kawakee, leur fils, à Oka.

Confiante en son instinct, Dickewamis descendit l'escalier en colimaçon et se rendit à sa chambrette pour y récupérer son baluchon. Elle traversa les corridors du cloître d'un pas décidé, silencieux, malgré ses bottines de mauvais cuir. Elle se dit que dans quelques minutes à peine elle rechausserait ses vieux mocassins en peau d'orignal et qu'elle y serait sans doute beaucoup plus à l'aise. Elle faillit s'arrêter devant la chapelle, où elle pouvait entendre les voix célestes des moniales, dont le chant se rendait directement aux oreilles de Dieu. Dickewamis avait toujours été attirée par les incantations des cloîtrées. Ces psaumes ressemblaient beaucoup aux mélopées des gens de son peuple.

Elle revit la représentation du martyre de Sainte-Ursule ainsi que l'image de la Sainte-Famille, qu'aimait tant mère Marie de l'Incarnation. Dickewamis n'eut qu'une fraction de seconde pour faire son choix définitif, même si elle avait revu en pensée ce moment fatidique depuis le départ de Ti-rik, son ancien amant.

Nous formons une famille, comme Marie, Joseph et Ange-Aimé, ruen : ha'[118]. Il faut absolument que nous puissions vivre et mourir ensemble.

---

118. Voir *Eugénie, Fille du Roy*, tome 1.

Dickewamis se dépêcha de se faufiler jusqu'à la cache qui donnait sur le couloir secret et menait en dehors de l'enceinte du couvent, dans un petit terrain vacant, habité par les ronces et les herbes hautes. En fait, Marie de l'Incarnation avait demandé, par mesure de précaution, aux terrassiers de creuser un tunnel à partir du caveau à légumes, durant la construction, pour mieux faire évacuer le couvent, au cas où le feu se déclarerait dans le monastère. L'on pouvait repérer cette issue en déplaçant l'amoncellement de branchages qui bouchait l'entrée du tunnel de l'intérieur, et de broussailles, à l'extérieur du caveau.

Plus personne n'était au courant de cette sortie de secours puisque les premières religieuses étaient décédées depuis longtemps, hormis Ange-Aimé qui partageait ce secret avec sa mère. Chargée de la conservation des légumes et des fruits du caveau, Dickewamis avait toujours imaginé que cette sortie de secours en cas d'incendie pourrait devenir son moyen d'évasion pour retourner chez les Mohawks de la Nouvelle-Angleterre après le décès de son père Bâtard Flamand. Au retour des incursions de son fils, Kawakee, en territoire mohawk, Dikewamis s'était aperçue que sa mère, Asko, ne débordait pas d'amour tendre à son égard et que le couvent des Ursulines demeurait encore le meilleur refuge pour elle.

Depuis la venue du comte Joli-Cœur, qui s'avérait être le véritable amour de sa vie, en plus d'être le père de son fils, l'Iroquoise avait pris la décision de quitter le voile et de vivre enfin heureuse et pour toujours avec Ti-rik.

En descendant le petit escalier qui menait aux cuisines, Dickewamis entendit la sœur responsable du réfectoire lui dire :

— Sœur Thérèse-Ursule, je ne savais pas que c'était votre journée de corvée ? Tant mieux, car j'ai besoin de choux et de navets en plus pour préparer le potage de la Vierge. Vous pourriez aller m'en chercher ? Pour sa montée au ciel, la Vierge Marie a besoin de vitamines ! Et les légumes de notre jardin ont cette réputation, grâce à vous. Puis-je compter sur vous ? À mois que je ne demande à notre petit mulâtre des Antilles de vous aider à les transporter… Trois ou quatre choux et autant de navets suffiront. Vous pourrez les transporter sans peine dans votre sac.

La sœur cuisinière ajouta, ce qui ébranla l'Amérindienne dans sa décision :

– Soyez certaine que la Vierge de l'Assomption vous accueillera au paradis, sœur Thérèse-Ursule !

Dickewamis en eut des frissons. La nervosité ainsi que la chaleur écrasante de ce 15 août 1706 la faisaient suer à grosses gouttes. Son abondante chevelure sous sa coiffe l'incommodait en cette journée torride. L'Iroquoise ralentit momentanément sa cadence pour donner l'impression à l'autre religieuse qu'elle allait faire ce qu'elle lui demandait. La sœur cuisinière ne s'attendait pas à une réponse parce qu'elle savait Dickewamis taciturne.

Dickewamis entra dans le caveau et se rendit à l'entrée du tunnel. Elle déplaça l'échafaudage de branchages qui bouchait l'antre. Elle jugea qu'il lui serait plus facile de franchir le couloir à quatre pattes si elle revêtait ses vêtements d'Amérindienne. Elle se dévêtit, plia soigneusement les jupes et les voiles de l'uniforme des Ursulines, et s'habilla avec les vêtements amérindiens qu'elle portait lors de son arrestation, en 1666.

Elle eut l'impression que sa *kakhare*[119], qui remontait sur ses cuisses, n'était plus maintenant le vêtement qui lui convenait. Il avait rétréci, et l'Amérindienne n'avait pas pris soin d'en vérifier l'état. Elle enfila ensuite sa veste en peau de daim à franges. Ses mocassins étaient récents. La Supérieure du monastère lui permettait de les porter dans sa chambrette, en guise de pantoufles.

Dickewamis décida de garder sa coiffe de religieuse, au risque de la salir. Il valait mieux bien paraître devant Ti-rik, avec des cheveux propres. Elle ne savait quand elle pourrait les laver et le seul endroit qu'elle connaissait pour faire sa toilette était l'eau du fleuve.

---

119. Jupe cintrée en peau de chevreuil qui descendait jusqu'à mi-cuisse.

L'Iroquoise prit la décision de ranger ses vêtements de religieuse dans son sac, avec l'ourson de chiffon de Kawakee. Elle attrapa quelques légumes pour son repas, en plus de la miche de pain qu'elle avait récupérée aux cuisines, et emporta le bagage avec elle dans le tunnel. Elle ne voulait surtout pas que l'on sache trop vite qu'elle avait fugué. Quant à la coiffe, elle l'apporterait avec elle, dans ses mains. Depuis son arrestation, à l'automne 1666, et sa réclusion, rue du Parloir, la religieuse n'était jamais sortie de l'enceinte du couvent. Au plus, elle arpentait les allées de la cour intérieure et les corridors du monastère.

Lorsqu'elle se retrouva à l'air libre, après avoir traversé avec peine le tunnel plein de débris et d'humus, elle eut toutes les difficultés du monde à se nettoyer. Elle se rendit compte qu'elle avait toujours éprouvé une très grande fierté à porter ses vêtements de moniale. Elle mit son sac en bandoulière et, longeant le mur de l'enceinte du monastère, se retrouva rue du parloir.

L'Iroquoise se souvenait qu'elle pouvait se rendre au quai en empruntant la côte de la Montagne. Elle préféra toutefois dévaler la falaise pour ne pas être vue et rejoindre ainsi la fontaine de Champlain, le long de la rue Royale, là où, jadis, le marquis de Tracy les avait exhibés, son père et elle, pour les humilier.

Dickewamis se souvint de la première fois où elle avait aperçu Ti-rik. Cette pensée la réconforta et l'incita à suivre sa destinée. Plutôt que de se rendre au quai, parmi la foule qui lui faisait peur, puisqu'elle vivait recluse depuis de nombreuses années, Dickewamis décida d'aller, en se cachant derrière les maisons de la rue Sous-le-Cap, jusqu'à la rue du Sault-au-Matelot, à la résidence de Mathilde, la veuve de l'ancien procureur général de la colonie, Guillaume-Bernard Dubois de l'Escuyer, maintenant remariée avec le comte Joli-Cœur. L'Ursuline avait aussi entendu les religieuses françaises parler de la tragique condition de celui qui avait remplacé l'administrateur colonial, le marchand Thomas Frérot, sieur de Lachenaye.

L'aumônier du monastère avait même confié à la Supérieure que le fils d'une ancienne postulante, l'abbé Jean-François Allard, avait écrit au comte Joli-Cœur, ami du sieur de Lachenaye, pour lui demander de revenir d'urgence de Paris et de se rendre au chevet du notable. Cette information avait donné le signal qu'il fallait à la religieuse iroquoise pour concrétiser son rêve.

Cette même Supérieure avait mentionné, non sans mépris, à Dickewamis que le comte Joli-Cœur, le père d'Ange-Aimé Flamand et son amant, reviendrait sans doute fièrement au bras de sa nouvelle épouse. Dès lors, Dickewamis laissa libre cours, dans ses rêves, à la bonne parole du Grand-Esprit, qui tenait à lui faire savoir que Ti-rik reviendrait pour l'éternité. Dickewamis ne pouvait accepter qu'une religieuse, une fille de Dieu, pût avoir autant de méchanceté. Elle décida que, désormais, sa seule famille serait Ange-Aimé et Ti-rik. Elle souhaita revivre les événements du Cap-Lauzon[120] et retrouver leur fils.

Comme l'Iroquoise approchait de la soixantaine et qu'elle avait perdu l'habitude de la vie en forêt, son équipée lui parut plus difficile qu'elle ne l'avait prévu. La populace, en cette fête de l'Assomption, était en liesse et en profitait pour flâner aux abords de la rade. Dickewamis se félicita de sa décision de se réfugier aux limites de la ville et d'attendre le moment propice pour aborder Ti-rik. Elle se rendit près de la rive du fleuve Saint-Laurent, repéra un canot et le camoufla pour pouvoir assurer leur fuite.

Quand le *Sainte-Geneviève* jeta l'ancre dans la rade, on entendit une canonnade provenant de la Citadelle. Déjà, la foule bruyante essayait de reconnaître tantôt une figure connue, tantôt un parent qui revenait de France. Personne de leur parenté n'attendait Mathilde et Marie-Renée Allard. En qualité d'ambassadeur des nations autochtones, le comte Joli-Cœur, accompagné de Mathilde et de Marie-Renée, eut droit à la première chaloupe, qu'ils partagèrent avec des notables de Québec et des ecclésiastiques.

Arrivé au quai, Thierry héla un coche pour que ce dernier conduise Mathilde et Marie-Renée à leur résidence de la rue du Sault-au-Matelot. Lui, cependant, prétexta qu'il lui fallait attendre

---

120. Voir *Eugénie, Fille du Roy*, tome 1.

leurs bagages et leur dit qu'il les rejoindrait aussi vite qu'il le pourrait.

Marie-Renée, d'humeur triste, s'était efforcée de paraître agréable à Mathilde et à Thierry. Certains passagers, dont quelques soldats de son âge, avaient bien cherché à la faire sourire, mais le cœur n'y était pas.

Quand elle débarqua de la chaloupe, elle déclara à Mathilde, sur un ton sérieux :

— Une nouvelle existence m'attend sur mon sol natal, tante Mathilde.

Mathilde, que le voyage avait éreintée, lui répondit avec humour :

— Est-ce à Québec ou à Bourg-Royal ?

Devant le regard méfiant de Marie-Renée, elle ajouta :

— Allons, dépêchons-nous de faire notre toilette. Thierry ne devrait pas tarder.

Quand le cocher stationna sa calèche devant le portique, les domestiques se réjouirent du retour de leur maîtresse. Seule une Amérindienne cachée dans les buissons ressentit une grande peine.

Et si Ti-rik n'était pas revenu du continent lointain ? Le Grand-Esprit se serait-il trompé ?

Dickewamis eut l'idée de se rhabiller en Ursuline puisque le dieu des Blancs avait toujours été bon pour elle. Toutefois, faisant preuve de patience comme l'Amérindien lorsqu'il s'agissait d'observer en embuscade, elle décida de rester vêtue à l'indienne.

D'un commun accord avec Mathilde, Thierry se rendit d'abord au château Saint-Louis afin d'annoncer son retour au gouverneur. Il ne put rencontrer ce dernier, qui était en audience avec Monseigneur de Saint-Vallier pour la fête de l'Assomption. Il y apprit toutefois que le gouverneur voulait relancer le processus de paix avec les Mohawks, tribu récalcitrante qui n'avait pas signé la Grande Paix de 1701 avec le gouverneur La Callière. En tant qu'ambassadeur français auprès des Autochtones, Joli-Cœur put apprendre que le délégué auprès des Mohawks, Ange-Aimé Flamand Joli-Cœur, était l'invité du gouverneur. Ce dernier était absent du château, pour le moment.

Tiens, il se nomme Joli-Cœur, désormais! se dit Thierry, surpris.

Thierry conclut qu'il aurait plus de chance en se rendant au Grand Séminaire pour aviser l'abbé Jean-François Allard de l'arrivée de sa petite sœur, Marie-Renée. Quelle ne fut pas la joie de ce dernier d'apprendre la nouvelle!

— Soyez assuré, monsieur le comte, que notre mère sera informée de cette grande nouvelle. D'ailleurs, elle est justement chez tante Anne, rue Royale! Mon frère Simon-Thomas, le filleul de Thomas, accompagne notre mère. J'irai moi-même les informer du retour de Marie-Renée.

— Alors, nous aurons tous, le plus rapidement possible, l'occasion de rendre visite à notre ami Thomas, chez lui.

L'abbé Jean-François prit un air grave et confessa:

— Disons plutôt à l'Hôtel-Dieu, dans l'aile des mourants!

Thierry resta stupéfait.

— Thomas, mon ami, à l'article de la mort?

— Il paraît assez étonnant qu'il ait résisté aussi longtemps. C'est le malade le plus administré de la ville de Québec. Il a reçu, de ma part, sa première extrême-onction il y a plus de six mois. À l'archevêché, nous nous relayons pour lui donner toute l'assistance nécessaire. Vous savez, un procureur général, membre et conseiller du Conseil souverain !

— Probablement qu'il attend notre retour depuis autant de temps.

— Pas seulement lui, mais aussi son épouse, Anne, ainsi que ma mère !

— Alors nous n'avons pas de temps à perdre. Le temps que je fasse aviser les fils de Mathilde, le clerc, votre confrère, ainsi que ses frères qui sont dans les compagnies franches de la Marine et dans l'administration civile.

— Pour ce qui est de son fils clerc, permettez que je m'en charge. Notre évêque lui permettra bien de revoir sa mère, lui, un prélat au cœur sensible.

— Fort bien, je compte sur vous. Laissons le temps à Mathilde de revoir ses enfants et, demain, nous nous rendrons à l'Hôtel-Dieu. Quant à moi, je me rends rue du Sault-au-Matelot avertir Mathilde que votre mère Eugénie est à Québec.

— D'ailleurs, je m'empresse d'aller l'en informer, monsieur le comte. Ma mère souhaitera sans doute revoir ma sœur, et nous irons vous rejoindre dès qu'elle le décidera.

Thierry ne prit pas de temps pour s'engager dans la rue qui menait à la résidence de Mathilde. En route, il observait de gauche à droite les maisons des notables. Il lui vint en tête l'idée d'acheter un terrain vacant afin d'y faire construire un château pour Mathilde. Peut-être souhaiterait-elle vivre son amour retrouvé en haut de la falaise, dans un nid douillet surplombant le fleuve, face à l'île d'Orléans !

La venue d'une Amérindienne sortie de nulle part, plantée devant le coche, fit hennir les chevaux. Le cocher stoppa sa calèche avant que l'attelage ne partît à l'épouvante. La manœuvre fit sortir Thierry de ses pensées. Il s'attarda sur la magnifique chevelure cuivrée qui ondulait sur la nuque de l'Amérindienne et dont quelques reflets argentés scintillaient au soleil.

Il me semble que cette sauvagesse ne m'est pas inconnue! Cette chevelure… Est-ce possible? se dit-il.

Soudain, un déclic se fit dans l'esprit de Thierry. Il reconnut Dickewamis, qu'il n'avait pas vue dans ses habits de fille des bois depuis quarante ans.

Pourquoi n'est-elle pas au couvent des Ursulines? C'est bien ce qu'elle avait décidé et, d'ailleurs, à bon escient au cours de notre dernière rencontre avec Ange-Aimé, juste avant notre départ, Mathilde, Cassandre et moi, pour la France!

Thierry décida qu'il valait mieux payer la course au cocher et raisonner Dickewamis. Quand cette dernière le reconnut, elle s'approcha de lui. Comme le cocher, curieux, la regardait, pensant que l'Amérindienne cherchait à vendre ses faveurs, ce qui était passible du fouet, Thierry chercha à maintenir ses distances de Dickewamis. Il fit signe au cocher de repartir. Quand la calèche fut à une assez bonne distance, Thierry rejoignit cette dernière dans le fourré qui longeait la rue et où elle s'était réfugiée.

Celle-ci l'agrippa par le gilet et l'entraîna au sol.

— Ti-rik, Ti-rik! Konoronkhwa[121], lui dit-elle en enfouissant ses mains dans sa chemise.

— Non, non, Dickewamis, pas ça, pas ici!

L'Iroquoise continua à labourer les chairs de son ancien amant. Elle s'en prit à sa virilité naissante. Dickewamis avait oublié momentanément ce qui avait été ses principes de vie durant les quarante dernières années passées au monastère des Ursulines. Elle oubliait que son nom en religion était sœur Thérèse-Ursule.

---

121. Je t'aime, en Mohawk.

– Ti-rik, tu es ma famille, avec Kawakee ! susurrait-elle à l'oreille du père de son fils.

La résistance de Thierry s'amenuisa très rapidement. Il s'abandonna aux pulsions de Dickewamis, qui s'offrit d'abord avec volupté à ses caresses. Puis, quand vint le moment de confirmer leur passion, l'Iroquoise freina soudain l'élan de son compagnon en le repoussant. Puis, elle resta allongée près de Thierry, silencieuse, les yeux fermés. Un doux murmure sortait de ses lèvres.

Mais, elle récite son chapelet ! se dit-il avec consternation.

Thierry se souvint de leur fugue passionnelle au Cap-Lauzon. Mais, même s'il avait constaté que l'Iroquoise n'avait rien perdu de sa fougue sensuelle, ses années de prières et de recueillement consacrées à Dieu la ramenaient à respecter son vœu de chasteté.

Contrarié et stimulé par ce que venait de lui offrir Dickewamis, Thierry décida que les deux amants devaient conclure leurs ébats. Il lui mit sa main sur la cuisse. Dickewamis ne réagit pas, même si Thierry avait l'intuition qu'en insistant il pourrait vaincre la retenue de la religieuse. Mais il ne le fit pas. Sa conscience lutta désespérément contre ses pulsions. En un bref instant, il revit ses liaisons passionnées avec les femmes de sa vie, Maria, Katia, Estelle, et les conséquences de ses actes. Il réalisa soudain que s'il forçait Dickewamis à violer son vœu de chasteté, il romprait le serment qu'il avait fait à Mathilde au cours de leur cérémonie de mariage.

Qu'allais-je faire ! se dit-il. *Débaucher une religieuse ! S'il fallait que quelqu'un nous ait vus ! Cette fois-ci, Mathilde ne sera pas disposée à intercéder en ma faveur*[122]. *Jamais elle ne me le pardonnerait si elle venait à l'apprendre.*

---

122. Voir *Eugénie, Fille du Roy,* tome 1. Juste avant le moment de sa pendaison, Thierry Labarre fut gracié *in extremis* par l'intercession de Mathilde auprès des autorités coloniales.

Thierry chercha à se relever, Dikewamis tenta de le dissuader de partir.

— Ti-rik, tu dois accompagner Dickewamis en canot! dit-t-elle avec insistance.

Thierry se fit la réflexion suivante :

Elle me considère sans doute comme son mari puisque je suis le père d'Ange-Aimé. Mais je ne peux pas laisser Mathilde, et je ne le veux pas non plus! Et que veut-elle dire par « canot »?

Décidant qu'il devait, à tout prix, mettre fin à ce qui devenait gênant, Thierry somma l'Iroquoise de le laisser aller. Cette dernière ne l'entendit pas ainsi. Elle continua à s'agripper aux basques de Thierry, qui venait de se rhabiller. Ce dernier la semonça. Une fois, deux fois. Comme elle ne lâchait pas prise, il la menaça de la faire jeter en prison pour avoir déserté son couvent.

Prostrée, Dickewamis comprit qu'elle ne le ferait pas changer d'idée. Elle décida de le laisser partir, mais avant qu'il ne se sauve, elle ajouta :

— Ti-rik, nous devons rejoindre Kawakee à Oka.

Est-ce qu'Ange-Aimé aurait quitté la mission du Sault-Saint-Louis? se demanda-t-il.

Thierry regarda Dickewamis plus tendrement. Il la trouvait toujours aussi désirable. Les années n'avaient pratiquement pas altéré sa beauté sauvage. Il eut à nouveau l'intention de conclure leurs ébats, sur le sol chauffé par les rayons du soleil de ce 15 août. La silhouette de Dickewamis l'encourageait à vouloir poursuivre ce moment passionnel.

Thierry, sois plus honnête que ça! Tu vois bien qu'elle est bouleversée, se dit-il intérieurement.

Dickewamis croyait que Thierry l'avait entendue lui demander de partir avec elle. Elle l'enveloppa de toute l'affection qu'elle avait accumulée ces quarante dernières années, comme si elle avait décidé de rattraper le temps perdu, l'entourant de ses bras. Inondé d'amour, Thierry profita de ce moment de tendresse avec sa maîtresse sylvestre. Puis, elle lui prit la main, voulant l'entraîner vers la rivière.

Thierry entendit soudain des bruits de calèche qui se dirigeaient au bout de la rue du Sault-au-Matelot, qui se terminait en cul-de-sac. Il réalisa que le passage des attelages était sans doute celui des enfants de Mathilde qui venaient saluer le retour de leur mère. Subitement, il se sentit coupable d'avoir trompé Mathilde.

Il se ravisa vite, cependant.

Dickewamis est tout de même la mère de mon fils unique ! Qui pourrait me le reprocher ? Quand même pas Mathilde, avec ses cinq enfants qui étaient là pour témoigner de son premier mariage, alors que j'étais revenu la demander en mariage et qu'elle venait d'épouser Guillaume-Bernard Dubois de l'Escuyer.

Pourvu qu'Eugénie ne soit pas encore arrivée avec son fils curé ! Vite, il faut déguerpir et arriver à la maison avant eux.

Mais, pris de compassion pour celle à qui il allait faire immensément de peine, Thierry caressa les cheveux de Dickewamis et lui chuchota à l'oreille, après lui avoir mis la tête sur son épaule :

— Il faut que je parte, maintenant.

— Ti-rik, Konoronkhwa. Ti-rik doit… revoir Dickewamis ? reprit cette dernière avec un léger accent.

Thierry ne sut quoi répondre. De toute façon, il ne pouvait accéder au souhait de l'Iroquoise. Il ne put trouver que cette mauvaise réponse, qui troubla Dickewamis :

— Tu dois retourner rue du Parloir. C'est depuis longtemps ta longue maison.

La réaction de l'Amérindienne fut spontanée :

— Dickewamis, plus jamais Hodénosauni[123].

Toute la détresse de la rupture qui s'annonçait marquait le visage convulsé de la religieuse. Thierry vit, pour une troisième fois en quarante ans, le chagrin d'amour qu'il avait causé chez Dickewamis[124].

— Mais tu es Ursuline, Dickewamis, et une Ursuline doit vivre en communauté. C'est depuis longtemps ta famille.

— Dickewamis ne sera plus jamais Ursuline. Sa vraie famille, c'est Ti-rik, Kawakee et le Watanay[125].

Comme Thierry la repoussa délicatement, Dickewamis émit un cri de désespoir :

— Dickewamis aller à Oka voir Kawakee.

Thierry comprit soudain la signification de la phrase de l'Iroquoise.

— Voyons, Dickewamis, ce que tu dis est insensé. Comment pourrais-tu te rendre à Oka ? Jamais Ange-Aimé ne te permettra de te rendre à Oka. D'ailleurs… Non, rentre au monastère pour les complies[126]… De toute manière, je dois y aller.

Thierry jugea qu'il ne servirait à rien d'expliquer à Dickewamis qu'Ange-Aimé était de passage à Québec.

---

123. Peuplade des longues maisons.
124. La première fois, au cours de leur escapade au Cap-Lauzon, et la seconde fois, au monastère des Ursulines, quand Dickewamis révéla à Ange-Aimé, son fils, que le comte Joli-Cœur, alias Thierry Labarre, était son père naturel.
125. Tout petit, en Iroquois.
126. Dernière partie de l'office divin, après les vêpres.

À quoi bon! Elle n'a pas toute sa tête. Elle est obsédée par l'idée que je fugue avec elle, se dit-il.

Comme l'Iroquoise restait immobile, Thierry ajouta :

— Ne reste pas ici. La nuit est déjà trop fraîche. Tu vas attraper froid. Tu dois rentrer.

Sur ce, Thierry se dépoussiéra et entreprit d'aller rejoindre Mathilde à grandes enjambées.

Pourvu qu'elle ne soit pas encore arrivée, se dit-il en pensant à Eugénie.

Lorsqu'elle vit Thierry la quitter, Dickewamis eut le cœur brisé. Cette fois-ci, elle savait qu'elle avait perdu l'homme de sa vie définitivement. Elle prit le temps d'interroger la Femme du Ciel, la grand-mère du Grand-Esprit dont le père était le Vent d'Ouest, d'après les croyances iroquoises. Dickewamis la confondait avec la Vierge Marie des Blancs.

Comme le vent lui sembla favorable, elle prit la décision de se rendre à Oka en canot afin de retrouver Kawakee. Elle se rendit jusqu'à la rive du fleuve, à l'endroit où le canot était accosté, aussitôt qu'elle le put. Elle décida d'apporter son sac, où elle avait soigneusement plié et rangé ses habits de religieuse. Comme elle n'avait pas mangé depuis le matin, elle cueillit quelques fruits des arbres sauvages et de jeunes pousses, qu'elle ajouta aux deux choux qu'elle avait apportés du caveau à légumes.

À la prière du soir, aux complies, Onaka, l'Ursuline huronne, s'aperçut de l'absence de Dickewamis. Inquiète, la Mère supérieure, pendant le frugal repas, interrogea les autres religieuses. Aucune, hormis la sœur affectée aux cuisines, n'avait eu de contact avec l'Iroquoise qui avait pris bien soin d'éviter Onaka avec laquelle elle s'était depuis longtemps liée d'amitié.

— Oui, ma mère, je lui ai adressé la parole ce matin, près du caveau aux légumes. Mais, j'y pense, elle ne m'a pratiquement pas répondu. Nous la connaissons, elle est plutôt discrète et distante. Jamais, je n'aurais pensé qu'elle disparaîtrait. Des Mohawks de la Nouvelle-Angleterre ont dû la kidnapper.

— Priez et organisez des secours. Je vais aviser les autorités sitôt les grâces dites. Si Ange-Aimé était ici, il la retrouverait bien vite, sa mère. Il connaît bien Québec... Mais, hélas, il habite ailleurs. Nous le ferons prévenir si jamais les recherches n'aboutissent pas.

— Mais, ma mère, il est de retour. Notre sœur portière l'a aperçu, justement, cet après-midi. Il a demandé sa mère. Comme nous ne l'avons pas trouvée, il a simplement dit qu'il reviendrait demain. Il est chez le gouverneur, au château Saint-Louis, avec d'autres sauvages. Vaudrait-il mieux qu'il en soit averti dès ce soir?

— Finissons notre souper d'abord et nous verrons après.

Aussitôt la dernière bouchée avalée, la Mère supérieure fit demander l'aide des autorités. Elle insista pour faire venir Ange-Aimé Flamand, qui accourut aussitôt. Ce dernier avait été demandé par le gouverneur afin de préparer une délégation diplomatique dans le but d'intégrer les Mohawks[127] d'Albany, toujours dirigés par des capitaines du clan des Loups, parents avec Kawakee.

La police demanda à sa milice de ratisser la ville de fond en comble jusqu'à la rivière Saint-Charles, ainsi que les abords du quai, au cas où la religieuse aurait fait une chute et se serait blessée. Le chef de la police tint à rassurer la Mère supérieure en lui disant:

---

127. Kanien'kehàkas, ou peuple du silex, est le véritable nom des Mohawks, qui veut dire «mangeur d'hommes» en algonquin. Au sein de la confédération iroquoise, les Kanien'kehàkas sont les gardiens de la porte de l'Est à cause de l'emplacement géographique de leur territoire de la vallée de la rivière Mohawk, fertile en rognons rouges de silex.

– Ne vous en faites pas, ma mère. Il est assez aisé de se faire reconnaître dans un habit de religieuse. Nous la retrouverons, ça ne devrait pas tarder.

Ange-Aimé suivit une autre méthode d'investigation. Lorsqu'il apprit que le comte Joli-Cœur était revenu de France dans la journée, après une absence de deux années, il eut immédiatement l'intuition que sa mère avait cherché à rejoindre son père. Connaissant le dédain des foules des Amérindiens et leur affinité avec la nature, il imagina que sa mère aurait tôt fait de revêtir sa tenue iroquoise et se dirigerait vers la rue du Sault-au-Matelot, en longeant les fourrés et les broussailles du bas de la falaise.

Le métis se retrouva bientôt en train de pister les abords de la route, en quête d'indices. Il sut rapidement qu'un couple avait sans doute passé d'heureux moments, car, en un endroit, les herbes folles étaient bien tapées. Ange-Aimé se surprit à sourire. Juste en face, dans la rue, du crottin de cheval indiquait qu'un attelage y avait stationné. Pas trop longtemps toutefois, car on pouvait encore voir l'empreinte de ses roues sur le pavé de la chaussée. Il l'a croisée en calèche ou bien elle l'a stoppé, sortie subitement du fourré, et ils se sont aimés.

Ainsi, mon père et ma mère se sont enfin retrouvés, se dit-il.

Puis, soudain, la piste des deux amoureux s'arrêtait. Seule la trace de la créature la plus légère, qui chaussait des mocassins, était visible.

Tiens, ma mère a revêtu ses vêtements iroquois! Et mon père?

Ange-Aimé scruta le bout de la rue afin d'apercevoir quelques attelages à la résidence des Dubois de l'Escuyer. Il comprit que Thierry était allé retrouver Mathilde. Cette pensée le chagrina, non pas pour lui, mais pour sa mère Dickewamis, qui devait avoir énormément de peine.

Kawakee savait que les Iroquois avaient l'habitude de vivre leur peine ou leur deuil au bord de l'eau. Il imagina que Dickewamis était allée près de la rivière et qu'elle y était sans doute encore, fixant l'onde pour essayer de comprendre le langage du chagrin. Son pronostic était bon, car il remarqua que les pas de la femme indienne longeaient la route en direction de la berge. Il s'y rendit, prenant bien soin de contourner d'assez loin la maison déjà bruyante de Mathilde.

Arrivé au bord de la rive, il entendit le clapotement d'un aviron dans l'eau. Il devina qu'une embarcation s'orientait vers le large. Toutefois, à cause de la noirceur déjà installée, il ne pouvait voir si le navigateur téméraire pouvait être sa mère. Comme il n'y avait pas d'autre embarcation sur la rive, Ange-Aimé décida de se rendre au quai de Québec et de tenter d'emprunter une chaloupe ou un canot qui lui permettrait de rattraper le canoteur imprudent dans cette nuit sombre. Le vent s'accentuait et, déjà, la vague se faisait menaçante. Il rebroussa chemin, passant tout près de la résidence de la comtesse et du comte Joli-Cœur. Ne pouvant résister à sa curiosité, il grimpa sur le rebord d'une fenêtre afin d'observer ce qui s'y passait.

CHAPITRE XVII
Les retrouvailles

L'abbé Jean-François Allard arriva rue Royale, à la maison du chevalier, peu de temps après le départ de Thierry. Il fut accueilli par sa tante Anne ainsi que par Marie-Renée Frérot, la marraine de sa petite sœur. Charlotte et Charles Frérot étaient venus rendre visite à leur mère. Il retrouva aussi Simon-Thomas ainsi que sa mère Eugénie, accompagnée par le docteur Manuel Estèbe, lequel venait depuis peu de Charlesbourg. Le groupe s'apprêtait à aller à l'Hôtel-Dieu afin de rendre visite à Thomas.

— Comme je suis contente de te voir, Jean-François, s'exclama Anne. Nous partions pour l'hôpital. Pourrais-tu nous accompagner ? Je suis certaine que ta bénédiction pourra guérir Thomas.

— Oh, vous savez, chère tante, je ne suis pas un thaumaturge. C'est Dieu qui décide d'une guérison. Je ne suis qu'un prêtre, après tout.

Devant l'air attristé d'Anne, Eugénie, qui venait d'arriver, après avoir entendu son fils, s'empressa d'ajouter :

— Jean-François veut dire que tu peux apporter, Anne, l'espoir d'une vie meilleure à Thomas. S'il y a une guérison possible, Dieu pourrait bien aussi se manifester par les bons soins du médecin.

Je sais que le docteur Sarrazin soigne Thomas, mais il y en a un autre, ici, en qui j'ai une grande confiance et qui pourrait aussi le soigner.

À ces mots, un léger sourire apparut sur le visage d'Anne.

— Qu'en penses-tu, Manuel? Est-ce que la voie de la guérison est possible pour Thomas? demanda Eugénie.

Cette dernière venait de pointer sa main en direction du docteur Estèbe, lequel était en conversation avec Simon-Thomas.

Jean-François parut surpris de l'enthousiasme de sa mère, qui continua avant que le médecin ne se rende compte qu'elle l'interpellait:

— Tiens, regarde, il a guéri ma main.

Eugénie faisait aller les cinq doigts de sa main droite avec souplesse pour bien montrer qu'ils n'étaient plus atteints de paralysie ni d'ataxie[128].

— Un vrai miracle, Anne! Si Manuel a réussi avec ma main, il remettra Thomas sur pied. La médecine moderne qu'il pratique aura certainement un médicament pour le sauver.

Le docteur Estèbe s'approcha d'Eugénie et tenta de modérer l'enthousiasme de cette dernière.

— Le docteur Sarrazin est le médecin soignant de l'Hôtel-Dieu. Il veille sur Thomas avec art, comme il a soigné le gouverneur Frontenac…

— Qui est mort quand même, Manuel. Si ça avait été toi…, mais il s'agit de Thomas et il faudrait que tu en sois responsable. J'ai tellement confiance en tes pouvoirs médicaux… Bon, allons tous à l'hôpital. Tu viens, n'est-ce pas?

---

128. Absence de coordination des mouvements volontaires, causée par une atteinte du système nerveux central.

Eugénie venait de s'adresser à son fils ecclésiastique avec autorité. Devant le malaise du docteur, Jean-François s'empressa d'annoncer la bonne nouvelle.

— En vérité, mère, je suis surtout venu vous annoncer le retour de Marie-Renée !

Toute la maisonnée rassemblée regarda en direction de Marie-Renée Frérot, la fille de Thomas et la marraine de Cassandre. Un silence empreint d'incompréhension emplit la pièce exiguë. Eugénie brisa la gêne créée par la nouvelle de Jean-François.

— Ce n'est pas dans ton habitude, mon garçon, de me faire languir. Explique-toi !

— Je viens de vous le dire, mère. Marie-Renée, ma petite sœur, est chez tante Mathilde.

Eugénie rétorqua :

— Ça, nous le savons tous que Marie-Renée habite chez Mathilde, à Paris. Sans t'offenser, mon garçon, pourquoi le répéter ? À moins que tu n'aies quelque chose de nouveau à nous apprendre !

— Mais je viens de vous le dire !

Autre silence interrogatif. Incrédule, Eugénie continua :

— Si je comprends bien ce que tu essaies de nous dire, Marie-Renée est chez Mathilde…, rue du Sault-au-Matelot ? Elle est de retour ?

— Tout à fait, mère. Le comte Joli-Cœur, lui-même, est venu m'en informer.

— Non !

– Eh oui ! Ils nous attendent tous à leur résidence. Les enfants de Mathilde y sont sans doute déjà.

– Ma petite fille est revenue, Manuel, ma petite fille est revenue !

N'y tenant plus, dans son débordement de joie, Eugénie se lança en direction du docteur Estèbe et l'embrassa sur la joue. Devant l'embarras de ce dernier et l'étonnement de son fils ecclésiastique, Eugénie reprit rapidement ses esprits :

– Mathilde aussi ?

– Mathilde aussi ! assura l'abbé Jean-François.

– Je le savais bien que la Vierge de l'Assomption était pour accomplir un miracle ! dit-elle en faisant un ample signe de croix. Puis, interpellant Anne :

– Le bonheur est revenu, Anne. Tu vois, il faut toujours avoir confiance dans la Providence. Elle guérira Thomas… Maintenant…

Comprenant qu'Eugénie brûlait d'impatience de revoir sa fille, Anne Frérot la libéra de sa promesse d'aller visiter Thomas à l'hôpital.

– Maintenant, allez retrouver vos revenants. Ils doivent avoir hâte de nous voir tous. Toi, Marie-Renée, il est de ton devoir d'aller accueillir ta filleule en notre nom, avec Charlotte. Charles et moi, nous allons à l'hôpital. Nous vous rejoindrons plus tard.

– C'est ça ! Rendons-nous chez Mathilde, ajouta Eugénie, en prenant la main de Manuel Estèbe.

Le geste n'échappa pas à l'ecclésiastique. Intimidée par le regard de son fils, Eugénie s'empressa d'ajouter :

– Aujourd'hui, c'est la fête de la Vierge Marie… Alors fêtons !

Rapidement, les calèches se mirent en branle vers la rue du Sault-au-Matelot. Quand le cortège arriva, Eugénie, qui avait pris place avec Anne, Jean-François et Manuel, sauta presque de la voiture, tirant le bras du docteur Estèbe avec sa main droite.

Décidément, sa main est tout à fait guérie. Quelle énergie débordante! remarqua celui-ci.

Philibert, le majordome, accueillit les arrivants en disant poliment:

— Bon dimanche, madame Allard, c'est un grand plaisir de vous revoir. Des personnes qui vous sont chères ont bien hâte de vous voir.

Eugénie prit à peine le temps de répondre:

— Merci, Philibert. Comme je les connais, je me rends de ce pas les voir.

— Très bien, entrez donc!

Déjà, Eugénie avait franchi les portes qui menaient à la salle de séjour, entraînant dans son sillage Manuel Estèbe.

À la vue de Marie-Renée, Eugénie s'écria:

— Ma petite fille! C'est toute une surprise que tu nous fais là! Viens ici que je t'embrasse.

En s'approchant de sa fille, Eugénie remarqua sa métamorphose physique. En effet, la silhouette de Marie-Renée s'était arrondie. Ses courbes étaient plus dessinées et la plénitude de sa poitrine prouvait à sa mère qu'elle était devenue une femme.

— Mais, ma parole, c'est une jeune femme qui nous revient de France. Il va falloir que je surveille tes amoureux. Tu ne devrais pas en manquer, avança Eugénie en exprimant sa joie de retrouver sa benjamine.

Aussitôt, elle s'approcha de Marie-Renée, qui fondit en larmes, à sa grande surprise.

— Oh, là, là ! Je ne pensais pas que tu t'étais autant ennuyée de ta mère ! Mais qu'est-ce que ce chagrin-là !

Eugénie avait exprimé son inquiétude en regardant du coin de l'œil Mathilde, qui lui fit une moue. Eugénie interrogea de nouveau du regard Mathilde en plissant le front et en fronçant les sourcils. Pour toute réponse, Mathilde acquiesça de la tête.

— Maintenant que tu es ici, nous allons te faire oublier cette peine-là. Allons… tu te souviens du docteur Estèbe, n'est-ce pas ?

Sans retenue, Eugénie avait présenté le médecin à sa fille avant de lui mentionner la présence de son frère. Cette attitude confirmait que Manuel Estèbe faisait maintenant partie de l'entourage d'Eugénie. Marie-Renée ne parut pas étonnée outre mesure de la présence du docteur puisqu'elle savait son parrain Thomas très souffrant. Elle le salua avec courtoisie, à la surprise de sa mère.

— Je vois que tu as appris les belles manières de Versailles, ma petite fille. J'espère que tu n'as pas oublié tes prières, toutefois. Sinon, ton frère, l'abbé Jean-François, se fera un devoir de te les enseigner à nouveau, n'est-ce pas ? ajouta-t-elle en regardant son fils, qui répondit :

— Je suis vraiment heureux de te revoir, petite sœur.

Marie-Renée lui sourit. Voyant que la tristesse de la jeune femme ne s'était pas encore dissipée, Eugénie en profita pour aller saluer Mathilde et Thierry. De son côté, Marie-Renée Frérot alla auprès de sa filleule pour la réconforter.

— Mathilde et Thierry, je ne vous attendais pas de sitôt ! Que s'est-il passé pour que vous nous fassiez la surprise, avec Marie-Chaton, de revenir ? Vous avez probablement reçu ma lettre, qui vous informait de l'attaque de Thomas.

— Aussitôt que nous avons appris la nouvelle, nous avons décidé de revenir. Et puis, comment est-il ? demanda Mathilde.

— Au plus mal, je le crains. Mais… Manuel va s'en occuper maintenant. Tu sais qu'il en a sauvé des vies à Charlesbourg !

Comme Eugénie s'apprêtait à inviter le médecin à s'intégrer à la conversation, Mathilde lui demanda spontanément :

— J'ai pu remarquer, Eugénie, que le docteur et toi formiez un beau couple. Aurons-nous le bonheur de le revoir ?

La question surprit Eugénie et elle y répondit avec diplomatie.

— Peut-être bien, Mathilde. Et pourquoi pas ? Manuel connaît la famille depuis son arrivée à Charlesbourg. Il a soigné et a vu grandir tous mes enfants.

— Pourrait-il devenir leur nouveau père ?

La pique de Mathilde étonna de plus belle son amie.

Qu'est-ce qui lui prend à Mathilde de me poser cette question ? Ce n'est pourtant pas son genre. Il a dû se passer quelque chose à Paris pour qu'elle s'inquiète tellement de mon sort ! se dit-elle.

Elle répondit en contre-attaquant, essayant toutefois d'éluder la question :

— Dis-moi ce qui s'est passé pour qu'elle soit aussi triste ? Dans sa dernière lettre, Cassandre venait de recevoir les félicitations du Roy lui-même.

Eugénie venait d'indiquer sa fille de la main droite. Mathilde put constater que son amie avait retrouvé toute sa mobilité. Alors, elle lui expliqua *grosso modo* la mésaventure amoureuse de Marie-Renée et sa décision de mettre un terme à sa carrière à Paris.

— Voilà ! Si tu le veux, nous aurons l'occasion d'en parler davantage ce soir puisque Marie-Renée et toi resterez ici, n'est-ce pas ?

— C'est toute une nouvelle que tu m'apprends là, Mathilde ! Certainement que nous en reparlerons ce soir. Nous ne partirons pour Bourg-Royal que demain, après notre visite à Thomas, répondit Eugénie, songeuse. Elle ajouta :

— D'après ce que j'entends et ce que je vois, elle est ici pour un bon bout de temps. Elle ne repartira pas avant de l'avoir oublié. Et ce serait préférable de ne pas la relancer en ma présence, si jamais ce poète a dans l'esprit de venir en Nouvelle-France... Nous avons tout notre temps pour en parler, à moins que vous ne repartiez bientôt.

— Les affaires de Thierry vont l'accaparer plus longtemps que prévu au Canada. Il vient de m'apprendre que le gouverneur était sur le point de relancer le processus de paix avec les Mohawks. Il devra coordonner les démarches diplomatiques. Nous ne repartirons pas avant l'an prochain...

Mathilde étant de plus en plus accaparée par ses enfants, Eugénie ajouta :

— Il y en a plusieurs qui ont souffert de l'absence de leur mère, Mathilde.

Pour toute réponse, Mathilde essuya les larmes qui coulaient sur ses joues avec son petit mouchoir de dentelle.

Vers le milieu de l'après-midi, Marie-Renée et Charlotte Frérot, l'abbé Jean-François et le docteur Manuel Estèbe convinrent d'aller à l'Hôtel-Dieu. Thierry prétendit vouloir visiter son ami le lendemain, en compagnie de Mathilde. Il s'absenta, prétextant qu'il devait rencontrer la délégation iroquoise au château Saint-Louis. Les autres invités de Mathilde continuèrent leurs réjouissances autour d'une table bien garnie, qui rappela à Mathilde et à Marie-Renée Allard les saveurs oubliées de la cuisine canadienne française. Poissons, viandes fumées et gibier furent à l'honneur.

Dans la soirée, Mathilde s'entretint avec Anne, revenue de l'hôpital avec ses enfants.

— Nous sommes tellement peinés, Thierry et moi, pour la maladie de Thomas. En vérité, comment va-t-il?

— Son état est stable, mais il ne nous reconnaît plus… J'ai tellement peur de le perdre!

Là-dessus, Anne s'effondra en larmes. Mathilde tenta de réconforter son amie, en vain. Elle aussi avait le cœur gros. Elle la prit par les épaules et lui dit:

— Sois courageuse! Il s'en sortira. Le docteur Estèbe est là. Cette remarque eut l'heur de faire sourire Anne.

— En effet! J'ai l'impression que nous le verrons souvent.

— Tu crois que… Irons-nous aux noces bientôt? demanda Mathilde.

— Si ce n'était que d'Eugénie, c'est certain. Elle ne le lâche pas d'une semelle.

— Voyons donc! Raconte-moi ça.

— Le pauvre docteur, s'il n'a pas compris le message! Ça ne peut pas être plus clair!

— Et qu'en dit Eugénie?

— Tu la connais, elle ne dira rien. Seulement, ses agissements parlent pour elle. Elle est conquise, je te dis.

— Serait-elle…

— Je crois que oui !

— Eh bien ! Qui l'eût cru ! Eugénie la revêche, amoureuse ! Et lui ?

— Il n'arrête pas de tourner autour d'elle.

— Comment le sais-tu ? Tu n'es quand même pas à Bourg-Royal !

— Pas besoin ! Eugénie, depuis quelques semaines, est plus souvent ici, à Québec, que chez elle.

— Voyons donc !

— Je te le dis ! Elle prétexte la maladie de Thomas pour venir le visiter régulièrement à l'hôpital avec le docteur Estèbe. Mais je sais bien que, dans le fond, ils cherchent un prétexte admis de tous et louable pour se retrouver… En présence de Manuel, je ne la reconnais plus. Agissait-elle comme ça, avec François, durant leurs fréquentations ?

— Je me souviens qu'il a patienté dur pour la conquérir. Seulement lui, avec son caractère si souple, il y est parvenu. Mon Dieu qu'elle était revêche !

— Autre temps, autres mœurs, comme on dit ! Une femme peut se comporter différemment avec un autre homme que son mari !

Mathilde regarda Anne avec perplexité. Cette dernière se rendit compte que Mathilde venait aussi, depuis peu de temps, de refaire sa vie avec Thierry. Elle ajouta, alors qu'Eugénie venait les rejoindre :

— Bon, assez de commérages ! Nous sommes de vraies amies, n'est-ce pas ? Alors, il faut s'épauler. Je compte sur vous pour m'assister auprès de Thomas.

— Anne, Mathilde, savez-vous si Manuel est de retour ? Il commence à se faire tard. Même si nous sommes à la mi-août, la fraîche peut être traître. J'ai oublié de lui remettre sa veste. Pourvu qu'il ne prenne pas froid ! Il n'est plus très jeune.

— Toi, la mère poule ! Il est médecin, il sait ce qu'il faut faire, Eugénie, répliqua Anne, sèchement.

Et puis, elle enchaîna sur un ton triste :

— Manuel et Jean-François sont restés au chevet de Thomas, après notre départ, au cas où…

— Comme on dit par chez nous : « Cordonnier mal chaussé… », rétorqua Eugénie, mal à l'aise.

— Nous sommes à Québec et, pour le moment, nous fêtons le retour de ta fille ainsi que celui de Mathilde et de Thierry, ajouta Anne en s'efforçant de sourire.

Mathilde prit subitement conscience de l'absence prolongée de son mari. Elle s'en inquiéta :

— Je ne sais pas ce qui se passe avec Thierry. Il devrait être revenu depuis longtemps maintenant.

— C'est comme les miens ! avança Eugénie, qui se rendit aussitôt compte qu'elle en avait trop dit. Gênée, elle ajouta :

— Je m'en vais retrouver la petite. Elle a recommencé à sourire. Sa marraine, Charlotte et les conjointes des fils de Mathilde sont sous le charme de son récit de la cour de Versailles. Nous allons la réchapper, je vous le dis. Elle est de retour, la vie est belle.

Après cette dernière remarque, Anne suivit du regard Eugénie qui se dirigeait d'un pas allègre vers le petit rassemblement subjugué par les propos de Marie-Chaton, qui avait commencé à réciter des vers d'*Esther* et d'*Athalie* et à fredonner des extraits de l'opéra *Cassandre*.

— Décidément, elle est amoureuse, celle-là ! À son âge !

CHAPITRE XVIII
Le sauvetage

Quand Thierry informa Mathilde de son départ pour le château Saint-Louis, il venait juste d'apercevoir, par une des fenêtres de la maison, un visage qu'il n'eut aucune peine à reconnaître. Il se rendit aussitôt qu'il le put au jardin adjacent à la maison à la rencontre de son fils, Ange-Aimé Flamand.

— Ange-Aimé, que fais-tu ici? Je t'ai cherché au château et on m'a dit que tu étais sans doute au quai. Il faut qu'on se rencontre pour parler de ta mission diplomatique… Laisse-moi revenir de ma surprise… Comment vas-tu, mon fils? J'ai appris par ta mère que tu demeurais à Oka?

Thierry se rendit compte de sa bévue.

— J'ai été au monastère et sœur Célestine, la portière, n'a jamais été capable de la rejoindre. La milice est en train de faire des recherches… Mais je suis certain qu'elle était ici, près de cette maison, avec un homme. Était-ce avec toi, père?

Thierry étudia le visage d'Ange-Aimé.

Pourvu qu'il n'en dise rien à Mathilde, se dit-il. *Et puis, c'est mon fils, je dois lui faire confiance.*

– Oui, c'était moi. Sais-tu où elle est ?

– J'ai vu que quelqu'un pagayait sur le fleuve. Comme la nuit est très nuageuse, presque sans lune, il n'y a qu'une personne désespérée pour agir de la sorte. Un Mohawk sait que c'est très dangereux. Vous a-t-elle dit quelles étaient ses intentions, père ?

– Oui ! Elle voulait que nous allions, elle et moi, te rejoindre à Oka…

– Et qu'avez-vous répondu ?

– Qu'il serait plus sage pour elle de retourner au monastère des Ursulines, là où est sa vraie famille.

– Vous lui avez fendu le cœur. Elle a décidé de s'enfuir et de nous rejoindre à Oka, ne sachant pas que j'étais à Québec.

– Elle a parlé de *Watanay*. Tu en connais la signification ?

– *Watanay* ? Ça veut dire « bébé » en mohawk. Elle voulait probablement parler de mon bébé.

– Es-tu marié maintenant ?

– Quelques mois après votre départ pour la France, j'ai épousé une Mohawk convertie de la mission de Sault-Saint-Louis. Elle se prénomme Gabrielle et j'ai appelé notre *Watanay*, Thierry. Thierry Flamand Joli-Cœur. Tu sais, je suis maintenant le chef de la mission d'Oka. C'est important d'avoir un fils pour me succéder.

Thierry observa son fils avec beaucoup de fierté. Décidément, la Nouvelle-France comptait sur ce dernier pour rallier les Mohawks d'Albany au traité de Paix de 1701.

– Si tu veux qu'on sauve ta mère, mon garçon, il n'y a plus de temps à perdre.

— Vous viendrez avec moi ?

— À condition que tu commandes l'expédition. C'est l'ambassadeur du Roy de France auprès des Autochtones qui te le demande. Notre souverain ne tient pas à avoir la mort d'une religieuse iroquoise sur la conscience, et moi encore moins. Des plans que mon fils ne me pardonnerait jamais. Va, je te suis.

Ange-Aimé regarda son père avec admiration.

— Alors vite, il nous faut une embarcation. Si nous étions capables d'arraisonner son canot, rapidement, avant qu'elle ne soit entraînée par les courants du large… De plus, il fait froid. Une embardée, et c'est fini. Il ne faut pas qu'elle tombe à l'eau.

— Est-il plus facile d'aller la chercher en canot ou en barque ?

— Le canot est plus rapide, mais la barque à fond plat est plus sécuritaire. J'irai, moi, en canot si je peux en trouver un. J'en ai l'habitude. Sinon, nous partirons du quai en barque, en espérant qu'il ne sera pas trop tard. Le vent s'est déjà levé.

— Il y avait un canot dans la remise, ici. J'espère qu'il y est encore. Viens, allons voir.

Thierry et Ange-Aimé retrouvèrent le canot, enfoui sous les décombres, mais en parfait état. Le canot, pouvant transporter quatre hommes et des bagages, était assez lourd.

— Tu ne pourras pas le porter seul. Je t'accompagne à la rive. Tiens, apporte une torche. Et puis, comme la milice fait des recherches de son côté, laisse-moi y aller avec toi. Mais fais le barreur. Moi je n'ai pas l'habitude autant que toi de canoter.

— Dépêchons-nous, le temps presse.

Père et fils agrippèrent le canot, le mirent sur leurs épaules et foncèrent vers la berge. Aussitôt arrivés, ils le jetèrent à l'eau en prenant bien soin de ne pas mouiller la torche. Ils se mirent à pagayer à grands coups d'aviron en direction du courant le plus fort. De temps à autre, les nuages laissaient filtrer les rayons de lune qui leur permettaient de mieux s'orienter.

Thierry se souvint de son escapade avec Dickewamis, de Québec vers le Cap-Lauzon. Le temps était au plus mauvais. Il avait failli y rester.

Décidément, deux fois elle aura fugué à cause de moi, et les deux fois par un temps de chien!

La force des bras des deux hommes leur permit de naviguer à contre-courant, de sorte qu'ils purent assez rapidement se distancer de la berge. Ange-Aimé barra à droite, vers l'ouest, puisque sa mère avait manifesté le souhait de se rendre à Oka. L'urgence de rattraper au plus vite l'Iroquoise nécessitait des efforts surhumains de la part du père et du fils.

Soudain, ils entendirent une douce mélopée venant du large, mais qui semblait se rapprocher lentement d'eux.

– On dirait la voix de ma mère! s'exprima Ange-Aimé, qui avait l'habitude de capter les sons transmis sur l'onde.

Plus elle se rapprochait, plus ils étaient capables d'entendre les mots de la berceuse.

Hau, hau, Watanay; Hau, hau, Watanay; Hau, hau, Watanay; Ki-yo-ki-na; Ki-yo-ki-na[129].

– Qu'est-ce qu'elle dit? demanda Thierry à Ange-Aimé.

Le métis s'était penché pour mettre son oreille le plus près de l'eau possible.

Il répondit:

---

129. «Dodo, dodo, mon tout-petit; dodo, dodo, mon tout-petit; dodo, dodo, mon tout-petit; maintenant, fais dodo; fais dodo.»

– Fais dodo mon tout-petit! C'est une berceuse iroquoise. Elle me la chantait tous les soirs avant de m'endormir, au monastère. À ce moment-là, les religieuses me disaient qu'elle paraissait très heureuse... Et moi aussi, parce que je m'endormais avec un petit ours en chiffon dans les bras, que ma mère avait confectionné pour moi... Mère de l'Incarnation avait autorisé ma mère à chanter en iroquois comme en hollandais.

Ange-Aimé, devenu silencieux, ressassait ses souvenirs d'enfance.

– Est-ce qu'elle est loin, maintenant? questionna Thierry, ce qui amena le métis à se ressaisir.

– Sans doute que non! Mais je ne la vois pas encore, c'est curieux. Comme si elle s'était confondue avec la nuit!

– C'est dommage que ce ne soit pas la pleine lune.

– Même à la pleine lune, ce ne serait pas plus facile.

– Serait-elle couchée dans son canot?

– Peut-être bien. En tout cas, elle ne pagaie plus. Si elle arrête de chanter, il nous sera difficile de la repérer. Le vent n'est pas de notre côté.

– Alors, souhaitons qu'elle puisse chanter indéfiniment.

– Mais si nous nous positionnons entre son canot et le rivage, le sien se rapprochera du nôtre. Il nous sera plus facile de l'intercepter.

– Alors, je compte sur toi, mon garçon. Dirige-nous.

Ange-Aimé cala son aviron dans l'eau de façon à se rapprocher du quai sur lequel les torches des limiers apparaissaient au loin.

— L'important, père, c'est qu'elle ne puisse pas être entraînée par les courants du large vers le détroit. Il y a des remous qu'il faut à tout prix éviter.

— Le chef de la milice de Québec, Paphnuce Marquis, devait essayer de bloquer ce côté du fleuve. Mais je ne vois rien.

— Moi non plus. Mais nous en sommes encore loin et les torches éclairent peu avec le vent. Il y est peut-être.

— Je l'espère pour lui. Ses recherches ont dû l'amener de ce côté-là puisque ta mère est bien sur le fleuve. Ah, des fois, la police !

— Ce n'est pas toujours la faute de la milice, père, mais de leur chef !

— Ouais ! Ils n'ont de la noblesse que le nom, ces prétentieux qui n'ont pas pu atteindre l'aristocratie ! Pire que d'être faux nobles !

Thierry se rendit soudain compte qu'il avait, lui aussi, acheté son titre de noblesse.

Après son départ en canot, Dickewamis s'était mise à pagayer avec désespoir vers le large afin de lutter contre la douleur qui lui crevait le cœur. Elle fit une manœuvre d'aviron vers la droite, car elle savait que l'ouest était la direction à prendre pour se rendre à Oka. Ange-Aimé lui avait parlé des missions des Mohawks convertis du Sault-Saint-Louis, en aval de Montréal et d'Oka, de la nouvelle mission à la pointe du lac des Deux Montagnes, à l'embouchure de la rivière des Outaouais, sur la route des territoires de traite des Pays-d'en-Haut.

La fatigue et le chagrin aidant, la religieuse iroquoise ne se sentit plus la force de pagayer. Elle fit une prière à la Femme du Ciel, qui lui conseilla de s'allonger dans le fond de son canot et d'attendre que le courant l'amène à destination. Dickewamis, qui commençait à avoir froid, décida qu'il serait préférable de remettre ses habits d'Ursuline. Elle les enfila par dessus ses vêtements d'Amérindienne. Par la suite, comme elle avait faim et qu'elle savait que la nourriture pourrait la réchauffer, elle prit un morceau de sa miche de pain qu'elle mastiqua avec vigueur, accompagné d'une carotte et de quelques haricots.

Revigorée, elle s'accroupit dans le canot en tenant l'ourson de Kawakee bien serré dans ses bras. Elle entamait sa mélodie quand Thierry et Ange-Aimé l'entendirent. La Femme du Ciel accorda la grâce à la religieuse puisque le vent, plutôt que de l'entraîner au large, la ramenait vers la rive. C'est à ce moment qu'elle sentit son canot arraisonné. Deux bras puissants l'extirpèrent de l'embarcation et la déposèrent dans un canot beaucoup plus robuste.

– *Ihsta*[130] *! – Shé : kon*[131].

– *Kawakee, ruen : ha'*[132].

Mère et fils se regardèrent intensément, elle, dans son habit d'Ursuline, et lui, dans sa vareuse de coureur des bois. Soudain, elle lui remit l'ourson en chiffon d'un côté et en fourrure de vison de l'autre qu'elle tenait toujours très fort dans ses bras en lui disant :

– Il est pour Watanay.

Kawakee prit à son tour le jouet, lui fit un sourire et lui dit :

– Il se prénomme Thierry, mère.

– Thierry, comme ton père ?

– Thierry Flamand Joli-Cœur. Mais, pour l'instant, il ne connaît que Watanay.

– Et sa mère ?

---

130. Mère.
131. Vous voilà !
132. Mon fils.

– Gabrielle… Gabrielle Tekakwenta. Une Mohawk de Kahnawake[133]. Mais elle vit maintenant à Kanesatake[134] avec sa nouvelle famille.

– Et Thierry, où est-il?

– Je suis ici, Dickewamis, répondit tendrement le comte Joli-Cœur.

L'Iroquoise, stupéfaite, qui s'inquiétait de son petit-fils, n'osa se retourner, gênée de se montrer dans ses habits de religieuse, la cornette déplacée. Soudain, son amour pour Thierry prit le dessus. D'un geste subit, elle se déplaça avec souplesse devant Thierry, malgré son âge et ses vêtements détrempés.

– Ti-rik, aussi volage que le vent et aussi beau qu'un ange!

N'y tenant plus, elle alla se blottir contre sa poitrine. Thierry ne s'attendait pas à de telles effusions de la part d'une religieuse. Il la laissa faire, lui caressant la nuque, une fois qu'il lui eut enlevé sa coiffe de religieuse. Rassurée, Dickewamis se mit à psalmodier:

– *Hau, hau, Watanay; Ki-yo-ki-na; Ki-yo-ki-na.*

– Tu vois, c'est maintenant toi le petit Thierry Watanay! lança Ange-Aimé avec humour à son père.

La laissant fredonner sa berceuse, Thierry répondit à son fils:

– Viens, dépêchons-nous de rentrer. Le monastère des Ursulines doit être en prière, en attente d'un miracle. Alors, le miracle, ce sera toi, Ange-Aimé, qui l'auras fait.

Dickewamis venait de s'endormir dans les bras de Thierry, comme elle l'espérait depuis tant d'années. Ce dernier la serra

---

133. Mission mohawk du Sault-Saint-Louis, située au sud-ouest de Montréal, sur la rive sud du lac Saint-Louis.
134. Mission mohawk d'Oka, située à l'ouest de Montréal, sur la rive nord du lac des Deux Montagnes, à la jonction de la rivière des Outaouais.

encore plus fortement contre lui, comme s'il voulait réparer les injustices qu'il lui avait faites par le passé.

Ange-Aimé regardait les silhouettes réunies de son père et de sa mère, au clair de lune qui venait d'apparaître, comme pour célébrer ce mariage indien.

Notre histoire d'amour a commencé sous un canot à Cap-Lauzon[135], *elle semble vouloir se poursuivre encore dans un canot.*

Comme Ange-Aimé, tout en pagayant, regardait ce spectacle affectueux avec tendresse, Thierry lui lança avec fierté :

— Je serai toujours le chef de votre famille, Ange-Aimé. Watanay, ne s'appelle-t-il pas Joli-Cœur ?

— Comme moi !

— Tu vois que j'ai raison, n'est-ce pas ?

Ange-Aimé regarda ce père retrouvé qu'il admirait. Il ne se doutait pas qu'à l'autre bout de l'embarcation son père ressentait la même chose vis-à-vis de son fils.

Un jour, pas si lointain, il me remplacera comme ambassadeur auprès des nations autochtones de ce pays. C'est déjà un grand ambassadeur. Et il est à moitié comme eux, alors il les comprend et il vit avec eux. C'est un avantage indéniable que je n'ai pas. J'en parlerai au gouverneur Vaudreuil[136].

Durant le retour vers la rive, alors que Dickewamis dormait profondément, père et fils s'entendirent pour qu'Ange-Aimé aille reconduire sa mère au couvent des Ursulines puisqu'il était en quelque sorte un pensionnaire émérite et de longue date du couvent. Thierry lui offrit la possibilité d'aller loger dans une auberge de la côte de la Montagne ou de retourner au château

---

135. Voir *Eugénie, Fille du Roy*, tome 1.
136. Philippe de Rigaud, marquis de Vaudreuil, gouverneur de la Nouvelle-France de 1703 à 1725.

Saint-Louis. Ils convinrent qu'il serait davantage bénéfique pour sa santé et sa réputation que Dickewamis quitte à tout jamais le monastère des Ursulines et aille s'établir à Kanesatake, avec Kawakee, Gabrielle et le petit Ti-rik.

Parvenu au quai de Québec, le comte Joli-Cœur apostropha Paphnuce Marquis, qui venait de lui mentionner que ses recherches avaient été vaines et que, de toute façon, il ne s'agissait que d'une Iroquoise.

Un comte vaut mieux qu'un faux marquis! se dit Joli-Cœur.

— Sachez, monsieur le policier, que vous vous adressez à l'ambassadeur du Roy de France auprès des nations amérindiennes de ce pays. Cette Iroquoise est une Mohawk d'Albany, la fille de Bâtard Flamand. Et c'est justement elle qui peut nous permettre de relancer et d'achever le processus de paix dans ce pays. Parce que, si le gouverneur Edmund Andros, du Dominion de la Nouvelle-Angleterre, était averti de votre attitude, il pourrait s'en servir contre nous.

Thierry fulminait tandis que le policier ne comprenait plus rien. Il poursuivit sa diatribe :

— Et son fils, qui est aussi le mien, je le dis officiellement, est le seul Mohawk qui, des lieues à la ronde, connaisse la langue, les usages et le pays des Mohawks, et qui parle le français mieux que vous, ça en a tout l'air. Et lui, il est intelligent. Alors ne l'indisposez pas avec vos stupidités, le gouverneur de Vaudreuil compte sur lui.

Le comte Joli-Cœur était dans une rage folle.

— Et cette Iroquoise n'est pas une fausse religieuse déguisée. C'est une Ursuline de la rue du Parloir, par la volonté de Monseigneur de Laval et de mère de l'Incarnation... Je me demande pourquoi je ne vous fais pas excommunier par Monseigneur de Saint-Vallier... En fait, marquis, nous avons suffisamment de motifs pour vous envoyer à la Citadelle, non pas comme geôlier, mais comme prisonnier. Et comme vous êtes militaire, ce sera la cour martiale. Quant à moi, j'irai dès demain matin déposer ma plainte auprès du gouverneur… Votre compte est bon, mon gaillard.

Thierry fixa les médailles sur les épaulettes du policier.

— Admirez-les bien parce que, dès demain matin, je vous défie de les porter encore.

Devant cette perspective funeste, le chef de la milice de Québec se jeta aux pieds de Thierry.

— Pitié, grâce, monsieur l'ambassadeur. J'ai une famille à protéger.

— Eh bien, moi aussi. Si vous ne voulez pas que j'aille expliquer dès maintenant la situation au gouverneur, vous allez faire immédiatement ce que je vais vous demander.

— Tout ce que vous direz sera aussitôt fait, monsieur l'ambassadeur.

— Alors relevez-vous et agissez, que diable !

Paphnuce Marquis ordonna que l'on aille reconduire Dickewamis en ambulance, rue du Parloir. Ange-Aimé accompagna sa mère. Quand la vieille sœur Célestine, la portière, aperçut sœur Thérèse-Ursule sur une civière, elle faillit s'évanouir. Ange-Aimé la retint et lui dit :

— Ne vous en faites pas, sœur Célestine, elle n'a rien.

— Est-ce toi, Ange-Aimé, qui l'a retrouvée ?

— Oui, sœur Célestine.

— Alors c'est le miracle de notre petit ange, notre Ange-Aimé.

Aussitôt, la portière fit sonner le tocsin, non pas de tristesse, mais de réjouissances. Sœur Thérèse-Ursule fut conduite à l'infirmerie, aux bons soins d'Onaka. Le lendemain, remise sur pied, elle assista aux matines. Ange-Aimé, grâce à une permission spéciale, eut le droit d'assister à la messe des cloîtrées en compagnie de sa mère.

Exemptée de son travail quotidien, elle eut la possibilité de s'entretenir de sa fugue de la veille avec la Supérieure du monastère. Dickewamis avoua en pleurs qu'elle souhaitait rejoindre son fils et sa famille à Kanesatake. La Supérieure s'entretint avec Ange-Aimé, qui avait préféré rester au monastère jusqu'à ce que sa mère soit rétablie.

— Et, mon garçon, tu sais que nous avons confiance en toi, serais-tu prêt à accueillir et à prendre soin de ta mère, maintenant que tu es marié et que tu as un enfant?

— Ce serait une bénédiction pour nous aussi, ma mère. Gabrielle en prendrait soin et ma mère, Dickewamis, s'occuperait de notre petit Thierry.

— Thierry?

— Oui, mon fils porte le nom de son grand-père… français.

La seule religieuse qui connaissait l'identité du père d'Ange-Aimé était sœur Célestine, et elle avait gardé le secret. Mais comme Thierry venait d'officialiser sa paternité devant le policier, Ange-Aimé ajouta avec fierté:

— Je suis le fils du comte Joli-Cœur!

La religieuse le regarda, stupéfaite. Ainsi, quand Ange-Aimé, tout petit, racontait aux religieuses qu'il était le fils d'un noble français, c'était donc vrai! Pour plus de certitude, car elle connaissait la prédisposition de son petit ange au mensonge, elle lui demanda:

– L'ambassadeur du Roy auprès des Amérindiens?

La prieure se mordit immédiatement la lèvre pour avoir dévoilé le fond de sa pensée, ce que la règle de la communauté des Ursulines ne permettait pas, encore moins lorsqu'il s'agissait d'aborder une description masculine. Mais, n'y tenant plus, elle ajouta, en regardant le bel aspect du métis, avec sa tignasse rousse et son port de tête d'aristocrate :

– Il n'y a pas de doute, nous aurions pu nous en douter !

Les Ursulines du monastère de la rue du Parloir avaient toujours considéré Ange-Aimé Flamand comme leur fils puisque c'étaient elles qui l'avaient élevé.

Elle ajouta cependant :

– C'est Monseigneur de Saint-Vallier qui pourrait la relever de ses vœux. Et comme votre père est aussi ambassadeur du Roy concernant la cause autochtone, il aurait à plaider ce dossier devant le Conseil souverain. Je vais te demander, mon ange, de l'en aviser. Quant à moi, en tant que Supérieure de la communauté des Ursulines, je vais demander audience à notre prélat.

Quand Thierry revint, rue du Sault-au-Matelot, dans la soirée, les vêtements en désordre, Mathilde lui demanda ce qui s'était passé pour qu'il soit dans cet état. Thierry n'eut d'autre choix que de lui raconter le sauvetage de Dickewamis en compagnie de son fils. Comprenant l'inquiétude de sa femme qui le questionnait du regard, Thierry la devança :

– Ne crains rien, il ne s'est rien passé. N'oublie pas qu'elle a prononcé ses vœux de religieuse.

– Oui, mais tu viens juste de me dire qu'elle voulait s'en défaire !

– Tu oublies, Mathilde, que je t'ai juré fidélité au pied de l'autel, il n'y a pas si longtemps, et que nous sommes toujours nouveaux mariés.

— Tu connais mon respect pour la condition de religieuse de Dickewamis. Je lui ai déjà pardonné, ainsi qu'à toi, sinon, je ne t'aurais pas épousé. Mais je ne me sens pas prête à recommencer ce manège. Comprends-le bien, Thierry.

— Puisque je te dis que tu n'as pas à t'inquiéter, Mathilde.

— Étais-tu obligé d'officialiser ta paternité ?

— Ange-Aimé est un personnage important au Canada. Lui seul peut rallier toutes les tribus amérindiennes, et il s'avère que tu es sa belle-mère. Il faudrait que tu en sois fière… Sa mère et toi, vous vous estimez, non ? répondit Thierry, narquois.

Mathilde le regarda, pantoise.

— Oh toi ! Tu seras toujours mon bel hardi ! Vite, va te changer si tu veux revoir nos amis.

— Comme ça, j'ai ton accord pour aider Ange-Aimé à rapatrier sa mère à Oka ?

— Et encore plus loin, si c'était possible, quant à moi !

— Là, Mathilde, tu es méchante ! Il me semblait que tu lui avais pardonné.

— Oui, parce qu'elle s'est faite religieuse.

— Et moins dangereuse, par le fait même ! ironisa Thierry.

— Oh toi ! Toujours le dernier mot.

Là-dessus, Mathilde vint lui appliquer un baiser sur la joue en lui disant :

— J'aimerais consulter mes amies, si tu n'as pas d'objection.

Thierry la regarda avec scepticisme. Il lui fallait rallier quelques influences pour faire fléchir Mathilde.

En quoi ses amies ont-elles quelque chose à voir dans mes affaires! Justement, c'est en les impliquant que j'y arriverai plus rapidement.

Après avoir changé de vêtements, Thierry se présenta devant l'assemblée, qui était en train d'interroger Marie-Renée sur son expérience parisienne. Cette dernière fit honneur à sa mère, qui la regardait avec fierté.

— Est-ce vrai, Marie-Renée, que tu as été reçue à Versailles par le Roy? Est-il aussi beau que sur les gravures? demandèrent Charlotte et Marie-Renée Frérot.

Marie-Renée leur raconta son expérience théâtrale, les représentations d'*Athalie*, à Paris, avec son amie Alix Choisy de La Garde, ainsi que sa prestation comme cantatrice dans l'opéra *Cassandre*. Elle eut la gentillesse de parler de sa fierté d'être reçue en audience privée par le Roy, la balade en barque dans le parc de Versailles avec Alix, la réception mondaine chez la comtesse et le comte Joli-Cœur à leur magnifique hôtel particulier de la rue du Bac.

Mathilde regarda alors son mari, lui signifiant du regard qu'il lui avait été utile de se changer puisque toutes les têtes se tournaient vers eux, admiratives.

Puis vint la question que redoutait tant Marie-Renée:

— Tu as dû en faire tourner des têtes! N'as-tu pas reçu de demandes en mariage par un aristocrate, un militaire ou un ambassadeur?

Voyant l'air dépité et l'œil larmoyant de sa fille, Eugénie intervint aussitôt:

– Marie-Renée n'était pas au couvent de Saint-Cyr pour se marier, mais pour étudier. Elle a tout son temps pour le mariage!

L'assistance, intimidée par la réponse d'Eugénie, porta son attention vers le docteur Estèbe, qui demandait à Thierry une description de son hôtel particulier. Eugénie mesura le soutien du médecin en le félicitant:

– Manuel a raison, Marie-Renée vient de nous dire que c'était fabuleux. Mais nous voulons plus de détails, n'est-ce pas, monsieur le comte?

Avant que ce dernier ne prenne la parole, Anne jugea bon d'intervenir.

– Eugénie a raison. Mais c'est plutôt à Mathilde de nous décrire son château, elle, une comtesse de Paris. Allez, nous t'écoutons, Mathilde.

Cette dernière prit plaisir à vanter l'architecture et la magnificence de la résidence cossue, située dans le quartier de la haute bourgeoisie parisienne. Elle conclut:

– Ce n'est pas un palais, mais c'est tout comme, pour moi.

De peur que Mathilde ne force Marie-Renée à se prononcer, car elle voyait bien que sa fille n'était pas en gaieté de le faire, Eugénie préféra la devancer:

– Il le serait pour nous aussi, Mathilde. Qu'en penses-tu, Manuel?

Ce dernier, entendant son prénom, tourna la tête vers Eugénie. Il était en train de discuter avec Thierry de l'état de santé de Thomas, que l'abbé Jean-François et lui-même venaient de visiter. Eugénie apprécia cette attention de la part du comte et félicita Mathilde de la bonne mine de son mari.

– Alors, quelle est l'ampleur de vos responsabilités canadiennes, monsieur l'ambassadeur ? demanda-t-elle au comte Joli-cœur.

Ce dernier en profita pour informer son auditoire, en présence de Mathilde, du sauvetage de l'Ursuline.

– Que c'est triste ! C'est une si bonne personne, clama Eugénie.

Cette dernière se mit aussitôt à raconter à Manuel Estèbe qu'elle avait accompagné l'Iroquoise pendant quelques mois au couvent des Ursulines, à son arrivée, en 1666, et l'avait aidée étant donné qu'elle était considérée comme une prisonnière politique, fille de Bâtard Flamand, le féroce chef mohawk. Elle lui décrivit la beauté de l'Amérindienne, qui avait fait tourner la tête des soldats du régiment de Carignan. Eugénie ne voulut pas faire allusion au coup de foudre de Thierry Labarre pour Dickewamis, ni à son arrestation.

Eugénie continua à lui narrer l'épisode du cadeau de mariage de Dickewamis, un porte-bébé iroquois, qui avait fait sourire mère de l'Incarnation, qui n'avait pas habituellement le sens de l'humour.

Le groupe écoutait avec attention le récit d'Eugénie quand celle-ci interpella Mathilde de bonne foi.

– N'est-ce pas que ce furent là de beaux moments ?

– Comme tu dis, Eugénie, mais nous étions si jeunes ! répondit Mathilde d'un air absent. Elle aurait voulu ne pas ressasser ces souvenirs.

Quand la question des motifs qui avaient poussé une si belle Iroquoise à se faire religieuse fut posée à Eugénie, elle lorgna du côté de Thierry. Ce dernier choisit ce moment pour officialiser sa paternité. Il devait bien ça à Ange-Aimé.

– Elle n'avait pas vraiment le choix. Elle venait de fuguer avec un Français et sa tribu l'aurait sans doute désavouée, délaissée, traitée en esclave, ou même éventrée.

– Ce sont de véritables sauvages ! Pourquoi éventrée ? entendit-on.

– C'était sans doute ce qu'elle craignait le plus, perdre son enfant, le petit d'un Français. Et en ce qui concerne la colonie, nous aurions été privés d'un excellent ambassadeur auprès des Mohawks.

Le silence se répandit dans la pièce.

– Mais, comte Joli-Cœur, n'êtes-vous pas cet ambassadeur ?

– Je suis le père de ce dignitaire. Ange-Aimé Flamand, le fils de Dickewamis, est aussi mon fils. Et c'est lui le grand responsable du sauvetage de sa mère. C'est un véritable héros. Je vais demander au gouverneur de Vaudreuil qu'Ange-Aimé puisse me remplacer comme ambassadeur auprès des Autochtones. Il aura bientôt quarante ans… Entre nous, le plus vite sera le mieux, avant que l'intendant Raudot[137] ne s'y oppose. Il a une piètre opinion des Canadiens, et c'est pire quand il s'agit des Amérindiens.

Tous tournèrent leur regard vers Mathilde. Intérieurement, l'abbé Jean-François Allard se dit *Mon Dieu !*, tandis qu'Eugénie cherchait le regard de Manuel pour modérer sa réaction. Pour calmer le jeu, elle s'empressa de prendre la parole.

– Thierry a répondu au vœu de notre gouverneur Champlain de métisser la colonie, tandis que Dickewamis a réalisé celui de Monseigneur de Laval et de mère de l'Incarnation d'inciter les

---

137. Jacques Raudot fut intendant de la Nouvelle-France de 1705 à 1711, avec son fils, Antoine-Denis. Il tenta d'apporter des réformes aux systèmes seigneurial et judiciaire, à l'éducation, à l'agriculture et à la milice. Juriste de carrière, il avait tendance à s'offenser facilement. Il affichait son mépris pour les Canadiens, notamment pour le gouverneur Vaudreuil, son supérieur, passant les dernières années de son mandat en querelles stériles avec lui.

sauvagesses à se faire religieuses… Alors que moi, qui devais me faire religieuse, je suis en présence de mon fils et de ma fille !

Comme l'allusion à la vocation religieuse ratée de sa mère avait semblé gêner l'abbé, Thierry ajouta aussitôt :

— Es-tu venue comme postulante ou comme fille du Roy, Eugénie ?

Cette dernière tourna la tête afin de chercher le regard d'Anne et de Mathilde, et les trois femmes répondirent en chœur :

— Comme fille du Roy !

Alors, elles se regroupèrent et s'embrassèrent. Devant leurs effusions, Thierry proposa une tournée pour fêter le retour au Canada de Marie-Renée, de Mathilde et de lui-même. Anne fit un effort pour participer aux réjouissances. Elle ne fut pas la seule à se forcer. Marie-Renée n'avait pas le cœur à la fête, et Mathilde non plus. Thierry, qui s'en rendit compte, en profita pour aborder Eugénie, qui se tenait près de sa femme.

— Comme tu vois, Eugénie, j'ai décidé de passer le flambeau à mon fils. J'aurai tout mon temps pour m'occuper de ma petite femme chérie.

En disant cela, il donna un baiser à Mathilde sur la joue.

— Est-ce la retraite des affaires ?

— Je jetterai bien de temps en temps un coup d'œil à mes routes de traite !

— Et Dickewamis, que va-t-il lui arriver ?

— Nous allons tout faire pour qu'elle vive à Oka, chez Ange-Aimé… Justement, je projette d'aller les reconduire jusqu'à la rivière des Outaouais en bateau. Et nous passerons devant l'embouchure de la rivière du Loup.

— Chez la famille d'Étiennette Lamontagne… euh, Latour, maintenant?

— Exactement. J'ai pensé que ce serait agréable pour Marie-Renée, peut-être même salutaire, de visiter son amie Étiennette. Je la reprendrai une semaine ou deux plus tard, à mon retour.

— Quand partiriez-vous? demanda Eugénie.

— Le temps de pouvoir être reçu en audience par Monseigneur de Saint-Vallier pour obtenir la dissolution des vœux de Dickewamis et par le gouverneur pour statuer sur la carrière diplomatique d'Ange-Aimé. Disons… d'ici deux semaines, ça te va?

— Le 1er septembre?

— Au plus tard, sinon, il risque de neiger! répondit Thierry avec humour.

— Et nous serons de retour pour l'été des Indiens? interrogea Eugénie.

— Nous? Vous voulez dire «vous»?

— Je dis bien «nous», puisque j'accompagnerai Marie-Renée. Moi aussi, la famille Banhiac Lamontagne fait partie de mes amies. Et…

Le docteur Estèbe?

À ce moment, Eugénie se pencha vers l'oreille de Thierry et lui dit:

— Les convenances nous en empêchent. Si seulement nous étions…

Comme Thierry regardait Eugénie avec étonnement, cette dernière s'en voulut d'avoir dévoilé le fond de sa pensée. Elle se reprit en disant à son interlocuteur, sur le ton de la confidence :

— Il faut bien que je serve d'arbitre, encore une fois, entre Mathilde et Dickewamis, mon cher Thierry.

Là-dessus, fière de sa formule, Eugénie tapota l'épaule de Thierry tout en souriant à Mathilde qui les regardait, intriguée, puis s'empressa, avant d'aller rejoindre Manuel, de dire à cette dernière :

— C'est Anne qui a besoin de tout notre réconfort. Quand nous visiterons Thomas, demain, vous aurez sans doute tout un choc en le voyant. Et je n'exagère pas. Je tiens à vous avertir, parce que je ne voudrais pas que votre surprise chagrine davantage notre amie… Cela dit, sans vouloir vous offenser, n'est-ce pas ?

— Il est si mal en point que ça ? questionna Mathilde, inquiète.

— Selon Manuel, il ne lui en reste plus pour très longtemps. Et c'est l'avis d'un médecin !

Mathilde et Thierry opinèrent de la tête.

— Va-t-il nous reconnaître ? demanda Thierry, secoué par ce qu'il entendait.

— Selon Manuel, c'est possible. Le malheur, c'est qu'il est paralysé.

— Du visage ?

Eugénie fit signe de la tête que oui.

— C'est la fin ?

– Il faut préparer Anne à le perdre… Depuis l'attaque de Thomas, elle est inconsolable. Comme si elle avait certaines choses à se faire pardonner !

Mathilde fit un mouvement de la tête à Eugénie qui signifiait « peut-être que oui » !

– Malheureusement, elle ne sera pas la première à perdre un époux chéri, n'est-ce pas ? continua Eugénie.

Mathilde la regarda d'un drôle d'air.

Qu'est-ce qui lui prend ? se dit-elle.

CHAPITRE XIX
Les derniers moments de Thomas

Le lendemain, très tôt, Anne Frérot avait été réveillée par un messager de l'hôpital. Le médecin lui demandait de se rendre en hâte au chevet de son mari, de plus en plus souffrant. Anne et ses enfants, qui étaient restés rue Royale auprès de leur mère, se rendirent le plus rapidement possible à l'hôpital.

Anne demanda à sa fille Marie-Renée d'aller avertir Mathilde et Eugénie, qui étaient restées à coucher rue du Sault-au-Matelot. Mathilde, Thierry, Eugénie et le docteur Estèbe, Marie-Renée, Simon-Thomas et l'abbé Jean-François se retrouvèrent à l'Hôtel-Dieu de Québec, à l'aile des mourants, quelques heures plus tard, dans la chambre destinée aux dignitaires coloniaux et aux membres du Conseil souverain. C'était dans cette chambre que le gouverneur Frontenac avait rendu l'âme.

D'après ce que le docteur Michel Sarrazin expliqua à son collègue, Manuel Estèbe, Thomas avait été secoué par une autre attaque durant la nuit, provoquant la paralysie.

Son pouls était très affaibli et sa paralysie faciale, totale. De plus, il ne pouvait bouger qu'à peine le bout de ses doigts.

Mathilde et Thierry restèrent figés d'effroi et de peine en voyant leur ami, qu'ils avaient quitté l'année d'avant en pleine santé. Thomas n'était plus que l'ombre de lui-même.

– Ce n'est pas Thomas, mais son spectre ! balbutia Thierry à l'oreille de Mathilde dont le visage commençait à s'inonder de larmes.

Eugénie s'approcha de Mathilde et lui dit :

– Retiens-toi un peu, Mathilde. Ce n'est pas en pleurant que tu vas réconforter Anne.

– Mais ce n'est pas de ma faute ; c'est tellement triste ce qui lui arrive ! répondit-elle.

Mathilde n'était cependant pas la seule à se laisser aller. Marie-Renée Allard, à la vue de Thomas, voulut s'approcher de lui pour l'embrasser, complètement bouleversée. Eugénie l'en empêcha en la retenant par le bras et lui dit, à voix basse :

– C'est possible qu'il te reconnaisse, mon chaton. Mais son visage est sans expression. Il ne peut pas parler.

Marie-Renée Frérot avait entendu les paroles d'Eugénie. Elle dit à sa filleule :

– Viens ici, Marie-Chaton. Prends-lui la main.

Cette dernière s'approcha et prit la main de Thomas, timidement.

– Maintenant, touche-lui le bout des doigts… C'est bien. Et puis ?

– Il bouge. Je sens un peu de chaleur ! Mon Dieu !

– Ça veut dire qu'il te reconnaît et qu'il est très heureux de te revoir.

— Pourrais-je lui parler?

Anne, qui était tout près, intervint:

— Nous ne savons pas s'il est aveugle, mais il nous reconnaît par le son de notre voix... Oui, tu peux lui parler, mais brièvement, parce que...

À ces paroles, Anne fondit en larmes.

— Thomas, Thomas, j'ai besoin de toi, reste avec moi!

Marie-Renée Frérot s'approcha de sa mère, mais elle aussi pleurait, tout en essayant de rester forte. Eugénie avança vers Anne et lui mit la main sur l'épaule pour la réconforter.

Marie-Chaton se pencha à l'oreille de son parrain en lui tenant toujours la main et lui dit, larmoyante:

— Parrain, c'est Marie-Chaton, je suis revenue. Je suis tellement contente d'être venue vous voir. Je prie pour vous pour que vous reveniez à la santé... Je vous aime. C'est grâce à vous si j'ai pu étudier à Paris et chanter devant le Roy. Je veux vous faire honneur, maintenant, à Québec...

Mais elle ne put en dire davantage. Elle s'écroula dans les bras de sa marraine en disant, en larmes:

— Parrain! C'est lui qui a remplacé mon père.

Ce fut au tour d'Eugénie de laisser couler quelques larmes.

Le visage de Thomas commença à se convulser. Manuel Estèbe fit signe à Eugénie qu'une autre attaque se préparait. Eugénie s'approcha de Thierry et lui dit que c'était sans doute la fin. Celui-ci, très attristé, lui indiqua par un signe de tête qu'il fallait désormais laisser les derniers instants à sa femme et ses enfants. Eugénie se pencha donc à l'oreille d'Anne et lui dit:

– Thomas va aller retrouver Clodomir[138] dans quelques instants. Avant que Jean-François ne l'administre, c'est le temps de lui parler pour la dernière fois. Sois forte! N'oublie pas que tu as été le grand amour de ton mari.

Anne était tout près de Thomas et lui épongeait le front. La chaleur de la chambre était étouffante. Des cierges se consumaient près d'une image sainte du Sacré-Cœur. Thomas, à son arrivée à l'hôpital, l'avait expressément demandé à Anne, en souvenir de la dévotion de son frère Jacquelin[139]. Quelques religieuses avaient commencé à réciter le chapelet. Eugénie leur demanda de quitter la chambre, le temps que l'abbé administre le sacrement de l'extrême-onction et indiqua aux autres de faire de même.

Quand la famille fut rassemblée, seule auprès de Thomas pour l'assister dans ses derniers moments, Anne demanda à ses enfants, à tour de rôle, d'aller embrasser leur père. Par la suite, comme le docteur Sarrazin, après avoir pris le pouls de Thomas, lui fit savoir que son mari allait de vie à trépas, Anne embrassa Thomas sur le front, se pencha à son oreille et lui dit amoureusement:

– Je compte sur toi maintenant, mon amour, pour prendre soin de notre petit trésor, Clodomir. Je suis certaine que vous serez heureux tous les deux au paradis... Mais tu vas tellement nous manquer, ici! Je t'aime si fort, Thomas. Si tu savais à quel point tu m'as rendue heureuse et à quel point tu as été un père merveilleux! Continue de veiller sur nous de là-haut, comme tu l'as toujours si bien fait ici-bas.

Quand l'abbé Jean-François Allard toucha l'épaule d'Anne, lui indiquant que c'était la fin, il lui dit:

---

138. Un des fils d'Anne et de Thomas Frérot, Clodomir était décédé au cours d'un incendie dans la Basse-Ville de Québec, en 1682.
139. Voir *Eugénie de Bourg-Royal*, tome 2. À son retour en Normandie, après avoir été torturé par les Iroquois, Jacquelin Frérot avait fait de la dévotion au Sacré-Cœur un mode de vie.

— Tante Anne, je vais administrer oncle Thomas. Il sera pardonné de ses péchés avant de passer à la vie éternelle.

En l'entendant, cette dernière, tellement peinée, perdit connaissance. Son fils, Charles Frérot, la prit, aidé du médecin, et ils la déposèrent sur une civière. Eugénie fit signe à son fils qu'elle prendrait soin d'Anne avec le docteur Estèbe.

Les religieuses entrèrent dans la chambre et récitèrent des *Ave*. L'abbé Jean-François commença ses prières après avoir préparé ses saintes huiles. Marie-Renée Frérot prit le relais de sa mère pour répondre aux invocations de son cousin.

Après avoir administré l'onction avec le saint chrême sur le front et les mains de Thomas, le prêtre l'interpella :

— Oncle Thomas, par cette onction sainte, le Seigneur, dans sa grande bonté, vous réconforte par la grâce de l'Esprit saint.

— Amen, répondit Marie-Renée.

— Ainsi, vous ayant libéré de tous péchés, qu'il vous sauve et vous relève.

— Amen.

Jean-François bénit alors son oncle d'un ample mouvement du bras. Il approcha son crucifix des lèvres de Thomas. Il constata que les yeux du malade étaient maintenant vitreux. L'agonisant venait de mourir. Il réitéra sa bénédiction, se tourna vers sa cousine et, les yeux mouillés de larmes, dit avec difficulté, tant il avait la gorge serrée :

— Il est mort en bon chrétien, comme il l'a toujours été. Il est maintenant avec les anges.

Le docteur Sarrazin alla fermer les yeux de la dépouille de Thomas Frérot. Comme il s'apprêtait à lui recouvrir la tête avec le drap de lit, Marie-Renée s'approcha et dit au médecin :

— Maintenant qu'il est en route pour le paradis, nous allons l'accompagner, tout en faisant nos adieux à notre père.

Elle invita son frère Charles et sa sœur Charlotte à se rapprocher et entama une prière. Le cousin Jean-François, le docteur Sarrazin et les religieuses se retirèrent avec discrétion. Jean-François parut satisfait lorsqu'il entendit :

— *Pater noster, qui es in cælis…*

Après la courte prière, Marie-Renée Frérot s'approcha de son père, lui caressa le front et dit affectueusement :

— Papa, comme je suis fière d'être votre fille! Mais vous nous manquerez à nous, vos enfants, mais aussi à maman et à vos petits-enfants. Du haut du ciel, continuez à veiller sur nous. Et saluez Clodomir de notre part. À vingt-huit ans, il doit vous ressembler, j'en suis certaine… Je sais que vous allez rencontrer de nouveaux amis; ils vous attendent déjà. Je vous en prie, ne nous oubliez pas. Et veillez sur maman, elle en aura besoin… Personne ne pourra vous remplacer.

Après un dernier baiser sur le front de son père, elle laissa la place à Charlotte en sanglotant. Cette dernière aida son frère Charles à recouvrir la tête de Thomas avec le drap. Le passage sur terre de Thomas Frérot venait de prendre fin dans des pleurs de tristesse, mais aussi dans les témoignages d'amour.

Quand les enfants Frérot sortirent de la chambre du défunt, ils allèrent retrouver leur mère et la consoler. Cette dernière les embrassa à tour de rôle et les tint serrés contre elle. Ils décidèrent que leur père serait exposé en chapelle ardente à la résidence de Thomas, rue Royale.

Il fut convenu que Thierry se rendrait immédiatement au château Saint-Louis annoncer le décès de Thomas Frérot au gouverneur Vaudreuil. Ce dernier décréta que des funérailles civiques auraient lieu à la basilique Notre-Dame deux jours plus tard, en présence de tous les dignitaires de Québec, de l'administration coloniale et du clergé. Anne regretta de ne pas avoir le temps d'aviser les censitaires de la Rivière-du-Loup ainsi que le seigneur de Berthier du décès de leur ami Thomas. Thierry lui promit qu'il s'en chargerait au cours d'un prochain voyage.

L'abbé Jean-François s'occupa de l'organisation des funérailles à la basilique. Il demanda à Monseigneur Saint-Vallier d'officier la cérémonie. Le prélat lui demanda d'agir en tant que diacre, tandis que le fils de Mathilde, l'abbé Dubois de l'Escuyer, eut le privilège d'être le sous-diacre.

L'abbé Allard sollicita le chanoine Charles-Amador Martin pour jouer aux grandes orgues, tandis que sa jeune sœur Marie-Renée prêterait sa voix d'or à l'interprétation d'un cantique pour le repos de son parrain. Jean-François voulait ainsi faire connaître le talent de la jeune cantatrice à l'élite de Québec, comme l'aurait voulu Thomas Frérot.

En plus de l'élite du clergé du diocèse assistèrent aux funérailles le gouverneur Vaudreuil, les intendants Jacques et Antoine-Denis Raudot, les membres du Conseil souverain, la confrérie des marchands de Québec, Gustave Précourt en tête, les représentants de la Chambre des notaires et des juristes de Québec.

Anne, ses enfants et ses petits-enfants occupèrent les premiers bancs, près du catafalque, tandis qu'Eugénie, Mathilde et Thierry, les enfants de Mathilde ainsi qu'Ange-Aimé Flamand s'assirent sur les autres. Le cercueil de Thomas était recouvert du drapeau marchand français, un damier à neuf cases, découpé d'une croix blanche sur fond bleu. Des branches de laurier, en or, encerclaient les armoiries royales[140]. De chaque côté, près de la balustrade, le drapeau fleurdelisé.

L'oraison funèbre de Monseigneur de Saint-Vallier fit l'éloge des qualités d'administrateur colonial du procureur général, bien entendu, mais aussi de son sens civique comme seigneur de la

---

140. Ce drapeau a été attribué à la Marine par ordre royal, en 1661, au grand dam des marchands qui préféraient les pavillons blancs utilisés par la Marine royale.

Rivière-du-Loup et de son implication apostolique à la cause de la congrégation de la Sainte-Famille. Enfin, il rappela à tous que le sieur de Lachenaye, Thomas Frérot, avait été un époux aimant et un père de famille modèle.

La famille de Thomas, Anne et ses enfants ainsi que leurs conjoints avaient été profondément émus par les paroles du prélat. Eugénie, pour sa part, n'était pas peu fière d'être aux côtés du docteur Estèbe, de pouvoir aussi admirer la rigueur de la tenue de son fils Jean-François comme diacre et d'entendre sa fille Marie-Renée chanter du jubé. En effet, quand cette dernière avait entonné les cantiques de la cérémonie, de la nef, plusieurs s'étaient retournés pour reconnaître cette voix venue du ciel.

Eugénie perdit un peu de façon quand Marie-Renée entonna, après l'*Ite missa est* et avant que les représentants porteurs ne viennent récupérer le cercueil fleurdelisé, un extrait de l'opéra *Cassandre*. Ce fut sa façon à elle de remercier son parrain de tout ce qu'il avait fait pour qu'elle aille étudier à Paris.

Mathilde, qui reconnut l'opéra, regarda Thierry, étonné. Monseigneur de Saint-Vallier tourna la tête en direction de son diacre, l'abbé Jean-François Allard, qui resta figé d'inconfort. Quand Marie-Renée Allard eut fini ce qui sembla une hérésie aux yeux de certains, le chanoine Martin se dépêcha d'inonder la cathédrale du psaume lugubre de circonstance. Anne Frérot se tourna vers Eugénie et lui fit un sourire. Elle savait que Thomas aurait été fier de la prestation de sa pupille. C'était de cette façon qu'il souhaitait qu'elle fasse carrière.

Thomas fut enterré, comme les membres du Conseil souverain, dans la crypte de la basilique, près de la tombe de son ami et prédécesseur Guillaume-Bernard Dubois de L'Escuyer. Mathilde et ses enfants purent se recueillir sur la pierre tombale de leur père. Son fils ecclésiastique récita une prière pour le repos de son âme. Ils ne purent retenir leurs larmes. De son côté, Eugénie se mit à penser à François, son défunt mari.

Me pardonnes-tu d'être avec Manuel? C'est le temps de me faire signe, avant… Tu sais ce que je veux dire, n'est-ce pas? Je ferai ce qui te conviendra, mais, de grâce, fais-moi signe!… Marie-Chaton est rentrée maintenant, il faut que je pense à moi, n'est-ce pas? La vie peut nous échapper à tout moment. Prends Thomas, il est allé te rejoindre. Je compte sur toi, François!

Au retour à la sacristie, au moment où le diacre Allard aidait le prélat qui avait officié la cérémonie à enlever ses vêtements sacerdotaux, Monseigneur de Saint-Vallier apostropha l'abbé Allard:

— Connaissiez-vous notre chantre, monsieur l'abbé?

— Euh… oui.

— C'est un oui bien faible. La connaissiez-vous?

— C'est ma sœur cadette, Monseigneur.

— Votre sœur! Et comment se fait-il qu'elle ait interprété un chant profane?… Sachez que ma patience a ses limites… Comment s'est-elle permis une telle insolence!…

— Elle revient de Paris, où elle a étudié l'opéra.

— L'opéra! Je n'irai pas jusqu'à dire qu'elle a profané les lieux saints… à cause de l'estime que l'archevêché vous porte, ainsi qu'à votre mère… parce que cela voudrait dire l'excommunication et le châtiment qui y est associé.

L'abbé Jean-François Allard en eut des sueurs froides. Le prélat ajouta:

— Promettez-moi de lui faire savoir que je ne tolérerai plus un tel affront dans la maison de Dieu!

L'abbé osa avancer, à la défense de Marie-Renée:

– Ma petite sœur n'est encore qu'une étudiante. Elle ne pouvait se douter du tort qu'elle ferait à l'archevêché.

– Alors, monsieur l'abbé, instruisez-la. Votre ministère commence par les membres de votre propre famille. Elle doit être exemplaire.

– Elle l'est… Elle le sera, Monseigneur! bafouilla l'abbé Jean-François, dont le visage était devenu aussi blanc que son surplis.

Quand l'abbé eut rejoint sa famille après les funérailles, à la résidence de la rue Royale, Eugénie se rendit compte de l'indisposition de son garçon.

– Il y a quelque chose qui ne va pas, toi. Que se passe-t-il?

– Monseigneur de Saint-Vallier n'a pas apprécié l'air d'opéra qu'a chanté Marie-Renée. Il a trouvé ça scandaleux. Il m'a demandé de l'aviser de ne plus jamais recommencer, sous peine…

Eugénie resta figée et, reprenant son sang froid, elle répondit à son fils:

– Mais elle voulait faire plaisir à son parrain!… Monseigneur a raison. Dis-lui de ma part que Marie-Renée ne recommencera plus… Une erreur de jeunesse! Tout de même, il y en a qui ont fait pire!

CHAPITRE XX
Le retour à la maison paternelle

Au retour des funérailles, Mathilde et Eugénie se rendirent davantage compte de la tristesse et du désarroi d'Anne. Mathilde lui offrit tout le soutien et le réconfort nécessaires, tandis qu'Eugénie indiqua à ses garçons qu'il était temps de rentrer à Bourg-Royal.

— Georges et Simon-Thomas, allez atteler. Votre sœur a des neveux et nièces ainsi qu'une nouvelle belle-sœur à embrasser. Il y a aussi des malades qui attendent leur docteur !

Dévisageant Simon-Thomas, elle ajouta :

— N'oubliez pas de revenir saluer Anne et vos cousins, cousines. Et surtout toi, Simon-Thomas, tu iras embrasser Anne, ta marraine. Avec le prénom que tu portes, maintenant, tu as le devoir d'être là pour l'aider. M'as-tu comprise ?

Simon-Thomas fit signe que oui. Eugénie parut satisfaite et alla elle-même saluer Anne.

— Tu peux toujours compter sur moi, ma chère cousine. Nous l'étions par alliance et nous le sommes maintenant par amitié. Rien ne pourra altérer les rapports de nos familles.

Anne ne put répondre tant la peine lui serrait la gorge. Elle serra simplement Eugénie sur son cœur. Cette dernière lui tapota l'épaule afin de la réconforter. Manuel Estèbe remit à Anne une petite fiole contenant un liquide tranquillisant.

— Une cuillerée après chaque repas et beaucoup de repos. Ça vous aidera à dormir.

— Merci, docteur !

Ce dernier lui répondit par un sourire. Eugénie, qui se tenait tout près, ajouta :

— Tu peux l'appeler par son prénom, Anne ! Manuel fait presque partie de la famille, maintenant.

Anne la regarda, étonnée. Eugénie prit conscience de sa bévue lorsqu'elle se rendit compte de la gêne du docteur Estèbe.

— Je voulais dire que Manuel avait beaucoup d'estime pour Thomas, un homme remarquable.

Le docteur acquiesça, soulagé par la réplique d'Eugénie.

Marie-Renée alla à son tour saluer sa marraine, Marie-Renée Frérot. Elle se jeta plutôt dans ses bras en pleurant. Ce fut sa marraine qui la consola.

— Je sais, tu aurais voulu lui parler davantage avant son décès. Mais ce que tu lui as dit résumait le fond de ta pensée. Papa en a été vraiment fier, j'en suis certaine.

— J'aurais voulu lui raconter mon séjour à Paris et à Saint-Cyr, répondit Marie-Renée en hoquetant.

Sa marraine lui sourit.

— Alors, pourquoi ne viendrais-tu pas une autre fois nous raconter tout ça, à maman et à moi ? C'est une bonne idée, n'est-ce pas? Toutes les trois. Comme ça, tu pourras tout nous dire, et nous te promettrons de ne rien révéler à personne. Tiens, mouche-toi.

Marie-Renée accepta le mouchoir et adressa à son tour un sourire à sa marraine.

– C'est promis?

– Promis.

Revenue à Bourg-Royal, Eugénie présenta tout d'abord Isabelle Pageau à sa fille.

– Tu te souviens de la famille Pageau, Marie-Renée? Tu les as sans doute aperçus tous les dimanches, ce sont des gens d'Église.

Cette dernière fit signe que oui.

– Alors, je te présente ta nouvelle belle-sœur, Élisabeth. Mais nous l'appelons affectueusement Isa, pour la différencier de l'Isabel à Manuel, tu sais, celle avec qui tu as été à l'école.

Marie-Renée fit oui de la tête en regardant le docteur Estèbe. Ce dernier semblait fier qu'Eugénie ait mentionné le nom de sa fille. Marie-Renée lui fit un faible sourire qui n'échappa pas à Eugénie. Elle en parut satisfaite.

– Alors, qu'est-ce que vous attendez pour vous embrasser?

Avec une certaine gêne, les deux jeunes femmes s'étreignirent.

– Je suis tellement contente de faire ta connaissance, Marie-Renée. Madame Allard et Jean m'ont tellement parlé de toi. En bien, ça va de soi... Que tu as donc de beaux cheveux blonds... J'ai bien hâte de t'entendre chanter, tu sais. Sois la bienvenue chez toi!

Marie-Renée lui sourit d'abord et dit peu après:

— Moi aussi, je suis enchantée de connaître la femme courageuse qui a eu le cran de marier mon vieux garçon de frère !

En entendant le rire sonore qu'émit Isa, Eugénie fut rassurée sur l'entente future des deux jeunes femmes de sa maison. Marie-Renée alla aussitôt embrasser son frère Jean.

— Eh bien, moi qui croyais revoir Marie-Chaton, c'est plutôt une demoiselle, très parisienne, qui nous revient, avança ce dernier en faisant allusion à l'accent de sa petite sœur. Mais ne t'en fais pas, tu n'égaleras jamais le parler de maman.

— Comment ça ? réagit Eugénie. Ai-je donc un parler si particulier ?

— Non... Oui. Vous parlez de la même façon que les Ursulines ! Vous et Jean-François…, répondit Marie-Renée.

— C'est normal que l'abbé Jean-François parle comme un prêtre. En chaire, il doit montrer l'exemple, s'indigna Eugénie, qui montait sur ses grands chevaux.

Isa, Marie-Renée et ses frères pouffèrent de rire.

— Mais, quoi ! Qu'ai-je dit de si risible, hein, Manuel ? fit-elle en s'adressant à ce dernier, qui ne voulut pas prendre parti.

Isa sauva la situation en mettant son fils François, âgé de sept mois, dans les bras de Marie-Renée.

— Tiens, je te présente ton neveu !

Aussitôt, la jeune femme eut une pensée chagrine pour François Bouvard, sa flamme parisienne. Elle réussit cependant à surmonter sa peine en prenant le poupon dans ses bras. Ce dernier lui fit une risette.

— Qu'il est mignon... et lourd. Déjà un homme !

Le bébé se mit à pleurer. Peinée, Marie-Renée le confia à sa mère en lui disant :

– J'ai l'impression qu'il souhaite me dire que je suis de trop, Isa !

Cette dernière éclata de rire. C'est Jean, plutôt, qui ajouta :

– Le bébé veut probablement te dire à sa manière de te marier à ton tour, et le plus vite possible.

Marie-Renée, qui refoulait ses pleurs, éclata en larmes.

– Jean, pourquoi dis-tu ça ? Tu vois, tu lui as fait de la peine ! l'apostropha Isa.

Jean regarda sa mère, qui lui fit à son tour des yeux de reproche.

– Mais je n'ai rien dit de mal ! Simplement un peu d'humour de bienvenue.

Isa se tourna vers Eugénie.

– Décidément, les hommes...

Eugénie approuva de la tête. Elle s'avança vers sa fille, prit sa tête entre ses mains et l'embrassa sur le front en lui disant :

– C'est de la médecine d'une mère qu'il a besoin pour le soigner, ton petit cœur ! Va te reposer un peu... Ce soir, André et sa famille vont venir nous retrouver pour fêter ton retour. Hein, qu'en penses-tu ?

Le soir venu, le sourire réapparut sur le visage de Marie-Renée, qui redevint Cassandre lorsqu'elle eut à interpréter, pour sa famille, les airs de l'opéra *Cassandre*, au grand plaisir de tous. Seul, Simon-Thomas trouva la soirée plutôt longue, car il n'avait pas pu être accompagné de Marion Pageau, alors que Georges roucoulait en présence de Margot, l'autre sœur d'Isa.

Cassandre réussit cependant à lui faire retrouver sa bonne humeur lorsqu'elle lui déclama plusieurs alexandrins de la pièce *Mithidrate*, de Racine, notamment ceux par lesquels Xipharès répondait à Arbate à propos de l'amour qu'il vouait à la belle Monime. Ces vers que lui répétait sans cesse Marie-Chaton, il les avait honnis à maintes et maintes reprises :

Je l'aime, et ne veux plus m'en taire

Puisque enfin pour rival je n'ai plus que mon frère.

Cassandre eut la joie de retrouver sa nièce, Catherine Allard, la fille d'André. Déjà, Catherine, qui allait sur ses dix ans[141] et qui avait hérité du talent d'artiste des Allard, aidait son père à dessiner des croquis. Eugénie, sa grand-mère, lui apprenait l'art de teindre et de vernir les meubles.

En soirée, l'abbé Jean-François, qui avait finalement reçu la permission de son archevêque de se rendre chez sa mère, à Bourg-Royal, bénit sa famille et fit une prière pour l'âme des parents défunts, l'oncle Thomas et leur père François.

Eugénie sonna la fin de la soirée en déclarant qu'il était l'heure d'aller au lit. Elle demanda à ses fils d'aller coucher chez André, de peur que Georges ne lorgnât trop du côté de Margot Pageau. Manuel Estèbe fut le premier à partir.

Surexcité par la présence de tant d'invités, le petit François fit passer une bien mauvaise nuit à sa parenté.

Le lendemain, quand les activités coutumières reprirent et que les hommes se rendirent à la grange, Jean-François prit la route pour Québec, Eugénie en profita pour aller à l'atelier avec sa fille, alors qu'André faisait une livraison.

---

141. Catherine Allard, la fille d'André et de Marie-Anne Lemarché, est née le 12 novembre 1696.

— Tu as bien dormi, ma petite fille ? Tu me semblais bien malheureuse à un moment donné… Que s'est-il passé à Paris ? Ta mère a le droit de savoir.

Comme Marie-Renée hésitait à répondre, Eugénie se risqua à lui demander :

— Un garçon… un homme… marié ?

— Non, pas marié.

— Bon, nous sommes fixées… Il t'a repoussée ?

— Non, le Roy l'a exilé.

— Mon Dieu, un paria, un galérien !

— Il l'a exilé en Italie, à Florence, chez des artistes. Mais il n'a pas eu le temps de me dire adieu.

Là-dessus, Marie-Renée fondit en larmes. Attendrie, Eugénie la prit dans ses bras pour la consoler. Elle la laissa pleurer abondamment.

— Tu l'aimes encore, n'est-ce pas ?

Toujours en pleurant, Marie-Renée hocha la tête de haut en bas.

— Et tu as peur de ne plus jamais le revoir parce que tu as décidé de revenir à Bourg-Royal sur un coup de tête, c'est ça ?

La jeune femme fit encore une fois un signe de tête. Eugénie décida, plutôt que de lui faire la morale, de la faire sourire.

— Comme ça, tu n'es pas revenue pour revoir ta famille ?

Marie-Renée fit non de la tête tout en regardant sa mère avec un sourire timide.

– Tu vois, même quand les nuages sont noirs et menaçants, une éclaircie de bonheur est toujours possible… C'est comme moi, avec Manuel.

Marie-Renée fixa sa mère l'air interrogateur. Eugénie se rendit compte qu'elle avait inquiété sa fille.

– Ce que je veux dire, Marie-Chaton, c'est que s'il souhaite te revoir, il n'a tout simplement qu'à venir te rejoindre au Canada. Et comment s'appelle-t-il, ce maestro?

Eugénie commençait à s'enflammer. Elle se voyait en train de le sermonner.

Comment ose-t-il faire du mal à ma fille!

– François.

– François… comme ton père? répéta Eugénie, surprise.

– Oui, François Bouvard.

Dans les yeux de sa mère, Marie-Renée vit que le fil des trente ans de mariage de ses parents se déroulait à la vitesse de l'éclair.

– Sait-il que tu es au Canada?

Marie-Renée fit non de la tête, tout en refoulant ses larmes.

Il y a alors peu de chances qu'il vienne la retrouver! commenta Eugénie pour elle-même.

Cette dernière continua:

– Avec un prénom comme celui-là, il faut qu'il soit digne de toi… Comme ton père l'a été avec moi… Un homme exemplaire!

– Irremplaçable, maman ?

Eugénie regarda tendrement sa fille, les yeux mouillés.

– Hélas, ton père est mort depuis six longues années.

– Pensez-vous le remplacer maintenant ?

Eugénie fut surprise de la réplique de sa fille. Elle préféra en rester là et ne pas répondre à la question, qu'elle jugeait personnelle.

– Je veux dire que si ce François Bouvard est digne de toi, il viendra au Canada tôt ou tard. Et ce sera préférable plus tôt que tard, parce qu'avec ta beauté, il risque de te perdre.

– C'est lui que je veux !

– Bien sûr ! Il n'a qu'à se débrouiller pour te retrouver. Mais… n'oublie pas que l'obstination n'est pas toujours bonne conseillère. Prends le temps de penser à ton avenir !

Marie-Renée observa sa mère le regard interrogateur. Eugénie s'en rendit compte et poursuivit :

– Être amoureuse n'est pas une occupation, ma petite fille. C'est un état. Que comptes-tu faire de tes études ? Voudrais-tu enseigner ?

Marie-Renée regardait sa mère avec bonté. Elle savait intuitivement qu'elle pouvait compter sur la force de caractère de cette femme qui s'assumait pleinement. Devant le silence de sa fille, Eugénie ajouta :

– De toute manière, il n'y a rien qui presse. Tu nous donneras ta réponse l'an prochain, au retour des beaux jours… Et après notre visite à Étiennette.

Marie-Renée se dégagea soudainement de l'étreinte de sa mère.

— Nous irons visiter Étiennette? demanda la jeune fille, tout excitée.

— C'est mon cadeau pour ton retour de France.

— Pourquoi pas maintenant?

— Au cas où tu déciderais de retourner à Paris, immédiatement après! Ça sera à l'été prochain… Non, tu restes ici pour décider de ton avenir… Si jamais tu souhaites retourner en France, c'est avec Mathilde que tu feras le voyage.

— Pourquoi pas avec vous?

— Moi? Mais tu n'y penses pas!

— Je vous laisse jusqu'à l'an prochain pour y penser, maman!

— Toi, ma petite peste! Ne me fais pas rêver à l'impossible.

— Impossible n'est pas français. Vous n'avez jamais cessé de me le répéter, surtout avant mon départ.

— Est-ce vrai? Mais, tu sais, ta mère n'est pas infaillible!

Déjà, Eugénie se voyait retourner en France au bras de Manuel Estèbe, visitant Paris, Versailles, la Touraine et la Basse-Navarre, le coin de pays de Manuel, à la frontière espagnole.

— Tellement d'événements peuvent chambarder nos vies! Tu penses qu'il n'y a rien qui se passe à Bourg-Royal, mais tu verras l'an prochain. D'ici là, tu as des neveux et des nièces à chérir.

CHAPITRE XXI
Un dossier embêtant

Le comte Joli-Cœur fut reçu d'abord par le gouverneur Rigaud de Vaudreuil au château Saint-Louis en compagnie de son fils Ange-Aimé Flamand. L'ambassadeur voulait discuter de la meilleure stratégie possible pour convaincre les Mohawks de signer le traité de Paix, avec cinq années de retard. Ange-Aimé, qui entretenait toujours des rapports avec Isabelle Couc, avait été mandé par le gouverneur pour exposer son point de vue. Thierry avait aussi un autre dossier à plaider devant le gouverneur : l'abandon de la vie religieuse de Dickewamis, toujours considérée par la colonie comme prisonnière politique.

Le maintien du traité de la Grande Paix de 1701, signé à Montréal par le gouverneur de La Callière et négocié avec trente-neuf nations amérindiennes, excepté les Mohawks de la Nouvelle-Angleterre, était à l'ordre du jour de l'administration coloniale, malgré les supplications des tribus de l'Ouest canadien, alliées des Français, qui voulaient l'appui de la France pour faire la guerre aux Sioux, tribu alliée des Anglais, en dépit du traité de Ryswick[142]. Déjà, ce traité avait permis au monarque français de dépêcher Pierre Le Moyne d'Iberville au-delà du delta du fleuve

---

142. Signé en septembre 1697, le traité de Ryswick mettait fin à neuf ans de guerre entre la France et la ligue d'Augsbourg, c'est-à-dire l'Autriche, l'Allemagne, la Hollande, l'Angleterre et l'Espagne.

Mississipi afin d'agrandir le royaume de France en Amérique du Nord.

Pour se donner toutes les chances de rapatrier les Mohawks d'Albany dans le traité de Paix, Vaudreuil avait solennellement promis aux Iroquois des Cinq-Nations de ne pas envahir leurs territoires, même si la guerre avec les Anglais reprenait. En effet, le gouverneur considérait les traités de paix, avec les Anglais d'une part et avec la Confédération iroquoise d'autre part, comme précaires sans les Mohawks, alliés naturels des Anglais par la proximité de leurs territoires et à cause de l'insistance des tribus de l'Ouest qui menaçaient de basculer dans le camp anglais à tout moment, risquant ainsi de reprendre les hostilités.

En 1706, la population canadienne était de douze mille habitants. Ces derniers vivaient mieux que leurs semblables français. Les soldats établis dans la vallée du Saint-Laurent réussissaient bien et les artisans vivaient de leur commerce. Le bois était abondant pour la construction navale. Il manquait cependant de bras pour exploiter la terre.

Comme le traité de Paix avec l'Angleterre avait incité la France à cesser la traite de la fourrure, la colonie parvenait à écouler ses stocks de peaux qui s'accumulaient dans les entrepôts de Québec. L'administration coloniale croyait ainsi pouvoir encourager les coureurs des bois à devenir agriculteurs. Ce fut peine perdue.

Le gouverneur de Vaudreuil se rendit vite compte d'une dure réalité. Le commerce des pelleteries était, de loin, l'industrie primordiale de la colonie qui faisait vivre Québec, Trois-Rivières et Montréal avec sa foire de la fourrure, bien avant l'agriculture et la construction navale. Déjà, le mécontentement de la société coloniale se manifestait.

Le comte Joli-Cœur se présenta donc au château Saint-Louis en compagnie de son garçon Ange-Aimé Flamand.

— Soyez le bienvenu, monsieur l'ambassadeur. Nous nous retrouvons dans de bien tristes circonstances. Le décès du sieur de Lachenaye est une grande perte pour l'administration coloniale. Des hommes de cette trempe sont difficiles à remplacer. Vous étiez amis, n'est-ce pas ?

— Oui, Excellence. En fait, nous venions tous les deux du même coin de pays, en Normandie. Thomas est arrivé la même année que le régiment de Carignan et moi, l'année suivante. Une très vieille amitié, vous avez raison.

— Et si nous parlions maintenant des négociations de paix. J'ai fait demander ce jeune Amérindien, qui parle le mohawk et l'anglais, afin de pouvoir nous servir d'interprète et même d'émissaire auprès des Mohawks d'Albany. Je tenais à ce que vous fassiez sa connaissance. Il se nomme Ange-Aimé Flamand. Il a grandi chez les Ursulines de Québec.

Thierry regarda son fils avec fierté. Il ajouta :

— Sans vous froisser, Excellence, je connais bien Ange-Aimé puisque je suis son père.

Le gouverneur de Vaudreuil déposa sa plume d'oie dans son encrier, se cala dans son fauteuil et regarda, sceptique, son vis-à-vis.

— Ainsi, vous seriez le père de notre truchement mohawk. Mais il ne porte pas votre nom !

— Mais il le signe, Excellence ! C'est tout comme. Et son fils, qui est aussi mon petit-fils, s'appelle Thierry Flamand Joli-Cœur. Thierry est mon prénom.

— Ainsi donc, je suis en présence du père et du fils. Avez-vous d'autres surprises, comte Joli-Cœur, à m'annoncer ?

— Oui, Excellence, il s'agit de la mère d'Ange-Aimé.

— L'Iroquoise Ursuline ?

– Effectivement. Mais elle est aussi prisonnière politique et son statut nuit sans doute à l'adhésion des Mohawks au traité de la Grande Paix.

– Mais elle est religieuse et a prononcé ses vœux.

– Elle l'a fait pour fuir, en quelque sorte, le rejet de ses parents. Maintenant, elle souhaite vivre avec son fils et son petit-fils à Kanesatake, dans la réserve d'Oka.

– Qu'en pensez-vous, Ange-Aimé? demanda le gouverneur.

– Père a raison, Excellence. Si mère venait vivre chez moi, elle serait considérée comme libre par les Mohawks.

– Seriez-vous capable de faire venir les Mohawks à Québec pour négocier?

– Je ne sais pas s'ils viendront négocier ici, Excellence, mais ils feront la paix, j'en suis certain.

– Mais le dossier de votre mère n'a jamais été abordé auparavant?

Comme Ange-Aimé semblait embarrassé de répondre, Thierry vint au secours de son fils.

– Parce qu'elle ne le souhaitait pas, Excellence. Par ailleurs, le fait de permettre aussi aux Mohawks de venir vendre leurs peaux à la foire de Montréal sera une autre belle façon de les amadouer.

– Mais vous savez bien que Versailles nous oblige à écouler les stocks avant de permettre de nouveau la traite. Nous ne pouvons pas nous mettre à dos les marchands de Paris. C'est trop risqué. Ils ne voudront plus acheter nos peaux et ces dernières pourriront dans nos entrepôts. Le sieur de Lachenaye comprendrait, lui!

Thierry essayait d'être convaincant pour libérer Dickewamis.

– Si les Mohawks signent la paix, c'est toute la Confédération iroquoise, unie, qui s'engagera à ne plus faire la guerre.

– Peut-être bien, mais…

Thierry continua, percevant le malaise de Vaudreuil.

– J'aimerais, Excellence, vous présenter aussi un plan que j'ai élaboré, audacieux sans doute, qui concerne l'Ouest.

Vaudreuil écoutait les propos du comte Joli-Cœur attentivement. En tant que gouverneur du Canada, tout en endossant la paix avec l'Angleterre et les quatre nations iroquoises qui avaient signé le traité de Paix de 1701, c'est-à-dire les Tsonnontouans, les Onneiouts, les Onontagués et les Goyogouins, il craignait une reprise de la guerre canadienne avec les Iroquois ou les Anglais.

– Une autre stratégie, comte Joli-Cœur ?

– Qui répondrait aux souhaits du Roy, du clergé et de l'administration canadienne.

– Vous piquez ma curiosité, monsieur l'ambassadeur.

Enthousiaste, Thierry exposa son plan.

– Il faudrait établir une petite colonie sur la rivière Saint-Clair, qui relie le lac Érié au lac Huron. Peuplé de Canadiens et d'Indiens de l'Ouest, ce fort pourrait empêcher toute tentative de pénétration par les Iroquois ou les Anglais.

– Intéressant ! Continuez !

– Les tribus de l'Ouest, en s'installant, seraient moins occupées à chasser le castor. Pendant les trois premières années, aucune pelleterie ne serait envoyée à Montréal, de l'Ouest, ce qui permettrait d'absorber les surplus et de maintenir la foire de Montréal avec les fourrures mohawks.

Le gouverneur réfléchissait.

— Du point de vue commercial, l'idée n'est pas bête. Ainsi, les Indiens de l'Ouest feraient toutes leurs transactions au détroit, sans venir à Montréal. Par ailleurs, si la foire de Montréal disparaît, nos petits commerçants et nos interprètes seront privés de leur gagne-pain.

Thierry se dépêcha de continuer :

— Si on rassemble toutes les tribus de l'Ouest en un seul lieu, nous pourrions les franciser et les convertir. Les Français marieraient des Indiennes.

— Le rêve de Champlain, le père fondateur ! Nous pourrions même appeler ce lieu Détroit pour qu'il soit bien d'appellation française, murmura Vaudreuil.

Le gouverneur s'alluma une pipe après avoir fait circuler sa tabatière. Dans les volutes de fumée bleutée, il demanda :

— Ne craignez-vous pas, monsieur l'ambassadeur, qu'en rassemblant les tribus de l'Ouest en un seul endroit, on ne réveille leurs haines ancestrales et ne provoque des conflits sanglants ?

— J'ai peut-être une solution. Le détroit entre le lac Érié et le lac Huron est l'une des portes qui conduisent au grand fleuve Mississippi. L'avenir du royaume est au cœur de l'Amérique de cette manière. Il faut le protéger à tout prix.

— Je vois que vous avez préparé votre dossier. Et les marchands ne pourront pas protester contre la création d'un nouveau centre de commerce au carrefour des Grands Lacs, de peur qu'il ne fasse concurrence à Montréal… Pour le moment, en tout cas, le pari est risqué. Encore faudra-t-il que les nations iroquoises et les Anglais acceptent de laisser les Mohawks nous vendre leurs peaux de castor ! Qui pourra les convaincre ? Vous, comte Joli-Cœur ? Il y a bien Paul Le Moyne de Marincourt, frère de Le Moyne d'Iberville, qui est le fils adoptif des Onondagas, et Louis Thomas de Joncaire, de ma propre garde, qui est le fils adoptif des Sénécas…

Thierry s'attendait à cette question et il avait une réponse toute prête.

– Non, pas moi, Excellence, mais une bonne connaissance de mon fils et de moi-même, Isabelle Couc.

– Mais elle est veuve ? Ne demeure-t-elle pas à la Rivière-du-Loup ?

– Justement, depuis le décès de son mari, elle a vendu sa terre à un certain Dulignon. Elle ne reviendra pas dans la colonie puisqu'elle s'est remariée à un Outaouais du nom d'Outoutagan, fils du chef des Ottawas du Sable.

– Outoutagan ? Celui qui a signé le traité de la Grande Paix en 1701 au nom des Ottawas du Sable ? La pensez-vous capable de convaincre les Iroquois des Grands Lacs de laisser les Mohawks traiter avec les Français ?

– Isabelle et Outoutagan sont d'excellents négociateurs. Il leur faudra cependant faire quelques concessions.

– Lesquelles ?

– Si les nations iroquoises des Grands Lacs acceptent officiellement cet arrangement, elles voudront cependant faire également la traite des fourrures à plus ou moins grande échelle, sous cape, pour autant que ça ne paraisse pas trop aux yeux des Anglais, et vendre leurs peaux aux Mohawks.

– Voulez-vous dire que cet arrangement pourrait favoriser la contrebande ?

– J'en ai bien peur, Excellence.

Vaudreuil avait bien saisi l'enjeu de ces tractations. Il conclut :

— Voyez-vous, messieurs, nous nous devons de préserver la neutralité des Iroquois en prévision d'une éventuelle nouvelle guerre avec les Anglais, tout en courtisant les Mohawks pour qu'ils entérinent la paix de façon définitive. En même temps, sans la traite des pelleteries, les finances de la colonie seront à la faillite. Déjà, nous accusons un gros déficit. Sans subventions, nos hôpitaux, nos écoles, nos églises en souffriront encore plus.

Vaudreuil leva les yeux au ciel de résignation et continua sa tirade.

— Nos hôpitaux se trouvent dans l'obligation de refuser des malades parce qu'ils n'ont pas assez d'argent pour les soigner convenablement et nos curés eux-mêmes menacent de se mettre en grève par manque d'argent pour le culte. Je ne peux quand même pas recourir constamment à la monnaie de cartes[143] comme remplacement !

— Eh bien, pour le bien-être de nos colons et la paix de nos nations, tant pis si la contrebande s'infiltre dans les rapports commerciaux et sociaux entre les Mohawks et les Français... Je sais bien que certains s'enrichiront de façon suspecte, mais mieux vaut envisager ce léger déséquilibre que la menace d'une guerre avec les Mohawks...

— Alors quand pensez-vous commencer vos échanges diplomatiques et mettre en place vos intermédiaires, monsieur l'ambassadeur ?

Joli-Cœur regarda intensément le gouverneur de Vaudreuil.

— Je profite de notre rencontre avec Ange-Aimé, Excellence, pour vous demander de bien daigner accepter ma démission en tant qu'ambassadeur auprès des nations amérindiennes.

---

143. Ainsi nommée parce qu'elle est faite avec des morceaux de cartes à jouer.

Vaudreuil bondit de son fauteuil, estomaqué par la nouvelle.

– Que me dites-vous là? Vous démissionnez de vos fonctions?

– C'est ce que je vous demande, si vous pouvez me l'accorder, bien entendu.

– Heureusement que votre ministère relève du Conseil souverain maintenant, sinon, je renverrais votre demande au Roy lui-même… Vous me prenez au piège! Qui donc vous remplacera?

– Justement, mon remplaçant éventuel est assis devant vous!

– Un métis?

– Et pourquoi pas! Ange-Aimé connaît parfaitement la langue et les coutumes des Français et des Mohawks. Il a vécu à Albany, à Michillimakinac. Il est le petit-fils du chef iroquois qui a négocié le traité de Paix de 1667, Bâtard Flamand, et…

– Et son père est un noble qui est bien vu autant à Versailles qu'au sein des tribus amérindiennes… J'y penserai, comte Joli-Cœur.

– Cela va de soi, Excellence.

– Alors, dites-moi, Ange-Aimé, entreverriez-vous des difficultés dans vos prochaines négociations, si jamais vous étiez nommé, bien entendu?

Surpris, le métis répondit spontanément:

– Il faudrait tout d'abord libérer l'otage politique qu'est ma mère.

– Nous y revoilà! Les Mohawks ont de la suite dans les idées… Même si elle souhaite être relevée de ses vœux, la responsabilité tient du Vatican. Monseigneur de Saint-Vallier pourrait le confirmer rapidement. Le pape devra instaurer une enquête que la communauté des Ursulines pourrait refuser. Ça pourrait prendre des mois…, des années… Vous savez, un précédent… Est-ce une condition sans compromis?

— J'en ai bien peur, Excellence. Pour signer la paix, les Mohawks exigeront la libération de ma mère comme preuve de la bonne foi des Français.

— Cette exigence me place dans un grand embarras, car la décision n'est pas de mon ressort, et jamais le Roy ne s'opposera à la volonté du pape. Nous n'entamerons certainement pas une guerre de religion alors que nous sommes en paix avec les protestants. Non, il faut trouver une autre solution.

— Il y a peut-être une autre possibilité, avança le comte.

— Dites toujours, monsieur l'ambassadeur, répliqua le gouverneur.

— Sœur Thérèse-Ursule, la mère d'Ange-Aimé, n'est pas obligée de renier ses vœux pour accompagner son fils. Les Mohawks exigent sa libération comme prisonnière politique et non pas son retour à la laïcité.

— C'est pourtant vrai, Joli-Cœur! Allez, continuez!

— Alors, si la papauté le permet et la communauté des Ursulines aussi, sœur Thérèse-Ursule pourrait continuer son ministère dans la réserve.

— Excellente suggestion, Joli-Cœur. Et vous, Ange-Aimé, qu'en pensez-vous?

— Ma mère pourrait s'occuper d'instruire les enfants. Elle parle les langues mohawk et française.

— Laissez-moi en convenir avec notre prélat, Monseigneur de Saint-Vallier. Vous savez que c'est un homme de grande valeur. Il a toute la confiance du pape et de notre Roy… Je vous reviens d'ici peu…

Le gouverneur sonna son aide de camp et se leva. Toutefois, avant que ses invités ne quittent la pièce, il interpella Ange-Aimé :

— À quelle enseigne pourrions-nous vous rejoindre, monsieur Flamand ? Vous logez au château, n'est-ce pas ?

Ange-Aimé n'eut pas le temps de répondre que Joli-Cœur prit la parole :

— Chez son père, rue du Sault-au-Matelot, comme il se doit, Excellence !

— Alors vous aurez de nos nouvelles sous peu, le temps de débattre le propos au Conseil souverain. Sachez toutefois que j'étudie sérieusement votre candidature pour remplacer votre père.

Quand le père et le fils revinrent à la maison de Mathilde, cette dernière eut toute une surprise. Lorsque Thierry apprit à cette dernière qu'il avait démissionné de sa fonction d'ambassadeur pour passer plus de temps en sa compagnie, elle en fut ravie. Elle le fut davantage lorsqu'elle sut que la candidature d'Ange-Aimé était à l'étude pour le remplacer.

Dickewamis se remettait de mieux en mieux du traumatisme de son escapade quand, quelques semaines plus tard, Ange-Aimé fut convoqué chez le gouverneur, avec son père.

— J'irai droit au but, comte Joli-Cœur.

Malgré son flegme coutumier, Thierry démontrait des signes de nervosité. Ange-Aimé, par contre, paraissait en plein contrôle de ses moyens.

— Le Conseil souverain a accepté votre démission. De plus, il a entériné la candidature d'Ange-Aimé pour vous remplacer.

Aussitôt, le gouverneur remit au métis le sceau d'ambassadeur qu'il prit des mains de Thierry. Maintenant, fixant Ange-Aimé dans les yeux, il continua :

— Monsieur l'ambassadeur, le Conseil comprend que l'avenir de nos nations dépend d'une stratégie de négociation dont votre mère a fait les frais, il y a quarante ans passés. Bien qu'elle ait choisi la voie religieuse, le cloître était devenu pour elle davantage un refuge qu'une vocation… Notre prélat, Monseigneur de Saint-Vallier, autorise votre mère à continuer à servir Dieu dans la communauté de Kanesatake en tant qu'Ursuline. Comme la mission de la communauté repose sur l'enseignement, en instruisant les petits sauvages chez eux, sœur Thérèse-Ursule concrétiserait le rêve de Marie de l'Incarnation. Cela dit, elle sera sous la protection du père Bruyas, votre curé à Oka, qui a toute la confiance de notre évêque, qui le surnomme « l'apôtre des Mohawks ». Allez annoncer ces deux bonnes nouvelles à votre mère… Attendez… Vous devez une fière chandelle à votre père. Soyez fier de lui !

— Merci, Excellence !

Aussitôt sortis du château Saint-Louis, père et fils décidèrent d'aller annoncer ensemble la bonne nouvelle à Dickewamis. Thierry n'obtint pas l'autorisation de se rendre à l'infirmerie, malgré le beau sourire qu'il prodigua à sœur Célestine.

— Vous connaissez la règle de notre cloître, monsieur l'ambassadeur. Seul Ange-Aimé, notre petit ange qui a grandi ici, y est autorisé.

— Comment se fait-il qu'Ange-Aimé y ait droit, alors que lui aussi est ambassadeur ?

La sœur portière regarda les deux visiteurs l'un après l'autre, incrédule. Elle s'attarda cependant sur Ange-Aimé.

— Ai-je bien entendu, Ange-Aimé ?

Ce dernier souriait à pleines dents à la vieille religieuse. Il acquiesça d'un signe de tête.

— Non !

— C'est exact, sœur Célestine ! L'ambassadeur auprès des Indiens.

— Un véritable ambassadeur ?

Elle venait de s'adresser au comte Joli-Cœur.

— Mais oui, ma sœur, il me succède.

Les yeux exorbités de surprise, elle continua :

— Depuis quand ?

Thierry regarda son fils en souriant et répondit :

— Oh, c'est récent ! Disons… quelques minutes.

— Mais c'est un miracle ! Viens ici que je t'embrasse, même si notre règlement nous le défend. Dieu me pardonnera cet écart de conduite. Ange-Aimé, ambassadeur ! C'est ta mère qui va être contente. Dépêche-toi d'aller le lui annoncer.

Ange-Aimé restait immobile, comme s'il ne réalisait pas ce qui lui arrivait. Alors, la religieuse le pressa :

— Qu'est-ce que tu attends pour le dire à ta maman ? Ce n'est pas tous les jours qu'une mère voit son fils nommé ambassadeur du Roy.

Aussitôt, Ange-Aimé déguerpit en arpentant les corridors du cloître. La religieuse le suivit des yeux avec tendresse.

— Vous savez, monsieur le comte, Ange-Aimé est notre petit bonhomme à nous toutes. Nos sœurs seront si fières de lui !

Maintenant, nous continuerons à prier pour lui en remerciant le ciel pour ses grâces… et les vôtres, bien entendu.

— Sa fonction ne sera pas facile, celle de convaincre ses semblables de faire la paix. Mais il réussira, même mieux que je ne l'aurais fait. Il les connaît mieux qu'aucun Blanc parce qu'il est l'un d'eux. Ça pourra prendre plus de temps que prévu, mais il y parviendra… Il sera conseillé par sa mère.

— Sœur Thérèse-Ursule se rétablit lentement. Avec la prière et les bons soins de sœur Aurore, vous savez…

Thierry décida de lever le voile sur le second motif de sa visite au monastère de la rue du Parloir. Il déclara à sœur Célestine, qu'il trouvait sympathique :

— Dorénavant, c'est Ange-Aimé qui veillera sur sa mère, à Oka.

La bonne religieuse allait de surprise en surprise.

— Que voulez-vous dire, monsieur le comte ?

— Je vous dévoile un secret que vous auriez appris par votre Supérieure d'ici peu, de toute façon. Dickewamis, la mère d'Ange-Aimé, est autorisée à continuer son ministère dans la réserve de Kanesatake, à Oka, dont Ange-Aimé est le chef.

— Dieu soit loué ! Pauvre petite ! Depuis le temps que nous, cloîtrées, prions pour que sœur Thérèse-Ursule trouve enfin le bonheur. Alléluia !

— Je croyais, ma mère, que vous auriez du chagrin de la voir partir.

— Nous aurons une immense peine de ne plus revoir Dickewamis et Ange-Aimé, c'est certain. Le sentier qui mène au paradis est jonché d'épines, mais aussi de roses. Ce que vous m'annoncez là, monsieur le comte, est une grande joie aussi. Sincèrement, sœur Thérèse-Ursule s'est toujours sentie prisonnière du cloître, elle, une fille des bois. Sa fugue pour retrouver la famille d'Ange-Aimé à Oka l'a si bien prouvé ! Ce n'était peut-être pas le bon moyen… Mais force est d'admettre qu'il a été efficace !

— J'ai promis à Ange-Aimé que j'irai reconduire Dickewamis à Oka, à la fin du prochain printemps. Madame Eugénie Allard nous accompagnera.

En entendant le nom d'Eugénie, la vieille religieuse parut rassurée.

— Mademoiselle Languille ! Euh… je veux dire, madame Allard. Sœur Thérèse-Ursule ne pourrait pas trouver meilleure compagne. Eugénie l'a toujours prise sous son aile. Je me souviens…

De peur que la religieuse ne ressasse des souvenirs peu flatteurs à l'endroit de Thierry Labarre, ce dernier enchaîna :

— Évidemment, mon épouse Mathilde sera aussi du voyage.

La religieuse ne répondit pas. À ses yeux, Thierry comprit que sœur Célestine se souvenait très bien du drame sentimental de la rue du Parloir, à l'automne 1666, alors que Dickewamis avait fugué avec un certain Thierry Labarre.

Sur ces entrefaites, Ange-Aimé revint de l'infirmerie, tout content.

— Et puis, Ange-Aimé, quelle a été sa réaction ? demanda son père.

— Tout d'abord, elle ne m'a pas pris au sérieux quand je lui ai dit que j'avais été nommé ambassadeur auprès des Indiens. Et puis, elle a fait son signe de croix et elle m'a souri.

— La foi de sœur Thérèse-Ursule est profonde. Elle se guérira par la prière. C'est une mystique à sa façon, avança sœur Célestine, qui ne voulait rien perdre de la conversation.

— Mais lui as-tu dit pour Kanesatake ?

— Père, sœur Célestine, c'est un vrai miracle. Elle m'a étreint pour la première fois de sa vie avec émotion. Elle est heureuse… Ma mère est libérée.

— A-t-elle manifesté sa joie par quelques paroles ? s'inquiéta Thierry.

— Elle a simplement dit : « *Kindje*[144], quand partons-nous ? Je veux bercer Watanay ! »

---

144. Mon petit, en hollandais.

CHAPITRE XXII
Des fiançailles inattendues

Pour les fêtes, Eugénie tint à rassembler toute sa famille pour la période allant de Noël jusqu'aux Rois. D'abord, elle voulut que l'on célébrât le retour de Marie-Renée de façon officielle afin de convaincre la jeune fille que l'esprit de famille n'avait pas son pareil. De plus, le décès récent de Thomas Frérot restait encore bien ancré dans les mémoires. Le deuil de Thomas, un homme si estimé, avait laissé son empreinte. D'ailleurs, Eugénie avait demandé à la famille Frérot, à la famille Dubois de l'Escuyer et à la famille du docteur Estèbe de se joindre à la famille Allard pour la fête de l'Épiphanie.

Eugénie avait consenti à ce que son fils Georges puisse se faire accompagner par Margot Pageau, la sœur d'Isa. Ce dernier prit l'initiative d'inviter son copain, Charles Villeneuve, afin de le présenter à sa sœur Marie-Renée, encore en peine d'amour. Les présentations furent plus froides que chaleureuses. Marie-Renée trouva ce garçon un peu trop frivole et ce dernier l'étiqueta comme Parisienne guindée. Bien que sa mère n'eût pas une considération particulière pour le jeune Villeneuve, elle trouva l'idée bonne.

Elle en fit part à Manuel :

— Au moins, le fait de côtoyer un autre garçon lui ôtera peut-être son artiste de la tête. Pour autant que Charles Villeneuve ne lui demande pas de courser en carriole… Sa voix en pâtirait. Vous savez que monsieur le curé lui a demandé de chanter à la messe de minuit ! Et puis, c'est Marie-Anne, la femme d'André, qui sera contente de le revoir. C'est tout de même son neveu, par sa sœur Catherine.

— Vous avez raison, Eugénie. Je ne suis pas médecin des cœurs, mais votre raisonnement de mère me semble tout à fait sensé. Si ma défunte Léontine[145] était encore là pour conseiller ma fille Isabel !

— Isabel ? Que se passe-t-il ? Elle ne viendra pas réveillonner chez nous ?

— Elle aimerait bien, mais elle n'a pas de cavalier. Et vous savez qu'à dix-huit ans…, alors que Marie-Renée sera accompagnée.

— Accompagnée, accompagnée… Charles Villeneuve… Ce n'est que pour les convenances, heureusement !

— N'empêche qu'elle serait seule et ça la gêne. Que peut-on faire ?

Les craintes exprimées par le père de famille en restèrent là. Cependant, comme Simon-Thomas souhaitait vivement être en compagnie de Marion Pageau pour le réveillon, Eugénie s'y opposa fermement.

— Écoute-moi bien, mon garçon, tu n'es pas encore en âge de te marier. Tu as tout ton temps. Prends Jean, il a tardé, et ça lui a réussi. Si Marion te trouve à son goût, elle t'attendra. Et puis, trop de mariages à l'intérieur des mêmes familles, ça peut faire de la chicane.

— Oui, mais… Georges avec Margot ?

---

145. Manuel Estèbe avait épousé en 1677 Léontine Laviolette, de la paroisse de l'Ange-Gardien.

— Tut, tut. Georges, c'est Georges et il est plus vieux que toi. Se marier l'empêcherait de penser aux courses de chevaux… Simon-Thomas, ta mère a un service à te demander.

— Ah oui?

— Isabel Estèbe est toujours célibataire et plutôt mignonne. De plus, elle est de l'âge de Marie-Renée. J'aimerais qu'elle puisse t'accompagner. Son père en serait si heureux. Elle n'a pas de cavalier pour le moment et ça lui donne des complexes. Tu comprends!

— Mais, maman, elle ressemble à une échalote. En plus, moi, je préfère les rousses.

— Pour une fois… fais plaisir à ta mère.

— Et si elle se fait des idées en pensant que je la trouve de mon goût?

— Je ne te demande pas de la marier, seulement de l'accompagner. De lui faire la conversation… Tu vois?

— D'accord, je vais y réfléchir.

— Un gros merci, Simon-Thomas. Je vais l'annoncer à Manuel.

— Laissez-moi au moins la chance d'y penser.

— Oui, oui, je vais annoncer à Manuel que tu vas y réfléchir.

— Qu'il ne le dise surtout pas à Isabel! Je n'ai pas encore dit oui.

Après la messe de minuit, durant laquelle Marie-Renée avait entonné *Minuit chrétien*, Eugénie trouva la maison qu'elle partageait avec Jean bien petite lorsqu'elle reçut toute sa marmaille pour le réveillon, en plus de la famille de Manuel.

Pour la première fois depuis qu'elle avait mis fin à sa fonction d'organiste officielle, Eugénie put entendre la magnifique voix de sa fille, depuis la nef, sur le neuvième banc, du côté de l'Évangile. Pour la première fois aussi, les paroissiens de Charlesbourg purent la voir accompagnée d'un autre homme que son défunt mari François Allard, un homme que la petite communauté connaissait depuis près de trente ans, leur médecin Manuel Estèbe.

Après le réveillon, les hommes se mirent à bourrer leur pipe, assis sur les murs qui longeaient la pièce principale, alors que Charles Villeneuve fit vibrer la maison au son de sa guimbarde, au désagrément visible de Marie-Renée, qui flottait encore sur son nuage de félicitations reçues pour sa prestation divine de *Minuit chrétien*. Après qu'Eugénie eut couché les enfants sur les matelas, au grenier, elle alla converser avec Manuel dans la petite cuisine afin de s'éloigner de la fumée et du bruit.

— Merci, Eugénie, d'avoir pensé à Simon-Thomas pour accompagner Isabel. Elle me paraît si heureuse.

— Un bonheur ne va pas sans un autre, Manuel. C'est Simon-Thomas qui m'a semblé enthousiaste quand je lui en ai fait la suggestion. Et, à le voir, il n'a pas l'air de regretter son choix. Aurais-je un talent de marieuse ?

À ce moment, Manuel prit la main d'Eugénie et approcha cette dernière près de lui. Eugénie donna l'impression de vouloir résister.

— Il fait si froid, ma chère. Il faut que je vous réchauffe pour protéger vos poumons fragiles.

Le médecin continua en caressant la nuque, les épaules, puis descendit très doucement vers la taille d'Eugénie. Cette dernière se colla contre le torse du docteur, puis laissa échapper :

— Et moi, je veux me protéger des tentations. Je ne pourrai pas y arriver sans vous, Manuel ! Je viens juste de me confesser.

– Un baiser de paix pour la fête de Noël, me le permettriez-vous, Eugénie?

– Je ne peux pas vous le refuser, Manuel. Pour le temps des fêtes, uniquement.

Alors, Eugénie goûta au baiser passionné de Manuel, qui lui enleva sa coiffe dans son ardeur. Comme il semblait insister, Eugénie, délicatement, lui dit:

– Non, pas ici… Peut-être plus tard. Je ne sais pas… je ne sais plus… je me sens coupable.

Manuel prit son visage entre ses mains expertes, la fixa dans les yeux et lui demanda amoureusement:

– Vous venez de me dire que vous aviez un talent de marieuse!

– Je disais cela comme ça, à la blague!

– De qui pensez-vous prédire le mariage l'an prochain?

Eugénie regarda intensément Manuel, fiévreuse.

– Et pourquoi pas le nôtre? se risqua Manuel.

– Le nôtre… Quand?

– Le plus rapidement possible. L'an prochain. Je vous aime, Eugénie!

Cette dernière fixa tendrement les beaux yeux noirs du médecin à la chevelure argentée, qui n'avait rien perdu de sa sveltesse, malgré la soixantaine.

– Je vous aime aussi, Manuel… Nous nous marierons l'an prochain.

Sur ce, Eugénie se jeta dans les bras de Manuel et lui réclama un autre baiser.

Sur ces entrefaites, la porte du fournil grinça. Eugénie sut que quelqu'un s'apprêtait à entrer. Elle se dépêcha de s'écarter de Manuel et de replacer sa coiffe. Une voix d'enfant l'interpella :

— Avez-vous trop froid, grand-mère ?

— Oui, Catherine, ta grand-mère commençait à prendre froid.

— Alors, je vais demander à maman de vous préparer une tisane sucrée bien chaude. C'est toujours cette tisane qu'elle me fait boire quand je commence à tousser.

Aussitôt, Catherine se força à imiter le bruit d'une mauvaise toux.

— Laisse, ma chérie, ta grand-mère est encore capable de la préparer elle-même, sa tisane. Viens, nous allions justement rejoindre les autres, conclut Eugénie en se recoiffant.

Au jour de l'An, Eugénie et Manuel annoncèrent officiellement leurs fiançailles pour la fête de l'Épiphanie.

— De cette façon, il n'y aura pas de chicane pour savoir qui seront le roi et la reine de la fête, dit-elle à sa bru Isa.

— Vous avez bien raison, madame Allard. Puis-je vous dire que le docteur et vous faites un beau couple !

Le 6 janvier suivant, le jour de la fête de l'Épiphanie, à la résidence des Allard, l'abbé Jean-François bénit les fiançailles de sa mère et du médecin de Charlesbourg, en présence des parents et des voisins des deux familles.

À la question « À quand le mariage ? », Eugénie se dépêcha de répondre avant Manuel :

— Manuel et moi savons par expérience que le plus beau temps pour les amoureux est celui de leurs fiançailles. Alors nous allons le vivre en mordant dans la vie à pleines dents. Nous pensions qu'à la fin du printemps, après les semailles, ce serait une bonne idée. N'est-ce pas, Manuel?

Ce dernier ne répondit pas immédiatement. Il comptait les mois durant lesquels il aurait à se morfondre avant de goûter aux charmes de sa belle Eugénie.

Quant à Marie-Renée, elle eut peur que la date du mariage de sa mère ne compromette son voyage chez Étiennette.

Anne et Mathilde se firent ces commentaires :

— Elle nous a bien eus par surprise, notre Eugénie! avança Mathilde.

— Tu trouves? C'était l'évidence même que ça viendrait rapidement. Elle était aussi étourdie qu'une jouvencelle quand son docteur était dans les parages.

— En tout cas, personne ne peut dire «jamais»! Même Eugénie!

— Toi non plus, Mathilde. Tu es mal placée pour la critiquer, toi, madame la comtesse, répondit Anne, contrariée.

— Mais qu'est-ce qui te prend, Anne? Eugénie et moi ne seront pas les seules filles du Roy à s'être remariées! Sache qu'un bon nombre d'entre elles l'ont fait bien avant nous.

— En tout cas, pas moi. J'ai trop aimé Thomas!

— Tu m'en diras tant, Anne! rétorqua Mathilde, piquée au vif.

ANNEXE I :
ATHALIE

De Jean Racine

ACTE 1

Joad, le grand-prêtre juif, s'assure qu'Abner, officier de l'armée, soutiendrait un éventuel descendant du roi Judas s'il apparaissait. Puis, il convient avec son épouse Josabeth de révéler l'existence de Joas afin de détrôner Athalie et de ramener le pays à la vraie religion.

ACTE 2

Athalie est allée dans le temple juif et y a trouvé un enfant qu'elle avait déjà vu en rêve. Elle ignore que cet enfant est Joas, son petit-fils. Elle demande à Joad de faire venir cet enfant. Séduite par son intelligence, elle l'invite à venir vivre avec elle au palais. Joas, qui a été éduqué dans la religion juive par le grand-prêtre, la repousse.

ACTE 3

Craignant un complot de Joad, Athalie veut qu'il lui envoie Joas comme otage. Le grand-prêtre se prépare à proclamer Joas comme roi afin de le prendre de vitesse.

ACTE 4

Joad révèle à Joas qu'il est le descendant et le successeur des rois de Judas. Les prêtres barricadent le temple.

ACTE 5

Athalie s'apprête à déloger les rebelles du temple. Elle vient pour réclamer l'enfant. Joad lui révèle qui est Jonas. À l'extérieur, les assaillants sont pris de panique et s'enfuient. Joad fait exécuter Athalie.

Cette pièce représentait l'époque de Louis XIV, lequel avait persécuté les protestants et révoqué l'édit de Nantes[146].

---

146. Promulgué le 13 avril 1598 par Henri IV, cet édit autorisait les calvinistes à pratiquer leur religion au royaume de France et les considérait comme un corps organisé en donnant aux adeptes de la religion de Calvin des garanties politiques (accès à toutes les places), juridiques (chambres mi-parties) et militaires (une centaine de places de sûreté pour huit ans).

ANNEXE I : FAMILLES DES PRINCIPAUX PERSONNAGES ET LEUR ENTOURAGE IMMÉDIAT

Famille Allard

Lieu de résidence : Bourg-Royal (Charlesbourg)

Allard Languille, Eugénie : Fille du Roy, héroïne de cette série romancée, elle quitta sa Touraine natale et immigra en Nouvelle-France en 1666. Elle épousa François Allard, compagnon de traversée, en 1671 et le couple eut six enfants. Eugénie se fiancera, plus de cinq années après la mort de son mari, au docteur Manuel Estèbe de Charlesbourg. Eugénie se démarque par sa personnalité affirmée et par son sens du devoir envers sa famille, ses amies et sa paroisse.

Allard, François : Engagé pour la Nouvelle-France, héros de cette série romancée, il quitta sa Normandie natale en 1666 et se maria à Eugénie Languille en 1671. Il mourut tragiquement noyé, en 1700, sans avoir résolu son dilemme. En effet, François cherchera sa vie durant à s'affirmer à la fois comme colon entreprenant et comme ébéniste-sculpteur de talent, au désappointement d'Eugénie qui aurait souhaité voir son mari se consacrer uniquement à son art. Pour Eugénie et leurs enfants, son entourage et sa communauté, il aura endossé le blason de la famille Allard, Noble et Fort.

Allard, André : Premier enfant d'Eugénie et de François, né en 1672. Il prendra la relève de son père à l'atelier d'ébénisterie.

Allard Lemarché, Marie-Anne : Résidante de Bourg-Royal, elle se maria à André Allard, le 22 novembre 1695.

Allard, Catherine : Fille aînée de Marie-Anne et d'André Allard. Elle naquit le 12 novembre 1696.

Allard, Jean-François : Prêtre, deuxième enfant d'Eugénie et de François Allard. Né en 1674, il sera ordonné en 1699.

Allard, Jean : Troisième enfant d'Eugénie et de François, aussi appelé Jean-Baptiste. Né en 1676, il prit la relève de François sur la ferme, à la suite du décès de ce dernier.

Allard Pageau, Élisabeth : Surnommée Isa, elle épousa Jean Allard le 23 février 1705. Elle est la fille de Catherine Roy et de Thomas Pageau, résidants de Gros Pin à Charlesbourg.

Allard, Georges : Quatrième enfant d'Eugénie et de François, né en 1680. Il a comme amie de cœur Margot Pageau, la sœur d'Isa.

Allard, Simon-Thomas : Cinquième enfant d'Eugénie et de François, né en 1686. Il souhaite avoir comme amie de cœur Marion Pageau, la sœur d'Isa.

Allard, Marie-Renée : Sixième et dernier enfant, seule fille d'Eugénie et de François, née en 1688. Surnommée affectueusement « Marie-Chaton », plus tard, elle prendra le nom de scène de « Cassandre ». Héroïne des troisième et quatrième tomes de cette série romancée, elle poursuivra sa formation au théâtre et à l'opéra au couvent de Saint-Cyr et se produira à Versailles devant le roy Louis XIV. Jeune femme à la personnalité théâtrale et dérangeante, elle a hérité de la beauté et de la voix d'or d'Eugénie, sa mère.

Langlois, Germain : Normand au caractère bon enfant et au physique d'homme fort, compagnon de traversée d'Eugénie et de François en 1666 et premier voisin des Allard. En plus de cultiver son lopin de terre, il agit aussi comme voyer à Charlesbourg.

Langlois Chalifoux, Odile : Épouse de Germain, sans enfant, voisine et amie d'Eugénie, zélatrice aux œuvres paroissiales de Charlesbourg. Elle est la fille unique d'Hormidas Chalifoux, de la Petite Auvergne à Charlesbourg.

Boudreau, Jean : Compagnon de traversée en 1666 et ami de François Allard et de Germain Langlois, il s'installa comme colon à Charlesbourg.

Estèbe, Manuel : Médecin de la famille des Allard à Charlesbourg, il est le père d'Isabel, qu'il a eu de son mariage avec Léontine Laviolette. Veuf, il se fiancera à Eugénie Allard, devenue veuve, pour laquelle il a toujours eu un penchant.

Pageau, Thomas : Résidant de Gros Pin à Charlesbourg, colon avant-gardiste et prospère, estimé des jésuites et de sa paroisse, il est le beau-père de Jean Allard. Son épouse Catherine Roy a l'estime d'Eugénie comme mère de famille et paroissienne exemplaire de Saint-Charles-Borromée de Charlesbourg.

Onaka : Huronne, nièce du frère de sang de François Allard, le chef Houatianonk, capitaine du village de Wendake à l'île d'Orléans. De son prénom francisé Aurore, ancienne élève d'Eugénie à l'île d'Orléans, qu'elle surnomme Aata, elle deviendra Ursuline sous le nom en religion de sœur Madeleine-Aurore de la Charité au même couvent que sœur Thérèse-Ursule, l'Iroquoise Dickewamis. Devenues amies, la Huronne et l'Iroquoise prouveront que les peuples ennemis peuvent vivre en harmonie sous le couvert de la foi catholique.

Bourdon Gasnier, Anne : Accompagnatrice des filles du Roy de la traversée de 1666 et femme affirmée, elle hébergea Eugénie à son arrivée en Nouvelle-France et fut son témoin à ses noces. Elle restera en contact avec ses protégées par la suite. Trois fois mariée, elle est la seconde épouse de Jean Bourdon, pionnier de la Nouvelle-France et ingénieur municipal de Québec devenu procureur général de la colonie, remplacé après son décès par le jeune Guillaume-Bernard Dubois de l'Escuyer, petit neveu de Barbe d'Ailleboust , veuve du gouverneur Louis d'Ailleboust, et mari de Mathilde de Fontenay Envoivre, fille du Roy de la traversée de 1666 avec Eugénie.

Martin, Charles-Amador : Chanoine, il est le fils d'Abraham Martin, pionnier de la Nouvelle-France, venu avec Champlain. Premier musicien canadien français à la voix haut perchée, il a été le professeur d'Eugénie à son arrivée au Canada et de ses enfants Jean-François et Marie-Renée « Cassandre » par la suite. Il voue une estime particulière à Eugénie dont il admire le talent. Il craint cependant son caractère dominant.

Famille Frérot

Lieu de résidence : Basse-Ville de Québec

Frérot, Thomas : Cousin de François Allard par sa mère, arrivé au Canada de Normandie en 1665. Notaire aux Trois-Rivières et à Boucherville, riche commerçant de fourrure, anobli par le Roy, il portera le titre de sieur de Lachenaye et deviendra le seigneur de la Rivière-du-Loup. Il fut procureur général de la colonie jusqu'à son décès en 1705. Homme de talent, il se reconnaît notamment par son sens aigu de la famille.

Frérot Ollery, Anne : Fille du Roy du contingent de 1670, épouse de Thomas Frérot, grande amie d'Eugénie Allard qu'elle appelle affectueusement « cousine », elle est zélatrice de la congrégation de la Sainte-Famille auprès des seigneurs de la colonie. Mère de trois enfants, Marie-Renée, Charlotte et Charles, un militaire de carrière, elle perdit son petit dernier, Clodomir, dans l'incendie de la ville de Québec en 1682. Cette tragédie ébranla le bonheur tranquille d'Anne et de Thomas.

Frérot, Marie-Renée : Marraine de Marie-Renée Allard, qu'elle a toujours prise affectueusement sous son aile.

Famille de L'Escuyer

Lieu de résidence : Basse-Ville de Québec

L'Escuyer Dubois, Guillaume-Bernard, de : Petit-neveu de l'ancien gouverneur de la Nouvelle-France, Louis D'Ailleboust, jeune fonctionnaire aux finances, il succédera à Jean Bourdon comme procureur général de la colonie et y restera pendant plus de trois décennies jusqu'à son décès prématuré, transcendant les différents gouvernements par sa compétence, son intelligence, son sens diplomatique et son jugement. Il sera témoin privilégié de la célèbre réponse de Frontenac à l'émissaire de Phips en 1690. Grand ami de Thomas Frérot, qui lui succédera, il vouera une affection particulière à Marie-Chaton qu'il considère comme sa petite fille et sera l'instigateur de l'avenir de Cassandre, après la mort de François Allard. Petite noble, il sera le tendre époux de Mathilde de Fontenay Envoivre, fille du Roy, qu'il mariera davantage par passion amoureuse que par intérêt, endossant ainsi la tendance chez les Canadiens français du mariage d'amour.

de Fontenay Envoivre, Mathilde : Fille du Roy du contingent de 1666 et grande amie d'Eugénie, elle fut courtisée d'abord par Thierry Labarre, un compagnon de traversée. Elle se mariera cependant avec Guillaume-Bernard Dubois de l'Escuyer, jeune procureur général de la colonie. Le couple aura cinq garçons. Devenue veuve, elle se mariera en secondes noces avec son premier amour, Thierry Labarre, devenu entre-temps, le comte Joli-Cœur. Mathilde est appréciée pour sa sensibilité, sa distinction naturelle et ses qualités de cœur.

Joli-Cœur Labarre Thierry : Originaire de Blacqueville comme François Allard, séducteur impénitent au caractère aventurier, notamment avec la marquise de Pauillac devenue la maîtresse de Louis XIV, par un destin hors du commun, il deviendra le richissime comte Joli-Cœur, gentilhomme de la Chambre des menus plaisirs du Roy. Chassé de la Nouvelle-France, il reviendra comme ambassadeur du Roy auprès des peuples amérindiens sur la recommandation de Frontenac. Il a eu une passion avec Dickewamis avec laquelle il a eu un fils illégitime : Ange-Aimé Flamand. Il modérera cependant ses élans séducteurs sur le tard et épousera Mathilde, son amour de traversée de 1666, près de quarante ans après.

Dickewamis : Iroquoise mohawk, fille de Bâtard Flamand, chef mohawk négociateur pour la Confédération iroquoise du traité de Paix avec les Français en 1667. Prisonnière politique au couvent des Ursulines, Dickewamis se fera religieuse avec la bénédiction de Marie de l'Incarnation, qui y voyait un fleuron pour sa jeune communauté pour éviter les représailles de son peuple et prendra le nom de sœur Thérèse-Ursule.

Flamand, Ange-Aimé : Fils illégitime de Dickewamis et du comte Joli-Cœur, appelé Kawakee en mohawk, il sera l'amant d'Isabelle Couc Montour, sœur de Louis Couc, avec lequel Kawakee fera la trappe et deviendra coureur des bois. Kawakee se mariera une première fois, à l'indienne, avec une Mohawk d'Albany, Menaka et une seconde fois avec une catholique convertie de la mission mohawk de Kanawake, Gabrielle Tekakwenta, de qui il aura un fils, Thierry, surnommé affectueusement Watanay par sa grand-mère. Toute la famille ira s'établir à Kanesatake quand Kawakee succédera au comte Joli-Coeur comme ambassadeur auprès des peuples amérindiens, notamment les Mohawks d'Albany réfractaires au traité de la Grande Paix de 1701. Ange-Aimé a une personnalité dichotomique, réagissant tantôt en Français, tantôt en Mohawk.

Famille Banhiac Lamontagne

Lieu de résidence : Seigneurie de la Rivière-du-Loup (Louiseville)

Lamontagne Banhiac, François : Soldat de la Compagnie La Fouille du régiment de Carignan-Salières, originaire de Chantrezac en Angoulême, il deviendra, une fois démobilisé, sabotier et colon à la seigneurie de la Rivière-du-Loup. Marié une première fois à Marie-Madeleine Doyon avec laquelle il eut un fils, François, il épousera, en secondes noces, Marguerite Pelletier, la fille du forgeron des Trois-Rivières.

Lamontagne Pelletier, Marguerite : Sage-femme reconnue, elle accoucha Eugénie Allard de son premier enfant, André. Elle est la mère de six filles, Marie-Anne, Agnès, Madeleine, Geneviève, Antoinette, Étiennette et des jumeaux, Charles et François-Aurèle.

Lamontagne Banhiac Étiennette : Née en 1688, grande amie de Marie-Renée « Cassandre » Allard, elle épousera Pierre Latour Laforge le 1ᵉʳ décembre 1705

Latour Laforge, Pierre : Forgeron de son métier, établi à la rivière Chicot, emplacement situé entre les seigneuries de Berthier et de l'île Dupas. Il épousa en premières noces, la sœur de Marguerite, Madeleine Pelletier, laquelle fut assassinée par les Iroquois à Pointe-du-Lac. Plusieurs années plus tard, il jettera son dévolu sur sa nièce, Étiennette Banhiac Lamontagne, qu'il épousera en secondes noces à la paroisse de Notre-Dame-de-la-Visitation de l'île Dupas.

Gerlaise de Saint-Amand, Jean-Jacques : Belge, il fut tambour de la Compagnie La Fouille du régiment de Carignan-Salières. Il traversa l'Atlantique sur le *Sainte-Foy* en 1666 comme soldat en compagnie de François Banhiac Lamontagne. Les deux comparses se lièrent d'amitié avec les Normands François Allard, Germain Langlois et Thierry Labarre et les filles du Roy Eugénie Languille, Mathilde de Fontenay Envoivre et Violette Painchaud.

Veuf de Jeanne Trudel, pionnier de la seigneurie de la Rivière-du-Loup, il est le premier voisin de François Banhiac Lamontagne.

Rigaud Judith : Résidante de la seigneurie de la Rivière-du-Loup sur une terre riche en gisements de fer à ciel ouvert, reconnue pour sa vie dissolue et surnommée la « rigaude ».

Couc Germano Montour, Isabelle : Métisse attimacègue trifluvienne, célèbre truchement, fille de Pierre Couc, censitaire de Thomas Frérot à la seigneurie de la Rivière-du-Loup. Amie de Pierre Latour Laforge et de Thomas Frérot, amante de Kawakee, les rumeurs la disent aussi la maîtresse du comte Joli-Cœur. Mariée une première fois à Joachim Germano, coureur des bois et pionnier de la seigneurie de la Rivière-du-Loup, le couple a eu un fils, Michel, qui sera adopté par la famille Fafard, apparentée aux Couc. Devenue veuve, elle épousera à l'indienne, Outoutagan, un sachem outaouais francisé, appelé aussi Jean Le Blanc.

Famille Berthier

Lieu de résidence : Seigneurie de Berthier-en-haut (Berthierville)

de Berthier, Alexandre Isaac : Capitaine du régiment de Carignan-Salières, il est le compagnon d'armes, ami et beau-frère du capitaine Pierre de Sorel. Il est le seigneur de Berthier-sur-mer et de Berthier-en-haut.

de Berthier Le Gardeur, Marie : Fille de Charles Le Gardeur de Tilly, écuyer, et de Geneviève Juchereau de Maur, elle est l'épouse d'Alexandre de Berthier et mère d'un fils, Alexandre de Berthier de Villemure et d'une fille, Charlotte-Catherine.

de Berthier Viennay Pachot, Françoise : Jeune veuve sans enfant d'Alexandre de Berthier de Villemure, fils du seigneur de Berthier, elle héritera des seigneuries de Berthier-sur-mer et de Berthier-en-haut.

de Sorel Le Gardeur de, Catherine : Fille aînée de Charles Le Gardeur de Tilly et de Geneviève Juchereau de Maur, elle est veuve sans enfant du seigneur Pierre de Sorel.

Boucher, Charles : Pionnier et censitaire de la seigneurie de Berthier, habitant de la Grande-Côte, il est le mari d'Agnès Pelletier, la cousine de Marguerite et la fille du seigneur d'Antaya, fief voisin de Berthier. Boucher est un ami de Pierre Latour Laforge.

Ducharme, Victorin : Charron de son métier, censitaire de la seigneurie de Berthier, il est ami et client de Pierre Latour Laforge. Il est marié à Agathe Piet Trempe, fille de Jean Piet dit Trempe, pionnier de Berthier.

SOMMAIRE

Imprimé sur du Rolland Enviro100, contenant 100% de fibres recyclées postconsommation, certifié Éco-Logo, Procédé sans chlore, FSC Recyclé et fabriqué à partir d'énergie biogaz.

La production du titre *Cassandre, de Versailles à Charlesbourg* sur du papier Rolland Enviro100 Édition, plutôt que sur du papier vierge, réduit notre empreinte écologique et aide l'environnement des façons suivantes:

Arbres sauvés : 110
Évite la production de déchets solides de 3 173 kg
Réduit la quantité d'eau utilisée de 300 129 L
Réduit les matières en suspension dans l'eau de 20,1 kg
Réduit les émissions atmosphériques de 6 967 kg
Réduit la consommation de gaz naturel de 453 m³

Québec, Canada,
septembre 2008